有爱的青春陪伴者

图书在版编目（CIP）数据

春夜未尽 / Catchen 著. -- 成都：四川文艺出版社，2025.3. -- ISBN 978-7-5411-7181-9

Ⅰ. I247.5

中国国家版本馆 CIP 数据核字第 2025XH1814 号

CHUN YE WEI JIN
春夜未尽
Catchen 著

出 品 人	冯　静
责任编辑	王梓画
特约编辑	周　贝
装帧设计	颜小曼　唐卉婷
封面绘制	陶　然

出版发行	四川文艺出版社（成都市锦江区三色路 238 号）
网　　址	www.scwys.com
电　　话	0731-89743446（发行部）　028-86361781（编辑部）
排　　版	长沙大鱼文化传媒有限公司
印　　刷	长沙鸿发印务实业有限公司
成品尺寸	145mm×210mm　开　本　32 开
印　　张	9.5　字　数　331 千字
版　　次	2025 年 3 月第一版　印　次　2025 年 3 月第一次印刷
书　　号	ISBN 978-7-5411-7181-9
定　　价	42.80 元

版权所有·侵权必究。如有质量问题，请与大鱼文化联系更换。0731-89743446

目 录
contents

第一章 · 001
德令哈

第二章 · 035
巴音河

第三章 · 063
白城

第四章 · 096
冷湖

第五章 · 126
黑马河

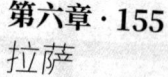

第六章 · 155
拉萨

第七章 · 173
北京

第八章 · 200
西宁

第九章 · 252
阿力腾寺

第十章 · 272
五台山

出版番外 · 292
阿勒泰

目 录
contents

第一章
德令哈

"禾姐,停水了!"

门上风铃"丁零"一声响,小马开门进屋,裹进来一阵寒风。

穿着单鞋的顾禾只觉脚底一凉,但没抬头,依然专注于手里的剪刀,问:"听谁说的?"

"后边面馆,做拉面的李叔说整条街都停了。"

小马说完甩了甩他那头昨天新染的亮黄小辫子。要不是学徒技艺不精,顾禾也不会有幸在非主流消失多年后,再次目睹"葬爱家族"的风采。

"隔壁的汽修行太惨了,开业第一天就碰上停水,哈哈哈!这老板够倒霉的。"

仗着水箱里有存水就嘚瑟……顾禾回头瞥小马一眼,说道:"去给客人洗头。"

小马冲沙发上玩手机的客人招招手,说:"来,哥,这边。"

虽然小马性格跳脱,但顾禾总觉得他有点双重人格,只要拿起剪刀,一秒化身为忧郁"托尼",正经程度远超老板娘,加上他长得眉清目秀,很招阿姨姐姐们喜欢。

除了小马,店里还有一个学徒叫"郭琮",刚从职高毕业,小马被染花的头发就是昨晚出自她之手,然后她今天告病请假……

以顾禾对郭琮一顿吃两碗饭的了解,多半是无颜面对她那个不着调的师父。

这家理发店是顾禾从北京搬来德令哈之后没多久开的。之前她从未来过德令哈,对这座城市也没什么固化的印象,要不是因为男友丁丰源来这儿考公,她可能一辈子都不会选择到德令哈生活。

001

高原、干燥、少雨、多风,每个词都和"舒适"相悖,但顾禾依然在这里生活了两年,且慢慢融入。不过最近产生的一个念头,让她越发觉得自己的选择可能是个错误。

她忙完手里的活儿,到外面透气。门刚打开,风把一堆礼花碎纸卷到顾禾脚下,鲜红色,在干枯的季节里显得分外刺眼。

她顺着碎纸吹来的方向看过去。隔壁新店开业,早上开业典礼的时候,乌泱泱来了一堆人,热闹得不行。她把视线左转,隔一家的殡葬行门口,堆着新进的"金元宝",和脚下的红色碎纸相比,一喜一悲……

顾禾被夹在中间,像极了她每天的生活状态,寡淡如白开水。

自从在德令哈开店后,顾禾过得和隐居差不多,偶尔看看朋友的生活动态,一滑而过,已阅不回。那些逐渐远离的生活,顾禾并不怀念,但她确实迷失了一些连自己也搞不懂的东西。

感慨完,顾禾又看向右边。

这家汽修行的前身是一对东北夫妻开的饺子馆,味道不错。顾禾是吉林人,喜欢吃饺子,经常过去光顾,差不多把那儿当半个食堂,偶尔晚上闭店后,还能听见隔壁剁饺子馅的声音,谁承想,春节过后,饺子馆的招牌再没亮过,被汽修行取而代之。

整体很悲伤,细剥更悲伤。

现在还不到十一点,前来为开业捧场的人基本散光了,两个小工正在清理地面,其中一人扫着扫着,就扫到顾禾脚下。

这人穿着汽修行统一的工装,灰蓝色,不过他身材微胖,显得衣服有点紧,把上面的折痕都撑开了。

"美……美女,麻烦抬抬脚。"

视线对上,对方一副严肃且带点凶悍的模样,透着丝丝匪气。顾禾没动,说:"别扫了,回头我让店里人收拾。"她的语气平淡,有种"各扫门前雪"的意思。

"理发店是你的呀?不好意思,把你家这块都弄脏了。"

小工说完回头,指向身后,说:"那是我们老板,以后多关照。"

那位老板正在脱冲锋衣,脱完将衣服扔到黄色越野车车顶,低头打开机箱盖。他里面穿的短袖,宽肩窄腰,很有看头。

顾禾有点近视,度数不高,平时不戴眼镜,从这个距离看的话,除了对方身材不错,他的具体模样看不太清。

她将视线转回来。

小工见她好像没什么心情搭理自己，闷头接着干活。

这时小马开门出来，甩甩手上的水，问："哥们儿，今天开业有啥优惠？"

小工抬头看见小马那头亮黄色，风把小辫子吹得一颤一颤，他像被强光刺到眼般揉揉眼睛。

"问你呢！"

"会员卡充五百赠一百，充一千赠三百，你办一张不？"

"这么划算？行啊！"小马指向身后那辆倚靠在墙边的自行车，"你看我这车需要办哪个档次的卡？"

小工冷漠地回应："你给我二十，最多能给你洗洗。"

"停水了，你咋洗？"

小工这才注意到小马湿润的掌心，问："你家没停吗？"

"我家水箱有库存。"小马平时最爱瞎打听，"你们店几个人啊？"

"算上老板一共三个。"

"倒是不多。"

"你们呢？"小工瞥了一眼顾禾。

"也仨。"

而且唯一一个学徒今天还请假了，小马心想，要是郭琮在，起码气势上不会输太多。

"你叫啥？"小马问。

"杨鹏，叫我'老杨'或者'鹏哥'，都行。"许是小马的热情感染了这位小工，他没那么冷淡了。

"鹏哥，我叫马小明，你叫我小马。"

小明，就是那个无所不能的小明，在课本里能开飞机能种田，能跑百米能攀岩，俗气又带点厉害，可往往大家的第一反应都是俗气，所以他更喜欢"小马"这个称呼。

这两人插科打诨，顾禾不跟着掺和，回屋去了。

小马往街边走几步，拉开角度，抻长脖子看向隔壁，嘴里念叨着："路畅汽车服务中心。"

他看完又走回来，说："你们老板叫路畅啊？"

"扯哪儿去了，老板叫沈承其，嗐！修车那个就是。"

小马的视力可比顾禾好多了，看清后，他"哟呵"一声："够帅哈！"

杨鹏得意地把手里扫帚一举，说："那当然，从小帅到大。"

"老板有对象没？"

· 003 ·

"没有……你们老板娘呢？"

"别惦记啊，禾姐可有对象。"

杨鹏瞬间感觉自己矮了半头，嘟囔道："我就客气一问。对了，我老板一身特性，以后有什么事可以直接来找我。"

"说得好像我老板娘好惹一样。"

两人相视，对彼此不免心生怜悯。

小马甩甩黄毛，说："以后你们都来我家剪头，我们去你家修车，肥水不流外人田，互帮互助，共建美好家园。"

那辆除了铃铛不响哪儿都响的自行车此刻不声不语……

杨鹏刚要拿那破车说事儿，突然听见身后有人叫他，他夹着扫帚就跑，活像一个魔法师。

小马看他和那位模样不错的老板说了几句话，又很快顶着脑门上几道抬头纹折回来，说："办张卡。对共建美好家园的兄弟有优惠吗？"

"你办还是谁办？"

"员工福利，我们店用一张。"

既然钱来了哪有不赚的道理，小马勾勾手，说："行啊，跟我进屋。"

顾禾正坐在沙发上看杂志。小马进来打开电脑，说："充五百赠一百，充一千赠三百。"

"这不和我们店一样吗？"杨鹏貌似有点失落。

"对啊，谁在咱们两家办卡可有福了。"

"充一千！"

光明正大地花老板的钱，让杨鹏感觉无比豪气。

小马打开会员系统，说："名字。"

"你写其哥的吧，沈承其，承接的承，其实的其。"

或许是觉得名字好听，顾禾忽然抬眼，问："你们老板吗？"

"对，其哥让我过来办卡，给店里兄弟剪头用。"

顾禾的视线又转回杂志上，她没说什么。

等录完信息，杨鹏离开后，小马问顾禾："姐，你认识隔壁老板吗？"

"不认识。"

"那我知道了，以后隔壁免不了要往咱门前停车，办张卡就好说话了，这老板挺会处事。"

顾禾仔细分析，小马的话不无道理。

"咱家表示表示啊，也去办一张。"

"你用得上还是我用得上？"

顾禾没车，郭琮来回坐公交车，小马那辆……忽略不计。

"姐夫不是有车吗？"

说到丁丰源，顾禾的心头一阵沉闷，说："先给打五折吧，其他的我看着办。"

"行。"小马转头看向货架，"刚才我在门外瞅了一眼，他们店里东西摆得特别整齐，估计老板跟你一样，有点强迫症。"

话音刚落，门被打开，小马还以为是顾客，谁承想又是杨鹏。杨鹏有点难为情地缩缩脖子，问："你家水箱是不是有存水啊？能洗个手吗？"

"能！这边。"小马给尊敬的VIP客户指路。

顾禾想到什么，说："你们店的人要洗都过来吧，水够。"

"太感谢了！"

杨鹏顾不上先洗，开门吆喝一声"老王"，把一位年纪稍大的男人叫进来，看模样也是修理工，没有杨鹏口中提到的老板。

中午，顾禾和丁丰源约吃午饭，他开车过来接，到门口的时候，他懒得下车，不停地按喇叭，吵得顾禾想冲出去骂他。

"禾姐，你快走吧，丁局长等不及了。"

小马时常这么调侃丁丰源，笑他一身官瘾。

顾禾皱着眉头望向窗外，把围裙脱了，换上羽绒服。

两人已经一周没见了，丁丰源说最近单位搞什么活动，挺忙的，今天中午好不容易得空，叫她出来吃个饭。

"约会也不打扮一下呀！"

小马拿着剪刀的那只手冲顾禾比比画画。

顾禾拉上衣服拉链，说："不是告诉过你吗？别拿剪刀指人，危险。"

"错了错了。"

知错不改是小马的一贯特性，顾禾懒得说他。

刚跨出门，顾禾看见修车行老板站在两家门市之间，开门声引得他抬头。两人匆匆一瞥，彼此的模样看个大概。

街边，丁丰源见顾禾出来才停止按喇叭，但脸上还残留着不耐烦。他开门下车，嚷嚷道："想吃什么啊？大小姐。"

顾禾走近，说："简单吃点，吃完送我去花店。"

烦躁在丁丰源脸上消失，他说："算你有良心，终于想起我生日了，不过你给一个大男人买什么花啊,买别的吧。"

"你过生日吗?不好意思,忘了。"顾禾拉开车门,坐上去,"要不晚上给你补吧。"

"得了吧,我晚上还有应酬。"

自从来德令哈后,顾禾一次也没给丁丰源过过生日,准确地说是忙忘了,只记得他是多情的双鱼座。当然,丁丰源也不记得她的,彼此半斤八两。

刚要关车门,丁丰源瞥到左前方新开的汽修行,视线从门口两个男人的脸上扫过,再想仔细看,却被顾禾的敲窗声打断。

汽修行门口。

杨鹏说:"其哥,那男的看清了吗?"

"嗯。"

"老板娘这么漂亮,可惜了。"

沈承其轻笑一声:"怎么算不可惜?"

杨鹏饶有意味地拍拍他的肩膀,说:"跟你,就不可惜。"

一阵微风扫过,将藏在角落的红色碎纸又卷出来,跌跌撞撞地吹到沈承其脚下。

傍晚六点多,城市开始向寂静靠拢。

一位阿姨烫完大波浪鬈发,心满意足地离开。终于闲下来的顾禾想给窗下的小花坛松松土。立春了,去年秋天收集的种子不过多久就可以撒下去,等待一个温暖的契机萌芽开花。只是饺子馆开张彻底无望,让顾禾有点失落,但转念一想,脑子里又蹦出邻居老板的身影,失落感恍恍惚间神奇消失。平心而论,他长得真不错,是看过一眼便会在脑子里重复很久的模样。

顾禾手里捏着生锈的铁铲,笑自己是不是因为春天来临而色欲萌动。

第一铲刚下手,她瞥见花坛边躺着一只……鸟?

应该是吧?她仔细观察,这只鸟头顶的羽冠是扇形的,有点长,羽毛黑白相间,其余部位是棕色。

顾禾最熟悉的鸟只有麻雀,老家那边很多,每到冬天,便成群集结在光秃秃的树枝或电线杆上,像卫士一样站岗。小时候有很长一段时间,她经常在放学回家的路上,望着这些麻雀发呆,企图用对大自然的好奇完美遮掩不愿回家的陋习。

时间长了,其他一起玩的伙伴都厌倦了仰头,只有顾禾还孜孜不倦。伙伴们离开的时候,她甚至有种感觉,她们背叛了麻雀,也背叛了一成不变的冬天。

花坛上这只鸟,显然跟麻雀没有半毛钱关系,活的死的?

顾禾拿手指轻轻点了一下羽冠,没动,又戳了戳,胸口似乎有起伏。她左顾右盼,视线碰上一个人。

汽修行老板,沈承其。

他刚从店里出来,站在两家门市中间那道不太清晰的墙缝界限里,低头点了根烟。

顾禾不确定他是不是西北人,因为他的肤色没那么黑。他穿得很薄,一件短袖加一条工装裤,裤腿塞进马丁靴,衬着两条腿笔直修长。

职业属性让顾禾特别注意他的头发,有点长,乱七八糟,不知道是因为这头被风吹动的乱发,还是傍晚光线昏暗,显得他眉眼特别阴郁。

对视后,沈承其晃晃手里的烟,算是打招呼。顾禾却没回应,她看着他被发丝时而遮挡的眼睛,努力回想他的名字。

"沈……其承是吗?"

他一愣,纠正:"沈承其。"

成熟的声线,烟雾随着说话吞吐而出,像此刻天边积聚的云,待烟雾离散,他的模样又清晰了。

"你认不认识鸟?"顾禾马上切入正题,借此掩盖叫错名字的尴尬。

她之所以这么问,是因为西北有很多国家保护动物,为了保险一点,还是问问比较好。

沈承其径直走过来,影子被夕阳光照拉长,直到与顾禾的影子重叠。他们一个穿短袖,一个穿羽绒服,像两个季节的激烈碰撞,但迸溅出的火星是冷的。

她指着鸟,仰头说:"这只。"

"戴胜。"

非常肯定的语气,毫不迟疑,而且沈承其根本没仔细看,只扫了一眼。

戴胜?顾禾听得直皱眉,怎么有点像人名呢?

沈承其把刚抽了两口的烟掐掉,问:"你在哪儿抓的?"

"捡的。"两个字有本质区别,顾禾必须纠正,"我本来想松松土,看见它躺在花坛边上。"

顾禾说话时一直仰头,脖子有点酸。

沈承其弯腰拈着戴胜的翅膀,说:"这是国家'三有'保护动物,不能随意抓捕,会被判刑。"

· 007 ·

说来奇怪，明明很正经的话，让他说得好像具有玩笑意味。

顾禾才不会被唬住，说："鸟在你手上，你说判谁？"

沈承其弯弯嘴角，说："店里有干毛巾吗？最好是不要的，这种鸟身上有味道。"

准确来说是臭味，因为尾部的特殊腺体。

"有。"

理发店最不缺毛巾了，顾禾回店里拿来一条给沈承其。他用毛巾把戴胜围住捧进屋，放在沙发一角，又跟顾禾要纸杯接了点水，滴在鸟喙上。

顾禾紧跟在沈承其身后围观，额前碎发挡住他认真施救的视线。看着他宽阔的背，顾禾小声问："要是救不活怎么办？"

"你不是在挖坑吗？"沈承其一副不咸不淡、生死有命的语气。

"那不是埋鸟的！"顾禾企图用音量证明自己的清白。

沈承其貌似不听解释，滴完水站直，说："观察一会儿，看能不能醒。"

空气忽然安静，两人都不说话，视线在鸟身上，心思却不知飘到了哪儿。

"你坐。"

顾禾指着沙发靠边坐下，又往里挪挪，沈承其坐到她身旁。沙发是两人座，戴胜占了四分之一，留给人的部分有点挤。

"喝水吗？"

"不用。"沈承其看着镜子里木头一样呆的两人，"谢谢你的花。"

"不谢。"

中午和丁丰源吃完饭，顾禾特意去市中心广场附近花店选的花，八个"大麦"作为开业礼，还有一束鲜花。花店下午送货上门时，她派小马过去打了招呼。

小马回来后给顾禾播报："老板不在，杨鹏说你太客气了，他们办卡属于正常生活需求，店里都是男的，头发剪得勤快，谁在旁边开理发店都得办。"

这显然是替老板说的场面话，顾禾左耳听右耳出，一笑而过。

"其他人呢？不是说有三个？"沈承其问。

上午杨鹏洗完手回店，把跟小马套的那点信息都讲了一遍，从员工数量到门店面积，甚至连毛巾颜色也没放过……

"一个今天请假，一个有事提前走了。"

"这么自由？"

"还行。"

顾禾把打火机和烟盒递给他，说："不好意思，刚才打断你了。"

沈承其接过，烟本来就细，跟他的大手一对比，显得更细了。烟丝"刺啦"燃烧，薄荷烟草和洗发水混杂，变成另外一种说不清道不明的味道。

顾禾倚着靠背，沈承其弓腰前倾，从这个角度，她可以明目张胆地打量身旁的人，只是她不知道，沈承其在镜子里看到了她打量的目光。二人的视线不动声色地纠缠，似夹岸数百步寻觅桃花林……

"噗！噗！"

打量中断，顾禾和沈承其闻声互看一眼，她摇头："不是我。"

沈承其又看向鸟，毛巾包裹下的戴胜眼睛半睁。

"醒了。"他说。

顾禾赶忙凑过去，却瞥见沈承其红了的耳朵。

"先送派出所吧，他们应该知道哪儿有救助野生动物的地方。"

顾禾拿起外套，说："我跟你去。"

"店呢？"

"锁上，也没人。"

顾禾做生意一贯比较佛系。她穿好衣服，把戴胜用毛巾包好抱在怀里。

汽修行门口，杨鹏刚从车底钻出来，就看见隔壁老板娘上了沈承其的车。他肩扛扳手，咂摸咂摸嘴："其哥行啊，开窍了。"

身后另外一个修理工老王却一脸疑惑："他俩去哪儿啊？"

杨鹏白了他一眼，嫌弃道："上车里剪头去了。"

"为啥不在店里剪呢？"

杨鹏叹口气，终于明白为什么沈承其说他机灵，原来矮子里拔大个儿，全靠比较。

越野车在傍晚的德令哈街头行驶，气势上碾压旁边一众小轿车。这车至少开了四五年，不太新，车里没什么多余的内饰，寡淡如开车的男人。

夜色逐渐浓重，天边只剩最后一丝狭长的亮光。顾禾裹着大衣，和戴胜一样缩在副驾驶，手指轻轻抚摸鸟头，鸟没睁眼，但有气息。

有生之年第一次救小动物，好奇心驱使顾禾跟过来，顺便透透气。

可此时车里的气氛有点压抑，不知是因为天黑，还是因为沈承其紧抿的嘴唇。他不说话，顾禾索性也一声不吭，车里静得能听见两人的呼吸声。

好在派出所离得近，抵达后，顾禾跟着沈承其往里走，他腿长步子大，顾禾追不上也不想追。

· 009 ·

接待他们的是位老民警，一看就是西北汉子，比沈承其有辨识度多了。他看见两人的第一句话就说："你怎么又来了？"

顾禾有点蒙，什么叫"又"啊？

民警走到沈承其面前，说："不是跟你说了吗？有你妈的消息肯定第一时间告诉你。"

顾禾扭头看向沈承其，他眉宇间的阴郁好像加重了一点。

"不是，捡了只鸟，是保护动物。"

民警听完沈承其描述的情况，长出一口气，态度也不像刚才那样不耐烦，说："把鸟留下吧，我们会处理。谢谢啊，很多人见到'三有'保护动物都不认识，幸好遇见你俩了。"

顾禾指了下沈承其，说："他认识，我不认识。"

民警笑笑："谁认识都一样。对了，有后续情况通知你俩谁啊？"

"你？"两人异口同声，搞得民警左看右看。

沈承其先妥协："通知我吧。"

民警把号码重复一遍："没变吧？"

"没有。"

号码很顺，只听一遍顾禾就记住了。

从派出所出来，天彻底黑了，顾禾摸摸平坦的肚子，饥饿感无法忽视。

"一起吃个饭吧？"她四处张望，寻找附近的饭店。

沈承其低头看着地面，似乎有些犹豫，但嘴上还是答应了，问："你想吃什么？"

"咱们店后面有家面馆不错，吃过吗？"

沈承其摇头，车钥匙绕着手指转了一圈，说："那回去吃面吧。"

有了短暂交谈，回程的气氛不再那么压抑。顾禾虽然话不多，但没到少言寡语的程度，她觉得应该和沈承其说点什么，毕竟未来几个月大家低头不见抬头见，而且人家还帮忙救鸟，起码心地善良。

"你是本地人吗？"平平无奇的开场白，乏味无趣。

"算吧，你呢？"

"不是，我家在吉林白城。"

那里冬天很冷，夏天很短，黑土地上成长的孩子，工作后普遍很少回去。

"怎么来德令哈了？"

"跟男朋友过来的。"

沈承其舔舔嘴角，问："德令哈有什么好？天高路远……"

"你不也在这儿吗?"

"我是西北人,留在这儿很正常。"

顾禾梗着脖子,说:"人人都有第二故乡,德令哈就是我的第二故乡。"

深有道理,让人无法反驳。

"你也帮忙修车吗?"

"偶尔。"

顾禾瞥了一眼他搭在方向盘上的手,手指修长,骨节分明,但不细腻,一看就经常干活。

"这条路是不是该左转啊?"

"下个路口更近。"

"是吗?"顾禾身子往前探,左右瞅瞅,"不好意思,我对德令哈不熟。"

"嗯?"沈承其貌似对一个在本地开店的人说出这种话深表怀疑。

"每天在店里忙,不怎么出门。"

虽说来德令哈两年,但顾禾很少逛街,偶尔才和朋友或者丁丰源出去,所以对走过的街道印象不深。

"后面有矿泉水,想喝自己拿。"

顾禾回头,看见后座脚垫上放着一箱昆仑山矿泉水,她伸手抓了两下没抓到,佯装没事一样转回来,尴尬地揪揪手指。

沈承其余光瞥见,趁着路口红灯,长手向后一捞,从打开的纸箱里掏出一瓶递给顾禾。

她刚要接,视线被一抹红色吸引,问:"怎么出血了?"

他的虎口处正往外冒血丝……

沈承其抬手看了眼,说:"没事,纸壳划的。"

顾禾赶忙从包里掏出纸巾,给他压住。

"我来。"

沈承其象征性用纸巾按了下又拿开,绿灯亮后他继续开车,任右手的伤口继续流血。

顾禾感觉抱歉,又拿出一张纸巾帮他擦,车身突然向右拐了一下,马上又回到原路,摇晃的一瞬把顾禾吓得脸色煞白。

沈承其轻轻呼了口气:"不好意思,走神了。"

"你慢慢开,不急。"

顾禾缩回去坐好,不再打扰他。

车开回汽修行门口,顾禾带沈承其走着去面馆,路口拐过去就是,很近。

饭点过了，店里没什么食客，顾禾看着收银台后面明亮的灯箱菜牌，说："我要牛肉面。"

"其他的呢？"

"来份拌菜吧。"

沈承其对老板说："两碗牛肉面，一份拌菜。"

顾禾掏出手机要结账，被沈承其拦住，她赶忙说："我请吧，你都在我那儿办卡了。"

"一码归一码。"沈承其拎小鸡崽一样把顾禾拎到身后，坚持把钱付了。

怎么搞得好像又欠了他一份人情，看来五折打不住，给老板免单吧……

牛肉面一大一小，顾禾盯着面前的小碗发愣。

沈承其一眼戳破："不吃香菜吗？"

"嗯。"顾禾抬头笑笑，为自己这么大人还挑食感到不好意思。以前都是丁丰源负责点菜，今天她忘记告诉老板不要放香菜。

沈承其掰开一次性筷子，悉数把香菜夹到他碗里。

他虎口处的伤口从顾禾眼前一晃，她问："还出血吗？"

"小伤，没事。"

吃面的时候，沈承其明显有点拘谨，闷着头，跟犯了什么错一样。虽然闷头，却不忘察言观色，帮顾禾倒水、拿筷子。顾禾说谢谢，他不回应也不笑。

沈承其先吃完，小店昏黄的灯光照在他的肩膀上，让他身上自带的孤独感又浓厚了一些。

立在柜台一角的收音机正放着一首老歌，是田震的《野花》，顾禾听着这首歌，细嚼慢咽，吃下最后一口面。

离开面馆回店，两人步伐好像都不急了，吃饱喝足惰性上身，走得像上了岁数的乌龟。

只是胡同里黑黢黢的，明明来的时候还有路灯。

"灯怎么灭了？"顾禾自言自语。

"坏了吧。"

"不是太阳能吗？"

沈承其解释说："电池板也会坏。"

顾禾仰头，正琢磨太阳能的事儿，右脚忽然一崴，眼看要跌倒，被沈承其及时扶住。

"谢谢。"顾禾站直，鞋子在地面蹭了蹭，原来脚底踩到一块石头。

沈承其掏出手机，打开手电筒照亮，光束随着他的走动，一晃一晃。

走回店之前，顾禾摆摆手："我回去了，今天谢谢你。"

"嗯。"

等顾禾进屋，沈承其站在花坛前休息片刻后，他打开车后备箱，顶着漆黑的夜色，从里面拿出帐篷和睡袋。

上午九点，小马和郭琮一前一后过来，郭琮还破天荒买了三份早餐，拍师父马屁的嫌疑相当明显。

小马边吃边念叨："你还请假？我就算想把你怎么样，禾姐也不答应啊！"

楼上，顾禾刚收拾完就听到楼下拌嘴的声音，习以为常地选择屏蔽。她平时多半在店里住，周末才去丁丰源那儿，最近两个月没怎么去了。

顾禾走下楼梯，郭琮一边将早餐递过来，一边打了个招呼："禾姐，早。"

"病好了？"

郭琮笑得心虚："好了。"

吃完早饭，小马和郭琮各忙各的，顾禾看外面天气不错，让小马把衣架抬出去好晾毛巾。

今天周五，客人比平时多，忙了一天都没怎么得闲。下午四点半，王小娴打来电话，顾禾正忙着给人烫头，由郭琮替她接。

"小娴姐让你晚上过去喝酒，还有韩冬哥。"

"知道了。"

顾禾在德令哈有两个朋友，准确来说是酒友，一个叫"王小娴"，另一个叫"韩冬"。他俩在同一所中学当老师，分别教英语和体育。可能因为顾禾她妈妈也是老师，所以对这个职业倍感亲切。

顾禾最先认识王小娴。对方是理发店的常客，熟了之后经常约顾禾出去喝酒，并把好友韩冬介绍给她认识。相比丁丰源，这两人和顾禾见面更频繁一些。

晚上七点，顾禾打车到约饭的火锅店，纯西北风味，牛羊肉都很地道，她还特意在店里做活动的时候办过储值卡。

两位教师已经到了，肉在锅里翻滚，啤酒瓶依次摆开，为接下来的酒局造势。

顾禾："明天不上班吗？"

王小娴拍拍身旁椅子，说："周末啊，姐姐。"

· 013 ·

日子过得有点恍惚……顾禾坐下,问:"月月呢?"

"被我爸接走了,一到周五放学准时接,想得不行。"

王小娴独自带女儿生活,姥姥、姥爷陪孩子过周末,平时也经常帮忙照顾。

顾禾从没主动问过王小娴感情的事,只是关系熟了之后,王小娴告诉顾禾,她和前男友交往一年后,因为性格不合分手,不是因为具体某一件事,而是很多事。比如两人约好吃饭,王小娴提出一个地方就被前男友否认一个,让他选他又不说,王小娴气得跟他大喊:"为什么这么小、这么日常的事情都不能妥协一下?"

前男友还反过来问王小娴怎么不妥协。

类似的情况很多,热恋时有些争吵是小情趣,可热情退却,小情趣到最后变成了鸡肋,吵着吵着把那点感情都吵没了。

可狗血的是,分手不到一个月,王小娴发现自己怀孕了。前男友从朋友那儿得知此事,说可以结婚,并把名下一套房产过户给王小娴,但前提是必须做亲子鉴定。

王小娴听后骂了他一顿,然后毅然决然把孩子生下来独自抚养,前男友从此杳无音信。

顾禾抄起手边的酒瓶,连喝几口:"好渴……"

王小娴把勺子放进酸奶碗递给她,说:"挣钱不要命啊,总忘记喝水,先把酸奶喝了。"

顾禾接过,每次吃辣前用酸奶垫底是她来德令哈之后的习惯,因为这里的酸奶实在美味。

旁边桌又来了四个食客,顾禾咬着酸奶勺不经意转头,竟然看见了沈承其,两人间隔不到一米。他把外套脱掉搭在椅背上,同桌还有三个男的,生脸,都不在汽修行上班。

虽然一起救过鸟,还吃过一顿饭,但他俩终归不熟。顾禾默默转回去,沈承其应该没看见她,算了,不打招呼了吧。

韩冬用公筷把熟肉夹进空盘,放到两位女士中间,问:"老丁最近忙什么呢?"

顾禾往嘴里塞了口肉,说:"上班,还能忙什么。"

"你俩不是六月要结婚吗?准备得怎么样了?"

"等五一再开始准备吧,简单办,不急。"

王小娴又往锅里下了盘肉,说:"老丁那房子是不是得重新收拾下啊?"

"不用，买的时候带装修，到时看看缺什么再添。"

"需要帮忙就说话，我俩很闲。"

三个人默契地把酒杯倒满，共同干了一杯，他们的习惯一向如此，第一杯一起喝，后面各喝各的，能喝多少算多少，但……韩冬酒量相对有点差，经常他一瓶喝完，顾禾已经下去两瓶了。

放下酒杯，王小娴就着麦芽香气，对窗外感慨："要是我把数学老师追到手，参加婚礼的时候说不定能带家属。"

虽然上段感情以遗憾收场，但王小娴依然对恋爱抱有期待，这不，最近对新来的数学老师有点意思，准确来说已经芳心暗许。

"娴姐，我谁也不服就服你。"韩冬半起身，假模假样地敬王小娴一杯，顾禾也笑着陪了一杯。

王小娴气哄哄地瞪了韩冬一眼，对顾禾说："你跟他不学好是不是？"

顾禾抹掉嘴角的酒渍，说："我本性恶劣，不用跟谁学。"

王小娴要捏顾禾的脸，顾禾转头躲过，视线再次落在邻桌。他们的菜刚上来，几个人正热热闹闹地往锅里下肉片，但桌上没酒。

沈承其的手肘撑着桌边，身子向右侧，顾禾只看到一个宽阔的背，还有侧脸，不过他那头乱蓬蓬的头发，在这种烟火气十足的环境下，竟有种脱离庸俗的美感。

顾禾转回来，给酒杯满上。

怎么刚喝就有点迷糊？她晃晃头，把沈承其的影子从脑子里强迫删除。

饭局过半，王小娴像有话憋了半天的样子，终于忍不住问顾禾："你今天怎么了？平时吃到这时候四瓶酒都下肚了，今天怎么才喝两瓶？"

韩冬："可不，还那么淑女，假模假式的。"

"哪有？"为了表示反驳，顾禾特意又开了一瓶酒，"咕咚咕咚"喝掉三分之一。

韩冬："情绪不对，是不是和老丁吵架了？"

"无架可吵。"

顾禾滑亮手机，点开微信对话框，丁丰源在最上面，虽然他已经两天没发信息过来了，可"草稿"后面的字触目惊心。

我们分手吧。

她打出来删掉，再打出来，却一次都没有发送。顾禾感觉自己像在海边堆砌沙墙，刚堆好便被海浪冲走，如此反复，最后无功而返。

旁边，沈承其起身出去，衣角划过顾禾的肩膀，她慌忙关掉手机，顺

015

着身影看见沈承其站在窗外点了根烟，烟雾飘向无边夜色。顾禾不禁想起老家冬天供暖的烟囱，笔直挺立，无畏任何一场风雪。

这个男人看起来总是很孤独，身上带着尖锐的沉默，即便和一桌人在一起，气质也莫名冒尖，让别人一眼注意到他。

王小娴夹了颗花生米，问："你是不是得了婚前恐惧症啊？感觉你最近比较低迷，对老丁也是。"

最后一句话一语中的。顾禾闷着头，不知道怎么接话，虽然向朋友坦白心迹比直接跟丁丰源说来得容易，可要动真格却反了。她的确不想结婚，更离谱的是，想分手的念头在丁丰源提出结婚的一瞬冒出来，然后一直梗在心里，如大雨倾盆前的阴云密布，看不到天光。

韩冬接着王小娴的话聊："放宽心，这辈子谁不是第一次活着，结婚没想象中那么难，父母那辈不都这么过来的嘛，怕什么。"

在讲道理这件事上，不管有无经验，只要不是当事人，都可以轻松地侃侃而谈。只是略显粗糙的安慰，对顾禾根本不起作用，她需要的不是安慰，而是一点勇气，临门一脚的勇气。

"说实话，我没想到你能这么早结婚。"

王小娴说完，韩冬立马露出惊讶的神情："她都三十了，不早了！"

"你看她长着一副妖艳的脸，怎么也不像渴望安定的人啊？还愿意为了丁丰源从北京来咱们这个犄角旮旯的地方，换别的姑娘估计都不能同意，太不走寻常路了。"王小娴边说边掐住顾禾的下巴，左右晃晃。

顾禾的确不是那种对男朋友依赖的人，多数时候她的顺从只是不想争吵，孟琳总说她情绪稳定得可怕。

旁边桌传来一阵笑声，让这边沉闷的话题暂时告一段落。

"承其，上次给你介绍的姑娘见了吗？"

"最近忙开业，没见。"

"怎么你每次的理由都这么正当？还不重样，让我无法反驳啊！"

又是一阵哄笑。

"'霹雳喜羊羊'怎么没来呢？"

"家里有事。"

杨鹏这个外号是几年前朋友喝醉后给取的，因为他面凶心善，一个传一个地就叫开了。

王小娴和韩冬转而聊起学校里的趣事，滔滔不绝，以往顾禾很乐意听，可今天她有点走神，因为隔壁桌的话题更吸引她。

沈承其旁边那位兄弟好像刚失恋，还说前女友最开始相中了沈承其，奈何沈承其不搭茬，他挣命把人家追到手，没处两个月就分了，分手时女孩儿说不想耽误他，祝他幸福……

"我说都耽误两个月了，不在乎再多耽误几年，你们猜怎么着？她给我推了一个阿姨的微信，告诉我这个阿姨保媒特别靠谱，撮合一对成一对。"

对面两人看热闹不嫌事儿大，笑得上气不接下气，顾禾听着也没忍住笑。

"承其，那个老板娘的电话你帮我要着没有？"

沈承其的视线飘忽左移，又看向对面戴眼镜的男人，说："没要。"

"为啥啊？"

"她有男朋友。"

"有就有呗，对方是谁我都敢跟他磕一下！你还不知道我嘛，除了毅力没啥优点。"

沈承其喝了口茶，反问："要是我呢？"

这个回答仿佛雷鸣一般，几个人目瞪口呆，包括顾禾。

过了好半天，眼镜男才问："你俩睡啦？"

沈承其"喀喀"几声，不知算肯定还是否定。

眼镜男不但没生气，反而挺直腰板，很兴奋的样子："那你要这么说……来！以茶代酒干一个！"

他旁边的朋友拿肩膀撞了他一下，笑着说："对方是沈承其，你还敢不敢磕了？"

"那还磕啥啊！刚才那个保媒阿姨的微信抓紧推给我吧，我现在特别需要。"

"承其，那老板娘是叫'金禾'吗？"

"你俩现在什么关系？算谈恋爱了吧？"

眼见着被问题围攻，沈承其向锅里伸筷，说："肉熟了，抓紧吃。"

……

"你想什么呢？那么愣。"

"啊？"

面对韩冬的疑问，顾禾摇摇头："没事。"

其实沈承其对面那人提到"老板娘"三个字的时候，她就隐隐觉得说的是自己，可没想到，沈承其竟然敢那么说……还当着她的面，虽然帮她拦断了某种莫须有的缘分，但方式有点猛。

后面边喝边聊，六瓶酒下肚，顾禾彻底断片，忘了身旁有新邻居在，

· 017 ·

也顾不上什么形象不形象，恢复往常喝酒的状态，话不多，但酒喝得很快。

晚上十点钟，韩冬去吧台结完账回来，看见顾禾和王小娴头挨头靠在一起，像两个小傻子。

他原地皱眉："太不让人省心了，我自己怎么搬动你俩呀？"

旁边，和沈承其一桌的人已经走了，他结完账回来取外套。听见韩冬念叨，他瞥了一眼顾禾，对韩冬说："我送她吧，顺路。"

"送哪个？"两个女人呢。

沈承其的目光再次落在顾禾身上，指过去，说："她。"

"你是谁啊？"韩冬语气里充满质疑，因为沈承其挑了漂亮的那个。

朋友暂时谈不上，沈承其只好说邻居。

"邻居？"韩冬打量他，"你是张叔他儿子吗？"

张叔就是在顾禾隔壁的隔壁开殡葬行的老板。

"不是。"

这人既然知道张叔，肯定对理发店周边有所了解，沈承其说："之前的饺子馆知道吗？我在那儿开汽修行。"

韩冬还是半信半疑，他把顾禾拍醒，指着沈承其，问："你认识他吗？他说是你邻居。"

顾禾眼睛眯成一条缝，看见沈承其背光站在面前，她鬼使神差地伸出双手，搂住他的腰往脸上贴，像小猫一样蹭了蹭，眼睛又闭上。

喝醉的人如一摊烂泥，逮哪儿靠哪儿。

见此情此景，韩冬恨不得找条地缝钻进去："我这朋友喝多了没正形，让你见笑了，真是！"

王小娴也醒了，全部目光聚焦在沈承其身上，嘴中还念念有词："哪儿来的帅哥？加个微信啊？"

沈承其倒是镇定，对韩冬说："那我送她回去，你要不放心可以留我电话。"

"行，留一个吧。"

沈承其报完号码，将顾禾双手搭他肩膀上，准备将她拦腰抱起。

见状，韩冬说："要不我来？"

下一秒，韩冬见沈承其一脸轻松地抱起人，悬着的手又缩回去："还是你来吧。"

虽说教体育，但他这几年所有精力都用来鞭策学生了，自己反而懈怠锻炼，估计抱几步就得喘。韩冬跟在沈承其身后出去，亲眼看见顾禾被这位高个儿邻居放到副驾驶,他又给车牌拍了张照片才放心。

夜里十点半,沈承其把车开回汽修行,熄火解安全带,说:"你家钥匙给我。"

没回应……

沈承其问完才意识到,一路都在睡觉的顾禾现在依然睡得很香,面朝他这边靠着,没有半点要醒的迹象。

路灯照进车里,昏黄光线催生的平和气氛覆盖了整条街,让沈承其有点不忍心暴力叫醒她。

他下车点了根烟,站在路灯下抽,一根烟的时间留给自己,也留给车里熟睡的女人。

待到最后一口抽完,沈承其将烟蒂摁灭,转过头,目光在两家门市之间来回流连,最后落回顾禾的脸颊上。

行吧。

先是听到一阵狗吠,顾禾努力睁眼,狗不叫了,她也醒了,原地蒙了好几分钟,最终确认她没在床上。她腾地坐起来,发现自己竟然躺在帐篷里,四肢被睡袋裹着,身下还有防潮垫,怎么回事?睡大街了?

拉开睡袋拉链,顾禾下意识地检查衣服,尚且算完整,只脱了外套和鞋。

她努力回想昨晚,喝多了,和王小娴靠在一起吹牛,记忆在这里断层,之后不记得了。

好像隐约还看见了沈承其。

那……

顾禾起身拉开帐篷,目光所及之处是个空荡荡的房间,帐篷旁边立着一个户外双肩包,还有一个正亮着的夜灯,像露营专用那种,而她的鞋就放在行李箱旁,并排摆放整齐。

顾禾穿上鞋,走到窗边向外望,房间虽然不是自己的,可窗外景色再熟悉不过,一街之隔的粮油店还没开门,离它不远的小卖部门口,有两个小孩子在玩耍。

顾禾心里猜出大概,慌忙穿上外套,飞奔下楼,看见一个熟悉的身影,他背对楼梯方向,正在吧台那儿低头倒腾什么。

顾禾走到沈承其身后,捋顺毛毛的头发,解释说:"不好意思,昨晚我喝多了,是你送我回来的吗?"

他闻声转过身,说:"是,扛回来的。"

扛？有画面了……

顾禾微微抬头，视线从他手里的面包往上移，问："我没把你怎么样吧？"

沈承其皱了下眉，转而舒展，伸出食指与中指来回翻转，说："一般这种情况，是不是该把'你''我'这两个字调换一下？"

"不是……"

沈承其把手里两个面包塞给顾禾一个："饿吗？"

顾禾没答，盯着另一个面包。

"我这个刚过期。"沈承其说话时把包装撕开，咬了一口。

顾禾像突然反应过来，拔腿就跑。

她回到店，抓紧上楼洗漱，当凉水扑在脸上的那一刻，才算彻底恢复理智，可心脏却"咚咚"猛跳，好像要从胸口蹦出来，她脸颊燥热。还好醒得早，不然被两家店的员工集体围堵，后果不堪设想。

她打开手机，有条未读短信进来：你耳环落这儿了，等忙完我给你送去。

发件人是沈承其，她记得这个号码，但……沈承其怎么知道她的手机号？

顾禾摸摸耳垂，左边的耳环还在，右边的没了。

脸颊持续燥热，她两眼一闭，关掉手机没回。在一个长相不错的男人面前丢脸，可并非她的本意。

等她再睁眼，瞥见桌上的面包，刚才脑子乱，没让一让就拿回来，睡人家的床，还顺走人家的早饭，顾禾觉得现在她在沈承其眼里应该与强盗无异，重点是，沈承其自己吃的是过期面包……

浑浑噩噩过了一天，顾禾没什么心思干活，耳环没送回来，她总感觉心里有事惦记着，可直到傍晚，沈承其也没来，她几次出去，连沈承其的身影都没见到。

不在吗？

晚上九点钟，顾禾收拾收拾准备闭店，卷帘门放到三分之一时卡住，她回头，看见一只骨节分明的手擎着门边，下一秒有人弯腰往里探，声音随之传进来："你的耳环。"

白色珍珠躺在沈承其的手心，没什么光泽。

"谢谢。"顾禾伸手接过。

"还能剪头吗？"

"你啊？"

"嗯。"

确实该剪了，汽修行开业那天，顾禾见他那一头"杂草"就有种手痒痒的感觉，可她这几天在沈承其面前接连出糗，只能硬着头皮答应："进来吧。"

卷帘门向上缩回去，沈承其开门进屋。

店里飘散着洗发水和染发膏混合的香味，俗媚又好闻，蓝牙音响里循环放着纯音乐《面会菜》，曲调悲伤却治愈，林生祥先生是国内音乐人里面顾禾比较喜欢的一位，时不时翻出来听一听。

对着镜子，顾禾想把耳环戴上，今天她一直戴着左边那只，头发遮住耳朵，谁也没发现。

可她捅了几下都没捅进去，手指出汗直打滑。

"我来吧。"

沈承其伸手，顾禾愣了愣，将耳环给他。

耳环到沈承其手里，顾禾歪头把耳朵冲向他那边，沈承其稍稍劈开腿，捏着珍珠耳环往她耳洞里穿。

两人都屏着呼吸，气氛安静得仿佛地上掉根针都能听见……

第一下，没成功；第二下，好了。

顾禾看向镜子，旁边，沈承其站直，比她高出一大截。

"谢谢。"顾禾把耳后头发撩出来，走到水池旁，"过来先洗洗。"

她打开水龙头，伸手试水温。

沈承其把外套脱了随手扔向沙发，走过去刚躺到一半，顾禾及时伸手，托住他的头又把他扶起来。

"稍等。"

顾禾看着沈承其解开一个扣子的黑色衬衫，说："毛巾，掖一下。"

"啊。"等顾禾掖完，沈承其又重新躺下。

"往上来一点。"

沈承其蹭蹭身子，视线随之上移，和顾禾对视，一股香气涌上鼻尖，和刚进屋时闻到的味道不同。再之后的一瞥，沈承其闭上眼睛。

顾禾同时注意到自己领口有点低，她放下喷头，把围裙系上，接着给他洗头。

水滴打湿头发，她问："凉不凉？"

"不凉。"

"烫吗？"

"不烫。"

· 021 ·

顾禾很久没给别人洗过头了,这些杂活平时基本都是郭琮或者小马干,虽然很久没做,但手法依然熟练,还特意给沈承其按摩了会儿,算是办卡的加赠服务。

沈承其被按得神思飘远,迷迷糊糊听到水声停止。

"好了,起来吧。"

他睁眼接过干毛巾,边擦边随着顾禾走到她指定的椅子边坐下。

顾禾的理发店属于小作坊,没那么多高大上服务,直接招呼:"怎么剪?"

"你看着来。"

最怕这种模棱两可的……

"要什么感觉?平易近人还是生人勿近?"顾禾惯性抓抓沈承其的头发,发质不错。

"我做生意,剪个平易近人的吧。"

顾禾瞥了一眼沈承其的脸,说:"你多笑笑比什么发型都管用。"

"谢谢夸奖。"

"是劝告。"

沈承其歪头盯着镜子里的人,问:"我不常笑吗?"

"没见过。"

沈承其不说话了,像在反思。

顾禾看着他挺拔的背,把椅子往下降了一段,剪刀捏在手里"咔嚓"两声,随着舒缓的曲调开始剪。沈承其不像其他客人一样玩手机打发时间,他就干坐着,听顾禾指令,让闭眼就闭眼。等剪完,整个人明显清爽不少,不过顾禾没给他剪太短,怕落差大,还是循序渐进最好。

最后收尾,顾禾的视线在沈承其的头和镜子之间来来回回,查找还有哪儿需要修,最后落在沈承其的眼睛上。他是内双,不明显,垂眼的时候才看清,鼻梁倒是很挺,顾禾剪刘海时几次剐蹭到。

"好了吗?"

"马上。"

修剪完,顾禾又给他抓了抓发型,确实比剪之前更有看头。可沈承其却不为所动:"别费劲,洗完就没了。"

顾禾像没听见一样自顾欣赏。

"好了。"

沈承其闻声起身,拿毛巾轻掸脸上的发楂,问:"多少钱?"

"你们店的人剪头,老板免单,其他人五折。"

这么算的话，顾禾不赚什么钱，人情还了。

毛巾拿下来，沈承其说："没事，不用打折。"

"我说了算。"顾禾瞥见他脸上还有两根发楂没弄掉，她伸手，"别动。"

沈承其像被点了穴一样原地定住。

顾禾仰着头，在他鼻尖蹭了一下，说："还有一根。"她的手指移到他眼角，又蹭了一下，"好了。"

沈承其扭头看了眼镜子，顾禾拿走毛巾抖了抖，扔进墙角竹筐。

顾禾："喝水吗？"

沈承其拿起外套的手又放下。

顾禾在饮水机那儿接水，手背被溅了几滴，她像打个激灵一般，竟然有种后知后觉的意识，用这个借口来留人着实有点太小儿科。

一次性纸杯递给沈承其，她说："给，温的。"

"谢谢。"

顾禾坐到她平时剪发坐的圆凳上，说："昨晚吃饭，我听见你朋友让你要我电话。"

"他帮我装修，见过你。"

顾禾对那位朋友不感兴趣，反而问他："你干吗那么说？"

"什么？"

顾禾看着他。装？

"啊，我朋友一根筋，我那么说他就不会来烦你了。"

反应够快的，但顾禾不买账："如果近期我绯闻缠身，你负全责。"

"可以。"

沈承其一口气喝光纸杯里的水，起身时顾禾把杯子接过去："给我吧。"

纸杯被捏扁，她扔进门口垃圾桶，递出去的时候沉甸甸，回来的时候轻飘飘。

"先别锁门。"

沈承其说完开门出去，留下一头雾水的顾禾，头发剪完了还有事？

很快，他折回来，手里拎着一个电钻，敞开门，蹲下，对着螺丝孔打开电钻，刺耳的声音传来，连续弄了两个，起身，他来回推了下门，往常开门时经常发出的"吱嘎"响声听不见了。

顾禾斜倚着门框，问："这么会修东西啊？"

"简单。"

"正好我店里很多东西都不好用。"

·023·

沈承其站直，见顾禾一脸认真，忽然有点后悔刚才多管闲事。

周一上午，顾禾打算去取小马寄错的快递，前些天店里进了一批染发膏，小马把地址错填成他家，到货才发现不对。他手上有活，顾禾说她去取，反正就一箱，不沉。

刚出门，撞见沈承其从汽修行出来，视线对上，顾禾问："出去吗？"

"嗯，新进的零部件到了，去货站。"

沈承其说完看向顾禾的包，问："你也出去吗？"

"嗯，去小马家取点东西。"

"在哪儿？"

顾禾一顿，说出小马家小区。

沈承其指着他的车："顺路，我送你吧。"

顾禾刚要拒绝，沈承其按下车钥匙，打开副驾驶车门，又绕到正驾驶坐进去。见顾禾还愣在原地，沈承其隔窗勾勾手。

顾禾鬼使神差地上了车："谢谢。"

他没回，启动车子开向正街。

在小马家楼下取完快递，顾禾又被沈承其拉到前面路口的货站。装完货，她看时间差不多中午了，提议吃个饭，毕竟搭人家的车来取东西，权当感谢。

沈承其同意了。

街边，他回头看向身后餐馆，隔窗扫了一眼里面的食客，忽然眉头一皱。

他看见一个男人，和那天丁丰源接顾禾时穿的衣服一模一样，但他不能百分百确认。

像丁丰源的男人正在和一个女人吃饭，手搂着女人肩膀，时不时亲昵地蹭蹭头，只要不瞎，都能看出来两人什么关系。

乱搞这种事沈承其没少见，早两年他开过青旅，虽然不像宾馆、酒店人那么杂，但也不清净，前一天还是天南海北不相识的人，第二天晚上就有可能睡进一个房间，刚开业时偶尔撞到还有点惊讶，后来习惯了。

可眼下的情况不太一样，和青旅那些过客相比，这次的当事人极有可能是隔壁理发店的老板娘，以后很长一段时间大家都要低头不见抬头见。

"去对面吧。"顾禾说。

"行。"

沈承其没再确认，跟她一起过马路。

取货回来，顾禾看见汽修行门口围着两个陌生男人，还有一个小孩子，杨鹏伸手要抱孩子,被对方转身甩开,很是无情。

"你家来人了。"顾禾跟沈承其说。

沈承其向右打方向盘,停到门口,边解安全带边看向窗外,说:"我爸。"

顾禾跟他一起下车,那个小孩儿朝他俩这边跑过来,抱着沈承其的腿叫了声:"小舅舅。"

声音稚嫩清脆。

沈承其摸摸他的锅盖头。顾禾发现这小孩儿发质特别好,又黑又顺滑。

"你是谁呀?"小男孩黢黑的小手拽住顾禾的裤子一角。

"你猜?"顾禾逗他。

小男孩皱了下眉,又仰头看向沈承其,想了想,说:"小舅妈。"

顾禾一愣,沈承其也愣住了。

"猜错了。"他一把抱起小男孩朝人堆走去。

顾禾只觉大脑一片空白,赶忙回理发店。几分钟后,杨鹏抱着箱子过来,说:"顾禾,你的货。"

"噢。"

"其哥让我给你送来。"

顾禾耳边再次回响小男孩说错的话。

和新邻居相处一周,交集不多,相安无事。

汽修行办的会员卡只有杨鹏用得最多,他本想剪短,可最后不知怎么被小马忽悠的,竟然烫了一头小卷,和原来修车工的形象反差有点大,但很符合"霹雳喜羊羊"的名号。

"改造"成功后,小马又想继续忽悠老王,无奈老王实在淳朴,诚恳拒绝,搞得小马倒不好意思了。

又是一个周五,顾禾不想去丁丰源那儿,打算晚上煮点面吃,到下午四点多,丁丰源却打电话来,说他叫了几个朋友来顾禾这儿聚聚。

几个朋友中除了韩冬和王小娴,还有一位丁丰源的初中同学,也是他现单位的同事,叫"柴溪",性格温柔恬静。顾禾与她认识并不是通过丁丰源,而是她来店里剪发,来的次数多了,两人处成了朋友。有一次碰巧偶遇丁丰源,聊过之后,顾禾才知道两人在一个单位,那时丁丰源刚考过来没多久,办公室的人还没认全。

晚上七点钟,他们四个两两到达,王小娴和韩冬一起,丁丰源和柴溪一起,手里都拎了几袋吃的。每次他们小聚之后,顾禾都要收拾好一阵才能把剩的东西吃完，因为不想浪费。

"禾禾，我给你买了鸭脖。"柴溪举起手中塑料袋晃了晃，仿佛鸭脖和她一样兴奋。

"谢谢。"

顾禾接过，看向抱着啤酒箱的韩冬："怎么又买这么多酒？喝得完吗？"

"喝不了剩下改天再喝，酒还怕剩啊？"

楼上还有两箱没开封，顾禾好愁。

王小娴趁他们放东西，把顾禾拉到一边，小声说："韩冬组的局，他说感觉你对老丁最近有点冷淡，正好碰上柴溪和老丁一起下班，顺带来了。"

顾禾无奈："刚开学不应该很忙吗？真够操心的。"

王小娴笑笑，虽然多数时候她觉得韩冬有点缺心眼，但在这件事上，她默认和韩冬同一战线，好朋友不操心还有谁呢。

为了方便支开桌子，丁丰源将旁边碍事的东西统统扔到沙发上，像丢垃圾一样。顾禾瞥了眼，脸色阴沉，心里很不舒服，但嘴上没说什么。

"禾禾，你最近是不是胖了？"柴溪双手掐着顾禾的腰比画。

"没有，一直九十多斤。"

"可能有点水肿，过了三十特别容易肿，等几年我也三十了，唉。"

女人之间聊天好像永远都离不开减肥，但顾禾和王小娴很少聊这个，相比柴溪，她俩之间的共同话题更多一些。

餐盒打开，几人热热闹闹开吃，给肚子垫个底才开始喝酒，边喝边聊，东南西北瞎扯。

喝了会儿，顾禾出去抽烟，屋里除了她没一个抽的，就不讨人嫌了。

走到窗下，顾禾看见沈承其也在，他手里的烟已经抽了一半。

"吃晚饭了吗？"打火机掏出来，顾禾跟他打招呼。

"吃了。"

沈承其往理发店里头瞄了一眼，神色忽变："朋友来了？"

"嗯，你要不要跟着一起喝点儿？"

"不了。"

沈承其拿烟的手在眉角蹭了蹭，烟雾来回打弯儿，混成一团，手放下，他盯着顾禾，看起来有些欲言又止。

"怎么了？"顾禾主动问。

"长头发女孩儿旁边那个男的，是你男朋友吗？"

"是。"

沈承其又看了一眼，确认后，问："你们三个谈恋爱吗？"

顾禾皱眉："什么意思？恋爱哪有三个人谈的？"

"我前几天去货站取配件，看见他俩在一起……"

后面的话不必说清楚顾禾也明白。

她把烟点着，深吸了一口，问："哪天？"

"周一。"

顾禾猛地想起来，难不成就是她蹭沈承其的车那天？

"怎么才说？"

"看你刚才笑得挺开心。"

顾禾不解："所以呢？"

"太假了。"沈承其弹了下烟灰，正对着顾禾，"想让你看一看现实什么样。"

豆腐渣外涂抹的巧克力糖衣，华而不实，不堪一击。

顾禾冷哼一声，苦涩又无奈。她承认近两个月对丁丰源没么上心，但怎么也没想到他会和柴溪搞到一起，或者准确来说，两人早有端倪，只是她心思在别处，所以才没发现。

顾禾继续抽烟，和往常一样慢悠悠的。她不是假装淡定，而是事出突然，各种情绪混到一起，压得她双腿发沉。

沈承其不禁斜睨她一眼，没再多说一个字，抽完先离开。

等他走了，顾禾才回头看向丁丰源，他手里捏着一个卤鸡翅，放到柴溪碗里，两人相视一笑。

隔着满是水汽的玻璃，他们的笑还是刺痛了顾禾。

掐断烟，她朝屋里走去。

桌上酒已经空了，韩冬从箱子里接着往外拿。顾禾坐下，又点了根烟，旁边几个人听到打火机的声音，抬头诧异地看着她，不是刚才出去抽了吗？

"你俩有什么话要跟我说的吗？"

顾禾靠着椅背，目光在丁丰源和柴溪之间流连，她没必要为这两人留面子，也没有过分反应。

王小娴猴精的一个人，看着顾禾冷漠的眼神，瞬间明白她在说什么。韩冬则一脸蒙，还在没眼力见地开酒瓶。

柴溪眼神晃动，问："禾禾，你怎么了？"

相比她，丁丰源表现得相对淡定，以不变应万变："告诉你酒后别吹风，是不是醉了？"

顾禾抽了口烟,说:"趁我发火之前你俩滚吧,我这儿剪子多,一会儿伤着谁不好。"

桌下,王小娴捏着顾禾的手,看向丁丰源:"你跟柴溪背着禾禾偷情,对吗?"

听到"偷情"两个字,柴溪慌忙低下头,面颊绯红,谁也不敢看。丁丰源噌地站起来,凳子倾斜倒地,"砰"的一声,将紧张的气氛渲染到冰点。

"无凭无据瞎说什么?"他冲王小娴大吼一声。

王小娴抓起韩冬面前还剩大半杯酒的酒杯,对着丁丰源泼过去:"赶紧滚!"

韩冬终于明白了,把要动手的丁丰源往外拉,在场所有人都了解顾禾什么个性,拖下去只会闹得更大。

"小娴,你陪顾禾待会儿,我带他俩走。"韩冬拉起面色恍惚的柴溪,将她和丁丰源连扯带拽地推出门外。

三人在门口又嚷嚷几句才离开。

屋里瞬间安静了,王小娴看着闷头抽烟的顾禾很心疼:"刚才你出去碰着谁了?"

顾禾摇头:"不用陪我,你回家吧,我困了。"

"禾禾……"

"分手而已,有什么事。"顾禾把烟头扔进柴溪的杯子,火花被水浇灭,"刺啦"一声。

这不是背叛的哀鸣,而是自由的庆祝,来自顾禾心底最真诚的定义。

虽然几分钟就结束了这段长达七年的恋情,可她却感觉一身轻快,甚至觉得老天助她,冥冥之中以这种方式结尾。如果她对丁丰源还有感情,杯中酒液势必会泼到丁丰源脸上,等不到王小娴替她出气。

这小子真幸运啊!顾禾对着头顶的惨白灯光感慨。

前一晚经历分手,第二天照常忙碌,顾禾的状态除了话少,其他没什么变化。

小马和郭琮显然是知道了,具体是谁说的顾禾不清楚,她没心情问,更没心情解释,任杨鹏拉着小马去店外窃窃私语,也任郭琮一直用担心的眼神盯着她,顾禾始终不言不语,企图用忙碌堵住他们问话的嘴,毕竟情绪不好的时候还是少说或者干脆不说,以免误伤。

店外,杨鹏点了根烟,问:"你抽不?"

小马摆摆手："来不了，我们店就禾姐一个人抽烟。"

"你觉得他俩怎么样？"

"肯定彻底分了。你不了解，禾姐特别有脾气。"

小马本来没想告诉杨鹏，又怕他们在顾禾面前提起丁丰源，干脆摊开直说，毕竟早晚也会知道。

杨鹏纠正："不是，我说她跟沈承其。"

小马被烟味儿呛到，五官狰狞，抬手扇了扇，问："啥意思？禾姐这边还没分利索你就帮她找下家啊？"

杨鹏笑得意味深长，但没往下说。自从听朋友讲过"睡了"那段故事后，再结合昨晚发生的事，杨鹏感觉……嗯，有点意思。

郭琮忙完手里的活儿也出来透气，小马把地方腾给她坐。

杨鹏问："那个渣男平时表现怎么样？感觉顾禾的眼光不至于差成这样吧？"

小马朝着太阳眯眯眼，说："之前挺好的，一点也不渣，谁承想说出轨就出轨！更恶心的是还在禾姐眼皮子底下，太欺负人了。"

"行，别愁了，回头我给禾姐介绍一个靠谱的。"

郭琮适时给出建议："可别介绍年下男，禾姐不喜欢乖乖的小奶狗。"

杨鹏听不懂："什么是年下男？"

小马解释："就是年龄比另一半小。"

杨鹏点点头，又问郭琮："你怎么知道？"

"我平时给她看的那些帅哥，她承认帅的差不多都是一个类型。"

杨鹏来了兴趣："什么类型？"

"反正不是丁丰源那种。"

小马不以为然："人家咋说也处了七年呢。"

郭琮想了想，说："在一起也未必是理想型啊，你俩问问身边朋友，有几个能和自己百分百满意的另一半结婚呀？多数在凑合。"

当凑合变成常态，人们好像都不以为然了。

杨鹏撞了下小马的胳膊，说："你那意思是他俩肯定不会复合，是吧？"

"肯定。"小马跟顾禾混了两年时间，这点还是了解的。

"那就行。"

"什么那就行？"郭琮感觉杨鹏话里有话。

"没事。"

杨鹏扭头往楼上看，视线尽头是沈承其的房间。

连续几天晚上下班,不是小马就是郭琮牵头,张罗出去吃饭。其实他们的本意是想带顾禾出去散散心,她分别以"累了""下雪""头疼"为由拒绝。

又一天打烊,关掉那个旋转一整天的灯箱,顾禾从楼上拿了个不锈钢盆,走到垃圾箱旁,将里面的东西一股脑倒在地上。头顶昏黄的路灯照在这些物品上,有点分辨不清原本的颜色,但顾禾清楚记得这些东西的来处,以及背后的情节。

她点了根烟,抽完把烟头往盆里扔,烟头一接触火苗便立刻燃烧起来,没一会儿便化为灰烬。

毁灭总是比新生容易,这句话在此刻更为讽刺。

许是烧得太过认真,顾禾完全没注意到身后沈承其正倚着门框,看这个刚失恋的女人顶着漫天风雪蹲在临街的垃圾桶旁,火光勾勒身体轮廓,背影安静又疯狂。

阵阵夜风助长火焰,随着所有属于某个人的物品在盆里燃烧殆尽,确认没有火星后,顾禾掐掉第三根烟起身回去。

一辆车驶过来停在路边,车里的人下车喊了声:"顾禾!"

她猛地刹住脚,这个声音太熟悉了,过去几年几乎每天都充斥着她的生活,相爱时悦耳动听,分开时聒噪啊嘛······

"你来干什么?"顾禾看了丁丰源,目光带刺,语气冷淡又差劲。

他拉上拉链,拍了拍刚落在袖子上的雪,说:"当然是想你了。"

嘴上说想,都不敢正眼看她。

顾禾望着盆里黑黢黢的灰烬,满脸冷漠。

丁丰源走到她对面,说:"能不能给个解释的机会啊?那晚人多,不想让王小娴和韩冬看热闹,也想让你冷静冷静。"

"不需要。"她真心不想听。

丁丰源抬手要摸顾禾的脸,被她扭头躲开。有些情感即便消失,残迹也还在,像较深的伤口治愈后必然留下疤痕。

"我和柴溪就是普通朋友,别小题大做。"

"……"

顾禾转过来,直面丁丰源:"我和你结束了,即使没有这件事,我也会跟你分手。"

"上周单位太忙了,没来找你。"

顾禾感觉丁丰源好像自动屏蔽了她的话，完全自说自话。

"你走吧。"

"我错了行不行？我给你道歉。"

丁丰源拽过顾禾狠狠搂进怀里，她用力挣扎，像是用尽所有力气，挣脱开的同时跌坐到地上，手心攥了把雪，冰凉刺骨。

丁丰源愣住了，这样的变数出乎意料，他没想到顾禾这么大力，更没想到她看他的眼神比雪花还要冰冷。

"没事吧？"沈承其跑到顾禾跟前，扶起她。

雪被温热的手掌融化，混着擦伤的血水顺着指尖往下淌，冰冷可以镇痛，她只感觉有点麻。

沈承其低声问："需要帮忙吗？"

"干你屁事！"

顾禾心情差，波及了沈承其，不过沈承其一点不生气，转身利落离开。顾禾顺着他的背影望过去，发现他没走远，而是站在花坛前点了根烟。

"那男的谁啊？好像跟你挺熟，关系不一般吧？"

丁丰源见顾禾一直看沈承其，逮着蛛丝马迹反过来攻击她，品性里的卑劣随着出轨撕开一个口子，不停地往外翻涌，刷新了顾禾对他原有的认知。

刚谈恋爱的时候，顾禾觉得丁丰源脸蛋不错，个子虽然不像沈承其那么高，也有一米八，性格风趣幽默，但知道他出轨后，顾禾对他的滤镜一天之内全部碎掉，看哪儿都不顺眼。

丁丰源扬着头，打心眼里觉得错不在他："消消气，宝贝，你知道我这份工作来之不易，柴溪其实是我领导的女儿，不能得罪。"

说到工作，丁丰源从北京回西北后，考西宁的公务员没考上，转战德令哈才成功。他最在意自己的前途，顾禾从前没太大感觉，现在知道了。回头想想，他对柴溪确实很讨好，借着昔日的同学关系，一步步加深感情，还踩着顾禾的自尊心，拿她当垫脚石。

"再不走我报警了。"顾禾有点不耐烦。

眼见求和无望，丁丰源只好先作罢："行行行，改天我再来，报什么警呢。"

或许他清楚以顾禾的脾气干得出这种事，所以才妥协。

只是离开之前，丁丰源特意走到沈承其对面，警告说："喂！离顾禾远点！她是我未婚妻，我们俩的事不需要外人掺和。"

"恐怕不行。"沈承其淡淡回应，拿烟的手指向汽修行牌匾，烟雾随风拐弯，"我交了两年租金。"

丁丰源龇龇牙，像只奓毛的野狗："不是，你什么意思啊？想追她是吧？"

沈承其抽了口烟，眯着眼看他，不躲，也没给任何回应。

见吓唬不成，丁丰源赶紧溜了，他没看见那些烧掉的灰烬，也没跟顾禾告别。

雪还在下，但小了许多，顾禾瞥了一眼烧得发黑的不锈钢盆，那是她与丁丰源画上的句号，不管丁丰源是否看见、是否承认，结束就是结束了，没有重来的可能。

落雪的地面，脚印从街边一直延续到汽修行门口，清晰可辨。

顾禾记得以前上学时只要下雪，班里同学会轮着在雪地上用一种脚跟对脚心的方式行走，当走出一段距离后，雪地上的图案看起来很像车辙，那是小小年纪的他们最初的艺术作品，只是多年后，有人依然只会走车辙，而有人已经能画出斑斓世界。

顾禾进屋看见卫生间门半掩着，沈承其正在里面洗脸，弓腰的身影映在玻璃门上，顾禾没打扰他，而是转圈打量这家店。

原本一楼整间房用隔断拦上，改成两个门，三分之一是办公室，三分之二用作修车操作区，因为隔断的缘故，所以没什么汽油味，吧台里边架子上整齐堆放很多汽车零部件，带盒的、不带盒的，明码标价。

这些东西就像数学公式，顾禾虽然能念出来，但基本不会应用。

她以为沈承其会弄一个老板桌，再整个茶台什么的，谁知都没有，就一个小吧台，能达到一目了然在哪儿交钱的目的。

打量完，顾禾听流水声还没停，她开门离开，这时沈承其洗完脸瞥到一个背影，顾不上擦，赶忙追出去。

见沈承其走过来，顾禾有点不好意思，手抖了抖，烟灰随之掉落。刚被一个不太熟的男人看了笑话，她想坦然也坦然不了，甚至感觉脸颊有一丝燥热。

"你找我吗？"沈承其洗脸时衬衫解了三颗扣子，领口大敞。

顾禾的视线从他坚韧清晰的锁骨上划过，说："刚才对不起，我态度不好，让你看笑话了。"

"我对别人的苦痛不感兴趣。"所以那不是笑话，而是苦痛。

沈承其说完返回屋内，从吧台拿了张名片，走出来递给顾禾："上面有我电话，有事打给我。"

顾禾一脸蒙，视线笔直地盯着沈承其。他脸上没擦的水珠在路灯下闪闪发亮，眼睛也湿漉漉的，顾禾第一次对"夜色如水"这个四字成语有了具体画面。

"不是说对别人的苦痛不感兴趣吗？"

"我觉得你不一定斗得过你男朋友。"

沈承其意味深长地扯扯嘴角，他没直接说丁丰源耍无赖更胜一筹。

"前男友，谢谢。"

名片被两根手指夹着接过去，烟灰颤抖掉落，在名片上划过一道昏黄的痕迹。

沈承其的目光从她沾了血的袖口掠过，说："跟我来。"

他在前面带路，顾禾不知道要干什么，只能跟着。

走进汽修行，他指向沙发，说："坐，等我一下。"

说完人钻进吧台，从柜子里翻出一个蓝色医药箱，走到顾禾身旁坐下："伸手，左边。"

顾禾伸出去才看到手掌擦伤了，正往外渗血，不看吧，还没什么事，看到后立马感觉火辣辣的刺痛。

沈承其从药箱拿出碘酒和棉球，还有一根镊子，说："扎了块玻璃，可能有点疼。"

"嗯。"

镊子将玻璃碴利落拔出。沾了碘酒的棉球带着杀气腾腾的冲劲，在碰到伤口那一瞬，顾禾"咝"地皱了下眉，手指随之颤了颤，沈承其立马停下。

"没事，继续。"她咬着嘴唇，直到擦伤的地方涂满碘酒，再没吭一声。

消毒完成，沈承其又往上面喷了点云南白药，最后用纱布缠上："有点严重，最好去趟医院。"

"不用，小伤。"

顾禾有气无力，伤口一跳一跳地疼，她狠吸两口烟缓解，看着缠得工整有序的纱布，问："你以前是不是开过黑诊所？"

"你猜。"

玩笑话一旦用认真的语气讲……

沈承其收拾好纱布和药，放进医药箱："明天上午来找我，换药。"

"谢谢，技术不错。"顾禾收回手，将烟灰弹进面前的玻璃烟灰缸。烟还剩一口，干脆按灭扔掉了。

"这几天别沾水。"

"嗯。"

沈承其还在想其他注意事项，可顾禾的心思却与自己的伤口无关，问："你这房子多少平？"

之前吃饺子都是服务员直接送到她店里，她根本没仔细看过。

"上下不到两百。"

"比我那个大。"印着沈承其名字的名片在顾禾手里来回翻转，"你应该早点告诉我的。"

她指的是丁丰源和柴溪之间越界的感情，沈承其知道。

"可能之前良心没发现。"

"确定不是反应迟钝吗？"

"你是想说我傻吗？"

顾禾笑得礼貌："当然不是。"

她将名片收回手心，起身说："我先回去了。"

"酒少喝。"

顾禾半起的身子缓缓落回，看着沈承其。

"每天都喝，时间长了容易酗酒。"

被他发现了……

原本空荡的花坛里堆满白葡萄酒的空瓶，都是最近攒的，微酸清爽的味道，在暗夜里淡化苦涩，每每喝到微醺时，顾禾感觉伸手就能摸到天边的云朵。

"好。"红唇轻启，她答应得痛快。

沈承其笑了声："你在敷衍我。"

"那我想喝酒就来找你。"

"找我？"

"看见你就不会喝了。"顾禾说完朝门口走去。

外面雪势渐小，只剩零星飘散，立春后，下这样一场雪在德令哈很平常，她站在外面，深吸一口气，忽然觉得无比畅快。

街边，落雪掩盖灰烬，也为过去蒙上了一层薄纱。

或许，没有任何一次选择能胜过眼前，她想。

第二章
巴音河

狂风大作的一天，小马总共出去三次，为了扶起被风吹倒的自行车，最后一次出去时间比较久，过了十多分钟才回来。

"禾姐，其哥让我拿这个过来。"

"其哥？叫这么亲昵？"顾禾瞥了一眼昨晚见过的蓝色医药箱，她上午忙，没去换药。

小马"嘿嘿"一笑，将药箱递给郭琮，说："你帮禾姐换下药。"

早上他俩一来就看见了顾禾受伤的手，问怎么弄的。顾禾说不小心戳剪刀上了，反正理发店利器多的是，想受伤太容易。

"其哥让我告诉你，鸟救活了，在什么野生动物救助站还是保护站呢，还问你要不要去看看。"

"知道了。"

郭琮边给她换药边追问："那你去不去啊？"

"再说。"

小马拍拍胸脯保证："禾姐，想去就去，家里有我呢。"

"你还想把李姐头发再烫坏一次吗？"

去年国庆节，顾禾和丁丰源去水上雅丹玩，两天没在店，晚上回来就看见小马点头哈腰地给老顾客李姐道歉。幸亏不太严重，顾禾给李姐免单了，又拿好话哄了哄，李姐才消气。自那之后，小马被罚扫地一个月，包括门口到街边的区域。

往事依稀浮现心头，小马感觉后脖颈一凉："禾姐，你别走了，我害怕。"

郭琮不屑："屁！"

"师父这叫能屈能伸，你懂啥？好好学着。"

"杨鹏说晚上他们吃烧烤,有烤羊排,带出咱仨那份了,让过去吃。"

郭琮向外望:"有帅哥加入吗?"

"没有!社区情圣舍我其谁!"

郭琮对小马自封的"社区情圣"丝毫不感兴趣:"自己烤啊?这风沙天!"

"看看晚上啥情况,要还这样就在屋里烤呗,他们地方大。"

顾禾把加湿器插上,说:"你俩去吧,我不饿。"

小马还想劝:"别啊,人多吃饭香。"

"少我一个不少。"

加湿器"呼噜噜"地开始冒气,湿润的气息让顾禾一瞬恍惚,好像芳草萋萋已经降临,推开门就能走进春天里。

或许老天爷给面子,知道汽修行要烤羊排,下午大风逐渐消退,到傍晚竟然放晴了。

下午六点钟,顾禾让小马和郭琮提前下班去隔壁玩,一小时后,她给客人剪完头发,刚上楼想歇一会儿,就听见楼下门开了,紧接着有人叫她:"顾禾!你在吗?"

顾禾竖起耳朵,听声音有点耳熟,一边回答:"等下。"

她从床上疲惫地起身,下楼看见杨鹏端着两个盘子。

"刚烤好的,其哥让我给你送过来。"

走到跟前,顾禾闻到一股喷香的肉味,大西北除了数不尽的旷野美景,还有一个她最喜欢的优点就是这里的肉好吃,纯正、天然。

"这个拌菜是在后边面馆买的,其哥特意告诉老板别加香菜。"

"谢谢。"

"你吃吧,我先过去,不够还有呢!"

顾禾怕他又来送,赶忙说:"够了,我一会儿要出门,告诉小马他俩吃完直接回家吧。"

"好嘞。"

顾禾不是找借口,她真要出门,这几天都没去公园喂猫,猫不会想她,但一定想罐头了。

等到八点半闭店,她穿好大衣,拿上罐头和猫粮朝附近公园走去。

说是公园,其实面积很小,主要给附近居民散步遛弯。

走了一段,顾禾来到每次喂猫的地方,"主子们"不在,猫粮碗里竟然还有猫粮,看来有人喂过了,顾禾把罐头打开放下才离开。

走到公园最里头,她看见前面长椅上有个人影,那个闷着头不声不语的模样,她很熟悉。

　　从初次见面时起,顾禾就感觉沈承其身上有种脆弱的孤独感,如西北的雪山一样,看得见,但要真正触摸,却遥不可及。

　　顾禾走近,在他身旁坐下,问:"有心事吗?"

　　沈承其扭头,这才发现是顾禾。

　　"月亮那么好看,总低头干吗?"可惜了这高个子,挺直身板多养眼。

　　沈承其仰头,跟顾禾望着同一轮弯月,夜色掩饰了他沉重的面色,他问:"你怎么在这儿?"

　　顾禾把猫粮放到两人中间,说:"来喂猫。"

　　他从右手边也拿出一袋猫粮,和顾禾那袋并排放到一起,原来是沈承其早她一步。

　　"你也喜欢猫吗?"

　　"还行。"

　　"你没和他们吃饭吗?"顾禾轻轻嗅了嗅,沈承其身上没有烤肉味。

　　"嗯,我在外面吃过了。"

　　借着路灯幽暗的光亮,顾禾看见沈承其只穿了一件薄外套,初春早晚的气温还很低,尤其是在海拔几近三千米的德令哈。

　　"你怎么没过去跟他们一起吃?"

　　同样的问题又抛回顾禾这里,她蹭蹭鞋子,说:"没心情。"

　　顾禾知道她可以糊弄杨鹏,却没法骗沈承其,明显他更聪明,或者说更敏感一些。

　　"因为失恋吗?"

　　"不是,反正就……没什么开心的事。"

　　顾禾照旧实话实说,可能是因为分手的念头早就有了,碰见丁丰源出轨,正正顺水推舟地提出来,所以心情相对轻松一点,要放在三年前,她一定喝个烂醉。

　　"看着像。"

　　顾禾反驳:"你看着更像。"

　　"我?"沈承其轻哼一声,没往下说。

　　各自沉默的时间里,大段大段的风声呼啸,似剪刀一般,给城市撕开一个口子,每听到一阵,顾禾的身体都在微微抖动。

　　"你之前做什么的?"她随口跟沈承其聊天,挑最感兴趣的问起。

　　"和朋友开青旅,再之前……在北京工作过几年。"

"青旅还开着吗？"

"开，不过跟我没关系了。"

涉及个人隐私，顾禾忍住好奇没往下问，但她想到了别的。

"你怎么睡帐篷呢？"

"习惯。"

"嗯？"怎么会有这种习惯？

"那个睡袋很暖和，我在雪山脚下露营的时候用过。"

"哪座雪山？"顾禾问。

"玉珠峰。"

椅子有点凉，她挪挪屁股。沈承其站起来，说："冷，回吧。"

"嗯。"

两人不约而同地去拿猫粮，伸出的手叠在一起，沈承其在上，顾禾在下，他手心的温度传到她的手背，顾禾感到一阵温热。

沈承其倏地缩手，猫粮被顾禾抱在怀里。

风沙过后第二天，天气晴朗得不像话，湛蓝的天空只有零星几朵云，要不是玻璃和墙面上沉积的灰尘，还以为沙尘暴从未来过。等到下午暖和些，顾禾翻出两条旧毛巾，打算把玻璃擦一擦，虽然店里有小工，但顾禾有时间也会自己干。

刚擦几下，沈承其扯着水管走过来，说："退后。"

顾禾不明所以，往后退了几步。

"再往后。"

顾禾干脆退到街边站在树下，干枯的树枝投影到她肩膀上，像裹了一身粗暴的铠甲。

沈承其掐着水管，喷涌而出的水柱轻而易举将灰尘冲走，汇成一道道泥流往下淌。

理发店内，小马和郭琮对着窗外张牙舞爪，沈承其理也不理，专心当"高原保洁"。

玻璃冲完，他顺带把牌匾也冲了一遍，"金禾理发店"五个字比以往任何时候都要光鲜，在太阳下闪闪发亮。

顾禾想起开业前取店名的草率过程，因为德令哈在蒙古语里意为"金色的世界"，再加上她名字里的"禾"，捏在一起听着挺顺耳的，就用了。虽然草率，但她喜欢，只不过经常有人误会她叫"金禾"，就像沈承其那位朋友,她也不解释,随大家叫。

水花朝上激烈迸溅,一截彩虹跃然于眼前,顾禾以为自己眼花了,晃晃头,闭眼再睁开,彩虹还在。

万物复苏之初,她竟然看见了彩色。

沈承其冲完理发店,又把水管扯到隔壁的隔壁,那家是张叔的殡葬行。沈承其不会要把一条街的门店都冲一遍吧?爱心这么泛滥?

张叔从店里走出来,竟然和沈承其有说有笑地聊天,很熟络的样子,不像第一次见面。两人说着话,还同时回头朝顾禾这边看了一眼,貌似话题和她有关。

殡葬这行比较惹人忌讳,所以张叔很少到旁边串门什么的,但顾禾不怕,她有时间还会去隔壁帮忙,为此丁丰源说过她,叫她不要去,破坏自己店的风水,简直"疯言疯语"。

聊了几句,张叔朝顾禾走过来,说:"新邻居人好吧?"

"你们认识啊?"

"何止认识,我把他当儿子看呢。"

这话……乍一听怎么有点像骂人?

"开业那天你好像没去。"

张叔无奈地笑笑:"人家开业是喜事,我去不好。"

顾禾猜想沈承其和张叔的关系,年纪相差有点大,可能是亲戚吧,或者忘年交,总之不是亲父子。

"小丁这两天还来烦你吗?"

理发店老板娘分手的事早已不胫而走,怕是街边常来觅食的狗都听说了,不过丁丰源很不喜欢别人管他叫"小丁",总感觉带着点侮辱性,虽然顾禾觉得他的尺寸很正常。

"没有。"

"再来告诉我,可别挨欺负不吱声。"

"没事,他不能把我怎么样。"

丁丰源肯定还会再来,肯定还会更加不要脸地为自己辩解,但不重要了,再过几个月顾禾就要离开,与德令哈彻底分别,到时任丁丰源怎么发疯都不干她的事。

"对了,房子什么时候到期?"张叔问。

"八月。"

"还续租吗?"

顾禾看着消失殆尽的彩虹尾巴，说："不了，我想回北方。"

张叔虽然做殡葬行业，但不接待死者家属的时候总是笑呵呵的，他纯粹把这行当一份营生，尽量不影响生活。可当他听到顾禾要离开的时候，脸上的难过很明显。他做殡葬十几年，一左一右换过很多邻居，只有顾禾来了之后不避讳他和老伴儿，还经常过去帮忙，难免有些不舍。

"开了快两年了吧？"

"嗯。"

两年很快，初来德令哈的情景依然历历在目。

张叔惋惜地"啧啧"两声，说："本来还想介绍你和承其认识呢。"

"认识了，他的头发是我剪的。"

张叔笑了笑："不是，你这孩子，明知故问呢。"

顾禾这才恍然大悟："他多大？还没结婚吗？"

"三十四，没结婚，连对象也没有，平时话少，符合你要求，长得还精神，考虑考虑。"

丁丰源话就多，时间久了，顾禾偶尔嫌他聒噪。

只是顾禾没想到，张叔竟然有说媒潜质，还罕见地这么夸赞一个人。她想了想说："算了，别耽误他，我要走了。"

顾禾说话的时候，一直看着沈承其的身影，那个孤独宽阔的背像是有什么魔力，总不经意吸引她的视线。

"行吧，不勉强，就是觉得可惜。对了，老早之前我跟他打过招呼，有啥要帮忙的找他就行，我岁数大，一忙出殡顾不上。"

"老早之前？"

张叔解释："啊，汽修行刚兑的时候他来过，隔着玻璃见过你，我说禾禾这姑娘特别好。"

顾禾本能忽略张叔后面那句，转而回想是否见过沈承其。

没印象。

见有人走进殡葬行，张叔冲顾禾摆摆手："我先忙了啊。"

"好。"

沈承其干完活，不声不响地回店里，水管被杨鹏接过去，转头，和顾禾的视线对上。

她笑了下，算是感谢，可碰巧沈承其被杨鹏叫走，没看见。

顾禾想了想，掏出电话，找到沈承其那条信息，号码拨过去，很快通了："喂，我是顾禾。"

"嗯？"

"我是顾禾。"

"声音不太像。"

沈承其站在一辆被拆得七零八落的车前，隔着几十米和她互望，好像在确认是不是本人。

"下午有空吗？"顾禾有意听了下自己的声音，竟有种约会邀请的意味。

"什么事？"

"去看看鸟。"

"明天上午行吗？"

"好。"

电话挂断，一阵风从顾禾背后吹来，头顶树枝好像一瞬长出绿叶，粗粝退去，盎然登场。

阳光躲进云层的清晨，德令哈蒙上了一层缥缈的薄衣。顾禾第二次坐进沈承其那辆车的副驾驶，拉安全带的动作却熟练得像车主本人一样。

"门没关严。"沈承其往顾禾那边看。

"是吗？"她打开，用力往回关，"嘭"的一声，气势十足。

"上次就想问你，怎么认识那只鸟啊？"

车开上主干道，顾禾找话题跟沈承其聊天，借以掩盖约他的唐突。

"小时候见过，我爸告诉我的。"

"你是本地人吗？"

"算吧，爸妈是吉林的，他俩年轻时到茫崖那边的冷湖油田工作，后来搬到德令哈，我在这儿出生，但是他们工作忙没时间照顾我，把我送回吉林老家养，上小学后又接回德令哈，一直到现在。"

相识几天，顾禾第一次听沈承其讲这么多话，当听到他说"爸妈"时，她想起那天在派出所，民警说有他妈的消息第一时间告诉他。顾禾猜测，沈承其的妈妈可能失踪了……

"我说呢。"

"什么？"

"看见你有点亲切。"同在吉林，算老乡了。

沈承其脸上划过一丝不自然："第一次有人说我亲切。"

顾禾笑笑："那其他人说什么？"

"很多。"

但唯独没有亲切，比如杨鹏说得最多的一句是："沈承其用眼睛就会骂人，别惹他。"

野生动物保护站在市郊，抵达后，沈承其在门口给联系人打电话。很快，一个穿着工作服的男人跑出来，冲他俩挥挥手："你好，我是站里工作人员，救戴胜的是你吗？"

沈承其把顾禾拽到身前："她捡的，我帮忙。"

沈承其以礼还礼，之前在派出所，顾禾也是这样把他推到前面担当好人。

"那只戴胜不知道为什么飞到咱们这儿，可能高反了，有点晕，幸亏遇到你俩，要不然肯定小命不保。"

工作人员把顾禾和沈承其领到一楼最里边一个屋子，里面挂着鸟笼，还有类似保温箱一样的东西。

"这只就是。"

顾禾往鸟笼里看，几天不见，这只戴胜竟然恢复了大半活力，隔着笼子和顾禾对视，还发出"噗噗"的声音。

"戴胜的叫声和别的鸟不一样。"顾禾满眼好奇，给戴胜看得不好意思，转向沈承其那边。

"它好像更喜欢你。"顾禾吃醋一样看着沈承其。

工作人员插话说："看见美女害羞了吧。"

沈承其瞥他一眼。

"你们别看戴胜长得好看，这种鸟其实特别邋遢，还在鸟巢里排泄，而且不擅长筑巢，经常抢夺别的鸟筑好的巢穴。怎么抢呢？排泄完粪便就跑，别的鸟没法在臭烘烘的鸟巢里生蛋，戴胜就理所应当住进去了。虽然戴胜臭，但它们是一夫一妻制，古人觉得它寓意祥和，宋徽宗还画过戴胜的画呢。"

顾禾冲工作人员笑笑，没白来，竟然还有知识学。

见戴胜活蹦乱跳，恢复得不错，她就放心了，拍了几张照片和视频留作纪念，又跟工作人员聊了几句，不想耽误人家工作，赶忙拉着沈承其离开。

今天出来时间不算长，但对顾禾来说，心情久违地放松。

"春天了。"她向窗外望，喃喃自语。

沈承其不明所以："然后呢？"

"我要给花坛种些花。不过等八月我就走了，你喜欢的话，到时可以移过去接着养。"

十字路口红灯亮起，沈承其猛地踩了下刹车，顾禾惯性往前冲，幸好被他及时伸出手臂拦住。

"不好意思。"沈承其一脸歉意。

顾禾缓缓神,幽幽地说:"你的修车技术不会是从亲身实践得来的吧?"

他撤回手,搭在方向盘上,说:"可能。"

一个敢问,一个敢答。

车里安静了会儿,顾禾又问:"对了,你和张叔认识啊?"

"嗯,邻居,汽修行的门市是他给介绍的。"

怪不得顾禾没提前听过出兑消息,张叔也经常去饺子馆吃饭,肯定是听见老板要把店出兑,他直接截和,没等消息放出去,店就被转租了。

车往前开了一段,顾禾掏出手机看了眼时间,问:"你饿不饿?"

沈承其不答反问:"想吃什么?"

"你定吧。"

沈承其的目光从窗外收回来,没吱声。

顾禾没再往下说,因为沈承其看见的人她也看见了,虽然匆匆一瞥,但能确定是丁丰源,他怀里还搂着柴溪。小地方的特点就是总能遇到熟人。

"需要停车吗?"沈承其减缓车速。

"不用。"顾禾不想闹得没完没了。

手机"嗡嗡"响动,顾禾解锁看了眼,是顾嘉发来的视频通话,她感觉不太方便,就直接挂了,可顾嘉马上又打过来,顾禾无奈接通。

和丁丰源分手的事,她最先告诉顾嘉,因为需要有人和她同一阵营,只是不知道临时拉拢是否有效。

"姐,干吗呢?"

"在外面。"

"不是说六月结婚吗?妈把酒店都订好了,也通知亲戚了,你不接电话以为能躲过去啊?"

有关这场原定在六月初的婚礼,现在看来滑稽至极,从大四恋爱到现在,丁丰源只许诺过一次要与顾禾结婚,就是说服她从北京搬来德令哈的时候,但来了之后便再没动静,直到顾禾她妈主动给丁丰源打电话,聊到结婚这件事,他才像被迫一样定了结婚日期,但到现在还没登记。

人类大多数拥有叛逆的天性,比如一直盼望的东西,在经过许久终于得到之后,反而不想要了一样。所以在撞见丁丰源出轨的时候,顾禾并不伤心,相反她有点窃喜。窃喜她不必成为众矢之的,窃喜以受害者的身份结束这段感情恢复自由身,可窃喜过后,心里是大片的空白,空到可以涌进一江春水……

顾禾急切地按着音量键，小声说："我自己跟妈解释。"

"妈心脏不好，要是听说你俩这婚结不成了，她能直接进 ICU 你信不信？"

顾禾脾气很倔，从小到大没少跟她妈顶嘴，但自从她妈生病后，她便百依百顺，不敢惹老人家生气，所以才没和她妈说分手的事。

"我抽空回去一趟吧。"

"本来还想等你结婚的时候休假，顺便在青海玩几天呢，唉，咱俩还是商量一下怎么解决吧。"

"怎么解决……我又不能凭空变个男朋友给他们看。"

路口转弯，镜头一晃，顾嘉杀猪一样喊出声："那男的谁啊？新姐夫吗？"

"闭嘴！先不说了。"

顾禾挂断视频通话，觉得不好意思，对沈承其说："我弟有点二，你别介意。"

"亲弟吗？"

"嗯。"

顾嘉比顾禾小三岁，在北京一家互联网公司上班，平时忙成狗，经常加班到后半夜。顾禾总跟他说要注意发量，别秃了，挣多少钱是次要的。可顾嘉反驳说，没有钱再多头发也没用。姐弟俩谁也拧不过谁，但多数时候，顾嘉很听顾禾的话，自从父亲去世后，家里只有这个姐能镇住顾嘉。

顾禾靠着椅背，眉头紧锁，想象着坦白后她妈会是什么反应，要不要备着速效救心丸？或者干脆把老人家约到医院急诊大厅谈吧……

"需要帮忙吗？"

听到沈承其问话，顾禾微微睁眼，这次不能再说"干你屁事"了。

她摇摇头："谁也帮不了我。"

"说说看。"

既然沈承其撞见过丁丰源，顾禾也没什么好瞒的，说："原本六月要结婚，现在结不了了。"

沈承其没回应，就像顾禾说的，谁也帮不了她。

各自沉默一会儿，上个话题翻篇，沈承其问："火锅吃吗？"

"吃，除了香菜以外我都吃。"

顾禾眼前不自觉闪过沈承其把她碗里的香菜夹走的画面，那一刻沈承其对她来说，和恩人没有两样。

后半段路，顾禾满脑子都是火锅，已经忘了刚刚见过丁丰源。果然遗忘最好的方式就是涌进下一个新鲜事物，或者，下一个人。

吃完回店，顾禾刚下车就迎面撞见丁丰源，心里不禁感叹，他真是时间管理大师，刚和现女友柴溪约会完，又来前女友这边争辩。

"我说你怎么这么决绝？敢情找到下家了。"

"……"

沈承其下车绕到顾禾身旁，说："保护站工作人员说什么时候再想去看鸟，提前给他打电话，戴胜恢复好了要放生野外。"

顾禾："知道了，谢谢。"

沈承其说完马上离开，顾禾心里清楚，他是不想让丁丰源误会。

丁丰源："你是不是早就劈腿了？还在我面前装！"

"脑子坏了吧你！"认识这么久以来，这是顾禾第一次骂他。

"好，我错了，咱俩心平气和地聊一聊，可以吧？"

顾禾知道这是必须要进行的一步，她到花坛旁边的椅子坐下，从兜里掏出烟，点了一根。

说是椅子，其实是昨天杨鹏和小马用两个破轮胎瞎捣鼓出来的，盖上木板和坐垫，放在两家店中间，谁想坐就坐，虽然手艺粗糙，但观感不错，坐着也舒服。

丁丰源见顾禾松口，赶紧过去坐下，说："我要是现在和她断了，你能原谅我吗？"

"不能。"顾禾语气坚定，不容商量。

"你没在机关干过，不知道往上升有多难，我也是身不由己。"

顾禾非常想骂人，但脏话到嘴边，变成一个灿烂的笑。

丁丰源看着顾禾手中的烟，说："少抽点吧。"

他一直不喜欢顾禾抽烟，但两人在一起的时候，他敢怒不敢言。

"如果我没猜错的话，我们结婚的事，你没有告诉单位的同事吧？"

"还没来得及。"

顾禾冷笑一声，就知道是这样。现在细细想来，丁丰源从不跟朋友说她是干什么的，只说是在做生意。

之前顾禾在北京一家私企上班，到了德令哈，没有什么合适的公司，她不想干待着，更不愿像丁丰源一样考公，想着上大学时，她经常给宿舍几个女生剪头发，觉得开家理发店也不错。不管是私企，还是理发师，职业没有高低贵贱，都是靠自己赚钱，可在丁丰源心里却不一样。

顾禾抽了口烟，将一腔闷气随着烟雾吐出去，说："我从长春到北京，再到德令哈，一路跟你过来是因为喜欢你，不是因为离开你活不下去，明白吗？"

"可是你不爱我了。"

顾禾没想到丁丰源会发觉，更没想到其实他早就发觉了。

丁丰源苦笑一声，此时他脸上没有了背叛的歉意，两种情感勾兑，在他心里其实算一种扯平："你揭穿我和柴溪那晚都不生气，要放以前看见有女人给我发信息，肯定会闹好几天，我就算情商再低，喜不喜欢还是能看出来。"

曾经顾嘉评价丁丰源时，也用过同样的话："姐夫和我差不多，属于智商高情商低那类型。"

顾禾从没否认过丁丰源的聪明，他上学时成绩很好，第一次考公失败也是败在了面试环节，但聪明不能充作恋爱基石。

既然话说到这份上，顾禾索性坦白："从你被我妈逼着跟我求婚之后，我就想分手了，碰见你出轨只不过是一个契机，你成全了我的犹豫，我该感谢你。"

丁丰源只将平静状态维持了一分钟，他腾地站起来，脸上的暴躁不再掩饰："明明是你有错在先，凭什么往我身上安欲加之罪？"

"不爱你是错吗？"

"行，没错，我也直说吧，我不跟你结婚是因为我觉得还有机会找到更好的人，能在事业上推我一把，很明显你不能。"

顾禾双手一摊："不好意思，挡你升官发财之路了。"

两人从热恋到即将结婚，唯一一次想法上的激烈碰撞就是现在。

顾禾眼前晃过从北京来德令哈之前，丁丰源拍着胸脯许下豪言壮语的画面，再对比两人之间可笑的现状，顾禾猛抽两口烟，咳得眼冒金星。

大四那年，他说，顾禾，你要不要做我女朋友？

两年前，他说，顾禾，你要不要跟我去德令哈？

一模一样的语气，顾禾从没怀疑过丁丰源的真诚，或许说出口的时候，他是真诚的，只不过真情总似流水，流走了就不再来。是人都难免犯错，但这次代价有点大，青春掠过，一腔真心喂了狗。

"过段时间我会离开德令哈，你不用再来找我，我妈那边你也不要联系，我会跟她说咱俩和平分手，各有新欢，如果你做不到，我就把事情闹大，你看着办。"

许是顾禾平静的语气缓冲了丁丰源的暴躁，他终于感觉到一些愧疚："那段时间我发现你冷落我，我一时不甘寂寞才……顾禾，我不爱她，我一直只爱你。"

这是丁丰源最后的，也是唯一的软话。

"不，你只爱你自己。"

烟抽完，该说的话也说了，她不想再和丁丰源拉扯，起身离开。

丁丰源的求和遭到连续无视，甚至被骂，落差太明显，以至于他有点接受不了。有一种人就是这样，他可以对不起别人，但别人不能对不起他。

小马从店里跑出来，挡住丁丰源，白眼都快翻上天了："别烦禾姐了！"

"小马小马！"丁丰源拦不住顾禾，趁机揪住小马的胳膊。

小马："要不是看在从前你请我们吃过几顿饭的份上，我肯定替禾姐收拾你！"

"就一个问题，问完马上走。"

小马不耐烦地甩开他，说："有屁快放！"

"顾禾跟那男的什么关系？"

"哪个男的？"

丁丰源指向隔壁，说："刚才开车带她回来那个。"

其实丁丰源刚问第一句，小马就知道是谁，他翻个白眼说："还能什么关系，邻居啊，多明显，有瞎琢磨的工夫不如多检讨检讨自己。"

他转头"呸"了口，钻回店里。

丁丰源的心情差到爆，但又无处发泄，刚要走，看见沈承其从汽修行出来，打开后备箱找扳手。他抽风一样跟过去，嚷道："我俩还没分利索呢，你别惦记她。"

接连被惹，换作别人早就翻脸了，可沈承其只笑了下，关上后备箱，留给身后人一个高大挺拔的背影。

丁丰源从沈承其看似简单的笑中感到一股强烈的蔑视，好像顾禾所有决绝的话，都不及这股蔑视，因为来自同性之间，这让丁丰源觉得侮辱至极。

顾禾已经在外面转悠快一个小时了，双腿发软，春风吹得脸颊生疼。

站在巴音河岸边，城市夜景在她眼里忽然变得好陌生，很多人选择居住在哪儿是因为另外一个人，或者一群人，可顾禾今天亲手将自己留在德令哈的"理由"甩掉了。

河岸边，三三两两的行人相继离去，水面斑斓的浮光向顾禾这边涌动，她感觉脚下生根的锚在被一点点拔起，归属感逐渐归零。

手机"嗡嗡"响了两声，顾禾打开，看到她妈发来一张图片，还有一句话：下午和你三姨去买了你出嫁的红包袱。

红包袱是老家那边结婚的习俗，顾禾参加亲戚婚礼时见过，父母给女儿准备的，里面包着新衣服，算是一种祝福。

鲜艳的红色刺激着顾禾的双眼，她能想象姐妹二人一边挑选，一边回忆顾禾成长中任性的糗事，讲也讲不完。

有什么办法能让婚礼取消还不惹怒她妈呢？顾禾发愁。

虽然多数时候父母是子女最亲近的人，但这种关系同时也裹挟着约束，所以顾禾这些年对家里从来都是报喜不报忧，突然让她直面当下的困境，她没法完美解决。而且顾禾和她妈的关系不像其他母女那么亲近，她爸还在的时候，顾禾回家勤一些，因为她爸很宠她，她爸去世后，她回家的次数就变成一年一次了。

关掉手机，顾禾顺着原路返回。

走了一半，剩下一半实在走不动的时候，正好一辆出租车经过，顾禾理所应当地冲它招手。

下车后，她隔着马路往店里望，小马和郭琮已经下班回家了，借着牌匾灯箱微暗的光，她看见一个身影，他坐在椅子上抽烟，火光一明一灭，似海上灯塔。

差点忘记，沈承其也搬来店里住了。

以往这条街闭店后只剩下理发店的二楼还亮着灯，顾禾从不觉得孤独，相反，她享受这种喧嚣退去后的独处。

"不冷吗？"顾禾见他两次都是穿着短袖在外头抽烟，不免好奇。

"不冷。"

顾禾走近，也在他旁边坐下，说："不说瘦的人都怕冷嘛，你怎么不怕？"

"我算瘦吗？"

顾禾上手捏了捏沈承其的胳膊，肌肉紧绷："你属于精瘦那种。"

沈承其被突如其来的"肌肤之亲"搞得一愣，顾禾坦然解释："没别的企图，不用这么看我。"

沈承其笑了声，这是顾禾第一次见他笑，疏离消散，帅得离谱。

视线转回来，顾禾仰头说："改天我去弄把遮阳伞，白天坐这儿太晒了。"

沈承其也跟着仰头，看到一片微弱的星光。

"今天喂猫了吗？"

"嗯，刚回来。"

猫吃饱了，可有的人还饿着，顾禾摸摸肚子，脱口问的却是："有酒吗？"

食杂店一街之隔，可她实在懒得动，这两年一直窝在店里缺乏锻炼，冷不丁走太多路，差点把精气一股脑儿抽走。

沈承其叼着烟转过头，看了看顾禾，把烟拿走，说："有泡面。"

"我问的是酒。"

他起身，说："先吃面。"

顾禾有气无力地靠着椅背，有反驳的心，没反驳的嘴。

等了半天，沈承其也没出来，顾禾小心翼翼地往汽修行门口张望，屋里灯光洒在门前，她又想起那一晚的夜色如水。

"沈承其？"

顾禾走进汽修行，在一楼没找到人，她看了眼二楼，双脚沉重却不听使唤地走上去。

沈承其站在一张长条桌旁，手中筷子在锅里来回搅动。

不会在煮面吧？

听见脚步声，沈承其说："坐下等会儿，马上好。"

还真是煮的……被走路驱赶光的难过情绪又涌上来，顾禾觉得眼睛发酸，她已经不记得上次有人给她煮面是哪年的事了。

"听小马说你晚饭前就走了。"小马和杨鹏简直跟传话筒一样，搞得整条街毫无秘密可言。

"店里闷，出去散散步。"

顾禾打量沈承其的卧室，之前她睡过一晚的空房间里多了些日用品，可是依然没有床。

"你在哪儿睡？"

沈承其指着帐篷，说："睡那儿。"

难道有什么特殊癖好？放着床不睡，就乐意和帐篷做伴。

"我来吧。"顾禾要去接筷子。

"不用。"

"你平时自己做饭吗？"

"不做。"

顾禾看着桌上的小锅，好像只够煮个面。

沈承其把面挑进碗里，放到旁边，又从桌下扯出一个凳子，说："吃完下楼找我。"

顾禾转头，看见沈承其从墙角搬了一箱啤酒下楼。

她吃着喷香的红烧牛肉面，心里一阵舒坦。泡面这种食物太神奇了，在旅途的火车上，在宿醉的清晨，在疲惫的瞬息，总能给人慰藉。

可满足口腹之欲的同时，顾禾还惦记着楼下的啤酒。

等她三口并两口吃完出去，看见沈承其弓腰坐在椅子上，脚底被踩扁的烟头奄奄一息，黑黢黢融进土里。街道有车时不时经过，短暂喧嚣过后是大段的孤寂，而沈承其与这孤寂完美契合，让人不忍打扰。

"碗筷我刷了。"顾禾点了根烟坐下，"你抽的什么？"

烟盒在沈承其掌心摊开，是棕兰州，不贵。

"我尝尝。"顾禾像个手中拿着糖果却还觊觎别人棉花糖的小孩子，伸手讨要。

他抽出一根，顾禾接过点着，一手一根，像个老烟枪。

"那根给我吧。"

沈承其拿走她手里已经抽了一口的薄荷味爱喜，又塞给她一罐拉环启开的啤酒。

气泡不断向上升腾，然后破裂，此起彼伏不知疲倦，顾禾忽然想起热烈的青春时代，而她现在好像打开后放置了一天的啤酒，活力被时间吸走，死气沉沉。

一手烟，一手酒，醉生梦死的气氛拉满，顾禾心底的情绪被催生出来。她说："有时候我觉得活着很好，有时候又觉得不好，大家都一样吧，反复质疑然后反复相信，你说呢？"

沈承其眼前晃过前几天的雪夜："你男朋友……前男友又纠缠你了吗？"

"没有，其实我想和他分手很久了，正好。"

"我看见你烧他东西了。"

"总得处理吧，正常走个过场。"

顾禾吸了口"兰州"，劲有点大，呛得她直皱眉："其实我是个挺冷漠的人，丁丰源总说我不招人喜欢，虽然长得还行，但没什么人情味，如果我在爱他的时候发现他出轨，肯定给他开瓢。"

只能说丁丰源足够幸运，时机挑得好。

沈承其听完弯弯嘴角，懒散地靠着椅背，说："难道他给你这么定义，你就接受了吗？"

顾禾咬着烟愣住了，恍然大悟，并不是因为她可能会招人喜欢，而是她发现自己被丁丰源画了个圈，甘心蹲在里面，丝毫没有察觉，而今晚，沈承其点拨了她。

顾禾经常有这种感觉，与陌生人的交集不仅证明缘分，偶尔，他们是萍水相逢的导师。

可顾禾没什么可以回馈沈承其的，她不怎么给别人讲道理，更对这个男人一无所知，他看起来有很多秘密，紧紧关在密匣内，不与外界分享。

"你鬼点子多吗？"

沈承其把手里的烟头在地上按灭，反问："我看着像吗？"

顾禾喝了口啤酒，直奔主题："我不知道怎么应付家里。"

"你对结婚这件事本身抗拒，还是……"

"不想让我妈太操心，她身体不好。"

沈承其从纸箱里掏出一罐啤酒，替她出主意："可以说你换男朋友了。"

顾禾不解："就这样？"

"换了人，你妈不可能逼你按原计划结婚；你不是单身，她也不会催你找。"

两条路都堵死了，顾禾细细品味，觉得有点道理。

啤酒罐停在嘴边，沈承其歪头看她："我瞎说的。"

"试试。"顾禾像给自己壮胆一样，干了半罐啤酒，然后掏出手机，在屏幕上一顿猛点，编辑一段文字发过去，大意和沈承其说的差不多。谁知道她妈电话马上打过来，吓得顾禾一抖，怎么回事？往常这个时间她妈早睡了！

慌乱中，顾禾把啤酒塞给沈承其，走远了才接："喂，妈……"

"小丁是不是欺负你了？"

这位远在吉林白城的赵念芬女士声音沉稳冷静，她不是故意摆谱给顾禾看，而是性格使然。赵念芬年轻时是位尽职尽责的人民教师，读过的书比顾禾这个大学生还多，一贯处事不惊，而且睿智。从小到大，顾禾和顾嘉姐弟俩使任何小心思都逃不过她的眼睛，所以顾禾一直有点怕她，包括现在。

"没有，不是跟你说了吗？我俩没感情了，各自又找了一个。"

"……"

突然的沉默，连背景音都没有，顾禾有点担心："妈，你没事吧？"

"给我发张照片，要你俩合照。"

电话"嘟嘟"挂断，赵老师竟然没发脾气，就是语气冷一点，但比顾禾预想中效果好很多，可新的问题来了，上哪儿整照片去？

051

一通电话把顾禾的心情搞得糟糕透顶，她自以为是的聪明，却将事情拉向了一个无法控制的方向。

身后，沈承其看着她垂头丧气的背影，像塌了的电线杆。

顾禾拖着脚步坐回来，郑重地叫了声："沈承其。"

"嗯？"

"我妈让我发照片，合照。"顾禾有点崩溃，险些当着沈承其的面挥拳。

他四下看看，这个时间两边商铺都关门了，除了街口有条流浪狗，再没其他人。

"要不你拿我挡一下？"

顾禾两眼放光，比流浪狗看到剩饭时还要欣喜："可以吗？"

"我无所谓。"

顾禾像抓救命稻草一般，扯着沈承其的手腕往汽修行拉，说："拍一张就行。"

她打开前置摄像头，把手机立在吧台上，对着镜头捋捋头发。沈承其站在她身边，肩膀与她头顶平行。

"你怎么这么高……"顾禾嘴里念叨着，调整摄像头角度，终于把两人都照进来。

气氛忽然安静，盯着摄像头的两双眼睛眨了眨，没人按键。

"你拿着拍吧。"顾禾递给他。

"行。"沈承其接过手机举起来，瞬间把顾禾变成小鸟依人。她轻踮脚尖，沈承其瞅准时机果断按键，拍了一张。

顾禾落脚，拿过手机验收成果，笑容从脸上一瞬间消失。照片拍虚了，不过虚得很有美感，搞得她不知道该说拍得好还是没拍好。

"咱俩看起来不太熟。"顾禾把照片拿给沈承其看。

"再拍一张吧。"沈承其倒有耐心，拿过手机往顾禾身边挪了一步。肩膀前后相叠，顾禾歪头笑着，比了个"耶"。

这次没虚焦，照完两人迅速分开，沈承其双臂向后撑着吧台，等待顾禾再次验收。

比上一张好很多，不过可能是因为心理作用，顾禾还是觉得不太像情侣，但就这样吧，她准备把自己修漂亮点，至于沈承其，他那张脸本色出演就够了。

"谢谢。"顾禾晃晃手机，"回头请你吃饭。"

合照里的两人被摇晃得混为一体，沈承其淡淡回了句："客气。"

"那我回去了。"

"嗯。"

汽修行转瞬只剩下沈承其一个人,门外传来隔壁卷帘门向上滑动的声音,"吱嘎吱嘎",在安静的夜里厮磨心神。

失策,失策。

顾禾原以为跟她妈说换了男朋友,就能让婚礼暂时搁置,可没想到,赵念芬女士在看过照片之后发来几段语音。

——"发展到哪步了?"

——"你要和这个新谈的小朋友能结婚,婚礼照办。"

——"反正女方家摆酒席就是吃个饭,大家聚一聚,顺便把礼钱收了。"

最后一句是重点。

为人父母大多好面子,亲戚朋友都通知了,既然能结,换个人也无所谓,只是顾禾没想到她妈这么看得开。

搬起石头砸自己的脚,这下玩大了。

顾禾起床盯着这几条来自早晨五点半的信息,一头又栽回床上,脑袋里一堆省略号。

不过她妈的第一个问句是:"长这么精神,人靠谱吗?"

顾禾刚要下床洗脸,电话响了,又是亲爱的赵老师。她摘掉眼罩,拉开窗帘迎着晨光深吸口气,企图让天地赐予她力量。

"喂,妈。"

"还没起吗?"

"刚醒。"现在才不过七点。

"这位小朋友叫什么?"

还小朋友……那可是位大朋友,要不是看张叔面子,萍水相逢的,沈承其怎么会帮她?

顾禾脱口而出:"沈承其。"

"多大了?"他几岁来着?张叔好像说过。

"三十四。"大约是这个数。

"比你大四岁,倒也行,男人大点好,知道疼人,不像你爸本来就比我小两岁,心理年龄再减三岁,没我成熟。"

顾禾她爸五年前因车祸离世,赵老师时不时把他挂在嘴边,好的、坏的、碎碎念叨,换种方式的思念也是思念。

"你和小丁之前的事他都知道吗？"

"知道……我给你买的药吃了吗？"

"刚准备吃，昨晚心脏不太舒服，现在好点了。"

顾禾语气尽量放柔软："家里亲戚我通知吧，你别生气……"

"他不打算跟你结婚吗？"

"刚处没多久，还没到结婚那步。"

赵老师发挥教学时那股子不抛弃不放弃的精神："行，结婚可以先不谈，亲戚那边你也别管，月底前你把他领回来，我要见一面。"

"我俩都挺忙的。"

"顾禾。"

不好，每次赵老师直呼顾禾大名，不是在批评就是正要批评她。

"我不发火不代表你能蒙混过关，多大的人了，对待感情这么儿戏，要不是看在你爸的份上……"

提起顾禾爸爸，好似到嘴边的火瞬间熄灭，赵念芬说："不说了，水快凉了，我去吃药，哪天回来提前告诉我。"

果然撒一个谎之后要用无数个谎言来圆，顾禾亲自挖的无底洞，沈承其只不过递了一把锋利的铲子，却成了洞塌的关键。

下一步岂不是更艰难？

理发店上午没什么客人，顾禾在外面晾了很久的毛巾，手上动作缓慢而机械，连旁边修车的声音都本能屏蔽了。她脑子一团乱，翻来覆去地思考怎么对付赵老师。

就在她拿起最后一条毛巾时，汽修行门口开过来一辆银灰色大众，一个男人裹着军大衣从车上下来，气冲冲地走到杨鹏跟前。

"沈承其呢？"

"舅，你怎么来了？"

男人一脸不耐烦："我找沈承其有事。"

"他不在。"

男人显然不信，越过杨鹏往屋里走，杨鹏张开手臂阻拦："舅，其哥真不在。"

在屋里刚收完钱的沈承其闻声走出来，和男人面对面。

"怎么不接电话？"

沈承其沉默了下，从牙缝里挤出一个字："舅。"

"别，我不是你舅，我可没你这么个白眼狼外甥。"

一旁的顾禾听明白了，沈承其才是这男人的亲戚，杨鹏只是跟着叫。

"听说我姐的房子卖了，你小子把钱藏得够严实啊！"

老王也从店里出来，和杨鹏一起站在沈承其身后，手里拿着分量十足的扳手，随时准备出头。

谁知沈承其说："你俩先进屋。"

"其哥……"

"进屋。"

杨鹏不情不愿地拉着老王离开，这种情况顾禾也应该离开才对，但她怎么想都有种沈承其会挨欺负的预感。

"别在这儿聊了，不方便。"沈承其视线向下，比他舅舅高大半个头。

"你不方便，我还没时间呢，把我姐的卖房款分我一半，马上就走。"

沈承其低头点了根烟，像在压着怒火："分不了，钱被我拿来开店了。"

"什么？你小子……"男人攥紧拳头，往前一步，就在拳头快要挥到沈承其脸上时，顾禾突然上前一把推开对面的人，喊道："你干吗？"

沈承其和摔倒的男人都蒙了。

他踉跄着爬起来，看着被砂石擦伤的手掌，冲顾禾怒目圆睁："你谁啊？轮得着你掺和吗？看把我手整的，我报警让警察抓你！"他边说话边往外掏手机要拨号。

沈承其把顾禾拽到身后，按下男人的手机："有事冲我来。"

"行啊，那私了吧，给我一万块钱了事。"

沈承其二话不说："好，给你。"

顾禾憋不住了："要钱没有，报警吧。"

男人想发火，但看顾禾长着一副不好惹的模样，又把火撒到沈承其的身上："小兔崽子，你狼心狗肺！别忘了那些年是谁收留你吃饭？否则你能长这么高吗？"

沈承其瞥了一眼大众车，"那点恩情我早还了。"

收留他吃过的饭不超过五顿，要论恩情，亲舅舅还不如张叔张婶的百分之一。况且这辆车是沈承其给买的，十万出头，那时他刚在北京工作没两年，这位舅舅以一个让沈承其拒绝不了的理由开口要，可车买到手了之后黑不提白不提，答应他的事也没兑现。

"要不赔我钱，要不报警，你选一个。"男人说话时看着顾禾，趾高气扬，某种意义上来说，他确实是受害者。

顾禾实在气不过："明明是你先动手，我正当防卫。"

"我也没冲你动手啊！"

沈承其拦住顾禾上前的脚步，两人贴到一起，沈承其拍拍她的头，哄人一样，说："没事没事，我来解决，行吗？"

顾禾像被顺毛捋的小狗，蹿起来的脾气瞬间回落。

听到吵闹声，附近商户相继出来围观，沈承其舅舅一点不怯，昂着头等他松口，直到见着张叔这个老熟人后，才有点下不来台，骂骂咧咧开车走了。

沈承其站在原地闷头抽烟，身旁人谁也不敢上前，打了个转又回屋去，张叔和杨鹏虽然知道内情，但也很无奈。

顾禾刚要走，听到沈承其说："再有这种情况别掺和，小心伤着你。"

"你怎么那么好欺负？"

连顾禾都看得出来，沈承其当然也知道那一拳是冲他来的，可他不躲，所以顾禾得拔刀相助。

沈承其视线笔直地看着她，手里的烟都忘了抽。

"嫌我多管闲事啊？"

"不是。"

"那你这是什么眼神？"

沈承其转头移开目光，没答。

下午不忙，顾禾去殡葬行串门，张婶从里屋出来，看见是顾禾后笑得可开心了："禾禾来啦！"

"嗯，张叔呢？"

"出殡去了。"

顾禾看见桌上散落的金纸，顺手拿起来叠，动作熟练。

"放那儿我整，你好不容易得空歇会儿。"

"没事，不累。"

张婶坐到顾禾身旁："听你叔说，房子到期你要走啊？"

"嗯。"

"别上火，到底是小丁对不起你。"

"都过去了。"

虽然分手没几天，顾禾却感觉好像去年发生的事。

伤感的气氛维持不到两秒钟，张婶想到什么，忽然笑了声："你张叔岁数大了爱管闲事，还说要把承其介绍给你。"

"他跟你们是亲戚吗?"

"邻居,打小看他长大的。"

往事浮现心头,张婶又感慨起来,一边说话,手上活还不耽误,倒是顾禾没法一心二用。

"上午闹事那男的是承其舅舅,一把年纪了没个人样,为了自家孩子结婚,朝承其要卖房款,说这些年他姐在外面没少受苦,老沈家应该赔偿。"

顾禾不解:"什么意思?"

"承其小时候他爸妈总打架,家里能砸的东西都砸了。每次打架不管摔什么,闹出多大动静,这孩子都躲自己那小屋不出来,也没饭吃,时间一久得了神经性胃痛,现在偶尔还犯病呢。"

顾禾心里一"咯噔",问:"为什么打架?性格不合吗?"

总有原因的。

"唉,他妈年轻的时候被传和单位一个同事搞那种关系,虽说没抓到实质证据,但他爸认定老婆出轨,面子上过不去,就这么天天打,闹得亲戚、邻居全不安生。一开始大家还拉拉架,时间一长谁也不管了,承其十五岁那年他妈离家出走,快二十年一点音信没有。"

在这种原生家庭长大,承受的东西可想而知,顾禾终于明白沈承其为什么总是那副孤独又很丧的模样了,换作她,未必有沈承其坚强。

"那两人年轻时忙工作,三十了才有的承其,虽说他爸对孩子一直特别好,但因为他妈那事,爷俩始终有心结。不过承其挺惦记家里的,前几年他爸生病,他请假从北京回来照顾,后来时间一长,就把工作辞了,跟朋友在西宁开什么……"

张婶想了想,说:"对,青年旅舍,开了两年不知道发生啥事,他退出不干了。他爸在承其上大学后找了个女的,凑合搭伙过日子吧,也没法领证啊。后妈人挺好,对承其也不错,就是这孩子被大人伤着了,不乐意和人亲近,他爸还总催他结婚,所以他不愿回家。"

张婶无儿无女,怕是体会不到父母催婚的心情,但换种角度,老两口现在活得轻松自在,也是种福气。

见顾禾不说话,张婶把她手里的金纸拿过去,说:"是不是听完更没那心思了?"

顾禾被别人的生活搅得心情一起一伏:"本来也没有。"

殡葬行门打开,她和张婶同时望过去,只见沈承其拎着半袋苹果,放到柜台上。

"承其啊,刚才还说你呢。"

"说我什么?"

沈承其语气平淡,好像并不好奇具体内容。

张婶抿嘴笑笑:"又拿啥了?"

沈承其的视线从顾禾脸上掠过:"苹果。"

张婶拨开袋子:"别总买了,家里水果都没断过。"

"嗯。"

顾禾放下金纸,对张婶说:"我先回了。"

沈承其送完苹果随后出去。

张婶从窗户看着两人一前一后的身影,各自低着头,谁也不看谁,好像心里也都没有谁。

"干吗呢?"

顾禾走回店门口,看见杨鹏在椅子那儿敲敲打打,走过去问他。

杨鹏回头,看见顾禾,同时也看见和她擦身而过的沈承其。

"其哥从朋友那儿顺的遮阳伞,等下,马上就好。"

被点名的沈承其也没停住脚。杨鹏说完低头用扳手拧好螺丝,再把伞撑开:"这回不用担心太阳晒了。"

顾禾打量这把伞,街边常见的样式,不像旧的,大小也正好,如果下面再放个冷柜,就可以吆喝卖冰棍儿了。

"你弄吧。"

顾禾不跟着掺和,转身回店里。刚进屋,听到小马叉腰和客人理论:"这不和之前剪的式样差不多嘛,你自己看。"

见顾禾回来,小马像找到靠山一样满脸委屈:"禾姐你不在,我给哥剪的,他说剪得和之前不一样。"

要按往常,顾禾肯定得多听几句,可这位顾客她太了解了,事儿比较多,爱挑剔,每次来都让顾禾剪,今天赶上她去隔壁……

"我看看。"顾禾佯装扒拉两下,"没差多少,我再给你修修行?"

"丁零!"

沈承其开门进来,头撞了下风铃,手里又拎了半袋苹果。他不会去水果店上货了吧?

那大哥站起来,说:"都剪坏了怎么修啊?"

顾禾赔笑:"说实话,真没什么问题,但我可以给你再修修。"

苹果被郭琮接过去，小马想快点结束争吵，说："哥，给你免单行不行？这钱我掏了。"

"免单就完啦？我出去怎么见人？"

顾禾还要继续赔不是，沈承其拦住她，对剪头的顾客说："我觉得你发型很正常，不满意的话你想怎么解决？免单不行的话赔点钱吧。"

那大哥不屑地瞥了眼沈承其："你以为我想讹他钱啊？这根本不是钱的事，是脸面问题！"

小马见场面有点控制不住，赶忙放低姿态："哥，对不住，我送你一张储值卡行不？"

"不行！你也来剪个寸头，看你还能不能站着说话不腰疼。"

毕竟寸头比较挑人，多半对颜值有影响，小马摸着自己那头焦黄的小辫子陷入犹豫，葬爱家族最后的火种岌岌可危……

"我来吧。"沈承其直接拿起一旁的推子，在顾禾阻止之前，对着脑袋从前推到后。

阻止已经没什么意义，在场所有人瞪大眼睛，看着沈承其的头发由长变短，碎发楂散落地上。

那位大哥被他这么一搞，哑口无言，从兜里掏出钱，丢到吧台走人。

沈承其把推子塞给小马，坐到椅子上。小马这才缓过神，推子却被顾禾接过去："你逞什么能？"

沈承其冲镜子挑挑眉，并不认同"逞能"的说法。

郭琮凑过来，说："果然寸头是检验帅哥的唯一标准。"

顾禾扳着沈承其的脑袋，转向郭琮："这位剪头发的钱正常收。"

郭琮做苦脸："禾姐……晚上团建，其哥请客。"

"什么团建？"

小马接话："你给个面子吧，其哥不喜欢和外人吃饭，说明咱们关系到位了！"

看着沈承其的寸头，顾禾决定收回那句"你怎么那么好欺负"。

晚上八点，理发店三人加上汽修行两人，整齐地坐在饭店藤编的椅子上。

顾禾总觉得这种椅子的观赏性大于实用性，因为坐上去真的硌屁股，哪里都硬邦邦的，不过幸好这家有坐垫，否则非把屁股磨平不可。

"差不多得了。"沈承其用一贯的眼神瞥了杨鹏一眼，警告的眼神。

从下午到晚上，杨鹏时不时盯着沈承其看，包括现在。

在被警告之后,他歪头跟小马嘀咕:"不知道受了什么刺激,挨着理发店也没必要剪这么勤吧。"

"哪啊,是为了帮我平事儿。"小马把前后经过说了一遍。

杨鹏听完笑笑:"你确定是为了帮你吗?"

"当然,其哥多义气!"

对面,沈承其拆开一次性餐具递给身旁的顾禾。

"谢谢。"

刚才进屋的时候,大家自然而然分队,默认两位老板应该坐在一起,另外三人坐对面,老王要回家辅导女儿写作业,遗憾缺席。菜也交给他们仨点,老板不掺和。

炕锅羊肉、大盘鸡、酸奶甜点、凉拌野菜、青海酿皮……道道是本地菜经典。

八宝茶最先端上来,一人一碗,顾禾特别喜欢喝这种茶,为此还买了一些茶包放店里随时备着,有顾客需要等位的时候,就泡一杯给他们喝。

菜陆陆续续地做好端上来,摆满桌子。杨鹏冲服务员招手:"来两箱青海湖。"

小马发表不同意见:"两箱够吗?"

"不够再要。"

郭琮摇摇头:"我还小,禾姐不让我喝。"

小马:"没带你那份。"他说完看向沈承其和顾禾,"咱们四个喝。"

"我不喝。"她说。

那晚醉得不省人事的记忆卷土重来,顾禾心虚得要命,夹了口野菜嚼了嚼,有点苦涩。

小马和郭琮面面相觑,老板娘的反常让他俩摸不着头脑,但又不敢追问,因为老板娘总说自己是个犟种,很少听劝。

服务员搬来两箱啤酒放在杨鹏脚下,他抽出三瓶,依次递给另外两个男人,来时就说要喝酒了,所以沈承其没开车。

瓶盖在桌上越堆越多,顾禾能清晰闻到沈承其身上的烟酒气,这味道充满迷惑性,让她无酒自醉。

顾禾起身离场,没人问,因为她手里拿了烟盒,但却是沈承其的烟。

站在店外一角,她看向前方,夜色柔和,月光碎成无数块,洒在过往行人身上。那晚在巴音河岸的陌生感被驱逐,顾禾忽然有种感觉,她好像又重新接纳了德令哈。

不对,是德令哈重新接纳了她这个外乡之客。

"还有谁要来吗?"

沈承其将头转回来:"嗯?"

杨鹏拿筷子指门外,问:"看什么呢?"

"没什么。"沈承其把外套脱了,顺手搭在旁边椅子上。

今天降温,晚上更冷,顾禾抱着膀子,哆哆嗦嗦地回到屋里。

热气腾腾的饭菜,加上周围食客热闹的聊天,让屋里比外面暖和很多。顾禾坐下后发觉有什么东西硌到她的背,回头看了眼,原来是沈承其的外套。在喧闹的氛围中,这件灰色外套好像一座避世雕像,形单影只,和它的主人一样孤独。

"禾姐,这个羊排超好吃。"郭琮夹了一块给她。

"我自己来。"

"禾姐,确定不喝啊?"小马举着啤酒,脸红得像猴屁股,喝一口跟喝十口没区别。

顾禾闷头吃羊排,说:"不喝。"

沈承其弯弯嘴角,身子后仰,胳膊搭在外套上。小马和他干杯,说:"其哥,你以前开青旅的时候,是不是认识很多小姑娘啊?"

"嗯。"他实话实说,反而显得坦荡。

"有追你的吗?"

"有。"

"几个啊?"

"没几个。"

杨鹏冲小马挤挤眼:"青旅都是一走一过的人,喜欢也是一时兴起,当什么真。再说你看他那样儿,我要是小姑娘,我才不惯着他!"

一旁的郭琮听得止不住点头,她虽然刚满二十,爱情观不太稳定,但沈承其这种男人,即便她超常发挥也驾驭不了,在这个年纪,她需要热情的回应、同频的互动。再说就算有故事发生,老板娘还可以,她肯定不成。

"其哥,你什么星座啊?"

"要给我算命吗?"小姑娘爱问的问题,沈承其不以为然。

郭琮一脸怀疑:"你不会不知道吧?"

杨鹏抢答:"他是摩羯。"

小马问郭琮:"摩羯男好对付不?"

郭琮捂着嘴巴小声说:"离他远点儿。"

沈承其就算听不见也知道不是什么好话,之前已经听过很多人给他讲这个星座都什么德行了。

杨鹏今晚有点忙,他一边和大家聊天,一边分散注意力,在沈承其和顾禾之间来回流连,企图寻找暧昧的蛛丝马迹。除了沈承其挂在顾禾椅背上的衣服,还有几次顾禾拿什么东西,沈承其都先一步递给她,再者,顾禾说话时,沈承其会看她一眼,然后认真听。

貌似有些迹象……可小马问到有几个姑娘喜欢沈承其时,顾禾低着头,看不清她的神情。

到底是睡了,还是没睡?杨鹏被好奇心吊得直痒痒。

白天忙着各自发财的两位老板,到了晚上变成不分你我的一对恋人,如果有一个女人能在此时走进沈承其无趣的人生,那在外人眼里,她一定非同寻常。

两箱啤酒最后没喝完,考虑第二天还要营业,每人喝了差不多五瓶散场。

顺路的只有顾禾和沈承其,其他人各自打车。

一路无话,顾禾酝酿了几句想说的,可沈承其在旁边双眼紧闭,不知道睡没睡,最后到嘴的话随着抵达的目的地一齐消散。

车停下前一秒,沈承其像感应到一样,睁眼坐直,待车停稳开门下去。

"没事吧?要不要扶你?"顾禾伸手比画了下,没碰上他。

"没事。"

路灯下面,喝了酒的沈承其脸色煞白,身体晃了晃。顾禾以为他要倒在她身上,结果沈承其的手穿过她的发丝,撑着树干站稳。

"抱歉……"

"回去睡觉吧。"

没等沈承其回应,顾禾踩着高跟鞋转身,在安静的夜里走出清晰可辨的声响。

树下,沈承其没动,视线落在顾禾的背影上,凝视间,一切的感觉都飘忽起来。

他可能醉了。

第三章
白城

两周后，经过几番否定又肯定，顾禾终于决定一件事。她起床煮了碗三鲜馄饨，趁大家来上班之前给隔壁送去。

除非天气不好，沈承其每天早上都会去公园跑步，还间接性往车里塞一堆东西然后离开，消失一天或者两天。后来听杨鹏说，顾禾才知道他出去露营了，每次都是一个人，来无影去无踪。

今早在沈承其回来前两分钟，顾禾煮好馄饨，端着餐盘走进汽修行。他出去跑步从不锁门，好像谁能帮他看家一样，不过如此一来，顾禾倒是出入自由。

"回来啦？"

沈承其进屋见顾禾站在吧台前，忽然一愣："有事吗？"

"给你送馄饨。"

顾禾第一次一大早找他，而且嘴角上扬，明摆着无事不登三宝殿。沈承其用防备的眼神瞥她："我先洗个脸。"

说完到洗手间随便冲了冲，可以说相当糊弄，可等洗完出来，顾禾已经走了。他端上馄饨去二楼吃。

门外，顾禾满脸纠结，进退都不是，顶着太阳光想了想，终于又返回汽修行，直奔二楼。

她没想到沈承其竟然裸着上身，胸前两点就这么直白地撞进视线里。按正常情况，顾禾应该转身才对，可她没有，像极了没买票还一脸坦然的看客。

沈承其倏地站起来，运动裤腰间的系带松松垮垮，感觉随时会掉，他长手一捞，拿过衣服赶忙穿上。

顾禾咬咬嘴唇,走过去,说:"我在你这儿办张两千的卡,你帮我演一场戏。"

"照片没通过吗?"他低头继续吃馄饨。

"嗯。"跟聪明人就是好说话。

"什么戏?"沈承其配合她,把自己装成为钱心动的模样。

"我妈答应我结婚的事可以先放放,但让我把人领回去,她要见一面。"

夹馄饨的手定住了,沈承其弓着腰,目光汇集处是碗里漂浮的虾米。

"五千。"顾禾立刻加码,显然战术略输一筹。

沈承其又吃了一个,说:"馄饨不错,哪儿买的?"

见他不往正面聊,顾禾心里一下没了底,这件事确实有点难为人,她心虚地回答:"我自己包的。"

"等从你家回来给我包点,我留着吃,办卡就不用了。"

"你答应了?"这简直是意外之喜!

沈承其从桌下拿了一瓶水,拧开喝了几口,擦擦嘴角,问:"需要准备什么?"

顾禾思考:"我得给你买套西服。"

见家长总得正式一些,尤其赵秀芬女士喜欢干净利索的人,在这点上丁丰源做得相当好,因此成功过关。

沈承其眼睛往衣柜瞄,说:"我这儿好像有。"

"再买一套吧,当我的谢礼。"

"要不我找出来你看看行不行,不行再买。"

顾禾提高要求:"最好穿上。"

沈承其盯着顾禾,她原地不动,神情不解:"嗯?"

"我要换衣服。"

"啊……我走,我走。"

顾禾转身下到一楼,坐在沙发上等。

过了会儿,沈承其穿着一身黑色西服下来。顾禾看他挺着笔直的身板,一步一步走到她跟前。西服应该是量身定做的,很合身,也很显身材。她绕着沈承其假模假样地看了一圈,点评:"挺好。"

"那就这样,别买了。"

"行。"

顾禾看出一点不对劲,她掀开西服下摆,说:"没腰带啊?裤腰感觉有点松……"

"嗯，比之前瘦了几斤。"

"腰带我来买，你别管了。"

这次沈承其没拒绝，他脱掉外套，露出里面的白衬衫，问："哪天走？"

"你定，我都可以。"

"我也可以。"

"那你把身份证号发我，我买完机票告诉你。"

顾禾走到门口又停住，说："你不会反悔吧？"

沈承其："要是没人惹我，应该不会。"

顾禾："……"

    四月下旬，温度一点点攀升，顾禾穿着冲锋衣内胆坐在门口也不觉得冷了。有时候沈承其会出来坐会儿，也不说话，大概坐一根烟的时间再离开。

    今晚尤其暖和，可能因为见家长的事解决了，顾禾觉得心情舒畅，她开了罐啤酒，坐在门口边赏月边喝，半罐下肚，沈承其从隔壁过来。

"我觉得有点不公平。"他坐下，臂肘撑着膝盖，看向地面。

"嗯？"顾禾的心情被他搞得忽上忽下。

"你也帮我演一场相同的戏吧，算扯平。"

    顾禾听完眨眨眼。确实，大家都是成年人了，公平的交易比莫须有的情分来得靠谱。想起从张婶那里听说的有关沈承其的家事，她问："你爸催你结婚啊？"

"嗯。"

    沈承其并不意外顾禾知道这事，从别人那里听说也好，要等他主动开口，说不定等到猴年马月。

"在德令哈吗？"

"对，不需要过夜，简单见个面，如果非留你吃饭就吃。"

"好啊。"

    顾禾几乎没犹豫，因为相比较她的要求，沈承其这个太简单，以她有过一次的经验，不难。

"先去你家还是我家？"

"你家吧，这样比较有诚信。"

    诚信……顾禾被沈承其的话莫名逗笑，开了一罐啤酒递给他。

    沈承其接过，说："我是不是要了解一下你这边的情况？"

"啊，我家四个人，我爸前几年车祸去世了，我妈以前是中学老师，现在退休在家,我弟在北京上班,做程序员,比我小三岁,没结婚也没女朋友。"

顾禾说到这儿,看了眼沈承其:"其他的……好像也没什么了。"

"还有最重要的没说。"

"嗯?"

"你。"

假装她的男朋友,当然要了解她。

顾禾把啤酒放到一边,趁着月色正好,将自己的故事讲给沈承其听。不长不短的三十年被几段话带过,顾禾脑子里放电影一样,借此回忆完自己的小半生,平淡开头,平淡收尾。

"完了?"

"完了。"

顾禾买了五一之后的票,比假期便宜一点,先要从德令哈坐火车到西宁,停留一晚,再从西宁坐飞机到长春,最后一段还要打车。光听这个路程,顾禾就觉得很对不住沈承其,不过他什么反应也没有,只说在西宁这一晚他来订住的地方,不要顾禾管。

两位老板各自和员工报备说有事离开几天,一个说去西宁,一个说回东北,几个人凑一块儿研究半天,最后一致认为两位老板八成"私奔"了。

五月七号,顾禾带着沈承其从长春龙嘉机场赶到白城,在家附近找了个酒店,办好入住后给她妈打电话,说半小时后过去。

到酒店几乎没休息,放下行李,顾禾呼叫客房服务,帮沈承其把西服快速熨平,紧赶慢赶,临出门前卡在了系领带环节。

"顾禾。"

"嗯?"

"帮个忙。"

见沈承其指着领带,顾禾放下手中袋子走过去。

她举起手,沈承其抬高下巴,当手指触碰到领带的一刻,顾禾只觉脑子一片混乱,忽然忘了怎么系。

"我想想。"她快速回忆系法,翻转几个来回才系好。

从酒店出来,沈承其穿着那身被顾禾熨得板正的西服,手里拿着在德令哈买的特产,顾禾拿的则是在水果店现买的果篮。礼物不在贵重,差不多就行,赵老师主要看人。

赵老师在约定时间前就在小区门口等着了，身穿棕色风衣，鼻梁上的银框眼镜闪着敏锐的亮光。看见两人后，她招手上前迎接，注意力全在沈承其的脸上。

"妈，这是沈承其。"

"阿姨您好。"沈承其笑得标准，还不忘微微弯腰。

"小沈，你好。"赵老师从上看到下，"个儿真高啊。"

沈承其又笑。

"头一次来吉林吧？"

"是，第一次。"

"春天没什么玩的，你要是冬天来可以滑雪，现在不是时候。"

顾禾扯她衣袖，说："妈，回家聊。"

赵老师像没听见一样，继续说："下次来什么也不要买，人到就行，我们家没那么多规矩。"

说完伸手去接，沈承其侧身避让，说："阿姨，我来。"

"禾禾，你们没拿行李啊？"

"放酒店了。"顾禾板着脸，脸上不敢怒，嘴上不敢言。

"小沈，来，这边。"

赵老师指着小区大门往里迎接，沈承其跟在她身旁，两人有说有笑，搞得顾禾有点插不上话。来之前她想过各种可能的见面场景，没想到沈承其初步表现还不错，让她安心不少。

回到楼上，赵老师循规蹈矩地提问，沈承其也一样循规蹈矩地回答，直到一句话让顾禾乱了阵脚。

"你俩一会儿把行李拿过来，有家住什么酒店，就回来待一晚还不陪陪我。"

一直被排挤在对话之外的顾禾急了："妈，我酒店都订了，退不了。"

"退不了就不退，回来住，我还能给你俩做饭。"

"我俩明天就走，别折腾……再说也不方便。"

"怎么不方便呢？就一晚，有什么忍不了的。"

顾禾和沈承其相视一眼，他听出来了，顾禾后知后觉："妈！"

赵念芬是什么角色，她瞥了一眼两人之间那道明显的缝隙，用一个提问把顾禾逼到死角："你俩到底谈没谈恋爱？可别学电视剧里那些年轻人，联合一起骗家长。"

顾禾有点慌："当然谈了。"

"取行李去吧。"

顾禾还想反驳什么，沈承其拉住她的手腕，说："我去。"

酒店就在离家两百米的地方，一条街，很好找，来回只需要十几分钟。顾禾在房间里坐立不安，她给沈承其发信息：不好意思，等晚上我妈睡了，我再偷偷去我弟那屋住，别担心。

沈承其：该担心的是你。

顾禾盯着沈承其回的这句话，半天才反应过来，他可能在开玩笑，太少见了，所以顾禾第一时间没察觉。

"禾禾过来，嘉嘉发视频了。"

顾禾关掉手机开门出去，在赵老师手机屏幕里看到顾嘉的大脸，他说："姐，听说你带新姐夫回来啦？"

她事先跟顾嘉通过气，叫他不要乱说，尤其不要提丁丰源。

"人呢？"顾嘉问。

"在酒店。"

"那一会儿他回来我再打，妈都看见了我也得见见。"

没等顾禾拒绝，那头已经挂断。

赵老师把手机塞进围裙前兜，说："你过来给我洗菜，晚上多做几个。对了，小沈喜欢吃什么？"

顾禾跟过去，回答："都吃。"

"不挑食，多好。"

赵老师意有所指。顾禾小时候挑食，她爸宠着她，不想吃的东西就不吃，可她妈为了纠正这个毛病，夫妻之间吵过好几次，最后赵老师在人前压倒性胜利，在人后顾禾她爸给她偷偷开小灶。

"把中午我买的鱼拿出来，着急，没让卖鱼的收拾。"

顾禾刚打开冰箱，听见有人敲门，赵老师抢先一步过去，行李箱在顾禾的注视下被拎到她的房间。刚才沈承其走后，顾禾去检查过房间，时间太短，只挑了几样东西藏起来，包括过年时落在家里的文胸，再想收拾的时候，顾嘉发视频来捣乱。

放完行李，沈承其跟着赵老师走到厨房，看见顾禾正对着案板上的三道鳞发呆。

"我来吧。"沈承其脱掉西服外套塞给顾禾，顺便拿走她手里的刀。

杀鱼的确不是顾禾的强项，可以说一次没做过，所以沈承其接手时她没拒绝，倒是赵老师不想让他干，可他二话不说直接把鱼放水池里给了一刀。

"帮小沈把围裙系上，别把衬衫弄脏了。"

顾禾捏着围裙，站在沈承其旁边，太阳光透过白衬衫，隐约能看见腰部线条。他转过来，低头，顾禾给他套头挂上，又绕到身后打了个结。系的时候，顾禾看见沈承其的黑色腰带，她买的，在德令哈一个商场里，当时她对这条腰带一见倾心，趁着商场做活动她也没还价，直接付款。

沈承其说他喜欢，谁知道真假。

"袖子……卷一下。"

沈承其又转过来，伸手，顾禾帮他把两边都卷上去。

离开厨房，顾禾心头一阵烦躁，她原本想吃了晚饭就回酒店，第二天直接走，这样留给赵老师的时间越少，他们俩露的马脚也越少，可现在全被打乱了。

沈承其弄完鱼，顾禾带他去洗手间洗手，她特意关上门，为了道歉："不好意思，你不用帮着干活。"

顾禾声音很小，只比流水声大一点。

沈承其洗完手把围裙摘下来，说："没事，到我家说不定情况差不多。"

顾禾认真了："可是我不会杀鱼。"

他笑了声，目光从上而下，洒到顾禾脸上。

"用这条毛巾，我妈给你新买的。"

沈承其接过，擦完手又原样挂回去。

门外，赵老师看着紧闭的洗手间门，听见里面传来若有若无的笑声，心里的疑虑打消大半。

一共三个人吃饭，赵老师却做了八个菜，根本吃不完，全为了场面。

中间顾嘉又发来视频，赵老师直接把手机塞给沈承其，顾禾在一旁听着，竟然闲扯了五分钟，之前怎么没发现他这么能聊？

吃完饭，顾禾想跟她妈收拾厨房，却被她妈推出来，明摆着让她陪沈承其。

"我弟是二傻子，你别理他。"顾禾洗了点水果，坐在沙发上和沈承其一起吃。

"不傻。"

这个回应听起来可不像夸人……

"吃饱了吗？"

"饱了。"

顾禾瞥了眼厨房里忙碌的身影，凑近，小声问："你还好吧？"

"很好啊，阿姨手艺不错。"沈承其悠闲地揪了颗葡萄吃，看状态没骗人。

"一会儿我妈要出去跳舞，除非天上下刀子，要不然雷打不动，我带你到附近走走吧。"

"好。"

果然顾禾刚说完，赵老师从厨房出来，说："承其，阿姨要去跳舞，让禾禾带你下楼转转，别走太快啊，胃该不舒服了。"

沈承其只"嗯"了声，却还是站起来礼貌回应，一如他和顾禾第一次吃面时的察言观色。

想起今天发生的种种，顾禾严重怀疑沈承其是不是有过相关经验，或者他得好好表现，以便获得同等交换。

顾禾不知道赵老师会怎么想，因为相比丁丰源，沈承其不算健谈，更谈不上讨好，但没关系，反正又不是真的，等任务完成他俩就撤了。

出门前，顾禾让沈承其换件厚点的衣服，早晚温差大。沈承其从背包里掏出一件冲锋衣问她行不行。顾禾说可以，不会冷。

赵老师在门口一边穿鞋，一边偷偷地打量两人脸上的表情，心里大概有数了。

在院里分成两路，赵老师去小区对面的公园，顾禾则带沈承其在小区里漫无目的瞎走，经过一处小得不能再小的游乐场地，她停下来坐到秋千上，说："我小时候在院里算号人物。"

"扶老奶奶过马路得的殊荣吗？"

顾禾被他逗笑："因为我弟特别怂，有人欺负他，他就只会哭着回家找我。"

"这么厉害。"

沈承其站到她身后推了一把，秋千缓缓荡起来。顾禾有点意外，她只是看见秋千起了童心，便下意识坐上去。肩膀上的手随着秋千落回来便推一下，轻轻拍打，很有节奏。

"不厉害，好多我都打不过，但我胆儿大。"

沈承其想到吃饭时的视频，说："你弟跟你长得不像。"

"他哪有我好看。"

"是。"

"认同得有点勉强。"

顾禾用脚当刹车，从秋千上下来，沈承其没说什么，她不能一直占人家便宜，推起来没完没了。

"往那边走走吧。"

顾禾手指的方向是西门，小路两旁开满了八瓣梅，这种花在西藏叫"格桑花"，老家还有另外一种叫法，但她想不起来了。

"德令哈是不是也叫它格桑花？"

"是吧。"沈承其瞥了一眼，没什么兴趣。

"你到这边走。"他把顾禾扯到左边，"地上有只虫子，好像死了。"

顾禾往地上看，说："死虫子吓不到我。"

"那什么能？"

"人。"

沈承其想起张叔的殡葬行，说："你不是经常去张叔店里吗？"

"殡葬行又不是停尸房。"

细究是这么回事。

说到张叔，顾禾想起一件事，来的路上一直梗在心里，想问没找到机会，现在她问出口："在西宁你带我住的那家青旅，你以前是不是住过？"

"为什么这么问？"

"感觉你对那儿很熟悉。"

即便张婶没跟顾禾提过，她也会有同样的疑问。刚到的时候，办完入住，前台要带他俩去房间，沈承其说不用，他带着顾禾七拐八拐，找到两个挨着的大床房，还告诉顾禾哪里是公共洗漱区、哪里是阳台。

"我从北京辞职回来后，跟两个……合伙人开的，后来发生点事，我退出了，合伙人也把青旅转出去了。"

顾禾确实在旅客照片墙最上方看到了一张三人合照，两男一女，女孩在中间，左边的男人就是沈承其，右边的她没看清，因为被其他照片挡住了，不过当时这张照片让顾禾更加确认，这家青旅和沈承其关系不一般。

前面就是小区门口，两人原路返回。

进屋后，顾禾从行李箱拿出洗漱用品放到洗手间，又把睡衣找出来，来回两趟，发现沈承其坐在沙发上，低着头好像在想事情，又是那副孤独的模样。

"看电视吗？"

他抬头，说："好啊。"

可能不想看，但他没拒绝。

顾禾打开电视，遥控器递给他，说："想看哪个自己调。"

原来家里的电视是有线那种，前两年顾嘉给家里装了网络盒子，网上的剧都能看，后来很多就需要会员了。

"看这个吧。"纪录片，讲地球的。

顾禾本来要陪沈承其一起看，可忽然想到什么，走去顾嘉的房间。

房门紧闭，她拧了下门把手，没开。

不是吧？锁了？

身后传来一声若有若无的笑，顾禾两眼一闭，手指无力地松开门把手。她从沈承其的笑声中听到一丝幸灾乐祸。

顾禾趿拉着拖鞋走回沙发，说："我妈这辈子和我还有我弟斗智斗勇，经验相当丰富。"

"没事，我可以打地铺。"

沈承其的建议被顾禾直接否定："你是客人，要打地铺也是我来。"

"你觉得你能拗过我吗？"

顾禾扬头："试试看。"

半小时后，赵老师回来，换完运动服，抱着一本相册坐到沈承其身边，说："给你看看禾禾小时候的照片。"

"妈！"顾禾一巴掌按下，"别……"

这本相册丁丰源都没看过，她没想到赵老师竟然找出来给沈承其看，而她阻拦的原因是里面有她的满月照，穿没穿尿不湿她有点忘了。

赵老师甩开她的手，瞪了一眼，说："你小时候比现在漂亮，怕什么？"

相册被放到沈承其腿上，翻开，果然第一页就开始丢脸。

顾禾扭过头，假装看电视。

"这是禾禾满月时照的，你看，从小就一副天不怕地不怕的样儿，特别倔，我说什么从来都是嘴上答应，实际上一句不听。"

沈承其看着躺在婴儿车里年幼的顾禾，眉眼和现在很像。

"这张是姐弟俩第一张合照，嘉嘉比她好哄多了。"

顾禾暗暗撇了撇嘴，好哄什么呀？哭起来没完没了，还总挨揍，爱惹事又怕事。

赵老师翻着翻着，从相册里抽出一张，说："这个看着还行，送你吧。"

幼儿园时的照片，顾禾站在操场上，穿了一身白裙子，扎着马尾辫，眉心点了一个夸张的红点。她身后是青青草地，即便照片有些褪色，还是能看出属于那个年代的气息。

"妈。"顾禾的语气罕见地带点撒娇，企图把照片要回去，谁知她妈一下将照片塞到沈承其手里。

得亏沈承其聪明,他递给顾禾,说:"你帮我放我背包里吧。"

"行……"

顾禾装作不情不愿,进屋赶忙把照片扔进床头柜,只是抽屉拉开时,一堆信件映入眼帘。

嗯?哪儿来的信?

看完相册过了会儿,赵老师又忙上了,她把沈承其叫过去,让他帮忙拿衣柜最上面的被子。

"家里有个个儿高的真方便,要不每次我都得踩凳子。"

被子拿下来,赵老师边铺边说:"你俩平时盖一个还是两个?"

怕穿帮,沈承其咬牙憋出"一个"。

顾禾从洗手间出来听见了,赶忙把他拽出卧室,说:"你去看电视吧。"

门关上,顾禾接过她妈手里的被子,说:"我来。"

"这个小朋友不错。"

顾禾怕她妈往结婚上面聊,赶忙问:"妈,床头柜里哪儿来的信啊?"

刚才顾禾拿出一封看了眼,从山西寄来的,寄件人叫"敏清"。

"啊,我一个老朋友。"

顾禾根本没走心,她满眼都是樱桃图案的被单,问:"妈,还有别的吗?这个太花了。"

"你不是喜欢吗?再说闭灯也看不见。"

"……"

顾禾再一次觉得应该坚持住酒店才对。她灵机一动,说:"妈,我摸这个被子有点潮。"

"潮吗?"赵老师上手摸摸,"不潮啊。"

"再拿一个吧,德令哈那边比咱们这干,我怕他睡得不舒服。"

赵老师没理由怀疑这份来自情侣之间的关心,说:"我都放嘉嘉那屋了。"

见她妈走出卧室,顾禾暗暗为自己的小聪明叫好。

赵老师从客厅抽屉里找到钥匙,可看见顾禾跟出来,忽然有点犹豫:"不用你,我自己拿。"

"你的退休金是不是都放嘉嘉那屋了?怎么还上锁了呢?"

沈承其的视线跟随着母女俩,从她们从屋里出来,他就没再看电视。

"这孩子,瞎说什么。"

赵老师对着灯光挨个翻找钥匙链上的钥匙,顾禾眼见她找了一圈后又循环回来,明显故意的。

"妈,我知道哪个是。"

"找着了。"

赵老师迅速打开门,顾禾紧接着跟上,刚要说什么,就被眼前情景弄得愣住了。

顾嘉的房间是全家最小的,只够放一张单人床、一个小衣柜,还有一个书桌,可这么小的地方却堆得满满登登。

顾禾忽然觉得鼻子发酸,因为她看到的物品大多是红色的,那是赵老师给她准备的嫁妆。

之前顾禾说一切从简,可她放弃的东西,赵老师都给她准备了,只多不少。

怪不得要锁门。

顾禾的视线落到床头柜,看见一个眼熟的木匣,里面装的是青玉的手串,她奶奶留给她的。家族里那么多孩子,奶奶最喜欢顾禾,所以唯一一个手串老早就定下给她。

沈承其以为要拿什么,他放下遥控器过去帮忙,然后和顾禾一样愣在门口。

赵老师仔细观察沈承其的反应,他愣了下之后看向顾禾,眼神中没有疑惑和质问,这是赵老师唯一能判断出来的东西。她把两人往外推,说:"一个被子,我自己拿就行了。"

顾禾在被赵老师推出屋外的那一刻,眼泪止不住地掉落下来,转身钻进自己房间。

沈承其紧随其后,递给她一张纸巾。

顾禾抬头,满眼晶莹,那是一双任谁看了都会心疼的眼睛。递出的纸巾上移,沈承其帮她把眼泪抹干。

顾禾知道她妈找被子还得过来,接过纸巾抹了抹,假装没事一样冲沈承其笑笑:"不好意思……"

"你发现了吗?"

"嗯?"

"你总是在给我道歉。"

"……"

沈承其的目光从顾禾噙满泪水的眼睛移开,落在掌心湿软的纸巾上,说:"分手也好,不结婚也好,你什么也没做错,所以没必要对任何人有歉意。"

他这句话让顾禾原本憋回去的眼泪又涌出来，止也止不住。

"枕乳胶枕头吧。"

赵老师的声音从门外传来，顾禾不想被她妈看见她在哭，下意识往沈承其身后躲。

门打开，赵老师怀里除了棉被，还有一对枕头。沈承其想接过去，可身后还躲着一个哭包。

被子扔到床上，赵老师边铺边问："小沈习惯枕高的还是矮的？"

"阿姨，我都行。"沈承其说完，忽然感觉背后一热，白衬衫瞬间透了……

"忘拿枕套了，这记性。"

赵老师转身又走，顾禾这才冒头，她看了眼沈承其的后背，说："借你衣服用用，回头给你洗。"

"行，别忘了。"

沈承其欠揍一样说完，拿了烟去楼道抽。

赵老师过来见沈承其不在，赶忙把门关上，问："小沈没不高兴吧？"

顾禾接过枕套，说："没有，他都知道。"

赵老师长出一口气，问："他开的汽修行赚钱吗？"

"应该赚钱。"

"感觉你怎么不了解人家呢？"

"我喜欢他那张脸，行了吧？"

"我看也是。"

顾禾被她妈一针见血的回答逗笑："妈，你快去洗脸睡觉吧，每天这时候你都睡了。"

"嗯，我还真有点困了。"

赵老师敲敲肩膀，走到客厅见沈承其回来，问他："喜欢吃饺子吗？"

"喜欢。"

"上车饺子下车面，明早给你俩包饺子。"

赵老师的手艺比德令哈那对东北夫妻手艺还好，为了这顿饺子，顾禾忽然觉得沉闷的心情好转不少。

各自洗漱完回房间，门一关，今天的任务就算完成了。

沈承其换好睡衣躺在床上，顾禾则趴在门边，听外面有什么动静。从沈承其的角度看，顾禾活像个偷瓜的小毛贼。

"阿姨睡了吗？"

顾禾一顿，转过来说："应该睡了。"

她小心翼翼地打开衣柜，踮脚往上看。

"你找什么？上面是空的。"

"不对啊，我记得上面好几条被子呢。"

沈承其给她台阶下："就这么睡吧。"

顾禾只觉脸上一热，为了表示自己坦然，她掀开被子躺下，背对沈承其。

"我关灯了？"他问。

"嗯……"

床垫忽然一颤，沈承其躺回来，房间里安静得连呼吸声都听不到。顾禾想说点什么为今天收尾，可这一天发生的事太碎片化了，尤其是看到那一屋子的嫁妆。

"沈承其。"

"嗯。"

"谢谢。"

"早点睡。"

两人各盖着一条被子，怕挤到沈承其，顾禾不太敢动。她试图想点其他的东西转移注意力，比如上学时的事，发现没用之后又数羊……

"明天需要几点起？"

顾禾转过身问："跑步啊？"

"不跑，我怕起早了吵到你。"

"没事，醒了你叫我。"

既然转过来了，顾禾又趁机问了一个问题："我妈没背着我跟你说什么吧？"

沈承其犹豫地"呃"了声，顾禾感觉全身毛孔都在收缩，赶紧说："你别吓我。"

"她问我有没有结婚的打算。"

"你怎么回她的？"

"我说有。"

顾禾捏紧被角，谁知下一秒，沈承其解释："演戏演到底。"

望着暗淡的天花板，顾禾再次感慨自己找对了演员，她问："你爸喜欢吃什么？我在这边买点特产给他。"

"明天还有时间，你带我去买。"

"嗯。"

眼皮越来越沉，折腾了一天的两人渐渐入睡。

第二天早上，顾禾先是听到剁馅儿的声音，紧接着有人说话，她迷迷糊糊睁眼，发现沈承其不在。

好久没在自己的小床睡了，舒服得有点忘我，顾禾伸了个懒腰，最大限度地伸展四肢，可没等缩回去，竟然发现她盖的是沈承其的被子。

"醒了？"

听到沈承其的声音，顾禾像地鼠一样钻进被窝。

赵老师跟在沈承其身后，说："多大了还赖床，快起来帮妈包饺子。"

顾禾掀开被子一角，看见赵老师系着围裙，手里攥着擀面杖走到窗边，把两侧窗帘全部拉开，阳光直射到床上。全国妈妈统一的叫早行为，顾禾太熟悉了。

见被子里的人动了动，赵老师转身又回厨房。顾禾视线向右，看见沈承其坐到床边，望向窗外。窗户上贴着一个"福"字静电贴，过年的时候顾禾和顾嘉去早市买的，没想到还贴着，只是被日复一日的阳光晒得有点掉色。

"你几点起的？"

沈承其转头，影子打在顾禾身上，说："刚起。"

肯定不是，睡衣换下了，脸也洗过。

"我是不是抢你被子了？"顾禾声音很低，像小鸟轻盈落在枝头。

"算不上抢，本来就是你的。"

顾禾被沈承其说得脸颊燥热，赶忙下床洗漱。

早饭吃完，顾禾回屋收拾东西的空当，忽然想起一个小时候的玩具摆件，过去的东西已经丢得差不多了，但那个小摆件奇迹地幸存下来，去年回家过年的时候还见过。没记错的话，应该在书架上面的柜子里。

"找什么？"门打开，沈承其走进来。

顾禾落脚，指着书架上方，说："找个玩具，小时候玩的，我记得放那儿了。"

书架上面还有个柜子，很高，就算是沈承其也够不到。

见他仰头看，顾禾想再试试，她踮起脚尖，最大限度地伸手，离柜子把手还差一段距离，就在她要放弃的时候，身子突然腾空。

沈承其双手掐着她的腰，轻松将她举起来。顾禾短暂一愣后，打开柜门，一下看到穿着红色衣服的"史努比"，飞快地拿出来，让沈承其把她放下。

"就是这个。"

顾禾尽量忽略腰上残留的触感,将史努比递到沈承其跟前。他接过看了看,眉头一皱,貌似觉得这东西没有任何有趣之处。

"夜光的,到了晚上会发光。"

顾禾双手捂住,只留一个孔给他。沈承其凑近看了一眼,隐隐是有光亮。

"小沈,出来吃水果。"

听到赵女士在外面呼叫,沈承其应了一声:"来了。"

他关门出去后,顾禾一个人在屋里摸着腰发愣,刚刚什么过程来着?

为了赶后天一早的飞机,今晚要到长春住。顾禾买了下午的高铁,上午哪也没去,陪她妈干点这个干点那个,时间一晃就过去了。

再回到德令哈,已经是第二天深夜,顾禾折腾得骨头快散架,打开理发店卷帘门,刚要进屋,余光瞥见沈承其坐在窗下。

"怎么了?"

"没事。"

顾禾猜测:"没带钥匙啊?"

"在杨鹏那儿。"

"来我这儿住吧。"

沈承其塌了的背又挺直,起身跟顾禾进屋。

因为不想再次被沈承其堵被窝,顾禾特意比平时早起一小时。起床的时候,沈承其还在睡,她蹑手蹑脚地去楼下洗漱,可打开洗手间门发现,淋浴的水管正往外喷水,地面已经湿了一层。

怎么搞的?昨晚洗澡没关严吗?

顾禾顶着水花伸手去拧,没拧动,她顾不上袜子沾水,赶忙拿拖布擦地,擦了几下又意识到源头止不住,再擦也没用。

"怎么了?"沈承其从楼上下来,睡眼惺忪。

顾禾抹了一把睫毛上的水,说:"好像水龙头坏了。"

沈承其随手拽了条毛巾给她:"我看看。"

说着把人拽出洗手间,自己走进去,他上下看了看,问:"有扳手吗?"

"有。"

顾禾从柜子一角掏出来递给沈承其,还是他力气大,没几下就拧好了,水花由大变小,直到一滴滴缓慢往下流。修好水龙头,沈承其的头发和上身都湿了,胸前两点若隐若现。

顾禾看见了,但装没看见,她把刚才沈承其递过来的毛巾又还给他。

小马不知道抽的什么风，比平时早半小时到店，开门就撞见沈承其和顾禾面对面站着，顾禾手中的毛巾刚搭到沈承其头上，不知道的还以为两人一起洗澡了呢。

小马张着大嘴愣在门口，一双小眼睛像开了眼角一样瞪得溜圆。

沈承其拿下毛巾，说："钥匙在杨鹏那儿，过来借住一晚。"

他一贯不喜欢解释，但事关别人，不得不解释。

昨晚他要在楼下沙发睡，无奈沙发太短，腿都伸不开，顾禾只好让他上楼打地铺。

小马还想问啥，顾禾拿话堵住他嘴："水龙头坏了，流了一地水，你过来擦擦。"

此时的小马听不进去任何话，脑补着各种画面，难不成这两人已经背着大家伙儿发展到那种程度了吗？

"禾姐，什么时候回来的？我都想你了。"

"昨晚。"

顾禾和沈承其统一口径，她昨晚到，沈承其是昨天下午，但朋友找他有事，所以夜里才回店。

"怎么感觉修啥东西在其哥手里都像吃饭一样简单呢？"

顾禾没有顺着小马的话夸，说："你头发剪得好，沈承其就不会。"

"姐，你真会安慰人，我这自信心噌噌往上涨。"

紧接着，顾禾又说一句："你可千万别把这手艺丢了，要不然真就啥也不会了。"

给颗甜枣，再打个巴掌。

小马"嘿嘿"一笑，接过拖布开始干活。见隔壁门开了，沈承其赶紧回去。

"其哥把咱的毛巾顺走了。"

顾禾不理他。

小马换个话题："你回家的时候渣男来找过你。"

顾禾拉黑了丁丰源所有的联系方式，但她却没有删掉柴溪，小马他们都不理解，只有顾禾自己明白，她只是无视这个人而已，而且归根结底，罪在丁丰源。

"找我干吗？"

"还能干吗？求复合呗！我让他有多远滚多远。"

顾禾笑笑，小马还真是她的五好员工，尤其在和丁丰源分手这件事上特别护短。

中午,郭琮、小马还有隔壁那两位在门口围成一圈吃盒饭。

杨鹏:"小马,你禾姐呢?"

"楼上睡觉,回老家一趟太折腾。"

小马说完往隔壁看,问:"其哥不在啊?"

早上的事他没跟谁说,除了他大家都不知道。

老王笑了声,把脸埋进饭盒,可小马和郭琮还是看见了。

杨鹏往前凑凑,低声说:"沈叔给他安排相亲,是文化馆一个舞蹈演员,沈叔说人家盘靓条顺。喊,他们那代人审美和咱们差别太大,谁知道真人到底怎么样。"

沈承其去白城那天,他爸来店里找过,特意跟杨鹏提了一嘴。这不,沈承其刚回来,他爸让他赶紧回家。

小马咂摸嘴,说:"其哥看着挺年轻,也快三十五了,叔叔着急很正常。"

这四个人除了老王已婚有孩子,其他都属于长辈口中的"社会闲散人员"。小马和郭琮年纪小,没压力;杨鹏暗恋一个姑娘多年,人家都结婚了,他还在等,妥妥痴情汉,没人劝他,劝了也没用,全靠自己开解。

"其哥不一定去。"

"我觉得这回能去。"

杨鹏和老王杠上了:"打赌啊?"

"赌啥?"

一个站在沈承其多年朋友的角度,一个站在了解老辈人善于施加压力的角度,各有各的理。

"赌一顿烧烤吧。"小马想趁机插一脚,上次团建根本没喝尽兴。

老王听到烧烤立马怂了:"王哥全身上下撑死能拿出二十块钱,多一分都得跟你嫂子请示。"

大伙的兴致因为资金严重短缺而被迫中止。

"老杨,其哥这两天是不是又一个人跑山里露营去了?"

"不知道啊,没跟我说,不过……"杨鹏盯着饭盒里的土豆,"他一般心情不好的时候才会去,我看他最近心情挺好。"

几个人聊得正欢时,顾禾顶着一头乱蓬蓬的头发出来,手里端着一个小玻璃碗,里面是刚冲好的燕麦。

郭琮赶忙起身,问:"禾姐,吃饭不?"

"你坐,我这儿有。"顾禾看向隔壁敞开的门,问杨鹏,"沈老板呢?"

老王接话："相亲去了。"

杨鹏偷偷踩他鞋尖，说："回家一趟，不一定相亲。"

顾禾挖了一勺燕麦，没吱声。电话在兜里响动，她将玻璃碗换到右手，左手掏出电话："喂。"

"干吗呢？"

"吃燕麦。"

"我店里忙吗？"

"现在没人。"

顾禾扫了一眼四张好奇地仰望着她的脸，转身到另一边继续说。

下午一点半，顾禾站在镜子前整理衣服，刚吹干的头发蓬松如海藻，几道弯若隐若现，她穿了一件长款皮风衣，脚上是及膝长筒靴。

小马和郭琮一边忙，一边用余光打量她。

"我有事出去一趟，晚点回来。"顾禾说完挎上包走人。

等门关上，憋了半天的郭琮终于开口："禾姐不会和姓丁的复合了吧？"

"不可能，那渣男多恶心！"自从知道丁丰源出轨后，小马每次听到这个名字就一脸气呼呼。

"可是你看禾姐的状态，一点不像失恋。"

"那怎么办？你以为都像你一样，失恋了就哭天喊地啊，禾姐是大人，比你成熟，她要是撑不住咱店怎么办。"

"反正房租到期也不干了。"

店里还有一位耳朵不太好使的老大爷，小马给郭琮使眼色，她知道最后一句不该说，吐吐舌头，赶忙收拾地上的碎发。

大爷慢声私语地问小马："什么不干了？"

小马趴在他耳朵旁喊："她说毛巾干了，大爷！"

"干活磨叽啊？别说姑娘了，你快给我剪吧。"

小马叹了口气。

顾禾下车后，最先看到一扇生锈的单元门，绿色油漆斑驳，应该是有十年以上楼龄的老小区了。

或许是因为沈承其他爸安排了相亲，才让顾禾这么快就要"还债"，更没想到碰面后，沈承其对她说的第一句话是："你打扮得这么漂亮对我不利。"

顾禾一头雾水地上车，又一头雾水地下车。

沈承其从后备箱拎出几盒从吉林买来的特产,顾禾接过去两盒,问:"这些够吗?"

"够。"

"几楼啊?"

"三楼。"

顾禾刚要往里走,沈承其拉住她,说:"我没带女孩儿回过家。"

"所以呢?"

"所以不确定我爸会是什么反应,要是有得罪的地方你别介意,我会想办法带你走。"

顾禾笑笑:"天又塌不下来,你怎么这么愁?"

二十分钟后,任务提前结束,整个过程可以用一句话形容——在门里,手搭着肩膀;门一关,手立马拿下来,多一秒都没有,泾渭分明。

顾禾从沈承其家出来时,父子二人都冷着脸,只有那位阿姨笑盈盈地出来送人,一直送到楼下。

"姑娘,你别介意啊,老沈身体不太好,才着急让承其结婚,你们小两口的事自己做主,等有时间再来,阿姨给你做好吃的。"

没等顾禾回应什么,沈承其接话过去:"我俩先回了,店里有事。"

"回吧,不忙了打电话。"

顾禾被沈承其拉上车,隔窗跟那位阿姨摆摆手。

车子快速驶离小区。

开远后又停到路边,沈承其说:"我爸对你太满意了。"

啊……顾禾恍然,那句"你打扮得这么漂亮对我不利"原来是指这个。

刚才在沈承其家,顾禾明显感觉到父子关系有点紧张,很像前些年顾禾和赵老师的相处模式,但顾禾好就好在知道她妈身体不好以后再也不犟嘴了。

其实一开始聊得还行,有问有答,气氛平和,直到后面他爸问两人今年结不结婚,还拿出日历翻,看哪天是好日子。沈承其一看收不住,赶紧找个借口结束会面。

"是我考虑不周。"顾禾反省。

"没有,你不打扮也漂亮。"

两人相视,他又补了句:"实话实说。"

夸赞的话谁都喜欢听,顾禾的心情一下子轻松不少。沈承其又启动车子,往店的方向开。

"我都没去你房间看看。"顾禾语气里满是遗憾。

"有兴趣啊？"

"那你都看过我的，我没看你的多不公平。"

原话奉还给沈承其，他听出来了，舔舔嘴角笑了下："下次有机会再看。"

"行，算欠我的。"

快开到理发店的时候，沈承其电话响了，他接起后，只"嗯"了声便挂断，紧接着立马靠边停车，说："我爸送医院了，我现在过去，你打个车吧。"

"需要我陪你吗？"

"不用。"

这时最好什么也不要问，顾禾下车后站在路边，看着沈承其的车掉头后速度一下提上来，很快消失在视线尽头。

顾禾原地转了一圈，发现这里离理发店不远，她放弃打车，走路回去。

当晚直至收工，顾禾都没见沈承其回来。隔壁车来车往，坏着来好着走，发挥和医院一样救死扶伤的关键作用。

沈承其打地铺的被子她没收，说不上是懒还是什么原因，就那么保持原样地放着，就好像她喝醉那晚睡过的帐篷，沈承其也没收一样。

被电话吵醒的时候，顾禾睡得正沉，她感觉自己悬浮在一片汪洋中，突然被一根乌黑的锚钩起来，硬生生拉回海面。

"喂？"

"下楼。"

顾禾拿开手机，眼睛眯成一条缝，看了眼时间，凌晨五点……

顾禾趿拉着拖鞋，身体硬撑着下到一楼，打开卷帘门，看见沈承其站在门口，胡子拉碴，一夜没睡的样子。顾禾总觉得他身上没有归属感，虚浮着，此刻更甚，像只流浪的狗狗，四海为家。

"又没带钥匙啊？"顾禾眼睛半睁不闭，脑子嗡嗡的。

"你要不要和我结个婚？"

清晨的街道死亡一般的沉静，衬得沈承其的声音无比清晰，不管多汹涌的困意，此时都被这句话卷走，咕噜噜滚到无边天际。

眼睛完全睁开，顾禾一脸不可置信："你说什么？"

这个男人一早过来，问一个穿着睡衣素面朝天的女人，要不要和他结婚？

"算了。"沈承其转身要走。

顾禾双手交叉叠在胸前，看着他的背影，轻飘飘地说了一句："怎么还尿了呢？"

低沉的呢喃，似自言自语，也似在说给沈承其听。

他猛地刹住脚，深吸一口气，转回来又重复一遍："你要不要和我结个婚？"

听着像求婚的话，再次从顾禾心里过了一遍，剥开细想，这其实和求婚完全不搭边，但她总觉得丁丰源出轨这件事是老天助她，所以她也要行善。

"你爸怎么样了？"顾禾没直接回答，看着沈承其问。

"没事，老毛病。"

一鼓作气地问完，沈承其在没得到想要的回复后，像忽然泄力一般，拖着沉重的脚步缓慢地走到窗前坐下。

顾禾只穿了睡衣，有点冷，她抱着臂膀跟过去，坐到沈承其身旁，问他："为什么选我？"

"因为我觉得你也恰好需要。"

"怎么个结法？"

"你认为呢？"

"我问的问题，你抛给我？"

沈承其看她，眼底映着对面路灯一明一灭的光亮，像在他心底扎了一根希望的火把。

"办婚礼就行，给家里一个交代。"

交代……想到赵老师准备的那一屋嫁妆，还有亲戚们接到的口头婚礼邀请，顾禾仿佛开窍一般，说："嗯，这个办法不错。"

确实没有任何一份爱情能做到毫无伤害，她也无法保证，自己遇到下一个人不会重蹈她和丁丰源的覆辙。

"对不起。"沈承其脱下外套，给顾禾披上，"我想到就来了，怕一犹豫就再也说不出口。"

温暖的体温传给顾禾，她仰头看天，拂晓之时，地平线几道颜色模糊交映，天上地下一片孤寂，连结婚这种充满世俗的话题，好像也随着尚未退去的星光浪漫了一点。

"你想好了，结婚没想象中那么简单。"虽然顾禾还没结婚，但见过身边各种例子，深有体会。

"也没那么难吧？"

沈承其一脸初生牛犊不怕虎的模样，顾禾感觉他是把结婚想成逛菜市场了，想买就买，顾客第一。

"沈承其，要装就要从头装到尾。"

装爱她，装一个主动走进婚姻的丈夫，至少在外人面前。

"我知道。"

"你能做到吗？"

"能。"

顾禾笑了声："倒是自信。"

"那你呢？"沈承其反问。

"当然。"顾禾说，"只要你别毁容。"

毁容？沈承其下意识地蹭蹭下巴，他不知道顾禾的话其实是对他的变相夸奖。

"还有很多意料之外的情况。"

顾禾带沈承其回白城老家的情景历历在目，既然已经实践过一次，之后肯定也避免不了。

沈承其想了想，说："你能接受到哪种程度？牵手行吗？"

"只要不上床，都行。"

沈承其的喉结上下动了动，貌似被顾禾的回答惊着了。

"你想过要保持婚姻状态多久吗？"顾禾问。

"没想过，短期内不能散，所以我让你考虑考虑，觉得为难就算了。"

"短期内当然不能散，要不然我妈会被我气死。"

"一年？"沈承其试探。

"一年两年都行，你要是找到喜欢的人了告诉我一声，立马还你自由。"

顾禾对沈承其这个虚假的结婚对象很满意，相信他也一样，两人带着相同目的，事情比想象中顺利很多，说到底还是因为没登记，不涉及财产纠纷，这才是最关键的地方。

"你爸不会催完婚再催生吧？"顾禾忽然想到这个。

"放心，如果催的话我就说我生不了。"

顾禾下意识地看向他两腿之间，沈承其伸出食指，戳着她下巴转回前方，说："看什么，我很正常。"

顾禾抿抿嘴，说："这个理由靠不住吧，你要那儿不行，我为什么要跟你结婚？"

"谁告诉你生不了就一定不行？"

晨光微亮，两人在街边极其认真且热火朝天地讨论这种话题，着实有点像神经病。

顾禾琢磨了两秒，貌似觉得沈承其的话有道理，怪她孤陋寡闻了。她说："好吧，如果真问我，我就说你生不了。"

"上次回你家，阿姨对我满意吗？"

"满意。"

赵老师还特地打电话给了反馈，搞得顾禾不知道该不该跟着一起夸。

吹着外面清冷的风，两人一时无话，呆坐着。

望向街边放空的时候，顾禾想，她不知道以后还有没有结婚的可能，趁此机会全当体验一把，何况这个虚假的结婚对象深得她心，左右她没什么损失，当经历一番了。

"你爱我吗？"

大片沉默过后，顾禾突然提问，且直截了当，不带拐弯。

沈承其一顿，摇了摇头。

也对，情情爱爱，耽误赚钱。

顾禾并不意外他的反应，只是想确认一下，说："好，那这事儿单纯多了，你想哪天办？"

"按你的原计划行吗？"

顾禾知道沈承其说的原计划是哪天，这个日期他肯定站在她的立场考虑过。

"就这么定了。"顾禾伸出小拇指，冲着沈承其。

他笑了下，也伸出小拇指，拉钩盖章。

"回去睡觉吧，等睡醒了咱俩坐下来好好聊一下，别整露馅了。"

"睡不着。"

沈承其靠着椅背，脸色因疲累而深沉。认识这么久，刚才顾禾要不要结婚时的沈承其最勇敢，现在又恢复了以往的模样，让人……心疼。

虽然顾禾不愿用这个词，但她确实这么想，沈承其身上特有的孤独感，让她很想挡在他面前，可这份心意又和小时候帮顾嘉打架不尽相同，她搞不懂，却还是在迷茫中选择为他义气一次。

沈承其："我的事你知道多少？"

顾禾被沈承其问得一愣，不知道哪些该说，哪些不该说，想了想道："知道你妈在你初中时离家，你爸现在和一个阿姨一起生活，至于你本人，不清楚。"

沈承其继续补充："之前来闹事被你推了一把的那男人是我舅舅，因为我妈的事，他平等地讨厌我们家每一位。在亲戚眼中，我不是什么好人，对家人冷淡，对亲戚关系淡漠，我尽的最大孝道就是我爸生病的时候辞职回家照顾。我妈走的时候，我还在上学，我爸找了一段时间没找到人。上大学之后，只要我有空就会出去找她，可是结果一样。我跟我爸说，找到我妈再结婚，他答应我最晚期限是三十五岁，所以今年催得比较紧。"

沈承其讲完这段话，很长一段时间没再开口。

顾禾裹紧沈承其的衣服，没有追问感情方面的事，她是没什么故事，沈承其是不愿提。当然，每个人都有自己的不得已，他俩在这个年纪遇到了相同的困境，不必多解释也能理解彼此。

"有个问题。"顾禾举手，像个小学生一样。

"问。"沈承其歪过身子看向她。

"你有什么喜欢做的事吗？再深入了解一下。"

"喜欢露营，准确地说是喜欢烧柴火。"

沈承其经常一个人开车出去，大西北数不清的广阔天地，旷野之中只有他自己，头顶是银河，面前是湖水，他坐在湖边生火，听着木头燃烧的"噼啪"声，可以让人沉静。

烧柴火？还真是奇特，顾禾笑出声："你上辈子是个农夫吧？"

"可能。"

说到柴火，顾禾立马联想到灶火上的饭菜，问他："饿吗？要不要吃我包的馄饨？"

沈承其坐直，脸上的阴郁一瞬间消失，说："好。"

他从昨天中午到现在什么也没吃。

"来吧。"

被他这一折腾，顾禾也睡不着了，万事靠后，先吃饱再说。

一大早，两人边吃馄饨，边把结婚的流程讨论了一遍，最后达成统一。婚礼一切从简，两边各自摆几桌吃个饭就行了，至于支出，沈承其说他这边全权负责，顾禾坚决不同意，最后各自负责自己家，其余的看情况。

顾禾："如果两边父母有谁要看结婚登记本怎么办？"

"说等你生日再登记，正好当纪念日，这样怎么也能拖到年底。"

顾禾越发觉得沈承其在搞坏事上面有两把刷子，惊奇地问："你怎么知道我生日？"

"听小马说的，和我差一天，好记。"

"店里人呢？"她把最棘手的问题抛给沈承其。

"我告诉杨鹏，大家就都知道了。"

果然小分队之间没有秘密,顾禾继续问他:"你想怎么说?"

她故意的,问完等着,想看看沈承其这个脑袋还能编出什么花样来。

谁知道他笑了声:"就说我对你一见钟情,非你不娶。"

"那是挺唬人的……"

沈承其吃完坐到床边,思考还有什么遗漏事项。

顾禾的碗里还有两个馄饨没吃完,可等她吃完回头,发现沈承其蜷缩在床一角,脚还拖着地。就这么睡着了?

她走过去站在一旁看了看,确认沈承其睡着后,蹑手蹑脚地扯开被子给他盖上,拿上手机下楼。

两家情况不一样,顾禾得想想,该怎么跟赵老师开头才不突兀。她妈原本就有让她和沈承其结婚的意思,所以顾禾只要稍微把话题往结婚那方面引导,不信赵老师不主动提。顾嘉那边也好糊弄,她这个弟弟智商高、情商低,所以现在还找不到女朋友。

顾禾把可能出现的情况预判了一下,拿电话给赵老师拨过去。

沈承其睡到中午才醒,他以为只睡了半小时,没想到竟然一上午过去了。

掀开被子时,闻到一股香气,是顾禾常用的香水。沈承其这才意识到自己在哪儿,不过最近他和顾禾三番五次交集甚密,也没什么好意外的。

记忆串联,他想起来早上在这儿吃了馄饨,也记得他跟顾禾说了什么,揉揉眼睛起床,把被子叠好,又去洗手间洗了把脸。

楼下传来音乐声,还有说话声,顾禾在剪头发,小马在给一个姐姐上染发膏,郭琮则在一旁打下手,完美呈现理发店日常。

小马最先看见沈承其下来,跟他打招呼:"其哥。"

之前撞见过一次,这回小马已经见怪不怪,倒是郭琮傻眼一样,差点把染发膏抹到小马脸上。

沈承其看了眼顾禾,开门出去。

郭琮举着沾满染发膏的手,凑到顾禾身边问:"禾姐,你和其哥……"

"嗯。"顾禾没否认,反正不管通过杨鹏还是小马传达,性质都是一样的。

郭琮和小马相视一眼,继而发出刺耳的尖叫。

等小马这口气快喊断,他才"嘿嘿"一笑,说:"这个姐夫我喜欢。"

郭琮点头:"我也喜欢。"

虽然意外,虽然惊讶,但他俩最终的态度和反应一致。

顾禾没往下说,接着挥舞手里的剪刀,脑子里回想上午和赵老师的通话内容。说到结婚，赵老师立马问："你跟妈说实话，是不是怀孕了？"

这反应搞得顾禾哭笑不得，连忙否认，又说了一堆谎话连篇的理由，大意是结婚是两个人见完家长后的一致决定，可以为自己的行为负责之类的话。

赵老师听完，说酒店那边需要重新确认一下时间，问题不大，但是她还没见过沈承其的父母。顾禾说路太远，等婚礼前提前两天过来见一面就行了。

赵老师知道现在很多年轻人对婚礼仪式并不在意，有的甚至选择不办婚礼，去旅行结婚。一代人有一代人的想法，她不强求，全听顾禾安排。

当身边朋友都知道两人要结婚的消息后，简直炸开了锅，最夸张的要数王小娴和韩冬，尤其是王小娴，她第一时间给顾禾打电话，问两人怎么勾搭上的。

顾禾绞尽脑汁，编了个自认为能糊弄住王小娴的理由："这个男的太孤单了，一开始我单纯只是想陪陪他，没想到陪着陪着出事儿了。"

怎么听都像瞎编，但某种程度上确实符合实情。

"喊，你身边孤单的人多了去了，比如你店里的小马，他浑身散发着孤寡老人的气质，你怎么不说陪陪他啊？都成年人了，承认喜欢有什么错？婚礼我来张罗，肯定帮你办好。"

电话汇报完第二天，王小娴和韩冬两人趁周末放假来店里"视察"，她还特意带了月月。

"妈妈教你的记住了吗？"

"记住了。"

软糯的声音萌翻店里所有人，顾禾却感觉好像哪里不太对，只见月月被王小娴带出去，独自一人跑到隔壁。

"你让她去干吗？"

"检验一下你未婚夫的人品，对小孩子有耐心的男人不会差到哪里去，相信我。"

只是五分钟过去，月月还没出来，王小娴有点急了。顾禾逗她："是不是吓哭了？"

"不会吧？"

两人一起走到汽修行门口，看见月月正坐在沈承其身边玩汽车模型，边玩边笑，还挺开心。

王小娴有点意外："这男的老少通吃啊？"

"你女儿被糖衣炮弹迷惑了。"

平时月月有点认生,顾禾跟在她屁股后转了很久才换来一句"禾禾阿姨"。

"哥!车修好了,过来试试。"

一个坐在休息区刷小视频的男人站起来往外走,沈承其闻声抬头,正好看见顾禾。

月月从沙发下来,抱着模型车跑到王小娴身边,说:"妈妈,你看这个车车!"

"你不是不爱玩车吗?"

"它能跑的!"

月月说着蹲在地上往后滑一下,模型车直奔杨鹏那边。

沈承其走过来,冲王小娴点了下头。她笑笑:"不好意思,我去给你拿回来。"说完去追月月。

"我朋友家小孩儿。"顾禾有点不好意思。

"见过。"

顾禾不太记得,沈承其帮她回忆:"那次你喝多,不是跟她还有一个男的一起吗?还有那次……"

话故意没说完,但顾禾知道:"对,男的叫韩冬,他后来跟我说,当时不放心留了你电话,还给你的车拍照来着。"

王小娴把月月抱回来,模型车递给沈承其,说:"给你添麻烦了,这孩子总乱跑。"

"送她了。"

"别,小女孩玩什么车。"

"喜欢就玩,男孩女孩一样。"

沈承其把车塞进月月胖乎乎的小手里,她嘟着嘴说:"谢谢叔叔。"

"不谢。"

王小娴把孩子放开,她又跑去找杨鹏玩,这会儿倒一点不认生了。

韩冬从理发店出来,冲沈承其摆摆手,说:"哥们儿还记得我吗?"

"记得。"

沈承其回身到吧台,拿了盒烟递给韩冬。韩冬也不客气,抽了一根,跟王小娴说:"咱们那次吃饭见过他,你还夸人家帅呢。"

王小娴恍然一下,顾禾以为她想起来了,谁知道她脱口而出:"你俩那时候就好上啦?"

言下之意，那个阶段顾禾和丁丰源还没分手。

"没好！"顾禾先否认，她最有话语权。

"那你抱人家。"韩冬从沈承其那接过打火机。

顾禾看沈承其："我抱你了吗？"

"嗯……"他舔舔嘴角，笑了声。

韩冬接着往下深扒："你俩算不算闪婚啊？"

"哑！"顾禾龇牙警告。作为和平交易的一方，她有义务帮沈承其摆平不必要的麻烦。

"婚礼有什么要帮忙的说话，我手下小弟多。"

王小娴撑韩冬："让学生给你当劳力啊？"

"长身体呢，多锻炼锻炼。"

"回店里吧。"顾禾怕韩冬再说什么不着调的，赶紧招呼他俩走。

"月月！回去了。"王小娴企图用母爱的光辉把孩子吸引到身边，可孩子头也没抬，和杨鹏玩得正开心。

"姐，一会儿我把孩子给你送去。"杨鹏回头喊一句，黝黑的脸被太阳光晒得发亮。

王小娴问顾禾："他多大啊？管我叫姐。"

沈承其让顾禾等等，去杨鹏那边把月月单手夹回来，说："我这儿车多，别碰着她。"

顾禾被他夹孩子的姿势搞得一愣，可月月却"咯咯"笑出声。王小娴赶忙抱过去，连哄带骗才把孩子带回理发店。

回屋后，王小娴和韩冬联合采访月月："喜欢送你车的叔叔吗？"

月月点头，紧紧攥住手里的小车。

小马低声跟韩冬说："比姓丁的强一万倍。"

"没法比。"韩冬想起个事儿，"渣男前段时间还跟我打听顾禾来着，我说她过段时间回老家，让他别惦记了。"

"对，就这么说，省着他再来烦人。"

丁丰源之前在这堆人里还能打八十分，一次出轨直接跌破及格线。

有客人来，小马去忙，顾禾趁他不在，跟王小娴说："我和沈承其结婚的事，别让丁丰源知道。"

王小娴拍拍胸脯："我肯定不说。"

两人一齐看向韩冬，他缩缩脖子，说："我又不傻，丁丰源约我喝酒我都推了，怕酒后失言。"

在顾禾跟丁丰源分手之前，韩冬和他关系还不错，经常一起出去吃饭，如果有人说漏嘴，除了韩冬再无第二个人。

"需要发誓吗？"韩冬举手，摆出"OK"的手势。

"你家发誓这样伸手啊？"王小娴都快嫌弃死他了。

韩冬笑笑，跟顾禾说："信我一回，拿我人格魅力保证。"

王小娴有点感慨："话说回来，缘分这东西真神奇，你和丁丰源在一起那么久都没结婚，跟沈承其倒是神速。"

郭琮双手合十，说："这叫一见钟情，是命运的安排。"

顾禾不想骗他们，但被架到这儿，只能走一步算一步。

韩冬和王小娴在店里待到快中午才走，顾禾想留他俩吃饭，可各自都有事，只能下次再约。

虽然婚礼一切从简，但大致流程得走一遍，顾禾在网上买了婚纱，非常简单的款式，也不臃肿，打算婚礼上穿一次就丢掉。包裹送到的时候，已经下午了，顾禾最近买了好多东西，不确定是哪个，等傍晚闲下来，她才拆开堆在墙角最上面的包装袋。

摸着婚纱光滑的面料，顾禾忽然想试试，她往窗外看了看，沈承其正独自站在外面修车。

他修车的时候很专注，像认真完成作业的学生一样，没什么能吵到他。

今天店里不忙，顾禾让小马和郭琮提早下班，小马趁机约上杨鹏和老王，三个人出去喝酒了。

顾禾把婚纱换上，缎面鱼尾款很贴身，换完，她小心翼翼下楼，对着镜子照了又照，确认状态不错后开门出去。

"沈承其。"

正在和发动机死磕的男人闻声抬头，目光被一抹雪白吸引，天边昏黄的光线照在婚纱上，却没影响一丝它原本的圣洁。

顾禾双手拽着裙摆往上提，冲沈承其笑得灿烂："好看吗？"

他好半天才回神，朝顾禾走过去，但没走几步又站住了，喃喃着说："好看……"

顾禾左右转转，问："松不松啊？可别到现场的时候掉了。"

"不松。"准确来说，胸口还有点勒。

"你离我那么远能看清吗？"

沈承其摘掉满是油污的手套，往前蹭了一步，说："我身上脏……"

手套在手里用力地攥紧，堆起山峦一样的褶皱。

"不松就行，我去脱了。"

"等等。"

沈承其拉住她，裙摆随着转身的动作，翻起一个漂亮的弧度。

"嗯？"

"拍张照吧，酒店说要在宴会厅门口放张合照。"

合照……

顾禾确实在别人婚礼上见过，她一愣："现在啊？"

"嗯，可以吗？"

"等我一下。"

顾禾回屋飞快地涂了个口红，又把头发抓了抓，等再出门时，看见椅子上多了个相机，沈承其在拉三脚架。

"你的相机吗？"

"朋友的。"

难不成为了拍照，特意借了个相机？

"怎么拍？"顾禾有点好奇。

"直接拍。"

三脚架全部拉伸支好，相机架在上面，沈承其调好焦距，冲顾禾指了指，说："站那儿吧。"

这会儿光线算不上好，但也可以，起码还不太黑。

"要摆动作吗？"顾禾摩挲着婚纱，弯腰踮脚向沈承其张望，他头顶是银灰色的天空，而他的眼睛是明亮的，启明星一般。

"你想怎么摆都成。"

相机弄好，沈承其跑回顾禾身边，两人一齐看向镜头。估摸着拍好了，沈承其又到相机前看了眼，点点头。顾禾不相信他的标准，跟过去看，照片里的两人都有点呆，像极了目前的状态，在半睡半醒间一脚踏进婚姻围城。

"再拍一张吧，选张最满意的。"她说。

"好。"

第二张，顾禾一手扯住裙摆，向沈承其那边歪头，弯弯嘴角。这张照得比上一张好，起码两人状态松弛了很多。不同于常规的婚纱照，简陋中透着一些特别，在平凡的市井街头无声上演。

"就这张吧。"

顾禾确认完，单方面一锤定音。

等她回屋，沈承其却没继续修车，而是点了根烟坐在窗下，抽得有点凶。

半小时后，沈承其开车来到柴达木西路附近一处药店。

店名叫"宜兴大药房"，宜兴是沈承其他舅的名字，全名"邓宜兴"。这个药店开很多年了，钱也赚了不少，去年沈承其他舅将药店经营权给了儿子，但人上了岁数闲不住，晚上过来值夜班。

沈承其把车停好，走进药店。在收银台后坐着的女孩儿抬头笑笑："哥，你来啦。"

她是邓宜兴即将过门的儿媳，沈承其见过一次。

"我舅在吗？"

"我爸晚上来替我，应该快到了。"

说话间，邓宜兴手里拎着一袋花生米走进药店，看见沈承其后，脸立马拉下来。女孩儿打了声招呼，赶紧收拾东西从后门走人。

等她离开，邓宜兴走进柜台，将花生米扔到桌上，没好气地说："来干什么？给我送钱啊？"

沈承其对邓宜兴的态度早就习惯了，他直奔正题："我妈的事，你到底什么时候告诉我？"

邓宜兴那天开去修车铺的车就是当初以此要挟沈承其给他买的，可直到现在，他也没给沈承其透露过只言片语。

"我不说了嘛，把我姐的卖房款分我一半就告诉你。"

"你家不缺钱，到底为什么？"

邓宜兴抹了一把油头，反问："你说呢？"

沈承其皱眉："我不明白。"这些年都不明白。

邓宜兴坐下，打开塑料袋开始吃花生米，吃了几颗后，拍拍手上的渣子，说："我姐嫁到你们老沈家之前，在我家没人给她气受，念的书比我多多了，嫁给你爸之后又生了你，好日子算到头了，现在生不见人死不见尸，我凭什么让你们好过啊？"

沈承其小时候不清楚上一辈的恩怨，他只知道父母感情不好，之后陆续在学校和邻里间，有人开始讲他妈的闲言碎语。有一天放学回家，他妈不见了，他爸只顾喝闷酒，什么也不告诉他。后来，他爸索性说两人已经离婚，他妈跟别的男人走了。青春期的孩子敏感多愁，沈承其听后沉默着接受了现实。

这些年母亲到底去哪儿了？生还是死？一切对沈承其来说都是谜团，而邓宜兴是少有的可能知道线索的人。

"前几天我做了一个梦。"邓宜兴从柜子下面掏出一瓶白酒,拧开喝了一口,"梦见我姐了,她让我放过老沈家,因为你要结婚了。"

邓宜兴抬头看沈承其,说:"不是连女朋友都没有吗?结个屁婚!"

沈承其觉得全身冰凉,从脚底凉到头顶的那种。沉默半晌,他说:"我是要结婚了。"

他说话时,眼前浮现顾禾穿婚纱的模样,很漂亮,非常漂亮,有一瞬间他觉得恍惚,以为自己真的要迎娶这个女人为新娘。

邓宜兴张张嘴想说什么,他和沈承其同样惊讶于故人托的梦竟然照进了现实。他问:"是把我推倒在地的那女的吧?"

"是。"

邓宜兴"呵"笑一声:"我看人还是准的,要跟你没点关系,不可能平白无故为你出头。"

沈承其知道顾禾帮他无关乎任何情感,她只是看不下去罢了。

"其实我姐的事我不知道,她走之后一次没联系过我,我那么说是想折磨你,还有你爸。"

邓宜兴一把年纪,心里明镜似的,知道姐姐离家出走,怎么都怪不到沈承其这个孩子身上,但谁让他姓沈呢,还长着和他爸神似的眉眼。

见沈承其还杵在原地,邓宜兴再次重申他不知情:"我只能告诉你,我姐临走之前,去过她和你爸在石油基地的家。"

或许是因为一份情结,或许有心事未了,邓宜兴猜想无外乎这两种原因。

"以后你当没我这个舅,你结婚该给的礼金,我肯定一分不差地给你爸送去。"

"不必了。"

沈承其这三个字比邓宜兴说的任何一句都要冷淡,而他这些年对邓宜兴打不还手骂不还口的隐忍也该适时结束了。

走出药店,地面湿了一层,雨滴急促地向大地拍打,在凹陷处形成一个个水坑,水面映射着德令哈的缩影,静谧、包容,同时冷漠地旁观着人世间的苦难。

沈承其想起他妈走的那天也在下雨,桌上放着买给他的苹果,塑料袋里还有一张写着工整字迹的字条:妈走了,你照顾好自己。

雨来去自如,和人离开一样毫无征兆,但雨还会来,人却一去不复返。

第四章
冷湖

两周后，顾禾家那边摆完婚宴，赵老师和顾嘉一起从白城抵达德令哈，在婚礼前跟沈承其他爸还有那位阿姨见面吃了顿饭。顾嘉善谈，气氛全靠他维系，差点把沈承其他爸灌醉。

一桌人其乐融融的氛围让顾禾有些恍惚，好像隔着数千公里的两个家庭，自此会因为这份婚姻而将关系拉近，变成一家人。

吃完饭，沈承其送赵老师还有顾嘉回酒店。到地方后，赵老师让顾禾陪她上楼一趟，有点事要说，沈承其则被顾嘉找走了。

走进酒店房间，赵老师从包里掏出一张银行卡递给顾禾，又拿出一个木匣，说："这里面有二十万，还有这个玉手串我给你带来了。"

顾禾接过木匣，说："钱我不要，留着给顾嘉吧。"

虽然顾嘉还没女朋友，但按照他现在的发展，多半会留在北京，那地方房子贵，能不能买得起还两说。

赵老师把卡又塞回顾禾手里，说："你弟赚得多，家里这点钱还不够他一年赚的。你嫁这么远，妈以后肯定不能经常过来，你手里有点钱想买什么买什么，别委屈自己。结了婚就是大人了，对小沈好点，我看他挺惯着你，百依百顺的，你别耍小性子欺负人家。"

顾禾听得鼻子发酸，她一直以为她妈更喜欢顾嘉一些，年少不懂事的时候，仗着她爸在还可以争一争，她爸走后，顾禾感觉那份来自家长的宠爱也一并消失了，直到今天她才猛然发觉自己太小孩子心性。

沈承其家里也给了钱，说让他等婚礼办完把房子买了，写顾禾的名字，不想买就把钱给顾禾，算彩礼吧。演戏要演全套，沈承其只好先收着，对顾禾家这边算有个交代。

赵老师瞥了一眼顾禾空荡荡的手，说："也不说给买个戒指，没钻石，金的也行啊。"

"妈，你知道我不喜欢，沈承其要给我买我不要。"

"行吧，那家里谁来管钱，定了吗？"

"钱没放在一起，他花得比较多。"

顾禾不知道这么说，算不算标准答案中的一个。

赵老师虽然皱着眉，但也没太多干涉，说："过日子省着点，我看小沈不是那种张扬的孩子，也不大手大脚，但你心里要有数。"

"嗯。"

这个婚结不结好像都有亏欠，可一步步都是顾禾走出来的，以后发生什么必须独自承担。

离酒店不远的烧烤店，顾嘉点了一些肉串，又要了一瓶啤酒。沈承其坐顾嘉对面，知道这桌夜宵不是单纯吃饭，所以他没轻易开口，而是等着顾嘉先说。

"冷不丁来海拔这么高的地方睡不着，姐夫你陪我聊会儿。"刚见面顾嘉就认姐夫了，开口叫得特别干脆。

"你刚来最好别喝酒，头疼。"

沈承其把酒瓶推到一边，又被顾嘉拿回来，他说："咱俩喝一瓶，不多。"

看来是想借酒说话，沈承其开了车，可他没法再次拒绝顾嘉，用筷子启开瓶盖，给两人各倒了一杯。

"姐夫，我姐管你管得严吗？"

"她不管我。"

顾嘉咬了口烫嘴的肉串，说："她就冲我厉害。"

"来。"沈承其举杯，跟他碰了下，一饮到底。

顾嘉喝完一口愣住："姐夫，你们西北人喝酒都这么猛啊？"

"嗯？你姐也这么喝。"

上次在火锅店碰见，沈承其见顾禾就这样，一次一杯，不过那个杯子比他手里的小一圈。

"我姐喝酒快，醉得也快，别跟她学。"

沈承其笑笑，把酒倒满。

"我姐吧，光看她的模样好像又倔又刚，其实心里还是个小女孩，她要跟你耍脾气，你多担待。"

"她……很好。"沈承其独自抿了口酒，真心回答。

· 097 ·

热恋中的人，对方在心里就是一朵芬芳的花，顾嘉虽然没什么恋爱经验，但这点东西还是懂的。

"咱俩出来吃饭我姐知道吗？"

"知道，我跟她说了。"

往饭店走的路上，沈承其给顾禾发了信息，说出来和顾嘉吃点东西，一会儿回去，她要是困了先自己打车回去，不用等他。

"刚结婚就妻管严啊？咱俩把这几个串吃完，不着急。"

"嗯。"沈承其笑笑，接过顾嘉递过来的羊肉串。

"我和我姐长得像不像？"

"不像。"

顾嘉特别惋惜地"喊"了声："大伙都这么说，我自己感觉挺像啊。"

"你没你姐好看。"

顾嘉被沈承其说得彻底蔫了："我爸妈把好基因都给我姐了，到我这儿就随便长长。"

"你头发多。"沈承其没好意思把顾禾的原话说出来。"现在年轻，过几年就秃了"，这是顾禾原话。

"听我姐说你以前在北京上过班，做什么啊？"

"在一个公益组织，给血液病儿童做关爱病房项目。"

顾嘉有点意外："那你心理承受能力肯定很强。"

"还行。"只是见惯了生死而已。

二十串肉串很快下肚，最后一杯酒，顾嘉举起来收尾，说："姐夫，祝你和我姐新婚快乐，我和我妈把她交给你了，对她好点儿。告诉你噢，我姐全世界最好，你要是欺负她，我肯定饶不了你，虽然我可能打不过，拼了老命也得伤敌八百，自损一千，不对，伤敌一千，自损八百？"

顾嘉有点算不明白了，自顾自地叨叨。沈承其笑了声，没说什么，一饮而尽后对顾嘉点点头。

"这个，我妈让我带给你。"

放下酒杯，顾嘉从兜里掏出一个信封放到沈承其面前。他打开抽出来看，是之前跟顾禾回白城时，她妈给他的那张照片，被顾禾偷偷藏起来。

"我姐的过去和未来，交给你了。"顾嘉极少说这种煽情的话，但今天特殊，为了顾禾，再煽情也要说。

沈承其听完，连同信封一起，放进衣服里侧口袋，重重拍了拍。

"姐夫，你不能仗着自己长得帅就拈花惹草，欺负我姐。"

沈承其笑笑:"拈花惹草跟长得怎么样没有必然联系,你姐也很漂亮。"

"那当然,你肯定先看中我姐那张脸了。"

沈承其顺着顾嘉的话点点头。吃完两人走回酒店,在楼下看见正坐在台阶一角的顾禾。

"喝酒了?"她冲顾嘉问的,沈承其却"嗯"了声。

顾嘉上去一把搂住顾禾,说:"我和姐夫就喝了一瓶,啥事没有。"

顾禾被他勒得差点翻白眼。

沈承其见状赶紧扯开顾嘉的胳膊,把顾禾拉回身边,俯身盯着她的脖颈,问:"没事吧?"

"没事,顾嘉,你找揍啊?"

顾禾抬脚要踹,顾嘉往后轻巧一退,对沈承其摆摆手:"大半夜的,赶紧领你媳妇儿回家。"说完大步流星地往酒店大堂走。

沈承其把车钥匙递给顾禾,说:"我喝酒了,你开吧。"

"谁告诉你我会开车的?"

"嗯?"

顾禾被他一副深陷自我怀疑的模样逗笑,接过车钥匙,说:"走吧。"

沈承其再次愣住。

噢,被耍了。

两天后,婚礼如期举行。顾禾在这之前没去过宴会厅,也没参加过什么所谓的彩排,沈承其说简单办,不用她忙任何事,可到了现场,顾禾却惊住了。

花海一样的舞台,每张桌上都有一小束鲜花,花里放了一张卡片,上面写着顾禾和沈承其的名字。最让顾禾意外的是,婚礼举行前一天晚上,沈承其交给她一个白色的首饰盒,里面是一枚钻戒。

"在哪儿买的?"

"小商品批发市场。"

"两元店啊?"

"差不多。"

顾禾捏着戒指,问:"现在两元店质量这么好了吗?"

"以假乱真没问题。"

顾禾听完松了口气,不是真钻就好,她把戒指戴上,尺寸稍微有点松,但不碍事。

"你的呢？"

沈承其从兜里掏出一枚男款，没钻，两枚戒指短暂地贴到一起。

"等婚礼结束想留就留着，不想留就还给我。"

"怎么，留纪念啊？"

"嗯。"

对道具还挺在意。

上午顾禾挑准时机，特意在赵老师面前露了一把手，果然她凌厉的眼神一眼就捕捉到钻戒，这才彻底满意。

和赵老师不同，王小娴是无意间看到的钻戒，当时她陪顾禾在宴会厅更衣间候场，闲聊天时，王小娴忽然揪住顾禾的手腕，问："什么时候买的？"

"啊……昨天。"

"好看！你选的还是沈承其选的呀？"

"他。"

不知是不是错觉，顾禾竟然在王小娴眼里捕捉到一丝亮光，王小娴忍不住问："很贵吧？"

"我没问，应该不贵。"

"沈承其真可以，很多男的你要是不提，他都不会主动买。"

这点顾禾认同："嗯，他比较心细。"

虽然话少，但该做的事绝不含糊。

"禾禾，讲真的，我还以为丁丰源伤了你的心，你会离开德令哈回北京去呢。"

"不回北京，累。"

"你和沈承其结婚，不是因为跟丁丰源置气吧？"

顾禾笑笑："当然不是，他算老几。"

王小娴摸着顾禾的婚纱，满心感慨："我后半辈子可能不会结婚了，对一个男人心软是女人不幸的开始，我当初就是心软了，所以现在混成这样。"

"以后的事谁说得准，别为了渣男怀疑自己。"顾禾的话有自嘲成分，就像她，临办婚礼前不是还换了对象吗？

"再说你有工作，父母健康，月月还那么可爱。"

提到月月，王小娴低落的心情舒缓许多，说："虽然不想结婚吧，但我特别想要一个稳定健康的性生活伴侣，调节一下内分泌。"

"嗯，好想法，我也这么觉得。"

"你就算了，都结婚的人了。"

顾禾心里一惊，糟糕，差点说漏嘴。

"禾禾，你俩想要孩子吗？"

这个问题顾禾很久前就想过，她反问："你要听实话吗？"

"当然，随便说。"

"我觉得生孩子的过程是用必经的苦去搏一个未知数，而不是在愉悦的过程中等待一颗一定完美的果实，恰好我这人没什么吃苦精神。"

王小娴笑笑："有道理，不想要就不要，什么年代了，你们俩决定好就行，等以后岁数大了，让月月给咱们养老。"

"月月招谁惹谁了，要伺候三个老头儿老太太。"

"多半韩冬也是孤家寡人。"

压力给到六岁小朋友……

话题回到婚礼主角上，王小娴问："沈承其长得那么帅，你不怕他四处招风啊？"

"不怕。"因为她管不着，这么想来倒是轻松。

王小娴不可避免地想到顾禾的前任，说："丁丰源长得也不错，就是太渣了。"

"小娴，不提他了吧。"

"啊，对不起，今天是你大喜日子，提什么渣男。"王小娴起身帮顾禾整理头纱，"找个化妆师好了，我这手法也就你敢信。"

顾禾看着镜子里的自己，说："挺好的。"

以前参加别人婚礼，她看见的都是化好妆的新娘，今天轮到她来体验过程，感觉像做梦一样。

"你俩这婚礼办得够简单的，好多步骤都省了，连摄影师都没找，大喜的日子不记录一下啊？以后老了拿出来看看。"

拿出来看？多尴尬。

"不一定非得用照相机，你们用手机帮我拍几张吧。"

"我这渣像素，让韩冬拍，他最近新买的手机，像素可好了。"

"也行。"

要不是王小娴问，顾禾觉得拍照可有可无，但她不能表现得对婚礼太不重视，只能顺着话走。

婚礼略过接亲环节，直接进行典礼，过程简单顺利，因为没找主持的司仪，沈承其自己上阵讲了几句话，所以避免了一些类似拥抱的亲密接触，

整个过程，顾禾只挽了沈承其的胳膊。

要说有什么亮点，就数沈承其那几个朋友，他们三个人联合贡献了一个节目。顾禾事先不知道，看到三人把架子鼓摆上台的时候，还问沈承其："他们要干吗？"

沈承其叹了口气："非要表演，拦不住。"

一个弹吉他，一个敲架子鼓，一个连唱带跳，竟然把全场的气氛都搅动起来，意外收到一致好评，看着像草台班子，开口却让人惊艳。连顾禾的情绪也被带动，还跟着一起唱了几句，甚至有一瞬的错觉，她回到了某个热烈的时代，无拘无束，拥有无限自由。

"有那么好听吗？"

沈承其看着身旁的顾禾，婚纱随她扭来扭去，在地板上摩擦，像涌动的浪花，一阵阵推向岸边。

"好听，他们以前干乐队的吗？"

"瞎搞。"沈承其没细说。

轮到敬酒环节，来的宾客差不多都见了一遍，最后才到朋友那桌。沈承其给顾禾一一介绍："王斌、冯平、吴玉虎、梁暮。"

前三位之前在火锅店和沈承其一起吃过饭，顾禾有印象，具体谁是谁，一时对不上号，还有最后一位她没见过。

"嫂子好。"梁暮在对面隔桌伸手，"我叫梁暮。"

"你好，叫我顾禾就好。"

桌子太大，梁暮挣扎两下，费劲地往前，愣是没够到顾禾的手。

沈承其拦下他的问好，说："心意领了。"

王斌把梁暮薅回去，笑着道："他脑子不怎么好，别介意啊。"

冯平附和："是，今天要不是日子特殊，肯定不让他出来。"

梁暮"喀"了声："一般坏话不都在背后讲吗？"

王斌搭他肩膀，说："咱们啥关系，必须明着来！"

众人一团哄笑，王斌问顾禾："我们唱得咋样？"

"好听。"

"等再有演出你过来玩。"

顾禾当真了，问："一般在哪儿演？"

梁暮拆台："主要是城乡结合部，小饭馆开业啥的。"

刚被打击完，"报仇"无可厚非，但他挑错了时机，这话激起众怒，三人一齐上阵群殴。

"走吧。"

沈承其无奈地带顾禾离开,任他们闹完台上闹台下。一路走到场外,沈承其问顾禾要不要去透透气,她正有此意,一拍即合。

楼道里空无一人,沈承其把窗户打开,穿着西服和婚纱的新郎新娘像小孩子一般,短暂逃离热闹的婚礼现场,到角落里偷偷玩耍。

"你女人缘这么差吗?"

沈承其被顾禾问得一愣:"怎么了?"

"朋友那桌一个女的都没有。"

他挠挠头:"我好像没什么女性朋友。"

顾禾往窗外空台处望了望,顺带磕了磕鞋跟。沈承其低头看着她至少五厘米的高跟鞋,问:"你要不要把鞋换了?"

"不换,那样比你矮好多。"

"矮怎么了?"

顾禾看着他不说话,让他自己体会。

沈承其晃晃胳膊,说:"要是累了就搭一下。"

顾禾的视线从他板正的西服袖口略过,摇摇头:"没事。"

其实想搭,占便宜的事过了这村没这店……但她不好意思。

"我眼睛好像进东西了。"顾禾有点睁不开,冲沈承其眯眯眼。

"我看看。"沈承其俯身盯着顾禾的眼睛。

"别动。"

他说完,顾禾屏住呼吸,后背顶着楼梯栏杆,大气不敢出。他对着右眼看了看,没找到异物,说:"我给你吹一下吧,看能不能舒服点。"

一阵凉风过来,顾禾本能地眨眨眼,貌似舒服不少。

"什么也没有吗?"

"嗯,没看到。"

顾禾手指在眼皮上点了点,说:"那怎么回事?"

"可能进灰了,你眼睛大,我就没事。"

"权当你夸我了……"

"饿不饿?"沈承其问。

从早上到现在什么也没吃,顾禾摸着扁塌塌的肚子,说:"饿,你呢?"

沈承其:"走。"

两人转身离开欢乐场,宴会厅的门开了又关,像隔离着两个世界。

此时闹哄哄的婚礼现场,宾客们吃得正嗨,谁也想不到新郎新娘会跑出去吃面，连面馆老板看见他们也恍惚一下。

"婚礼不供饭啊？"老板有点幽默细胞在身上，笑呵呵地看着顾禾和沈承其，"二位新人吃点什么？"

"牛肉面？"沈承其问顾禾。

"嗯，我要小碗。"

沈承其对老板说："两碗牛肉面，一大一小，小碗那份不放香菜。"

"好嘞，找地方坐吧，马上好。"

"我还想吃个煎蛋。"

沈承其又跟老板说："加两个煎蛋。"

牛肉面确实做得快，但随着面碗端上来的，还有两瓶汽水，老板说："新婚快乐啊！送你们喝。"

"谢谢。"

陌生人的善良总能让人开心，今天尤其。

顾禾掰开一次性筷子准备开吃，沈承其却解开西服扣子，说："你把我西服穿上，别弄脏婚纱。"他说完起身，将衣服反向裹在顾禾胸前。

顾禾伸手挡住，往外推，说："你里面不也是白衬衫吗？还是你穿吧。"

"没事，我的好洗。"

确实如此，顾禾欣然接受，袖子刚套进去，听见沈承其又说："我记得上次有人哭，拿我衬衫擦眼泪来着。"

"……"

"她答应给我洗，但是没洗。"

理亏的人低下头："回去给你补上。"

沈承其坐回去，将两瓶汽水的瓶口顶到一起，轻轻一撬，瓶盖掉落在桌上。

橘子味汽水倒进一次性纸杯，顾禾听到气泡升腾的声音，似初夏的清凉撒向德令哈，浸润每一块干涸的土地。

待婚礼结束，宾客散去，该走的人都走了，喧嚣来得快去得也快。

夜里十点，顾禾和沈承其坐在窗下，为这场戏谢幕开了两罐啤酒。回想今天，她脑子里反复出现沈承其给朋友介绍她时说的话。

"这是我爱人，顾禾。"

敬酒时，眼镜男代表朋友讲话："嫂子，其哥要是对你不好你告诉我，我们给你撑腰，再说我还未婚……"

旁边男人往他嘴里塞了个鸡腿，说："新婚快乐！早生贵子！三年抱俩！"

后面的祝福一个没一个靠谱，顾禾左耳听右耳出，礼貌地笑。虽然各种意料之外的情况频发，好在两人赶着都解决了，基本没露馅儿。

"谢谢。"沈承其举起啤酒，他无名指上的戒指还没摘，顾禾也是。

"同谢。"

两罐啤酒对空碰撞，酒花迸溅，满身疲惫和纠结在此刻烟消云散，周身轻松。这场婚礼对别人来说就只是婚礼，但对顾禾和沈承其来说，这是他们两个人的庆典，人生不同阶段有不同的、需要完成的事情，属于他们这个阶段的事算象征性完成了。

望着街边成排的树，顾禾才发觉这段时间东忙西忙，竟然忽略了春天里冒芽的树枝不知什么时候抽出叶子，公园草坪也已经满眼翠绿，可她忘记了种花，花坛至今光秃秃的，只有水泥台上搭着一把拖布。郭琮经常擦完地把拖布放上面晾，小马还开玩笑说晾干的拖布特别像郭琮给客人剪完的头发，支棱着，毛糙又参差不齐。

这几天找时间把花种了吧，顾禾想。至于能不能开出花来，全靠种子本身，尽人事，然后听天命。

夜风轻柔拂面，两人听着风吹树叶的声音安静喝酒。穿了一天高跟鞋，顾禾脚有点痛，她甩掉拖鞋想盘腿坐，可是用力过猛，一只鞋直接飞出去。

两人相视一眼，沈承其起身捡回来，和另一只整齐摆好。

"谢谢，我是东北人，喜欢盘腿。"

沈承其的视线落在顾禾蜷缩的膝盖上，说："你骨头挺软的，我肯定不行。"

"你腿太长。"顾禾一语中的。

沈承其回味着麦芽的香气，说："我爸那一辈个子都不矮，听说我有个叔叔一米九。"

"你呢？"

"一米八七吧，忘了，上大学时量过。"

顾禾抬手在她和沈承其头顶之间比画，两人都坐着，比画没什么实际意义，但过程有趣。

"婚礼现场你找谁弄的啊？"

沈承其捏了捏啤酒罐，说："酒店自带的。"

"一桌不少钱吧，我看菜挺不错。"

"不贵。"

今天在婚礼现场,沈承其那边一个朋友私下对顾禾说:"我们这群哥们里面,承其最后一个结婚,别看他平时不爱说话,对婚礼特别用心,现场布置全是他的想法,搭建的时候从头跟到尾,跟着熬了好几晚……"

对比沈承其刚才的回应,顾禾一时不清楚谁真谁假。

但他对这场婚礼确实用心,并没有为了应付他爸而不顾顾禾这边,她很想当面好好感谢,又不知道说什么好,因为这是一场莫须有的婚姻。

"顾嘉想去哪儿玩?"

顾禾摩挲着无名指上的假钻戒,说:"谁知道,不管他。"

婚礼结束后,赵老师被家里的舞伴催得紧,马不停蹄地赶回白城。顾嘉请了年假要留下玩几天再走,顾禾想当地陪他还不乐意,沈承其说把车借给他,随便开,他倒是答应得干脆。

"西北地广人稀,他要去哪儿最好提前打招呼,有些地方看着没什么,其实还没开发,万一碰到什么特殊情况,想求救手机都没信号。"

油然而生的安全感在心里升腾,顾禾轻轻"嗯"了声。

此时此刻,顾嘉就睡在理发店二楼。上午婚礼中途,他和小马两人嘴里含着喜糖,伴随着浪漫的钢琴曲抱头痛哭,小马边哭边跟同桌人解释:"我俩不是前男友,我俩是新娘弟弟。"

顾嘉还不忘补一句:"我是亲弟,他是干的。"

搞得一桌人哭笑不得,张叔张婶望着新人的方向窃窃私语:"咱老两口多管闲事,还要给人家撮合呢,人家两个悄无声息直接结婚了。"

"真般配啊!"

……

一罐啤酒喝完,顾禾又启开一罐,她喜欢听拉环拉开,还有烟丝燃烧的声音,很解压。

"我刚来德令哈的时候,为了适应海拔,两个星期没喝酒也没想,我以为我就此可以戒了。"

"然后呢?"沈承其问。

"然后张叔送我一瓶你们青海本地的酒,他说好喝,不上头,我就跟他喝了点儿,自此一去不复返……"

"张叔很能喝,他说不上头你最好别信。"沈承其深有体会。

"嗯,我就跟他喝过一次,再也不敢了。"

顾禾的酒量只适合跟王小娴、韩冬组局,或者像现在这样,和沈承其喝两罐解解乏，其他场合尽量不碰。

"困了，回去睡吧。"

顾禾劈开腿，要下地穿鞋，可刚落地，从脚底传来一阵异样的感觉。

"怎么了？"

"别动我，脚麻。"

"我抱你吧。"沈承其勾起手臂，仿佛抱颗白菜般容易。

顾禾连忙拒绝："不用不用！"

他只好站在一旁干等。

顾禾感觉腿好点了，穿上鞋，起身看见沈承其再次伸到面前的手臂，犹豫的时候，沈承其又晃了下，她这才搭上去，一瘸一拐跟着回屋。因为顾嘉要留下玩几天，所以只要他在，顾禾都得和沈承其住在汽修行。

上楼的时候，顾禾问沈承其："你买床了吧？"

"没有。"

顾禾脚下一顿，问："那我睡哪儿？"

"我又搭了个帐篷。"

顾禾觉得无奈又好笑："你以前开户外用品店的吧？怎么这么多帐篷？"

"就两个。"

"我睡大的。"

"好。"

沈承其嘴上答应，其实都一样大。

顾嘉睡到日上三竿才起，顶着一头"鸡窝"下楼，理发店早就忙开了，没闲工夫管他，顾嘉打着哈欠到隔壁汽修行溜达。

"姐夫。"

"醒了？"沈承其刚开始还不太适应这个新称呼，无奈顾嘉一天叫八百遍。

"嗯，我姐不搭理我，你这儿有啥吃的吗？"

"我带你去后边吃面吧，正好我也没吃早饭。"

"行。"

顾嘉又打了个哈欠，把衣服拉链拉上，跐着板鞋跟沈承其往面馆走，鞋带松散着，时不时踩到鞋下，可他懒得系。

等顾禾忙完出去找顾嘉，见他拍着肚子，和沈承其从拐角处走过来，一副吃饱了撑得没事干的模样。

"干吗去了？"

"和姐夫吃面呗。你说你不管我也就算了，怎么连顿饭都不给姐夫做啊？"

顾禾想揍顾嘉不是一天两天了，等哪天忍不住非削他一顿不可。

"不是要出去玩吗？沈承其把油都给你加好了，走不走？"

顾嘉给沈承其敬了个礼："谢谢姐夫。"说完转过身问顾禾，"都结婚了怎么还叫大名？听着别扭。"

沈承其把话题岔开："你自己开车行吗？"

"我都多大了，别惦记，你和我姐好好享受一下新婚，等我回来给你俩带好吃的。"

顾禾凑到沈承其旁边，拽低他身子，小声问："车有保险吗？"

温热的气息吹拂沈承其的耳朵，他不禁一抖，说："有。"

"安全性能怎么样？"

"正常开没问题。"

顾嘉明晃晃地盯着他俩窃窃私语，实在忍不住，插话说："怕我把你家固定资产整报废啊？给，姐夫给你打包的面条，这么大人了还挑食，香菜多好吃啊！"

顾禾接过外卖袋，刚要跟沈承其道谢，可话到嘴边，意识到不能说。

顾嘉："我回屋喝点水，吃咸了。"

等顾嘉开门进屋，顾禾冲沈承其小声说了句"谢谢"，他没回应，盯着她。

"怎么了？"顾禾还以为她弟乱说话。

"你要养成习惯，跟我把这两个字戒了。"

顾禾清清嗓子："筷子呢？让我用手抓呀？"

前后变化如疾风一般。沈承其笑了声："去我那儿吃吧，桌上有。"

顾禾一颠一颠地走进汽修行。

杨鹏刚从车底钻出来，脸上抹了一道黑黢黢的油，他扒拉旁边的老王，抬抬下巴，说："你看沈承其不值钱的那样儿。"

老王冲着阳光眯眯眼睛，说："他俩这婚结得也太快了，谈对象都没告诉咱们，直接宣布结婚，你说他俩什么时候好上的呢？"

不仅是老王，杨鹏和其他兄弟也很意外，其中一个朋友，就是之前相中了顾禾、让沈承其要电话的那个，他刚知道的时候，开玩笑似的骂骂咧咧，被朋友直接回撑："你也不真心喜欢人家啊，转头就追别人去了。"

大家哄笑着一带而过，不敢深问，毕竟铁树能开花是件让人庆幸且值得庆祝的事。

"我猜,咱们下班以后呗,孤男寡女,容易出事儿。"

杨鹏没说两人刚认识没多久就睡了的事,他得给沈承其留点面子。

老王往楼上望,问:"上边有水吗?用不用送两瓶?"

"不用,人家新婚,还是别打扰了。"

再看见什么不该看的……

好不容易把顾嘉撵走,顾禾又回到理发店二楼住,在沈承其给她搭的帐篷里睡了一晚,腰有点疼,尽管铺了几层防潮垫,还是不如床垫舒服。

她问沈承其为什么不买张床睡,他说前些天杨鹏从二手市场拉了一张床回来,第二天就塌了,他又让杨鹏拉走,还是睡帐篷稳妥。

顾禾脱口而出:"你这么猛啊?"

沈承其盯着她,咬咬牙,却给不出任何回击。两人现在的关系很微妙,在人前要装夫妻,在人后要做回朋友,切换的时候总不免恍惚。

顾嘉离开后,时不时发信息过来,分享旅途风景。在城市生活久了,冷不丁来到无边无际的旷野,连碰到一只鼠兔都觉得新奇。顾禾抽空才回一下,可第二天晚上,顾禾给他打电话却关机了。

应该是手机没电了吧,顾禾想。

第三天上午,顾禾忙里偷闲接着打,电话那头的回复音还是一样,她有点慌……

放下手里的活,顾禾到隔壁找沈承其,以两人现在的关系,顾禾有什么事不找他实在说不过去。

"顾嘉联系你了吗?"

沈承其正在吃苹果,说:"没有,怎么了?"

话说回来,顾禾没见他吃过其他水果。

"从昨晚电话一直关机,我怕他出什么事。"

"他最后一次跟你说去哪儿了?我的车没装定位。"

顾禾打开手机,说:"他给我拍了张照片,你看看。"

沈承其看完眉头紧拧:"怎么去这儿了?"

"哪儿?"

"冷湖。"

顾禾知道这个地方,曾经热闹辉煌,如今没落成废墟的石油小镇,沈承其的父母在那儿住过。

她收回手机转身就走,沈承其一把拉住急匆匆的她,问:"干吗去?"

"找人。"

"你先别急。这样,你等我一会儿,我弄辆车带你去,出发之前你再联系联系顾嘉,超过二十四小时可以报警,咱们和警察一起找。"

"嗯。"

两人各自回屋收拾,顾禾又给顾嘉打了几个电话,还是关机。沈承其说他去朋友那儿取车,让顾禾在店里等。二十分钟后,沈承其开了一辆越野车回来,比他自己那辆新很多,牌照是西宁的。

理发店门打开,他冲顾禾勾勾手,说:"走。"

顾禾挎上包,跟小马还有郭琮交代:"我出去一趟,你俩下班把门锁好。"

"啊?"小马不清楚发生什么事,只看见顾禾一上午坐立不安,刚才进屋直奔二楼,再下来时一副要出门的打扮,还不停向外张望。

"你就穿这个?"沈承其看着顾禾的薄风衣。

"怎么了?"

"再拿件厚的,羽绒服也行,路上什么情况还不清楚,开到冷湖要晚上了。"

顾禾眨眨眼,那是得多穿点儿。她回到楼上,翻出早已经洗好压箱底的羽绒服,还随手揣了点吃的。

路上,顾禾每隔半小时给顾嘉打一次电话,每次结果都一样,她心里越来越没底,沈承其的车速也越来越快。他俩分工各看向一侧,尤其是停在路边的车,如果车坏了,会有联系不上的情况。顾禾心里期盼最坏的结果是这个,人一定要没事。

傍晚六点多,太阳还在地平线很高处,西北落日晚,现在临近夏季就更晚了。顾禾望着前方笔直但空荡的公路,说:"沈承其,顾嘉不会有什么事吧?"

"不会。"

顾禾声音有点发颤,沈承其听出来了,他把矿泉水递给顾禾,说:"喝点水,别瞎想。"

他不说还好,顾禾听完才感觉嘴唇有点干,她接过水看了一眼瓶身上的"昆仑山"三个字,想起两人第一次有交集时,沈承其也递给她一瓶这样的水,还被纸箱划伤了手。

"我们还有多久到?"

沈承其看了一眼导航,说:"快了,从现在开始我慢点开,仔细找找,你认识我的车吧？"

"当然。"坐过好多次了。

顾禾一路都提心吊胆，喝了几口水之后，心情稍微平静点，不过因为这份放松，她瞥到沈承其握着方向盘的右手上的戒指，她自己那枚也一直没摘。

又往前开了一段，路上依然没什么车，沿路是大片的戈壁滩，而此时距离他俩驶出德令哈市区已经过去四个小时了。眼看着天色渐晚，顾禾掏出手机，再次拨打顾嘉的电话，还是关机。

沈承其劝她："别打了，前面到了，在镇里找一圈，要是没有我报警试试看。"

"嗯。"

顾禾点头看向前方，目光所及之处能看到房屋，但都不高，差不多就是一个小乡镇的规模，路上行人寥寥。

"顾嘉最后是来这儿吗？"

他发来的照片里有条街道，还有几间商铺，其中最显眼的名字叫"星空小镇酒店"。沈承其仅凭为数不多的元素就能判断出是冷湖，以前一定来过。

"嗯。"沈承其打方向盘，"这里不大，我找个地方停车，咱俩下去找。"

"好。"

驶进小镇后，沈承其把车靠边停好，下车后戴上冲锋衣帽子。顾禾跟他会合在一起往前走。

"你爸妈以前是住这儿吗？"

"不是，在石油基地那边，离这儿不远。"

"我还以为是同一个地方呢。"

顾禾捏着包带，踩着脚下陌生的土地，边说边四处张望，寻找沈承其的车。

两人步伐都很快，顾禾尽量追赶他，走得有点喘。

镇子太小了，主街只有一条，一眼望得到尽头，等走完还是没发现任何痕迹，也没看到顾嘉的身影。就在沈承其掏出电话准备报警的时候，顾禾电话响了，是顾嘉！

"喂，姐。"

顾禾深吸一口气，强装镇静："你在哪儿？"

"想我了吧？我电话坏了，昨晚在冷湖小镇住的，洗澡的时候进水了，镇子修不了,我正好要到格尔木,就来这边修了,才弄好。"

顾禾看了沈承其一眼,他挑挑眉,想说的话顾禾明白。

"行,注意安全,再去哪儿告诉我一声。"

"知道了,不用惦记,我在青旅住呢,碰着两个从黑龙江来的大哥,晚上一起烤串。"

有沈承其在,顾禾一句责备的话都没说出来,只嘱咐了几句便挂断电话。

"对不起,折腾你一趟,他电话坏了。"

顾禾是装冷静,而沈承其是真冷静:"人没事就好。找个地方吃饭吧,你中午就没吃。"

从办完婚礼后,有些生活轨迹两人必须一起完成,比如吃饭,今天中午顾禾给沈承其发信息说不饿,让他自己吃,实际是因为担心顾嘉没胃口。

"等他回德令哈我必须揍他一顿。"

沈承其往旁边躲,说:"你还家暴吗?"

"放心,我不打你。"顾禾说完莫名地有点心痒痒。

"前面有家饭馆,去看看。"沈承其把帽子摘掉。

顾禾转头跟他往饭馆走,说:"你头发长了。"

"回去你给我剪。"

"还要寸头吗?"

"行,凉快。"

顾禾笑了声:"寸头的话让郭琮剪吧,正好拿你练练手。"

沈承其瞥她一眼,没吱声。那句"你给我剪"好像失去了指向性。

在饭馆点了两个菜、两碗米饭,顾禾发现这里菜价还挺贵,可能因为供给都是从外面运来的,加上运费和人工,所以贵一些。

吃完饭,太阳差不多要落山了,再往回开的话,还要四五个小时,顾禾想揍顾嘉的心情再一次高涨。

"回去我开吧,你歇歇。"顾禾伸手朝沈承其要车钥匙。

"不用。"

前几天,沈承其和顾嘉喝酒那晚让顾禾开车,等下车之后才知道,那是她考完驾照之后第一次开。

回想来时的路,顾禾说:"要不住一晚明天再回去呢?晚上不好开。"

沈承其刹住脚,问她:"知道顾嘉发给你的照片里面,那个酒店为什么叫星空小镇吗?"

她摇头,沈承其告诉她:"这里的星空很漂亮,想看吗?我带你去石油基地那边看。"

顾禾双眼放光:"可以吗?"

脱口而出后,她有点不好意思:"你店里没事吧?忙得开吗?"

"一天没事。"

两位老板撂担子,一副不顾店里人死活的模样。

顾禾很久没出门了,正好借此机会散散心,在小镇边上找到车,两人往废弃的石油基地开。

沈承其说不远是真的不远,顾禾感觉刚上车没多久又下车,也就十几分钟。

视线前方是一座座房子的断壁残垣,废墟一样伫立在沙石之上,路面并不平坦,双脚踩着碎石残块,有种穿越到九十年代的既视感。四野空空荡荡,连棵草也没有,更别提树了,虽然寻不到这些象征生命力的东西,但大地存在,本身就是一种巨大的生命力。

正当顾禾觉得陌生且新奇时,沈承其在一旁,脸色阴沉,和眼前这些废墟一样破败落寞。

联系上顾嘉后,顾禾心情明显好转,可她却察觉到沈承其有些异样,或许这里让他想起了失联已久的故人。

"怎么了?"

"没事。"

沈承其摇头,两人慢悠悠地往前走。

"你想她了吗?"顾禾问。

"谁?"

"你妈。"

沈承其抿着嘴唇,好半天才憋出一句:"嗯。"

顾禾转头,发现沈承其也在看她,他说:"她离家出走前曾来过这儿。"

顾禾好半天讲不出话,她不知道该说什么,家人离开二十年毫无音信,安慰确实起不了任何作用。

"是不是吓到你了?"沈承其笑得有些凄凉。

"没有。"

顾禾从脚下捡起一块石头,佯装轻松似的在手里抛来抛去。人有时候和石头很像,有的被风沙打磨,光滑圆润;有的还保持着原始野性,棱角分明。顾禾觉得丁丰源是前者,沈承其是后者。

"啪!"

手中石头掉落在地上，沈承其捡起来还给顾禾："婚礼前，我去找过我舅舅，他告诉我的，说我妈离家前曾来过石油基地的家。"

"你呢？来过吗？"

沈承其点点头："跟朋友来这边玩过，但不知道我爸妈以前具体在哪儿住，我爸不跟我说过去的事，他俩在石油基地没待多长时间。"

夕阳在一片云海中慢慢下沉，气温明显下降，顾禾缩着肩膀"哒哒"两声，沈承其转身，说："等着，我去给你取羽绒服。"

顾禾没来得及回应，他已经跑远了。

黑色冲锋衣，黑色运动裤，在无边戈壁上奔跑时，像一道撕破天际的锋利黑岩，能将所有柔情割裂。

顾禾又想起很久之前，她对沈承其初见的定义——尖锐的沉默，这几个字几乎渗透进他的骨子里。

"给。"沈承其把羽绒服披在顾禾身上。

"谢谢。"顾禾说完咬咬嘴唇，想起沈承其让她把"谢谢"戒掉。羽绒服拉链拉上，整个人一下暖和了。

"你冷吗？"顾禾捏着沈承其的袖子摩挲两下，只有薄薄一层。

"不冷。"他拉开拉链，里面还有一件抓绒内胆，倒是不傻。

走到一处残壁前，几个大字映入视线——"礦區贸易公司"，矿区是繁体字，墙上还有一些不知什么时候搞上去的涂鸦，过去与现在融合的差异感扑面而来，虽然破败，却能透过这些残留的东西，想象曾经的喧嚣繁荣。

"看银河要半夜了吧？"

"嗯。"

顾禾按亮手机，八点，再望向夕阳，只剩下一点点模糊的边缘。

"你想在宾馆住，还是在这儿露营？"

顾禾扭头问："带帐篷了？"

"朋友车上有，常年在后备箱放着。"

顾禾不加考虑："我都行。"

"在这儿能随时看星星，但我怕你害怕。"

"不是有你吗？怕什么。"

沈承其望着夕阳笑笑，或许因为余晖温暖，让他的笑多了一丝暖意。

在基地转了一圈后，沈承其开车回小镇采买过夜所缺的物品，顾禾能想到的只有牙刷牙膏，洗脸用水冲下就行了，但没想到沈承其杂七杂八买了一堆，有无经验高下立判。

往石油基地开的时候，顾禾看见群里发的信息——小马建的群，两家店的人都在里面。

杨鹏：他俩是不是度蜜月去了？

小马：不能吧？不像出远门啊。

郭琮：我看禾姐拿羽绒服走的。

他们时常自顾自地聊天，完全忽略两位老板的存在。顾禾盯着对话框不断弹出的信息看得认真，好半天没说话。沈承其余光瞥了眼。

"我没你微信吧？"顾禾自言自语着，点开沈承其的头像，他微信名只有一个帐篷的图案，朋友圈是一道横杠，虽然她点开过好几次，但只有这次是摆样子给沈承其看的。

"我加过你，你没理我。"

顾禾感觉一股浓烈的怨气飘过来，问他："什么时候加过我？不知道啊。"

沈承其冷漠重申："加了。"

"没有！"她对自己毫无印象的事情信心百倍。

沈承其突然猛打方向盘，把车停到路边，一把拽过顾禾手机，点开"新的朋友"，又甩给她。

不好！

顾禾看见那个帐篷图案混在一堆丁丰源发送过来的好友申请里，被她忽略了。

要命，百口莫辩。

沈承其又启动车子开回主路，顾禾在一旁点击添加，发现已经过期，她只能反过来主动加沈承其，说："把你手机给我。"

沈承其把手机递给她，壁纸竟然是婚礼前两人站在店门口拍的那张。

沈承其瞥了眼，说："给你弟看的，演戏演全套。"

"噢，密码。"

"四个一。"

真是简单得可以，不如不设置呢。

顾禾点开微信，添加好友，然后把手机还给他，说："好了。"

手机被沈承其拿回去，看都没看扔到一旁。

为表歉意，顾禾主动请战："一会儿帐篷我搭吧。"

"可以。"

这男人怎么总不按常理出牌，她根本不会搭……

115

"帐篷什么品牌？我搜一下教程。"

有问题找百度，顾禾打开搜索，就等沈承其告诉她。谁知他单手打着方向盘，另一只手佯装蹭嘴角，实际在掩饰笑意。

"问你呢？"顾禾虚心求教。

"我教你。"

"行。"

有老师现场教，可比自学快多了。

但真到了实践的时候，顾禾一个头两个大，她看着沈承其从后备箱拿下来的帐篷，明明只有一袋，七七八八拿出来的零件却有一堆，每一个上面都写着"有用"，只是她不清楚而已。

"什么呀都是？"

沈承其把外套脱掉扔给顾禾，说："你别伸手了。"

这件冲锋衣出镜率很高，顾禾发现沈承其衣服不多，翻来覆去就那么几件，但每件穿在他身上既合身又好看，简洁利落，是顾禾喜欢的类型。

戈壁滩的风干燥冷冽，一阵阵吹着沈承其单薄的身体，那堆零件像被赋予生命力一般，被他熟练组装，很快变成一个拱形，紧贴着墙边，既遮风又牢固。组装完，沈承其钻进后备箱，只是很快又站直，叉着腰，貌似在思考一件不得了的事。

"怎么了？"顾禾走过去。

"只有一个睡袋。"

"没事，你用吧，我有羽绒服。"

沈承其没说什么，把睡袋扔进帐篷，又搬出一个纸箱。

"这又是啥？"

"卡式炉，烧点水泡茶喝。"

顾禾觉得新奇，蹲下来看沈承其组装，这些东西到他手里像积木玩具一样简单，没几下就完成了。

顾禾蹲得腿麻，站起来环顾四周。太阳落山后，天空急剧暗淡，冷风从四面八方吹来，带着嘶鸣的耳语。她抱着臂膀，连同沈承其的冲锋衣一起裹紧，说："你把衣服穿上吧，冷。"

他"嗯"了声，伸手去接，一边说："你去帐篷里待着，等茶泡好了我叫你。"

顾禾递给他，摇摇头："没事，不冷。"

顾禾身上这件长款羽绒服，陪她度过了德令哈的两个冬天，估计再战两年没问题。

沈承其见她不动,从车里拿出两张折叠的小凳子,一人坐一张。

顾禾盯着点燃的气罐,说:"你朋友的车好像个哆啦A梦,什么都有。"

"基本都是露营用的。"

"你平时出来和他们一起吗?"之前在火锅店碰着的那三位,婚礼的时候都去了。

"偶尔,大部分时间是我自己。"

顾禾想起小马提到沈承其经常独自出去露营时,说"其哥多半是个把七情六欲进化掉的野人",此刻顾禾也深有同感。

"茶好了。"

茶用简单工具冲泡,没那么多烦琐过程,但能在戈壁滩喝上一口热茶,着实令人满足。

顾禾捧着茶杯呼呼吹气,觉得烫又改拿杯口,可沈承其却拿得相当稳。

"不烫吗?"

沈承其伸手,掌心向上,说:"我皮糙。"

顾禾的手搭上去,轻轻挠了挠,承认:"嗯,比我厚。"

抬头,两人对视,沈承其手掌依然向上,没往回收。他好像总是对她有意无意制造的肢体接触很敏感,顾禾猜想他是不是禁欲太久,不太习惯别人碰他。

"什么茶啊?"顾禾心虚躲闪。

沈承其这才收回手,回答她:"绿茶。"

"不错。"

喝完一口,顾禾想起一件非常重要的事:"这有厕所吗?"

"遍地都是。"

"……"

仔细想想,确实是这样,可顾禾不太习惯,准确地说是沈承其在,她有点难为情。

随着天色暗下,风小了点,喝完茶,顾禾趁着最后的光亮,走了很远才上完厕所,可回去的路上,天光完全消失,她站在废墟中,一下迷失了方向。这种感觉从未有过,睁眼和闭眼没什么区别,大片的黑色如同一个无形旋涡,随时可以吞噬人的魂魄,只有脚下沙石提醒着她身处何地。

她一下慌了,耳边传来风声嚎叫,似鬼神之邀。

手电筒调到最亮,顾禾赶忙打给沈承其,那边没人接,再打,手机信号时断时续，根本联系不上。她只能循着模糊的记忆往前走，直到听见沈承其喊她的名字。

"顾禾！"认识这么久以来，这是他喊得最大声的一次。

"我在这儿！"她举起手电筒不停摇晃，光束能传多远不确定，但她不知道还能做什么。

跑步的声音从遥远的地方传来，依稀可以听出，他脚步急促，踩着沙石。顾禾原地不动，等着沈承其。身影由远及近，会合后，他猛地停下，剧烈地喘息，应该是跑得太急了。

"我给你打电话……没、信号不好。"顾禾哭腔明显，声音有点抖，她是真害怕了。

"对不起，我刚在收东西，没听见。"

顾禾心有余悸，但不想让沈承其发现。

沈承其说："你拽我袖子，跟紧。"

顾禾的左手捏住他袖口。

"害怕了？"

"没有。"

死鸭子嘴硬。沈承其不拆穿她，而是说："下次我陪你出来。"

"不要。"她继续嘴硬。

沈承其没勉强，带她走回搭帐篷的地方。去找顾禾前，他在车里翻到了太阳能板，但是没电，今晚只能凑合一下，就着车灯光亮，两人洗漱完钻进帐篷。

沈承其说："你先睡，等可以看的时候我叫你。"

顾禾看着唯一的一个睡袋，她把拉链全部拉开，铺平，说："这是双人的吧？挺宽的，应该可以睡两个人。"

沈承其拿起睡袋外面的罩子看了眼，确实是加宽的。

见他不动，顾禾也不催他，把羽绒服脱了，盖在睡袋上，双重保温。她躺下打开手机，看见顾嘉发来的照片，加载了好久才显示，是几个男生围在一起烤肉，每个人都竖起大拇指摆姿势。顾嘉脸颊通红，应该喝了酒，傻乎乎的。

顾禾关掉手机，帐篷里一下就黑了。沈承其脱掉冲锋衣，给睡袋又加了一层保险，人躺到一边。

"干吗都给我？"

"怕你冷。"

顾禾拱拱身子，说："要么你把羽绒服和冲锋衣都拿走，要么你就进来睡，别磨叽。"

沈承其跪着挪到顾禾身旁，想了想，拉开拉链钻进去。睡袋宽度有限，两人想不挨着都难，为了不尴尬，顾禾翻过身，背对沈承其。

忽然，帐篷外传来"嘭嘭"的声音，连续着，很有节奏。顾禾以为是什么野生动物，方才上厕所时的心惊肉跳又开始了，她抱住沈承其的胳膊。

"怎么了？"

"外面是不是有什么东西？你听。"顾禾紧张到起鸡皮疙瘩。

谁知沈承其却笑了声，顾禾更严肃了："真的，是不是狼？"

"刮风。"

"是吗？"顾禾不太信。

"嗯。"

也许是沈承其太镇定了，顾禾这才放心："要是真有狼，你可别自己开车跑了。"

"不一定。"

顾禾摸黑踹他一脚，只听沈承其闷哼一声。

"踹疼了？哪儿啊？"

沈承其缓了缓，说："上次在你家，你也差点把我踹废……"

顾禾对具体部位和次数有了想象，话说难道是她抢被子时踹的吗？

"不好意思，我睡觉不老实。"

沈承其把冲锋衣往顾禾那边拽了拽，说："不用害怕，有事你就踢我。"

顾禾被他逗笑："别，以后你还得娶媳妇，别栽我手里。"

她枕的是车里的抱枕，中间很鼓，跟沈承其说完话，头直接滑落下去。两人的额头相撞，鼻尖相抵，肇事者率先"逃逸"，顾禾撤回去，平躺，手下抓着睡袋揉捏，紧张到呼吸不稳。

做了一个超长的梦后，顾禾被捏醒，她哼一声，捂着脸问："干吗？"

"起来。"

"啊！"

她腾地坐起来，眼前一阵眩晕，晃悠悠快要倒下时，被什么接住，后知后觉地想到，那是沈承其的胳膊。

顾禾撑着地坐起，有点摸不准，刚刚是不是倒他怀里了。

"你定闹钟了吗？"

"没睡。"

顾禾觉得在这种荒野之地太适合睡到天荒地老,没想到沈承其竟然能保持清醒。眼前一片漆黑,她伸手。

"沈承其。"

"嗯。"

"在哪儿呢?"

"你旁边。"

顾禾顺着声音传来的方向摸,手指刮到他高挺的鼻梁。

"可以看了吗?"

"嗯,你穿好衣服,外面冷。"

帐篷里响起窸窸窣窣的声音,顾禾拉开拉链,穿鞋站起来,抬头仰望,被头顶的银河震撼到失语。她不是没在西北看过银河,但今夜看到的格外耀眼。呆呆望了一会儿,顾禾跟沈承其坐到小板凳上。

"我只认得北斗七星。"

"一样。"

"幸亏顾嘉丢了,要不然我没机会看。"这话是亲姐说的无疑。

"他到哪儿了?"沈承其问。

"格尔木。"

夜间温度骤降,顾禾完全清醒了,她回身从帐篷掏出之前喝剩的半瓶水,问沈承其:"你喝吗?"

"水凉,我烧一下。"

沈承其去把卡式炉拿过来,拧开一瓶没开封的水倒进锅里,急促的火焰很快将水烧好,可当顾禾接过杯子时,却不想喝了,她怕上厕所。

"你出来露营的时候,是不是经常能看到银河?"

"差不多,晴天基本都能。"

等眼睛习惯黑暗,身边的一切便有了轮廓,顾禾扭头看向沈承其,说:"你长得不像西北人,但你身上的特性很像。"

"什么特性?"

"孤独。"

沈承其喝了口热水,说:"我之前应该见过你。"

"嗯?装修的时候吗?"

"不是,在北京,你的眼睛跟我见过的一个女人很像。"

"北京?"

"儿童血液病房,你是不是有个朋友的小孩儿在那儿去世了?"

压箱底的往事忽然被人提起,顾禾觉得心好像被揪了一下,眼泪在眼眶里打转。那是来德令哈的前一年,她好朋友孟琳的儿子刚满一岁,突患急性白血病,最后医治无效去世。那段时间,顾禾一直陪着孟琳,从孩子住院到离世,顾禾前后帮了不少忙。

"我们说过话吗?当时。"

"算说过吧。"沈承其帮她回忆,"你在走廊哭,我递给你一包纸巾,你说了谢谢。"

被眼泪濡湿的纸巾随着手下移,沈承其看见一双眼睛,简单得像个句号,盛满晶莹。

"你去医院探病?还是……"

"我之前的工作是做关爱病房项目,公益性的,在医院见过你两次。"

这么一说,顾禾想起来了,孟琳儿子去世那天,她在走廊哭了很久,的确有个男人递给过她一包纸巾,可给完他就走了,顾禾只看见一个高高瘦瘦的背影。

"你怎么才跟我说?"

"一开始没认出来,我只记得你鼻子上有颗痣。"

顾禾下意识地摸摸鼻子,她这颗痣很小,不离得近一般很难注意到。难过的情绪得到纾解,顾禾揉揉眼,说:"小朋友走的时候才两岁。"

"查到病因了吗?"

"没有,家里没人得过,房子也是老房子,不存在甲醛超标。我朋友觉得这都是命,孩子走后,他们夫妻俩就出国了,没再回来。"

沈承其又点燃气罐,但没架锅,借着火光,他歪头看向顾禾,问:"你这么爱哭啊?"

顾禾往一边躲,说:"这几年就哭过两回,都被你撞见了。"

"我不是有意的。"

"我也不是。"

顾禾转回来,冲沈承其笑笑:"点火干吗?"

沈承其把火关掉,天上银河又清晰了。

"西北真是太好了。"顾禾望着银河感慨。

"哪里好?"

"哪里都好。"

"之前听张叔说,你房子到期要走。"言外之意,哪里都好还要走?

银河亮带一阵闪烁,顾禾想了想,说:"以后我要是走了,你怎么跟

· 121 ·

家里解释?"

"看你,你要不想再有牵扯,我会跟家里说离婚,你要继续的话,我也能找到理由。"

"你倒是随性。"

沈承其否认:"没有,之前说好的,咱俩之间做什么决定,首先考虑你的立场。"

"如果离婚,你爸不会骂你吗?"

"不会吧。在多数父母眼里,不管因为谁离婚,他们都会默认自己的孩子是受害方,如果我理所应当做一个在婚姻里受伤的人,我爸应该不会再催我结婚。"

沈承其需要一段婚姻来应付家里,顾禾也一样,目的相同,自然走到一起,再往前迈一步就是越界。

"你有喜欢的姑娘就告诉我,到时咱俩离一下。"她的随性也不遑多让。

"看见了吗?"

"嗯?"顾禾刚有点走神。

"流星。"

"错过了。"

"没事,还有。"

沈承其抽出两根烟,递给顾禾一根。她接过,说:"我总抽你的烟。"

"怎么了?"

"回去补你一条。"

"不用,等你哪天决定离开,走之前……你走之前给我包点馄饨吧。"

就这点出息,顾禾问:"要多少?"

"我明天去买个冰柜。"

"那我这双手肯定残废,再也剪不了头发了。"

沈承其一点不心软:"慢慢包。"

打火机翻盖的声音在野外异常清脆,顾禾说:"发现我今年记性不太好,总想着种花,但每次想起来之后又很快忘了,可能没法把那些花留给你。"

沈承其突然没话了,西北的旷野上格外静谧,头顶银河璀璨,两人默契地谁也没出声,一同沉默着。过了一会儿,顾禾说:"回去睡觉吧,困了。"

她先一步钻进帐篷,沈承其随后进来。

就在顾禾酝酿睡意的时候,感觉旁边人有点抖,她按亮手机,发现沈承其身体蜷缩,手捂在肚子上,貌似不太舒服。

"你怎么了？"

"没事。"

"是不是胃疼？有药吗？"

"没带。"

顾禾把他扳过来平躺，将手捂在他肚子上，说："我帮你焐焐，我手热。"

两人身体贴上的一瞬间，沈承其突然不抖了。见他没拒绝，顾禾缓慢揉搓，就像那次给他洗头发时一样。

揉了一会儿，顾禾问："好点没？"

"嗯。"

睡袋、羽绒服、冲锋衣均匀盖在身上，温度很快提上来，舒适的气温催生睡意，没过多久，两人都睡着了。

风吹打帐篷的"嘭嘭"声比之前那会儿还要急促，顾禾被吵醒后不太愉悦，拱了拱身子继续睡。旁边，沈承其睁眼望着帐篷顶部，一动不敢动。因为顾禾枕着他的胳膊，人也在他怀里。

又过了十分钟，手机"嗡嗡"响，顾禾再次被吵醒，她抱紧"睡袋"，不满地哼了声。

"睡袋"动了下，她终于睁眼，发现自己抱着沈承其的腰，腿还架在他身上。怪不得这么暖和，敢情用他取暖了……

顾禾翻身去拿电话，借此从他怀里自然而然地脱离，成功避免尴尬。

"喂，妈。"

母女俩日常问候几句，赵老师突然说："承其呢？我跟他说两句。"

顾禾从睡袋爬出去，扭头看向沈承其，在想怎么搪塞。谁知他勾勾手，示意把手机给他。顾禾不知道赵老师要干吗，颤颤巍巍地递过去。

"妈。"

顾禾听沈承其这样叫过几次，每次她心里都不是滋味，因为沈承其管他爸现在的妻子叫"阿姨"，也就是说，他很多年没这样称呼过别人。

"我俩出来玩，没事，我慢点开。她……挺乖的。嗯，妈再见。"

沈承其的话句句清晰地传给顾禾，等挂断，她问沈承其："我妈说什么？"

"没事，闲聊。"

"她问我弟了吗？"

沈承其摇头。

"那你说谁乖？"

胳膊枕在脑后，沈承其看着顾禾的目光笔直，答案不说自明。黄色帐

篷在阳光下把所有东西都照得变了色，昨夜冰冷阴凉，今晨暧昧温暖。

顾禾张张嘴，有些欲言又止："你……胃还疼吗？"

"被你焐好了。"

沈承其起身，跪在防潮垫上开始叠睡袋。顾禾把羽绒服拿来穿上，跟他一起收拾东西。等全都装上车，顾禾看了眼时间，九点。

"去镇里吃点饭吧，吃完往回开。"

"好。"

沈承其启动车子，飞快驶离石油基地。

太阳被甩在身后，路上顾禾有个念头，一直在脑子里回旋。她感觉从昨晚到石油基地这边后，沈承其心情不太好，做什么都兴致缺缺，但又不得不配合她，所以不能表现出来，对故人的想念和某种疑惑压得他抬不起头，可能他夜里胃痛也是因为情绪压抑导致。

回到德令哈已经下午了，沈承其把朋友的车洗了洗，加满油后去还车。

顾禾进屋便被一个老顾客叫去剪头，等剪完，她跟小马说："我上楼睡会儿，有人找我就说我不在。"

郭琼问："要是其哥找呢？"

"他不会找我。"

顾禾非常笃定，说完上楼去了。郭琼和小马互看一眼，说："吵架了？"

小马捋了下辫子，说："不能吧，刚结婚就吵架啊？"

"感觉像呢。"

也不知道睡了多久，反正时间不长，顾禾听到拉门打开的声音，她掀开被子，睁眼看见沈承其站在床边。

"你怎么来了？"顾禾撑着枕头坐起来。

"吵醒你了？"

他说完忽然转过去，背后交叠的手心里握着一个通红的苹果。

顾禾愣了愣，后知后觉她洗完澡换的是睡衣，深V吊带……

"转过来吧。"

沈承其应声转过来，顾禾连头裹着被子，满脸倦意。

"找我有事啊？"

"没事，送苹果。"

顾禾无奈地笑了声："结婚前你给我都是成袋的，结完婚就给一个，真能打发我。"

"店里就剩一个了。"

顾禾从被子下面伸手,接过去"喀嚓"咬了一大口。

"没洗。"沈承其说完觉得还不如不说,因为她已经嚼碎了。

"我要是中毒死了,警察太容易破案。"

沈承其挠挠头,转身要走,顾禾问:"你有事求我吧?"

"呃……"

他这一"呃"坐实确有其事,顾禾不吃了,等着他说。

"我爸让咱俩回家吃饭,今天徐姨生日。"

顾禾冲他龇牙:"下次有事求我直接说,别拿糖衣炮弹腐蚀我。"

"怕你不答应。"

"徐姨喜欢什么?我给她买件衣服吧。"

"不用,我都准备好了。"

顾禾倏地掀开被子,露出酒红色吊带,下床穿上拖鞋,把咬了两口的苹果塞给沈承其,直奔洗手间。

"我收拾完去找你。"

沈承其看了看掌心的苹果,脑子里全是刚刚顾禾跑过去的身影,一抹幻影般的酒红色,在晚春的午后翩然降临。

第五章
黑马河

顾嘉在格尔木那边玩了两天,再回来的时候,越野车除了座椅相对干净,其他地方甩满了泥点子,不知道的还以为他冲动改装了呢。把车停在汽修行门口,顾嘉直奔操作间找杨鹏,说:"兄弟,我要洗车。"

杨鹏忙得头也不抬:"现在倒不出人手,你等我一会儿。"

"水管在哪儿?我自己洗。"

杨鹏这才正眼看他:"呀!你啊,回来啦?"

顾嘉有点急:"我先去洗车,被我姐看见该揍我了。"

杨鹏往墙边指,说:"水管在那儿呢,自己拿吧。"

"我姐夫不在啊?"

"去买床了。"

顾嘉皱皱眉:"原来的呢?"

"塌了。"

"姐夫这么猛吗?"

杨鹏和老王相继笑一声。

杨鹏:"猛不猛得问你姐,我肯定不知道。"

听到"你姐"两个字,顾嘉赶紧去扯水管。洗了一半,看见沈承其回来,身后跟着两个工人,手里抬着裹了气泡膜的大件,应该是床。

"姐夫!"

顾嘉高兴得忘形,挥手的时候水管冲向沈承其,亏他躲闪及时,只淋到一点水。

"对不起,姐夫,没事吧?"

沈承其看了眼车,问他:"你是不是掉沟里了?"

"绝对没有！就是开得有点狂野。"

沈承其转头跟工人说："抬二楼放下就行，回头我自己装。"

"小伙子，你确定自己能装啊？"

"能。"沈承其的视线扫过理发店，问顾嘉，"看你姐了吗？"

"她怎么了？"

"没怎么，你回来不应该先看她吗？车我来洗，你去吧。"

顾嘉手里的水管被沈承其接过去，他倒是想见他姐，但听沈承其那么一说，预感事情不妙，磨蹭之间水花溅到脚下，一路把他赶到理发店门口。不到一分钟，顾禾手持剪刀追出来，顾嘉"嗷嗷"跑到沈承其身后。

"姐夫，保我！"

一物降一物，顾禾看见沈承其后，直接刹住脚，抿了抿嘴唇，气势一下收敛，转身又回屋里去了。

顾嘉见暂时安全，从沈承其身后出来，长出一口气，有种劫后余生的庆幸："我姐竟然怕你。"

"她不怕我。"

沈承其心里清楚，顾禾只是碍于面子，要真把他当自己人，顾嘉这顿揍怎么都躲不过去。

"明摆着怕你嘛。"

顾嘉为自己看清小夫妻之间的地位高低而扬扬得意："家里边都惯着她，这回可算找着降她的人了。"

沈承其不以为然地笑了一声，把水管又还给顾嘉，说："你洗吧，我去装床。"

"这回买的质量咋样啊？可别再塌了。"顾嘉笑得诡异。

沈承其边走边捏拳头，嗯，确实欠揍。

等顾禾忙完出去找顾嘉，发现车已经洗好了，但人不在，她去汽修行找。

二楼，沈承其在组装床板，顾嘉在一旁看似帮忙实则添乱，东拿一个西拿一个，沈承其都用不上。

"你什么时候回北京？"顾禾上来就逐客。

顾嘉："我走了你不得想我想得哇哇哭啊？"

"不可能。"

沈承其抬眼看了看顾禾，又低头拧螺丝。

顾嘉叹了老大一口气："明天就走，你想留，我老板也不批假啊！"

"下午我去给你买点吃的。"

127

"不要,带着麻烦,我就背个包,可别折腾我了。"

"那不买了。"一个回合结束。

顾禾跟顾嘉没那么多客气话:"车加油了吗?"

"还有半箱呢。"

看来等顾嘉走了,顾禾得想办法把油钱给沈承其,或者帮他加满。

最后一个步骤完成,沈承其站起来看了看,问顾禾:"行吗?"

"行。"

顾嘉的视线在两人之间来回流连,怀疑地问:"你俩是亲两口子吗?我好像都没见你俩牵过手,结婚证拿来我看看。"

顾禾瞪他一眼:"牵手干吗让你看?"

"你以前谈恋爱可不这样,丁……"

话到嘴边,顾嘉赶忙憋回去,笑了笑说:"姐夫,你俩在我面前不用克制,怎么感觉比跟我还生分呢。"

顾禾刚要解释,只见沈承其走到她面前,俯身,双手捧住她的脸。

"这回可以吗?"沈承其问顾嘉。

"喊!儿童不宜。"

一个错位的接吻,沈承其角度把控恰好,利用高个子做掩饰,总之非常唬人,也把顾禾唬住了,心快跳到嗓子眼儿。

"姐……"

顾嘉话没说完,顾禾过去抬手要打。他一下愣住,揪着顾禾的手腕看得认真:"跟我显摆你钻戒亮啊!"

说到钻戒,顾禾缩手,顾嘉却没完了:"姐夫,钻戒多少钱?我姐没讹你吧?"

沈承其和顾禾相视一眼,说:"一万八。"

"不便宜啊!"顾嘉把顾禾的手放下,"等以后我结婚,就上两元店买个假的,省下的钱留着旅游。"

顾禾找借口打发他走:"你去让小马给你剪剪头,长了。"

顾嘉摘掉手套,说:"也行,回北京剪得花不少钱。你俩继续吧,正好试试新床质量咋样。"

顾嘉说完就下楼跑远。

顾禾摸了摸钻戒,说:"我……我也回去了。"

沈承其指着床,问她:"行吗?"

样式是很简单的床,木头应该是胡桃木,床垫也很厚实。

128

"挺好,你怎么自己装啊?"

"闲着没事。"

顾嘉明天走,所以这张床她最多住一晚,问她意见属实多余。顾禾指指脑袋,说:"我弟这儿有问题,他说什么你不用介意。"

"我没亲上。"沈承其一脸无辜。

顾禾心想:那我还得表扬你两句呗?

晚上,沈承其请大家吃饭,为顾嘉送行。

饭店门前,顾禾拉住沈承其,说饭可以吃,但钱必须她付。沈承其不接茬,顾禾一再坚持,他干脆不听了,直接进店。怎么的?结婚前还能好好聊天,现在都可以无视了吗?

吃饭地方选在两人之前碰见的那个火锅店,老板认得沈承其,也认得顾禾,因为都是老顾客,但没想到两人一起来。大部队在包厢,顾禾跟沈承其进屋后,看见他们的椅子已经留出来了,在最里面,挨在一起。

"你们两口子能不能沙愣地(利索地)!"

顾嘉一飙东北话,那几位就乐得合不拢嘴,说舍不得顾嘉走,想每天都听东北人唠嗑。

"点菜吧。"沈承其把菜单递给顾嘉。

"那我先来,咱们每人点几个。"

顾嘉飞快点完,转了一圈,最后轮到老王,他刚说出香菜,被沈承其按下:"顾禾不吃,换一个吧。"

"没事。"她小声说。

老王赶紧跟服务员换成茼蒿。点完上菜,一桌人热热闹闹地涮肉,边吃边聊,沈承其依旧话不多,他给顾禾面前放了个空碗,时不时夹一些熟了的菜放进碗里晾凉。

"差不多得了,这个不用演。"顾禾小声说完,沈承其这才注意到,碗里食物堆了老高。

"嗯。"他放下公筷。

这顿饭都没喝酒,吃得不拖拉,快结束时,沈承其和顾嘉从洗手间出来迎面碰上一个人,对方目光很不友善。

"顾嘉?你怎么在这儿?"

顾嘉短暂一愣,问道:"你谁啊?"

"不记得我?"丁丰源看看顾嘉,又看看沈承其,猜忌在心头走了一百遍,他又问顾嘉,"你姐呢?"

"不知道。"

顾嘉推着沈承其往前走,不想让上一任准姐夫和现任姐夫有什么交集,万一打起来可不好收场。谁知刚回去坐下,丁丰源打开包厢门往里窥探,一眼看见跟沈承其坐在一起的顾禾。

气氛瞬间僵住。

小马赶忙起身把他推出去,说:"怎么不敲门就进呢?有事啊?"

"他俩处上了?"

"谁?"

丁丰源鄙夷地"哼"了声:"别跟我装蒜!他俩是不是早就勾搭上了?"

"你管成年人正常谈恋爱叫勾搭啊?"

小马实在听不进去,招呼服务员把人请走,可丁丰源怒了,一脚踹开门,朝里面喊道:"顾禾你出来,我有话跟你说。"

所有人的目光再次汇集到门口,顾禾放下筷子刚要起身,沈承其按住她,说:"我去。"

这下屋里弥漫的不是火锅味,而是火药味。

杨鹏一脸淡定,边吃边说:"有事叫我。"

沈承其拍拍他的肩膀,开门出去。饭店门口,丁丰源闻着旁边飘过来的烟味,嫌弃地皱皱眉,往旁边退了一步。

"我找顾禾,你出来干吗?"

趁着质疑的间隙,丁丰源认真打量沈承其,穿得很普通,长相还行,除了个子高点,其他方面也就那样。上次见面,他根本没把这男的太当回事,以为对方就是个修车的,没想到今天和顾禾一桌吃饭,还挨那么近。

沈承其也往旁边让了一步,手中烟放下。

"汽修行是你自己开的吗?"

"是。"

"一年能赚几万啊?"

沈承其说:"我跟你不熟,你这样拐弯抹角只会浪费时间,有话直说。"

丁丰源差点被噎死,他深吸口气,问:"你跟顾禾什么关系?"

"……"

"她一直不理我,我还想她什么时候气消了能回心转意。"

沈承其笑了声,望向马路上穿行的车流。

不管他们是否有瓜葛,丁丰源都不甘心输给眼前人,他说:"我希望你跟她保持距离。"

"不行。"沈承其的语气斩钉截铁。

"不行?"

饭店门打开,顾禾出来站到沈承其身边,说:"我和他谈吧,你进去。"不管怎么说,她才是这段关系里的绳结,躲着不是办法。

沈承其转身进屋。

顾禾看向丁丰源:"视而不见就那么难吗?"

从刚才她和沈承其的互动来看,两人的关系,亲密到了一定地步……

"说得容易,咱俩好了七年啊!"

顾禾弯弯嘴角,似笑不笑,不必多言便能直接掐中丁丰源的七寸。

他自知理亏:"我和她断了,早断了。"

"丁丰源,你不能忘了我吗?"

"怎么忘?我们都快结婚了。"

"你可以和柴溪结。"

柴溪对顾禾来说本来就不重要,可有可无,要不是她经常来光顾生意,加上和丁丰源是同学,顾禾不会和她成为朋友,虽然是最浅层的那种。

丁丰源扭头,隔着大厅的热气往包间方向望,说:"你跟那男的在一起了吗?如果在一起的话可以分手,我不介意,就当扯平了。"

"他叫沈承其。"

丁丰源当然知道,不直呼其名是一种轻视,他打心里轻视沈承其。

"你的意思是在一起了呗?"

顾禾举起左手,说:"我们结婚了。"无名指上的钻戒眼下是最好的证明。

从刚才见到顾嘉,再到现在和顾禾面对面,丁丰源的情绪就没平静下来过,听到"结婚"二字,差点没站稳。

"什么?结婚?认识几天就结婚啊?"

"还有什么要问的一起问吧,下次再碰见,我未必有心情搭理你。"

丁丰源单手扶墙,失语持续了快一分钟,才又看向顾禾:"你这是报复,就因为那一次你就报复我,你想让我后悔对不对?"

"这位硕士毕业生,你应该知道自信和自负的区别。"说完这句话,顾禾转身走人。

有些事情不是多花一些时间就能理解的,不接受就是不接受,至死都不能。正因为明白这一点,她才不想继续徒劳解释。

顾嘉走后，两家店一下安静不少，顾禾以前没觉得她弟这么闹腾，这一次深有感触。但转念一想，可能顾嘉在北京的生活实在太无趣了。顾禾在北京的时候，还能每周找他吃顿饭，顾禾来德令哈后，他也找不到什么出门的理由，休息日只想窝在家里睡觉，这次好不容易出来一趟，必须尽情撒撒欢才对。

送走顾嘉当晚，顾禾去把落在沈承其那的东西拿回来，好像有充电器、洗面奶，还有睡衣。为了避免上次那种情况发生，她特意找出入冬前穿的厚睡衣，除了脖子哪儿也不露。

"沈承其。"上到二楼，顾禾喊他名字，过来前发过信息，但他没回。

洗手间水停了，沈承其回答她："我在洗澡。"

紧接着，又响起水流声。

顾禾自顾自地收拾东西，充电器从插排拔下来，绕圈缠好，睡衣早上她放在床头了，洗面奶……在洗手间。

顾禾歪头看了眼，正好撞上门打开，沈承其穿着短裤出来，边走边擦头发上的水。

"给。"

是洗面奶，上面还沾着水珠。顾禾接过，连同睡衣和充电器一起抱在怀里，说："我先回去了。"她头也不抬，但余光依然能看到裸着的上身。

"还有这个。"

沈承其把枕头旁边的头绳递给顾禾，她伸手，头绳被套在无名指上，荡来荡去。

"顾嘉到北京了吗？"

"嗯。"水珠溅到顾禾脸上，她往后躲。

"我刚想起来。"沈承其拿下毛巾，"你得在我这儿放点东西，要不然容易露馅儿。"

顾禾低头，想了想，把刚收集完的东西又放回桌上，除了无名指上的头绳，问他："这样行吗？不够我再回去拿。"

"够了。"毛巾搭在床尾，沈承其坐到床边。

"拜拜。"

顾禾一来一回，只带走一根头绳。

周末下午，理发店拥进来三个人，全是男的。自开业到现在，一起来这么多人很少见，顾禾听到小马招呼他们坐的时候，扭头看了眼，愣住了。

"嫂子好！"

几个人陆续跟顾禾招招手，连说的话都一样。婚礼上，顾禾听沈承其介绍过他们仨的名字，眼镜男叫"王斌"，也是之前朝沈承其要过顾禾电话的那个人，另外两人叫冯平、吴玉虎。显然他们不是单纯来剪头发的……傻子都看得出。

这时窗前跑过一个细长的黑影，闪电一般闯进来，盯着那几个人，问："来干吗？"

"找你喝酒。"王斌笑笑，黝黑的脸上只有一个酒窝，不太对称，但挺可爱的。

"走吧。"沈承其扯他衣领，又招呼另外两个，很着急的样子。

冯平说："头发长了，我们找嫂子设计个发型，整完再去找你。"

"头发也不长，剪什么。"

沈承其继续扯，王斌拽下他的手，拍拍手背，意味深长地说："放心，你那些丢人事我不跟嫂子说。"

顾禾从冰箱拿了三瓶矿泉水分别递给他们，说："我和小马可以一人剪一个，谁最后剪？"

小马悠闲地坐在圆凳上跷腿嗑瓜子，等着顾客上门。

吴玉虎歪头看向他："不好意思啊，我们都挂嫂子的号，你歇着吧。"

小马白了一眼，扭过身去接着嗑。

沈承其有点不知所措，这三个人到了才给他发信息，都没提前告诉。

"剪吧。"知道拗不过，沈承其大手一挥，到顾禾旁边坐下，"不用给他们打折，该收多少收多少。"

冯平附和："对，该收多少收多少，我把压岁钱都带来了。"

顾禾瞄了一眼沈承其的头发，去冷湖的时候，她说让郭琮拿他练练手，回来之后他一直没提剪头的事，现在坐这儿估计是为了提防那几位瞎说话。

郭琮依次给他们仨洗头，王斌先来。

"嫂子，其哥怎么追上你的啊？"

第一个问题就这么棘手，顾禾手里的剪刀"咔嚓"两下，说："没追。"

旁边，沈承其的喉结上下动了动。

王斌哼了声："像他能干出来的事儿，习惯被追，不知道主动。"

"我也没追他，对上眼就结了。"

几人面面相觑，头一次听说这么草率的结婚理由。身后，冯平和吴玉虎一齐冲沈承其竖起大拇指。沈承其看了眼顾禾，目光小心又躲闪。

· 133 ·

"你俩啥时候要小孩儿？"问题一个比一个劲爆。

"再说。"沈承其替顾禾回答。

"得抓紧，我们不催老爷子也快催了。"

冯平掏出手机，打开相册递到顾禾面前，说："你们结婚那天我拍了好多照片，嫂子，发给你啊？"

照片？沈承其抢先一步把手机接过去。顾禾跟着他滑动手机的节奏，基本没看清啥，不过婚礼当天王小娴他们也拍了一些，只是给顾禾看的很少，顾嘉还问为什么没请摄影师，顾禾找借口说忙忘记了。

"剪完你发我吧。"她对冯平说。

手机物归原主，冯平一口答应："好嘞！"

等三人都剪完，沈承其在旁边整整喝光两瓶水。

"走吧，去我那儿。"他站起来再次赶人，这回终于成功了。

王斌把钱放在吧台，顾禾冲小马使眼色，他拿着钱追出去，奈何以一敌三，最后钱又被小马原封不动带回来。

"禾姐，我尽力了。"

"收着吧。"

顾禾把剪刀擦干净放起来，虽然开理发店的，日常就是连空气中都飘着头发丝，但她总是得闲就收拾，并乐在其中。

小马和郭琮打扫"战场"，边扫地边说："其哥怕他朋友勾搭你吧？全程监督。"

郭琮不同意："明明是其哥怕老婆挨欺负。"

男女思考事情的不同方式体现得淋漓尽致。

顾禾想去外面透气，可碍于那几个朋友，她只好回楼上。

立夏后，天气一天一天地暖起来，老祖宗创立的二十四节气准得离谱，紫外线也变得强烈。顾禾怕晒黑，只要去外面就会戴帽子，物理防晒最管用。

打开窗户，一阵清风涌进来，窗帘随之荡了两下，顾禾倚着窗边休息。随清风而来的还有外面车水马龙的声音，夹杂着马路上的尘土味，其中最清晰的要数楼下说话的声音，汽修行大门敞开，几个男人坐在门口聊天。顾禾听到自己名字的同时，也听到了另外一个人的名字。

"顾禾不知道你和辛丹的事儿吧？最好别说。"

冯平问完，沈承其摇摇头，下意识地摸兜，发现烟在屋里，起身去拿。

辛丹？顾禾回忆了下，没听沈承其提过这个名字，应该是女人。

沈承其过去的感情经历顾禾一无所知，他不说，她也没问过，在这场契约式的婚姻中，给对方足够的平等和空间是最基础的义务，站在各自的位置上演好这场戏，完美收官就行了。那些细碎的、偶然的心动，是顾禾一个人的情感，虽出乎意料，但终归与沈承其无关。

顾禾迎着热烈的阳光眯了眯眼，春天还冷的时候仿佛还在昨日，转眼就是初夏了，时间过得真快啊。

顾禾的心情没有得到平复，反而愈演愈烈。忽然，电话响了，是沈承其。她缩回身子，关上窗。

"喂。"

"我们去吃饭，你一起来吗？"

"不了。"

"行。"

沈承其挂断电话，往理发店看了眼，从"不了"这两个字，他轻易察觉到顾禾情绪的低落，他以为是刚才朋友哪句话说不对了，可又猜不出是哪句。

五点半，沈承其和朋友们开两个车离开，十分钟后，丁丰源出现在理发店门口。小马问他剪不剪头，不剪的话不让进，剪的话也是小马来剪。

丁丰源看起来心情不错，他没跟小马甩脸子，也没顶嘴，而是对顾禾说："我有事跟你说。"

"没兴趣。"

"和沈承其有关，你也没兴趣吗？"

小马和郭琮一起看向顾禾，她眼里有一闪而过的波澜，对丁丰源说："去楼上吧。"

杨鹏和老王还没下班，去外面说不太好，顾禾把他带到楼上，还给了一瓶水。昔日的恋人，今日的生分，一切只不过是在几个月间发生的事而已。

"说吧，沈承其怎么了？"顾禾有点迫不及待，她预感不是什么好事。

丁丰源放下水瓶，在屋里转了一圈，问："你们睡哪儿啊？这屋子可不像有男人住过。"

顾禾不说话。

丁丰源已经习惯她的冷漠，说："过得好吗？和他在一起之后。"

"很好。"

"听你说好，我真的……很不爽。"

"实话实说。"现在想来，顾禾从没跟丁丰源说过和他在一起很幸福之类的肉麻话。

"你了解你新婚的老公吗?"

顾禾看着他。

"行,我直说,我找人打听了一下沈承其,他的故事相当精彩。"

丁丰源故意卖关子,在顾禾床边放护肤品的桌子旁坐下,从前他进这个屋可以为所欲为,但今时不同往日。

"沈承其上大学时谈了个女朋友,毕业跟人家去了北京,据说女的是白富美,家庭条件特别好,家里老早在北京给她买了房,后来不知道因为什么分手了,他从北京回到西宁,和两个朋友合伙开青旅,一男一女,都是他高中同学。"

顾禾想,应该是那张三人合照没错。

"开了一年多,三人闹掰了。"

顾禾听到"闹掰",心头一沉,以沈承其那个性格,多半又被欺负。

丁丰源接着说:"那男的喜欢那女的,那女的又喜欢沈承其,三角恋因爱生恨,狗血吧?后来那男的做假账,把青旅赚的钱平掉,偷偷转到自己账户。沈承其更有意思,发现后也没说什么,直接退股。那男的把青旅转让出去,那女的……为了沈承其自杀,死了。"

死了?顾禾双手攥紧,指甲扣进肉里。

"这里面发生的事儿一定很有意思,回头你可以好好问沈承其。"

顾禾安静地听完,问他:"你来就是告诉我这些吗?"

"怎么,你事先知道啊?"

"知不知道都无所谓。"

顾禾有点理解沈承其为什么需要一场名不副实的婚姻来搪塞家里,可能……因为过去那些经历,他无心再谈恋爱。

丁丰源坐不住了,说:"都有女的为他自杀了,你不介意?那为什么不能原谅我呢?"

"两码事。"

能把沈承其这些事打听出来,丁丰源一定费了不少劲儿,当然,他的目的也很明显,就是为了在顾禾跟沈承其之间制造嫌隙,他不想让两人好过。

"顾禾啊顾禾!你鬼迷心窍了,那张脸就那么让你着迷吗?也没多帅吧?"

"你要说完就走吧,这里没人欢迎你,以后别自找没趣。"

丁丰源把瓶子往桌上重重一放,说:"呵!看来还是我不了解你啊!"

"彼此彼此。"

撞到丁丰源出轨之后，顾禾都没觉得怎么样，因为她早就有分手的想法，权当互不亏欠。可直到今天，当丁丰源说出沈承其的事情时，顾禾第一次觉得难过，为她曾经爱上一个伪善的人而难过。

　　闭店前，顾禾在门外看了对面一眼，隔壁的卷帘门关着，冰冷的铁皮挡住了一切，缝隙里也看不到灯光。丁丰源走后，顾禾心里一直乱糟糟的，她想控制自己不去想沈承其，不去想和他有关的那个女人，可越努力越控制不住。她打算去公园走走，顺便喂猫。

　　春天过后，公园里的野猫没那么狂躁了，偶尔因为忙于埋头吃饭而对顾禾放松警惕，乖乖被摸。像今天这只狸花猫就很乖，顾禾撸完猫，觉得心情好了些，返回店里时，看见汽修行二楼灯亮着，卷帘门依然紧闭。

　　他回来了。

　　顾禾站在楼下往上望，这个角度她只能看见那片单调的棚顶。

　　——"都有女的为他自杀了，你不介意？"

　　仰头发呆的时候，顾禾猛地想起丁丰源问的这句话。不介意吗？介意，可除此以外，更多的是无解。

　　楼上窗户打开，猝不及防，顾禾想躲已经来不及了。沈承其双臂撑着窗台，自上而下看她，问："去哪儿了？"

　　"喂猫。"顾禾举起手中的猫粮示意。

　　沈承其晃晃头，疲惫的声音在无声的夜色中落到地面："我刚回来。"

　　"噢。"

　　"照片在我这儿，要吗？"

　　顾禾一愣："什么照片？"

　　"我们的婚礼。"他说。

　　有一瞬，顾禾好像闻到了夏日湿润的水汽，然后心里一沉，有个人走了进来。

　　丁丰源来找过顾禾的事，两天后杨鹏才跟沈承其讲。当时他没说是因为沈承其不在，过后忙忘了，今天才想起来。

　　中午三人在汽修行吃饭，杨鹏捧起饭盒问："嫂子不过来吃啊？"

　　"她忙呢。"

　　"再忙也得吃饭啊，你俩是不是吵架了？"

　　沈承其被问得莫名其妙："没有。"

　　杨鹏听完，有点欲言又止："都结婚了，是不是得适当保持点儿距离？"

沈承其继续莫名其妙。

"那男的怎么还来找嫂子？不能一次性解决吗？你要不好意思出手我来，给他脸了！"

沈承其这才恍然，他往门口望了眼，问："什么时候？"

"前天下午，你和王斌他们出去吃饭那会儿，你们前脚刚走他后脚就来了，多会找时间。"

沈承其没再往下问，闷头接着吃饭，他不能表现得太好奇，也不能全不过问。

"其哥……"等老王吃完先出去，杨鹏低声问沈承其，"跟我说实话，当初是不是你挖人家墙脚了？"

"没有。"

"跟我就别装了，我都知道，他俩没分手的时候你就跟顾禾睡了。"

沈承其特想把手里的饭糊杨鹏脸上，要不是一会儿还有活，杨鹏肯定难逃一劫。

"别听王斌瞎说，抓紧吃，吃完去取货。"

"我就说嘛，你也不至于挖墙脚啊，做事那么有毅力一个人，正大光明地追也追得上。"

杨鹏直直身子，长出口气："该减肥了，一吃饭就窝得慌。"说完又猛吃两大口菜。

沈承其手里那份只吃了一半就放下，他想去隔壁看看，但缺一个借口，对别人来说当然不需要，但对顾禾需要。到门口转了转，直到要回去也没看见顾禾，期间理发店的门只开了一次，还是顾客剪完头离开。等到要走时，沈承其忽然瞥见对面食杂店的招牌，他想到什么快步跑过去。

"禾姐！下来吃冰激凌！"顾禾已经下楼了，走到一半听到郭琮喊她。

"嗯？谁买的？"

"姐夫。"

顾禾看见沈承其坐在沙发一角，手里捏着一个没打开的盒装冰激凌。

"这个给你。"唯一一个不同的牌子，也是最贵的，被沈承其单拿出来。

小马看见了，撇撇嘴："偏心也太明显了吧？"

顾禾接过，还没等她吃完，沈承其站起来，把她往门外推。

窗下，两人坐到椅子上，顾禾打开盖子，贴边挖了一勺，香草味，冰冰凉凉，连续挖了三勺，沈承其还是一言不发。

"你不吃啊？"

"不爱吃。"

"有事？"

"没有。"

顾禾"咝"的一声，看他。

沈承其一下老实了，不跟她绕弯子，直接开门见山地问："丁丰源又找你了吗？"

这次情报有点严重滞后，顾禾咬着勺子"嗯"了声。

"干什么？"

"不干什么，闲的。"

"是吗？"

顾禾听出来沈承其不信，但她不想拿他过去的苦痛当聊天背景，于是决定一个字也不提，就当不知道吧，或者等待什么契机，沈承其想说的时候自然会说。

"他以后应该不会来了。"

"这么肯定？"

顾禾笑了声："顾嘉走前一天，我跟丁丰源说咱俩结婚了，他说他不介意，想让我再给他一次机会。"

沈承其躬着身子，嘴巴抿成一条直线。他经常这样，有很多话想说的时候，反而一个字都不说，搞得顾禾特别想掐他脖子，挤出只言片语。以前不敢，现在敢了，顾禾伸手就掐，手心包裹的喉结上下动了动，沈承其像被点了穴一样斜睨她。

"家暴啊？对，使点劲！他就欠收拾！"杨鹏从店里出来，见两人打闹，跟着掺和一句，说完上车开走。

顾禾撤回手，问："他干吗去？"

"取货。"沈承其摸摸脖子，有点痒。

顾禾发现他耳朵又红了，不知道是害羞还是什么，反正有身体接触的时候他经常这样。

她挖了一勺冰激凌给他，说："来，压压惊。"

沈承其只吃了一小口，凉得他眉头一皱。

"小时候每到冬天，我爸就给我和顾嘉一整箱一整箱地往家买冰激凌，那时也不用放冰箱，直接放在阳台外面，批准我俩一人一天只能吃一根，最开始我爸对我俩还有点信任，等到一周后，他再打开窗户发现箱子空了，质问怎么回事，我把责任全推给顾嘉。"

"然后呢?"沈承其问。

"然后他就挨揍了呗。"

"你这么坏?"

"他皮厚,抗揍。"

冰激凌挖完,顾禾舔舔嘴角,有点意犹未尽。

"还要吗?"

"不要了。"

顾禾起身刚要回店,沈承其又叫住她:"过几天我们要开车出去玩,你去吗?"

"和王斌他们啊?"

"嗯,先去黑马河,再去拉萨,有个朋友在那边开了家客栈,过去帮忙开业。"

顾禾摇头:"算了,我不去你能自在点儿。"

手腕忽然被沈承其拉住,他没用力,顾禾却感到一股强烈的拉扯,让她往某个方向堕。

"如果不自在我就不跟你说了。"

"行,我看看。"

手腕松开,沈承其放行。殊不知顾禾心里很慌张,她刚刚其实是在试探沈承其。

两天后的晚上,快闭店时,顾禾在门口碰到沈承其出来。

"后天早上走,你要带什么明天收拾一下。"

顾禾故意装愣:"去哪儿?"

"不是说好出去玩吗?"

"谁跟你说好的?"

沈承其扶着遮阳伞,回想之前到底怎么说的来着。

"他们带家属吗?"

"不带,都没女朋友。"

顾禾本来想去,一听沈承其这么说,感觉跟着实在不好,说:"都不带那我也别跟着了。"

"没事,他们不介意。"

见顾禾还犹豫,沈承其没再强求:"你要不愿去,算了。"

顾禾问:"你希望我去吗?"这句试探比之前明目张胆多了,她的手有点抖。

"人多热闹。"

这算什么回答？顾禾笑自己有点不自量力，起身回屋。沈承其被晾在原地，抓着遮阳伞的手握了握，一脸蒙："顾禾？"

卷帘门慢慢落下，没人回应。

顾禾知道她在发无名火，因为沈承其没有给出她想要的回应，从头到尾纠结的只有她，但她属实是没想到，沈承其也没去。第二天过了出发时间，顾禾竟然看见沈承其在门口修车，穿着工作服躺在车底，即便没看到正脸，凭两条长腿也知道是他。

"你怎么还在这儿？"

顾禾蹲下身子，朝车底看。拿着扳手的男人一声不语，自顾自地干活。

昨天两人一天没说话也没见面，顾禾的情绪消解了大半，终于愿意主动找他的时候，反而被泼了凉水。

她刚要走，一个声音从车底传出来："那我应该在哪儿？"

"没出去玩吗？"

"不想去了。"沈承其说完从车底钻出来，顾禾起身，向他伸手。

沈承其抬头，一下愣住："头发……"

"啊，新弄的。"

昨天不忙的时候，小马和郭琮一齐上阵，给她长长的头发烫了羊毛卷，成熟退掉几分，多了一点俏皮。

"好看吗？"

"我手脏。"沈承其避而不答，摘掉手套。

他坐着，她站着，距离一下拉开。顾禾又重新蹲下，双手抱膝，说："我不是想让你和朋友玩得自在点吗？"

"确定？"沈承其的反问很明显。他知道顾禾在撒谎，但又不敢妄言她的真实心意。

"怎么又蹭脸上了？生怕杨鹏不知道老板干活啊？"

顾禾伸手，帮他把脸上的灰抹掉。就这么一下，沈承其攒了许久的气势忽然消失，闷头不说话了。

"要不我们现在走？你开车的速度应该追得上吧？"

沈承其起身用手套掸了掸裤子上的灰，说："我去洗洗，你收拾东西吧。"

"去几天？"

"四五天。"

沈承其走得头也不回，甚至速度有点快。

嗯？这么好哄的吗？

顾禾杂七杂八收拾了一堆东西，她不忘跟小马还有郭琮嘱咐几句，怕他俩整出什么幺蛾子。等收拾好出来，沈承其已经换了身行头等在门口了，熟悉的冲锋衣和工装裤，新鲜的是他戴了顶渔夫帽，深绿色。利落干脆是他一贯的风格，仔细想来，顾禾对他最初的好感也来源于此。

"帽子不错，咱俩换。"

顾禾把自己的黑色遮阳帽摘下来，瞬间易手，沈承其的新帽子还没戴热乎就被抢走了。

他笑笑，把顾禾的帽子扶正，抽绳松开一节，接过她的拎包。

"我带了芒果干，你喜欢吃吗？"

"给我就吃。"

"赏你一块。"

两人嬉笑间完全没注意路边有辆车开到汽修行门口停下，一个穿着长裙的女人下车走过来，一步一步，直到跟前。她有着小麦色皮肤，长鬈发，戴着一副咖色墨镜，气质有点欧美风。

顾禾比沈承其先看到她，问："剪头发吗？里面请。"

女人把墨镜摘下来，说："不了，我找人。"

找人？顾禾顺着她的目光看向沈承其，发现沈承其也正看着她。

这个女人长着一双杏眼，又大又圆，看人的时候带着点无辜，与这反差强烈的是她烈焰一般的红唇，透着雷厉风行的气势。

"好久不见。"

沈承其用一样的话回她："好久不见。"

辛丹又看向顾禾："这位是……"

"我爱人，顾禾。"

"爱人？"

"我结婚了。"

女人明显一愣，但很短暂，她问："什么时候啊？怎么不告诉我来喝喜酒呢？"

她说完冲顾禾伸手："你好，我是辛丹，承其的朋友，顾禾是吧？"

辛丹不是去世了吗？顾禾眼里闪过一丝惊讶，伸出手说："你好。"

握完，她往后让了一步，说："你们聊。"

回身的时候，顾禾想起沈承其曾说他没什么女性朋友，喜欢他的倒是有几个，比如这位叫"辛丹"的女人。

· 142 ·

理发店内，顾禾坐在沙发上刷手机，小马和郭琮则趴在窗户边，努力想听清外面人在聊什么。

"禾姐，那女的谁啊？"

"沈承其一个朋友。"

郭琮大气不敢出："她看姐夫的眼神可不单纯。"

不单纯就对了。

"你认识她吗？"小马问。

"不认识。"顾禾偷偷瞄了一眼，说得云淡风轻。

忽然玻璃被敲了两下，沈承其指着顾禾的后脑勺冲小马示意。

"姐夫叫你呢。"

顾禾起身往外走，她以为那个叫"辛丹"的女人离开了，没想到还在。沈承其拉过顾禾，手臂搭着她肩膀，对辛丹说："我俩要出门，你去哪儿？我送你。"

辛丹看着顾禾肩膀上垂下的手腕，说："不用了，我开车来的。"

"行，那不送了，有时间过来玩。"

辛丹冲顾禾摆摆手，笑着说："我们还会再见的。"

说完，她转身朝路边停着的车走去。这辆越野……和沈承其那辆很像。

等车开到看不见，顾禾问他："还去吗？"

"为什么不去？"

顾禾打量他帽子下的脸，笑得意味深长："我感觉你在拿我当枪使。"她没有语气不好，和平常聊天一样。

沈承其向后摘掉帽子，只留一根绳挂在脖子上，卡着喉结，说："我也是你的枪，而且子弹充足，随便用。"

绳子随着他说话的动作滑到喉结下方，顾禾听完这句话，不可自控地想偏。

沈承其把顾禾的拎包放进后备箱，又把她塞进副驾，导航调到青海湖方向。现在快中午了，预计要四个多小时到黑马河，路程不近。

"说吧。"

拉安全带的手定住，顾禾问："什么？"

"谁给你说过辛丹？我感觉你事先知道。"

这个男人……就不能傻一点吗？安全带扎进卡扣，顾禾眼神飘忽，说："啊……丁丰源。"

沈承其没往下问，他早就猜到了，只是确认而已。路上，顾禾把那天丁丰源过来说的一五一十都讲了一遍。沈承其安静地听完，面色有点严肃。

"辛丹，除了她没为我轻生以外，其他的……和丁丰源说的差不多。"

"沈承其，你真的很好欺负。"

做假账的事说来话长，他没解释。顾禾回忆："婚礼的时候，你不是说没女性朋友吗？"

她的意思是辛丹应该算。

"辛丹在国外，我没告诉她。"

"如果有个男人喜欢我很多年，我结婚也不会告诉他。"顾禾觉得这是一种善良。

沈承其没说什么，专心开车。

顾禾晃晃身子，跷起二郎腿，说："你要是累了就换我开。"

"没事，一会儿找个地方先吃饭。"

顾禾还真有点饿了，她摸摸肚子，问："吃什么？"

"拉面，行吗？"

"都行，我不挑食。"

沈承其笑了声，并不认同。

想到目的地，顾禾问："油菜花是不是开了？"

"开了吧，你去过青海湖吗？"

"去过一次，七月份的时候，那时开得正盛。"

沈承其打左转向，说："现在可能少点。"

"这次不会又睡帐篷吧？"上次和沈承其一起在冷湖睡帐篷的情景还历历在目。

"放心，这次不用睡袋。"

"谁提睡袋了？"顾禾扭过头去小声嘀咕。

快出城的时候，两人在一家清真面馆吃了面，没有大小碗之分，顾禾那碗没吃完，剩下的三分之一被沈承其解决。要放以前她肯定觉得不好意思，办完婚礼后反而觉得习惯了，就像初打交道时彼此很有边界感，现在明显都在越界，因为某种暂时逃脱不掉的特定关系。

被说话声吵醒的时候，顾禾眼睛睁开一道缝隙，看见沈承其站在车前，旁边还有王斌他们仨，大家有说有笑。沈承其很少笑得这样开怀，起码顾禾没见过几次。她一下坐直，对着后视镜照了照，开门下去。

王斌最先看见她："嫂子醒啦？其哥不让叫你。"

"不好意思，睡着了。"

下车后，顾禾立马感到一阵凉意，她望向左边，看到波光粼粼的湖水，太阳西斜，水面泛着金色。刚刚，她猛地意识到自己非常习惯并享受被他们叫"嫂子"，这个习惯可不妙。

沈承其走过来打开副驾车门，把顾禾的外套拿出来给她披上。她路上睡热了脱掉的，刚才下车忘了穿。

"到了是吗？"

"嗯，到了。"

顾禾环顾四周，确实是青海湖附近，但这个时间游客不多。

"拉链拉上，咱们要去吃饭，烤全羊。"

一听烤全羊，顾禾能想象一整只羊架在火上炙烤时发出的滋滋声，仿佛香味已经飘到了跟前。

"其哥，咱们出发呀？"吴玉虎抻长脖子喊。

"走吧。"

几人纷纷上车，顾禾整理好衣服，拿出水喝了几口。温热的水，残留着被太阳晒过的余温。

沈承其启动车子，跟上前面，说："晚上不用睡睡袋了。"

"睡哪儿？"

"蒙古包里有床。"

顾禾抓抓头发，有外人在，他们还不是要睡一间？而且之后到拉萨，可能还是相同的情况。

从湖边开上主道，再开到蒙古包，只用了十分钟不到，草坪上已经架好了火。顾禾下车看见几个人把收拾好的羊抬到架子上开烤。其中一个男人看见有车过来，赶忙放下手里活去迎接。

"承其，好久不见啊！斌子，瘦了哈！"

男人挨个打招呼，看见顾禾后问："这是……承其你媳妇儿吧？"

"嗯，顾禾。"被点名，顾禾朝他招招手。

"弟妹真漂亮啊！"

王斌带着冯平还有吴玉虎去烤全羊那边看热闹，男人则带着沈承其和顾禾去住的地方。

"旺季开始了，人多，幸亏还剩一间，要不然你俩都没地方住。"

走到一个蒙古包样式的大帐篷前，男人开门，说："把东西放下歇一歇，一会儿出来吃羊肉。"

"行,你先忙。"

沈承其把人送走再返回屋里时,顾禾躺在仅有的一张大床上,望着棚顶发愣。

他站到床边,解释说:"我之前过来住都是双人床……"

"嗯,要是你事先安排,肯定自己睡床,让我出去睡草甸。"

顾禾翻了个身,单手撑脸看向沈承其,这个蒙古包举架不高,被沈承其的高个子一显更矮了。

"晚上是不是有蚊子啊?我没带花露水。"

"草甸里蚊子确实多。"

顾禾抬脚踹过去,被沈承其一把抓住脚踝往下拽,顾禾半个身子悬在床外,要不是他及时搂住腰,非掉下去不可。

"其哥,磨蹭……"

王斌开门就见两人正以一种极其亲密且奇怪的姿势贴在一起,慌忙捂住眼睛,说:"太阳还没落山呢,你俩注意影响。"

沈承其慌忙把顾禾拉回床上,拍拍她的头以示抱歉,然后跟王斌出去。

两人说着话走远,顾禾在屋里躁得不行,把外套脱了,又躺回床上接着发呆。刚刚沈承其离她太近了,还摸了她的腰。顾禾忍不住回味触感,越想越躁动。

晚上的烤全羊在一片热闹声中开始,除了顾禾这一伙还有其他游客,但烤的不止一只,吃到最后还剩了。顾禾全程等着沈承其伺候,有外人在,他愿不愿意都得象征性做一做,倒是便宜了顾禾,连胳膊都没伸,碗里的肉就没少于一半过。

"嫂子,喝酒吗?"

王斌说完,离得近的吴玉虎把啤酒递过去。顾禾余光瞥到沈承其,摆摆手,说:"我不喝,谢谢。"

一定不能喝,万一要酒疯可不好收场。

吃完喝完,天早就黑了,蚊子开始密集起舞。顾禾全副武装,暂时幸免,沈承其就没那么幸运了,他的手腕被蚊子咬了两个包,肉眼可见地鼓起来,像熟透的桃子。

顾禾目睹了整个过程,有点幸灾乐祸:"痒吗?"

"痒。"

"我帮你。"

说着她伸出食指,用指甲在蚊子包上掐出一个十字花,边掐边说:"这样就不痒了。"

沈承其深表怀疑，皱着眉看顾禾在自己手腕上继续"作案"，弄好她还不忘举起来欣赏。

"你是不是把我封印了？"

"嗯？"顾禾后知后觉，"对，我不说走你就得一直在这儿。"

等吃完大家各自散去，沈承其还坐在原地不动，顾禾招呼他："还没吃饱啊？"

"你没让我走。"

"怎么还当真了？走了。"

顾禾在他头顶拍了两下，沈承其得到"大赦"，这才起身跟她回去。

吃得有点撑，顾禾想去附近走走，沈承其也没睡意，跟着一起。这次他学聪明了，帽子一戴，双手插兜，不给蚊子任何下手的机会。离蒙古包不远就是黑马河乡，不太大，有供往来游客住宿的旅馆和饭店，但在大西北这种空旷的地方，灯光稍微密集一点就显得格外明亮，他俩朝着亮光方向走。

"你和这儿的老板以前认识啊？"老板服务他们这伙人比别人都热情，恨不得把肉亲自喂沈承其嘴里。

"以前开青旅的时候我总带人过来，给他照顾不少生意。"

"你负责跑旅游线吗？"

"算是吧，辛丹负责青旅的宣传，她英语好，有外国客人都是她来接待。另外一个合伙人叫高凯，他是万能工，青旅日常维护全靠他。"

"这个高凯……"

"把我们赚的钱卷走之后，他就消失了，辛丹可能知道他在哪儿，我没问过。"

顾禾偷偷瞄了沈承其一眼，虽然天黑看不清什么，但就像他说的，他的好心情一直持续到现在，竟然肯讲自己的事。

"报警了吗？应该可以立案。"

"没有，他家……过得不太好，要是报警把他抓进去的话，他妈可能活不了多久。"

顾禾理解他的善良，但有点太善良了，问他："你确定他是因为家里吗？"

沈承其咳了声："也有一部分辛丹的原因。"

"你还挺招风。"顾禾小声嘀咕。

前面镇子上空突然窜起一阵烟花，听不到声音，但色彩绚烂。沈承其的注意力被烟花瞬间夺取，问："你说什么？"

"没事,这个高凯是不是长得一般啊?"

"为什么这么问?"

顾禾说出自己的想法:"按常理,你总不在,他俩朝夕相处,辛丹应该喜欢高凯才对吧?"

"可能吧。"

可事实偏不这样。沈承其想起三人的创业经历,说:"我那时刚从北京回来,参加同学聚会见到辛丹和高凯。我和高凯一直有联系,辛丹在国外读书,联系不多。聚会后,高凯又找我和辛丹单聚了几回,说想开青旅,他朋友有套顶楼的房子出租,地段不错,然后就开了。"

"你那么信任他啊?"

"高中的时候特别好,所以才一起做生意,还好第一年赚的钱他没动,把成本收回来了,第二年他才开始慢慢做假账。"

顾禾随手薅了一根狗尾巴草,在沈承其鼻尖上轻轻一扫,问:"你和辛丹谈过吗?"

丁丰源跟顾禾讲的那些话里没提这个,但是以女人的第六感,她觉得不简单。

沈承其被毛茸茸的狗尾巴草弄得很痒,他蹭蹭鼻子,说:"谈什么?"

"恋爱啊。"

沈承其停住脚,即便看不清顾禾的脸,还是保持看她的姿势。

"我就谈过一个女朋友,上大学的时候。"

"噢。"他突然坦诚,搞得顾禾有点不知所措。

"毕业后她说想去北京,我陪她去了,后来才知道她家庭条件那么好,很早在北京给她买了房子。到北京后,她想让我去她家住,我没同意,自己在外面租了个房子。后来我爸生病,我回来照顾,长时间异地,就分手了。"

顾禾玩心上来,又拿草在沈承其耳朵上画了两下,问:"初恋女友漂亮吗?"

沈承其往旁边一躲,忽然伸手掐住她下巴,看着她,说:"漂亮。"

手撤回去的同时,拿走了那棵草。

毫不犹豫的回答让顾禾心头冒出一股醋意,她说:"是人都喜欢好看的,我也喜欢。"

沈承其皱皱眉:"丁丰源不算吧?"

顾禾反驳:"他虽然渣,但长得还行。"

很明显,沈承其不认为丁丰源属于帅哥范畴。

往前越走越黑，除了偶尔经过的车辆，基本看不到什么了。两人赶紧往回走，还好只有一条路，不至于走错，可回到住宿营地，顾禾忽然蒙了。

她问沈承其："你记得哪个是咱俩的吗？"

"你不记得？"好一招推皮球。顾禾白他一眼，刚要挨个找，被沈承其揪住帽子拉走。

"这边。"

开门进屋，顾禾拿东西去外面洗漱，沈承其随后，她洗脸，沈承其蹲在草丛边刷牙，等各自完事儿又换过来。顾禾还从床底翻到一个彩色塑料盆，看着很廉价，好像一拳就能戳破。

"我可以用这个洗脚吗？"

他接过去，说："回屋等着。"

"在这儿洗吧，没事。"

"水凉。"

沈承其把洗漱袋塞给顾禾，大手一挥让她进屋。

回去等了会儿，沈承其端盆回来，放到顾禾脚边，说："洗吧，温的。"

"在哪儿弄的热水？"

"老板那儿。"

"谢谢。"

"你先洗，我出去一下。"

讲真的，顾禾有点受宠若惊，丁丰源都没给她打过洗脚水。简单洗了洗，出去倒水时，看见沈承其站在隔两个帐篷的地方，和王斌一起聊天，她回屋放下盆，去找老板。

沈承其在外面待了很久才回来，顾禾已经收拾完，连睡衣都换好了。他看见床上多了一床被子，问："哪儿弄的？"

"问老板借的，我说我睡觉不老实，一个被子不够，老板又给我找了一个。"

"有什么用。"

"嗯？"

沈承其扯了下被角，说："反正最后你都得抢我的。"

顾禾想反驳，张张嘴发现不知道说什么，硬找了一个理由："我都说我不来……"

"没事，你抢吧，我不冷。"

"你是男的，体热，我只是本能地往暖和的地方凑。"

· 149 ·

沈承其超认真地摸摸额头，说："热吗？"

顾禾转过去，憋不住笑。

在一起"睡"过好几次了，两人都不像第一次那么拘谨，沈承其甚至当着她的面脱了衣服，从包里掏出一件睡觉穿的短袖换上。虽然背对着，但整个背部线条清晰地落进顾禾眼里，宽肩窄腰，她浮想联翩，从被窝偷瞄到整个过程，心跳声怦怦不止。在沈承其半转身的时候，她突然撂下被子遮住视线，假装无事发生。

关灯后没多久，耳边传来"嗡嗡"的声音，这该死的蚊子。

沈承其也听见了，他一跃而起，下床开灯，对着空旷的四周环视。

突来的光亮晃眼，顾禾一下捂住眼睛，慢慢睁开时，看见沈承其拿着他的外套在手里绕了两圈，缓步挪向墙边，快准狠地抽了下。

"打到了吗？"

"嗯。"他还不忘补一脚，彻底碾死。

关灯重新躺回床上，顾禾面朝沈承其那边，说："技术不错，我店里的蚊子都包给你了，回头帮我处理处理。"

"一百块钱一只。"

"一分都别想，不帮我以后你就是我前夫。"

半晌，沈承其才憋出一句："还是你狠。"

"承让。"

顾禾笑着翻身过去，没一会儿就睡着了。

第二天一早，没出任何意外，顾禾又在沈承其怀里醒的。意外的是，这次沈承其一只胳膊给她枕，另外一只抱着她，两人保持前胸贴后背的姿势。

顾禾动了一下，没起来，胳膊看着挺细的，这么沉？

她屏息听身后人的动静，嗯？怎么连呼吸都没有？顾禾真怕他死了。

等了等，沈承其这才被弄醒，他撤回手，睁眼看着黑漆漆的房间，起身披上衣服出去。

他倒习惯了，什么解释也没有，跟睡了自己真老婆一样。

昨晚吃饭的时候，大家说好今早要起来看日出，所以顾禾定的五点闹钟，现在她真的困蒙了，尤其刚从某个男人的怀里脱离出来，好像悬在空中，晕乎乎的。一定不能再一起睡了，顾禾感觉她已经被沈承其拉下水，要在不可救药前悬崖勒马，否则受伤的一定是她。

脸没顾上洗，顾禾穿好衣服后快速刷了个牙，跟另外那几位在停车场会合。他们仨睡眼惺忪，头发歪毛，轮着班打哈欠。

· 150 ·

虽然看日出的地点不远，但也需要开车，沈承其最后一个过来，脸明显洗过了，头发边缘湿漉漉的，他怀里还抱着一个红色毛毯，上车扔到后座。

人齐了，大家相继上车，向看日出的地点开去。

"你拿被子干吗？"顾禾问。

"给你的，冷。"

"还行，不冷啊。"

事实证明话不能说得太早，一到湖边，顾禾便被冷风吹得哆嗦了，又不好意思自己拿，还好沈承其好人做到底，回车里拿了给她披上。

"谢谢。"顾禾接过去裹紧，瞬间暖和了。

吴玉虎在旁边听见，随口打趣："两口子还这么客气啊？"

他平时话不多，没什么存在感，顾禾冲他笑笑："相敬如宾。"

这个解释堪称完美。

等日出的时候，沈承其一直站在顾禾旁边，把她和那几位朋友隔开。顾禾听他们聊天也不插话。从汽修行的生意，到青海湖的湟鱼（裸鲤），几人想到什么聊什么。

等到太阳在水面露头，旁边的游客开始疯狂尖叫着拍照，顾禾倒是淡定，不声不语地看。日出和日落一样，时间很短，一走神就会错过大半，附近还有几对新人拍婚纱照，摄影师大声吆喝着让其他游客让个地方，一辈子就结这一次之类的话。

"要帮你拍照吗？"

顾禾缩着脖子，冲沈承其摇摇头。

王斌搭着沈承其肩膀，问："你俩是不是没拍婚纱照啊？"

"没有。"

王斌又问顾禾："嫂子，你不想拍吗？"

顾禾看了沈承其一眼，说："嗯，我不喜欢拍照。"

王斌好像比本人还遗憾："你俩这模样不留个纪念可惜了。"

冯平听见了，也面露惊讶："啥？守着咱们大青海这么漂亮的地方，拍一套多好啊！"

沈承其让他俩专心看日出，结束这咄咄逼人的话题。

很快，太阳完全跃出水平面，游客三三两两散开，不再密集聚堆，除顾禾外，其他人都冻得哆哆嗦嗦，赶忙回车上，说要回去补觉。

开回住宿营地，早饭已经准备好了，很简单，粥、花卷、小咸菜、水煮蛋。顾禾没什么胃口，只喝了半碗粥。吃完她去洗漱，往脸上擦了点护肤品后，对沈承其说她想去附近走走。

"去哪儿？"

"就随便走走，刚吃饱。"

"我不困，陪你去吧。"

没等顾禾同意或拒绝，沈承其把她披的毯子还给老板，又回来找她。

"要不我开车带你去看油菜花吧。"

顾禾不想折腾他，说："你真不困？"

"别忘了我每天都起得比你早。"

顾禾"喊"了声："你早上出去跑步我都知道。"

"是吗？"

沈承其语气不纯，顾禾听出来了，她转身去开车门，拉不开。沈承其掏出车钥匙按了下，她赶紧上车，系安全带，蹭蹭脚垫，就是不往沈承其那儿看。

再次驶出营地，没早上看日出时那么冷了，高海拔地区就这样，太阳一出来温度立马上升，顾禾捣鼓半天才把蓝牙连上手机，放了一首最近比较喜欢的歌。

开了差不多十多分钟，车靠边停下，沈承其说："这么早不知道能不能进去，你先别下车，我去问问。"

顾禾顺着他背影，看见一片油菜花田，但油菜花还没大面积地盛开。

沈承其走到一处栅栏前，栅栏还没人高，他歪头往里望，很快一个围着头巾的女人从中间小路穿过来。

顾禾拔了车钥匙下车去找他，等走到跟前，听到这位姐姐说什么收费。

顾禾不想花钱，说："那我们不进去了。"

"没事。"

沈承其给女人扫码付钱，顾禾再想阻拦已经来不及了。那边钱到账，栅栏立马打开，一秒犹豫都没有。

顾禾跟着沈承其往里走，说："你的钱真好赚，做生意的人肯定都喜欢你，好忽悠。"

沈承其笑笑："那你多看两眼票钱就回来了。"

"放心，我眼都不眨。"

顾禾走得很慢，边走边看，铁了心要把票价看回来，还时不时蹲下去闻一闻花香。

穿过花田，看到一间小房子，刚才收门票的女人正在搬木箱，她戴着纱帘一样的面罩，可谓全副武装。

"养蜂的,蜂箱。"

顾禾听沈承其说完,才看见零星有几只蜜蜂飞出来,迎着朝阳飞得特有活力。

"会不会蜇人啊?"顾禾说着把面罩往上拉,还不忘帮沈承其也往上提了提。

"没事,你不惹它,它不会蜇你。"

顾禾有点初生牛犊不怕虎,奔着蜂箱过去,想仔细看看,谁知刚往前走几步,忽然听见一阵猛烈的狗吠,准确地说是藏獒的叫声。藏獒原本趴着,看到顾禾后一跃而起,她被吓到失色,拔腿往回跑,往沈承其那儿躲。

她没想到沈承其会张开手,一个投奔,一个迎接,最后抱到一起。

"快带你女朋友离开!"

藏獒被女人吓回去,重新趴下,瞪着黝黑的眼睛冲顾禾吐舌。她小心回头,又转过去,离开沈承其的怀抱,躲到他身后,把他当盾牌。

"你不是胆子挺大的吗?"

"谁说的?"

沈承其回忆了下,说:"咱们街边的流浪狗都不敢往你跟前凑。"

"它们和藏獒能一样吗?"

顾禾说完拉着沈承其的衣服赶紧离开是非之地。

再往前走就是青海湖了,太阳出来后,湖面处处闪亮,让人有点睁不开眼。

站在湖边,顾禾仍心有余悸:"我晚上肯定做噩梦。"

"睡觉之前别想就不会。"

"控制不住。"她摘下面罩大口喘气。

沈承其看着她没有血色的脸,确认她被吓得不轻,说:"我在旁边你不用害怕,要是做噩梦就喊我。"

"我要是做噩梦,你就请我吃好吃的。"

无缘无故被讹一顿饭,沈承其笑笑:"行。"

顾禾盯着他看,沈承其余光瞥到,问:"怎么了?"

"你好像很少拒绝我。"

望着湖面,顾禾回想赵老师说过的"百依百顺",原来她妈那时就看出来了,为了维持这段特定关系,沈承其付出的比她要多。

"你也没要求什么。"他说。

"你以后要是谈恋爱,肯定能把女朋友惯上天。"

此时顾禾脑子里浮现沈承其和未来女朋友在一起的画面，顿感一阵憋闷。

人心总是贪婪无际，一个奢求满足后，另外一个奢求又冒出来。开始的时候，顾禾只是想家里别再催婚，让她在三十岁之后这几年平稳度过，可她确实没料到，自己会喜欢上沈承其。是喜欢吗？顾禾突然陷入怀疑，或许他看起来太孤单了，她只是想陪陪他，让他不那么孤单而已。

沈承其踩着脚下的石头，不接话，踩完又踢飞，石头在水面惊起一段涟漪，很快被浪吞噬。顾禾蹲下身捡了几块好看的石头，在水里涮了涮，品相不错，打算带回去。

"这个像不像雪山？"顾禾站起来，拿给沈承其看。

"嗯，像。"

石头接近三角的形状，整体呈淡绿色，中间还有几道白条。

"水好凉。"

顾禾刚说完，沈承其用袖子把她手上的水抹干，说："没带纸巾，对付擦擦。"

"没事，谢谢。"顾禾缩回手，在自己身上蹭。

"你把石头放我兜里。"沈承其撑开口袋。

"都是水。"

"衣服防水。"

顾禾还没反应过来，右手的石头就都被沈承其装进兜里，只剩她左手单拿那枚像雪山的石头。

沈承其拉上口袋拉链，说："往前走走，前面那片油菜花开得好。"

"嗯。"

摩挲着手里那块石头，顾禾想到什么，说："你见过北方的山吗？夏天的时候从山脚绿到山顶，枝叶茂密得连山体都看不清，相比这种，我更喜欢西北的雪山，就算是夏天也泾渭分明，雪线和植被各自累积，谁也不侵犯谁。"

"你想去爬雪山吗？我可以带你去。"

顾禾笑笑："算了，我要是爬到一半坚持不下去，你还得背我下山。"

"那都是小事，有些入门的雪山不难。"他又在有求必应，而且只多不少。

"送你，留个纪念。"

顾禾把这枚她很中意的石头塞到沈承其手里，原本想给他留的花，就让石头代替吧，比花长久。

第六章
拉萨

上午九点多，等他们仨睡醒起来，几人收拾一下离开营地，到镇子简单吃了午饭，朝拉萨方向开。顾禾查了下地图，今天肯定开不到，中间要停下来住一晚，明天接着开，后面进入109国道，那种路况不是她能应付的，所以只能全权交给沈承其。

在休息区短暂停靠时，顾禾买了红牛和咖啡，每辆车分了一些，还买了一条"兰州"给沈承其。他从洗手间回来，看到座位上多了条烟，拿起来问："给我买的？"

"嗯。"

"谢了。"

他说完打开抽出两盒，其中一盒递给顾禾。

她捏了捏，说："我想戒烟。"嘴上说着戒，但顾禾没有一次真正行动过。

沈承其问："怎么突然要戒？"

"想长命百岁。"

他笑了声："照你这么说我活不长。"

"你肯定长命百岁。"

沈承其掏出墨镜戴上，他鼻梁很挺，与墨镜完美适配。顾禾看完一眼又看一眼。

"你没有是吧？"他摘下来，"你戴吧。"

顾禾赶忙摆手："我不戴。"她负责欣赏就够了。

路上王斌时不时就发语音聊一会儿，顾禾觉得应该让沈承其和他们坐一辆车，天天见，怎么这么多话聊？用难舍难分形容也不为过。

"嫂子呢？睡着啦？"

每次聊到最后，他们都得问一嘴顾禾，跟固定结束语一样。

沈承其往右瞟了眼，说："睡了。"

顾禾冲他把眼睛瞪得溜圆，他装没看见，一本正经说胡话。

之后一路经过雪山戈壁，盆地河流，看到数不清的野生动物。虽然一直坐着，但顾禾觉得身心无比舒适。等开到拉萨已经很晚了，车在市区一处胡同停下来，顾禾跟沈承其下车，看到一个用红布半掩的木头牌匾。

日落格桑客栈，名字还蛮好听的。

王斌下车把眼镜摘下来，用衣服胡乱擦了擦，站在门口冲里面使劲吆喝一声："梁老板，出来接客了！"

话落没过几秒，门打开，一个个头挺高的男人从里边跑出来，嘴角快咧到耳根了："可算到了，眼巴巴等你们一天！"

几人互相拍拍肩膀打招呼，最后轮到沈承其，这位梁老板直接越过他，冲顾禾笑笑："弟妹还认识我吗？梁暮，你们结婚的时候我还去了呢。"

"记得。"顾禾连他名字都叫不出，只记得这张脸在婚礼时出现过。

"承其，饿不饿？咱们先吃饭去。"

沈承其摆手，说："我们在服务区吃过了，直接睡觉吧，累了。"

现在已经十一点多，确实有点晚。梁暮又看向王斌，问："真不吃啊？"

"真不吃，跟你不装假。"

"行，走吧，房间都给你们准备好了，三间房，都在楼上，安静。"

顾禾跟在沈承其身后，随大部队往里走。这家客栈应该还没开始营业，房间黑漆漆的，不像有客人住。

等王斌他们房间的门关上，顾禾小声问梁暮："有标间吗？我睡觉不老实，想和沈承其一人睡一张床。"

"啊，有。"

梁暮也没多想，把两人往角落的房间带，特意远离其他人。

进屋见到两张床，顾禾终于松口气，梁暮走前还跟沈承其开玩笑："晚上别跟媳妇挤，挨挨我可不管啊！"

沈承其一脚把他踹出去，关门上锁。

"那我先去洗了。"

"嗯。"

跟沈承其打完招呼，顾禾拿上洗漱袋去洗手间，简单冲了个澡出来，看见沈承其脚踩凳子，貌似正在修空调。

顾禾走过去，仰头往上看。沈承其已经把空调盖子拆了，衣服往上拉，精窄的腰随着他收腹绷紧,腹肌有轮廓,但不明显,可能以前练过。从顾禾的角度正好看到这些,很全面。

"坏了吗?"她问。

"貌似是,梁暮买的二手,不太靠谱。"

"你还会修什么?"

"修身养性。"

"回去把我店里老旧的东西收拾一下。"

沈承其笑了声:"好。"

盖子重新装回去,他说:"明天到楼下找着工具箱再修。"

见他要下来,顾禾想拉他一把,手要伸不伸时,沈承其已经蹦到地板上。

第二天睡到自然醒,顾禾睁眼,见沈承其不在,他的被子掀开放到一旁。她坐起来,看见窗框上挂着她昨晚脱下来的短袖。下床过去,顾禾摸了摸,潮乎乎的,难不成沈承其给她洗了?昨晚她只洗了内衣内裤,短袖搭在架子上忘了。

顾禾低头闻了闻,是她带过来的洗衣液味道,不自觉嘴角上扬,拉开窗帘,看到拉萨的大太阳和悬着几片云朵的蓝天。她之前和丁丰源来过西藏,不过是两年前了,过往情景忽然涌上来,好心情被打断,她强迫自己切断回想。

简单收拾完下楼,顾禾看见沈承其正在院子里,身边是翻开的工具箱。他穿着短袖,手拿一个电钻在拧铁丝,胳膊上的青筋明显暴出。一大早看见这种画面,顾禾有点受不了。

另外几个人也在干活,收拾院子,擦洗摆件,各有各的忙。

顾禾顿时觉得不好意思,昨晚沈承其也没告诉她要一早起来干活,直接睡过了。

余光瞥到身旁有人,沈承其抬头:"醒了?"

他放下钳子,说:"等着,我去给你拿饭。"

"我不饿,你整什么呢?"

"梁暮不知道从哪儿买的老古董,坏了,给他修修。"

顾禾立马想起被沈承其睡了一晚便塌掉的床。

沈承其:"吃不下吗?"

顾禾摇头:"中午一起吃吧,不饿。"

沈承其拿电钻边干活边说:"要不你回楼上待着吧,或者出去转转,这儿不用你帮忙,等下午没什么事我再开车带你出去。"

"你给我找点活干吧,待着不太好。"

电钻声停止,沈承其想了想,从旁边抓了把螺丝放到顾禾手里,说:"那你给我打下手。"

这活跟上班摸鱼没啥区别,顾禾还是专心跟着沈承其的节奏,在他需要的时候及时递出螺丝。

"承其,你帮我看看那个水管。"

梁暮从屋子出来,拎着一个大扳手,大得有点夸张了,他说完看见顾禾,黝黑的脸笑笑:"弟妹醒啦?昨晚睡得怎么样?"

"挺好的。"

梁暮身材高大,有点壮,看着很结实,可能经常锻炼,或者当过兵之类的。

电钻放在顾禾脚边,沈承其说:"我过去一下。"

"嗯。"看着沈承其的背影,顾禾心想,他真是个万能工,好像什么都会修……环顾一圈,在角落看到一把扫帚,顾禾也想给自己找点活,比如打扫院子。

王斌看见了冲她喊:"嫂子,你放那儿吧,等我们收拾。"

"没事。"

"一会儿其哥该说我了。"

顾禾笑笑:"说你干吗。"

没过两分钟,沈承其又回来,甩甩手上的水,拿过顾禾手里的扫帚,说:"不用你干活。"

大门打开,吴玉虎拎着一塑料袋的饮料,招呼大家:"过来歇会儿,我买水了。"

王斌和冯平放下手里的活,到凉棚下坐,顾禾被沈承其带过去。

"你喝哪个?"

她指着农夫山泉,说:"矿泉水。"

沈承其拧开递给她。

"谢谢。"

王斌他们齐刷刷看过来,顾禾忽然意识到有点露馅,她立马拉拉沈承其的小拇指,说:"你坐我旁边。"

这家客栈的院子很大,凉棚下面的桌子有一米八左右那么长,两边藤椅上摆满了抱枕,上面绣着藏式风格的刺绣,很漂亮。顾禾随手拿了一个,正欣赏的时候,门外传来轮胎摩擦地面的声音。王斌靠外坐,先起身过去看,他从门缝瞥了眼,忽然转头看向沈承其,说:"辛丹……"

听到这个名字,所有人的目光投过去,除顾禾外面色都不太对,其中数吴玉虎最藏不住事儿,他一脸心事重重地盯着顾禾,好像随时会脱口而出"你情敌来了"。

"出去迎一下。"

沈承其说完,冯平和吴玉虎赶紧起身,但他本人没动。顾禾这才明白之前见到辛丹时,辛丹最后一句话是什么意思了,确实又见面了。

"需要帮忙吗?"她问沈承其。

"什么忙?"

"帮你处理不必要的桃花。"

沈承其拍拍顾禾的头,说:"她来给梁老板捧场,面子上要过得去。"

拍习惯了?说上手就上手。

看见辛丹进院,顾禾被沈承其拉过去,辛丹冲她摆摆手:"Hello,又见面了。"

"你好。"

顾禾很客气,客气之外还有点紧张,因为沈承其又把手搭她肩膀上了,两人之间的身高差非常适合沈承其做这个动作,看来他时时恪守顾禾定下的准则:只要不上床,都行。

王斌拎着辛丹的行李箱,费劲地迈过门槛,说:"你不是出国了吗?什么时候回来的?"

"前几天。"

顾禾算了下时间,辛丹应该刚回来就到德令哈看沈承其了,想见他的心情迫不及待。

梁暮听到吵闹声从屋里出来,看见辛丹有些惊讶:"你不是说回不来吗?"

"我自己的生意当然得回来啊。"

梁暮又看了沈承其一眼,知道辛丹回来的真正目的。

"你睡一楼,挨着我。"梁暮从王斌手里接过行李。

辛丹问:"沈承其住几楼?"

"你管他干啥,人家是客,你就跟我住一楼吧。"

客栈一共三层,排除法不管用。梁暮带辛丹去客房,其他人在院里接着干活。

过了一会儿,他俩有说有笑地出来,梁暮拍拍手,说:"晚上辛丹请咱们吃大餐!"

吴玉虎听到好吃的来了劲头："啥大餐啊？"

"去尼泊尔餐厅。"

冯平附和："巧了，我正想吃呢。"

辛丹走到沈承其身旁，像顾禾一样蹲下，问她："你喜欢吃吗？"

顾禾笑笑："都行。"

"你是开理发店的吧？"

"嗯。"

辛丹上手摸了下顾禾的头发，说："发质真好。"

顾禾被摸得有点痒，她缩缩脖子，没说什么。

"帮我上楼拿包烟。"沈承其支使她。

"噢。"

顾禾把手里的螺丝给辛丹，说："你给他递下吧。"

等她离开，辛丹一屁股坐到地上，歪头看向沈承其："你老婆很漂亮嘛，哪儿找的？"

"开店的时候认识的。"

沈承其从她手里拿了个螺丝，对准后按下电钻开关，"吱吱"的声音过后，辛丹又问："她不是西北人吧？长得那么白应该不是。"

沈承其放下电钻，把桌子正过来，左右晃了晃，确认是否牢固。

"我坐上试试。"辛丹屁股一抬坐上去，悠闲地晃脚。

顾禾从楼上下来看到这一幕，暗暗呼口气，恐怕这只是开始。她将烟盒递给沈承其，他摘掉手套，抽出一根。顾禾又问辛丹："抽烟吗？"

辛丹猛摇头，身子直往后退。

顾禾去凉棚那儿，想离不抽烟的人远一点，沈承其跟过来，坐她旁边。辛丹也过来，坐到两人对面，目光从他俩面前扫过，转头问王斌："承其结婚你们都去了吗？"

"必须啊！"

"有照片吗？给我看看。"

王斌刚要掏手机，想到什么，说："光顾吃席了，没拍。"

他向后冲冯平和吴玉虎眨眨眼："你俩拍了吗？"

"没有啊。"配合得那叫一个默契。

顾禾跟沈承其默默抽烟，谁也不搭茬。

辛丹："顾禾，来过拉萨吗？"

"嗯，来过。"

"自己还是跟朋友啊？"

"和前男友。"

几方沉默，沈承其却轻轻笑了声。

"前男友……"辛丹意味深长地看了眼沈承其，"你怎么把人家追到手的？讲讲呗。"

这题王斌会，他迫不及待地抢答："嫂子说没追，两人看对眼就结婚了。"

辛丹笑得有点夸张："还能这样吗？恋爱都没谈啊？"

沈承其拿下烟，说："谈了。"

"谈了多久？"

"几天。"

他可真能瞎编啊，这回轮到顾禾笑了，但她只是弯弯嘴角。

辛丹往后没再问，准确地说是被两人的不走寻常路给惊着了，不知道说什么好。

"我俩出去走走。"沈承其叫顾禾。

没等顾禾说什么，辛丹跟着起来："带我一个吧，好久没来拉萨了。"

顾禾抿抿嘴唇："你俩去吧。"

沈承其冲顾禾瞪眼，她低头装看不见，沈承其一点办法没有，只能寄希望于王斌。王斌成功接收到来自沈承其的求救信号，起身说："也带我一个，出去松松筋骨。"

"我上去穿件衣服。"

"我也得换一件。"

沈承其和辛丹一前一后回屋，顾禾仰头倚着藤椅往天上看，天气真好，心情糟糕。

出去散步的三人没一会儿便回来了，时间还早，各自回屋休息，等到六点钟，一行人才出发去外面吃饭。

顾禾换了件针织长裙，上车后，沈承其看着她直皱眉："外套呢？"

"这个裙子没外套。"

"冷。"

"下车就吃饭了，没事。"

青海、西藏差不多，不管什么时候早晚温差都很大，顾禾待了两年，穿多少心里有数。

吃饭的餐厅在市中心，很有名，辛丹提前订了位置，六人位。顾禾自然和沈承其坐一起，梁暮本想挨着沈承其，但被辛丹一把拽走，她坐过去，

沈承其被夹在中间，情不自禁往顾禾那边挪挪。

王斌主动坐边上加的凳子，让梁暮跟冯平还有吴玉虎坐。

服务员过来点单，辛丹把菜单递给顾禾，说："想吃什么点什么，不用客气。"

"我都行。"

菜单被沈承其递回去，他说："你们点吧，我俩随便。"

任务最后落到请客的人身上，辛丹一顿狂点，什么贵点什么，梁暮及时叫停她："姑奶奶差不多得了啊，吃不完。"

"我好饿。"

"再饿也够吃。"

等菜上齐，摆了满满一桌子，挤得不行，有的甚至摞起来。梁暮招呼大家多吃，忙了一下午早就饿了，谁也顾不上说话，吃了会儿才慢慢开始聊。

沈承其还是像之前一样给顾禾夹菜，奶茶喝完一半他会续上，比服务员还细心。

辛丹点菜时吵吵着饿，可她没吃什么，而且吃得很慢。

王斌问她："你怎么吃这么少？回国不习惯啊？"

"怕胖。"说完她往顾禾那边看。

顾禾正在撕印度薄饼，和沈承其一人一半，余光瞥到辛丹在看她，但不想理。沈承其向前挺直腰板，阻挡辛丹视线。

"今天随便吃点，明天咱们在客栈叫个外卖，喝点酒。"

吴玉虎举杯："谢谢丹姐。"

"应该我说谢才对，麻烦你们大老远过来帮忙。"

王斌摘下眼镜，撩起衣角擦镜片，说："都是自己人，别瞎客气了行不行，也没摄像头拍。"

几人哄笑，气氛一片和谐。

顾禾起身上厕所，顺便拿走沈承其放在桌角的烟，等她从卫生间出来，看见沈承其在洗手。

"去抽根烟吧。"沈承其甩甩手上的水，顾禾跟过去，因为烟在她手上。

店外，两人找了个僻静的地方，看着街边的车水马龙，各自点了一根。刚抽了一口，沈承其叼住烟，将拉链一拉到底，冲锋衣脱下来给顾禾披上，他里面的短袖在高原晚风中显得很单薄。

"我不冷。"

"那你抖什么。"

顾禾不再嘴硬，老实穿上。宽大的冲锋衣带着沈承其的体温，她假装低头不经意地蹭蹭衣领，鼻尖蔓延的味道好像是客栈的沐浴露。

"再干活套个长袖吧，一天就晒黑了。"顾禾说着话，捏了捏他的胳膊。

沈承其看着被捏过的地方，问："黑了吗？"

"有点儿。"

"下次注意。"

注意什么，搞得好像小学生被批评了一样。

"辛丹家还在德令哈吗？"顾禾问。

"高中毕业后搬到西宁了。"

"西宁生活节奏挺慢的。"

"青海都不快。"

在高海拔的地方，除了野生动物奔跑，其他东西想快的话也不成，会被很多自然条件限制。顾禾在西北生活两年，整个人跟着周边环境慢下来，做什么都不急不躁，连给客人剪发也慢悠悠的。

"辛丹有时候说话直，你别介意。"沈承其不知道这几天辛丹会不会搞事，提前打好预防针。

"她喜欢你，很正常。"顾禾说得云淡风轻。

"她跟梁暮说在国外回不来，谁知道怎么又回来了。"

顾禾笑了声："你说呢？"

沈承其一时语塞。

顾禾："你好像对辛丹很客气。"

"高凯那事，我不想报警，她同意了，所以我觉得欠她。"虽然辛丹不差这点钱……

"有钱人容易善良，但你对她客气是对的，欠她人情嘛。"

眼前不时有穿着藏装的人走过，手里拿着转经筒，一圈一圈地摇晃着。信仰是什么？顾禾不知道怎么定义，但每个有信仰的人都很坚定，听到或者看到时会禁不住动容。就像此刻的顾禾，她静静伫立，视线从这些人群向远方攀爬，最后落在雪山山顶。

"那边是什么山啊？"

沈承其回头看了眼，说："不知道，西藏雪山太多了，等忙完开业带你去看看。"

后天开业，明天还有最后一天准备时间，不过也没什么了，今天已经差不多收尾。顾禾听他们聊天才知道，这家客栈是梁暮和辛丹两个人合伙开的，辛丹负责投钱，梁暮负责运营，和西宁的青旅相比，辛丹这次基本不管事，全权交给梁暮负责，很多事她都不清楚，看得出来她家境比较优越。

顾禾蹲下，把烟头按在地上戳灭，见沈承其的也抽完了，她伸手。

"给我吧。"

沈承其没给，也蹲下来重复同样动作。这时不知从哪儿窜出一条野狗，长得比较乖巧，一点都不吓人。

"沈承其，你看它像不像果冻？"

果冻是顾禾给理发店附近那几条野狗其中一只起的名字，因为眼睛和毛色都很明亮。

"像你，眼睛。"

顾禾"啐"了声，沈承其笑笑："我说真的。"

她转头想再仔细看时，狗已经走了，只留给身后人一个扭动的屁股。目送狗狗消失，顾禾转回来，发现沈承其的头发比之前长了很多，额前的头发打斜向上，和他高挺的鼻梁一样，各有各的倔强。

她裹紧衣服，说："真得戒烟了，抽久了手指会有烟味。"

"没有。"

"你没有啊？"

"我说你。"

顾禾抬手闻，问："你怎么知道？"

"之前你给我剪头发的时候就没有。"

"你呢？"

沈承其手指伸到顾禾鼻前，她闻了闻，很淡，感觉更像是刚才沾上的。收回手，沈承其弯弯嘴角："更像小狗了。"

晚饭吃完，一行人打道回府，各自回房间休息。十点钟，王斌过来叫他俩下楼，说辛丹买了点夜宵和啤酒。虽说距离晚饭已经过去三个小时，但顾禾一点也不饿，她对沈承其说："你去吧，我不去了。"

"行。"

王斌还想说什么，被沈承其推出门外。

等他走了，顾禾去洗澡，简单冲了冲，裹着浴巾刚从洗手间出来，就听见敲门声。肯定不是沈承其，他不会敲门，那是谁呢？

顾禾贴着门口小声问："谁啊？"

"辛丹。"

门打开,辛丹进来直勾勾地盯着顾禾的浴巾,说:"洗澡啦?怎么没出去喝酒呢?"

她往里走,直接坐到沈承其的床上。顾禾猜辛丹知道那是沈承其的床,因为被子上有他的外套。

"你们喝吧,我有点累。"

辛丹四处打量,说:"走呗,就我一个女的,陪陪我。"

顾禾边擦头发边想借口。

辛丹问:"不是结婚了吗?怎么睡两个床啊?"

毛巾拿下来,顾禾说:"我睡觉不老实。"

"吹完头发下来找我,等你啊!"

辛丹从顾禾身边经过,勾了下她的下巴,给顾禾搞得一愣,看来非下去不可了。

头发没吹太干,顾禾换上衣服下楼,顺便把沈承其的冲锋衣拿上。还没走到跟前,凉棚那儿传来一阵笑声。冯平先看见顾禾,冲她招手:"嫂子,快过来!"

沈承其闻声回头,顾禾发现他身旁已经没位置了,左边梁暮,右边辛丹。梁暮倒是有眼力见,起身给顾禾让位置,沈承其紧跟着起来,让顾禾坐中间。

"你的衣服。"

顾禾把冲锋衣放到沈承其腿上,他没动,说:"不冷。"

他喝了酒,身上有麦芽的清香。

顾禾看见桌上摆着一堆罐装的拉萨啤酒,沈承其拉开一罐给她,问:"喝过吗?"

"没有。"

"尝尝。"

顾禾抿了一口,味道还行。

"嫂子,吃串。"

王斌递过来一根肉串,看不出是牛肉还是羊肉,她接过冲着灯光仔细地端详。

"吃吧,没毒。"

听到沈承其这么说,顾禾撸了一口,嚼了嚼,赞叹:"好吃。"

美味的东西让人心情愉悦,她笑弯了眼睛,沈承其把冲锋衣给她披上,她很受用,没有回绝。

辛丹举起啤酒,跟顾禾碰杯:"你酒量怎么样?"

"还行。"

梁暮:"辛丹你悠着点,拉萨海拔高,你刚回来最好一口别喝。"

"我都回来好几天了,没事。"辛丹不听劝,仰头连喝几口。

顾禾也跟着喝,喝惯了哈啤的人再喝其他啤酒大多没什么压力。

"此情此景不来首歌可惜了。"王斌搓搓手,另外两个也跃跃欲试,回屋拿出吉他,按照平时习惯的站位摆开。

"下面这首《阿楚姑娘》献给在场的两位漂亮小姐。"

"呜!"辛丹手举过头顶鼓掌。

"在距离城市很远的地方,在我那沃野炊烟的故乡,有一个叫烽火台的村庄,我曾和一个叫阿楚的姑娘,彼此相依一起看月亮。"

上次在婚礼唱的是欢快歌曲,没显露多少唱功,而这首歌一开口就把顾禾惊住了。

她盯着王斌眼里冒光,头也不转地问沈承其:"王斌唱得这么好,要去参加比赛肯定能得奖。"

"从小就爱唱歌。"

"你唱歌怎么样?"

沈承其瞥她一眼,说:"如果我开口,你会马上跟我断绝关系。"

顾禾这才把视线转移到沈承其身上,抬手拍拍他脑袋,说:"那你还是待着吧。"

一曲完毕,众人一起鼓掌,梁暮更是夸张到吹了几声震耳的口哨。

看到面前盘子里的鸡翅不错,顾禾拿了一块啃,果然味道和品相特别贴合,吃得正来劲的时候,沈承其从冲锋衣兜里掏出正在响动的电话递到她面前,顾禾扫了一眼,陌生号码。

"你帮我接吧。"她腾不开手。

沈承其接听后不知那边说了什么,他忽然起身拿手机走远,边说边走,竟然去门外了。

过了会儿他回来,顾禾问是谁,他说丁丰源。

"他换号码了?"

"嗯。"

顾禾歪头小声说:"丁丰源打电话干吗?"

沈承其喝了口酒,反问她:"你说呢?"

他语气不太好,顾禾没敢往下问,接着吃第二块鸡翅。

啤酒喝完一罐,几个男人说要去街边再买点吃的,王斌招呼沈承其一起去,说看看买点顾禾喜欢的,沈承其不想去,架不住梁暮拉他。等他们走了,院子一下安静下来,顾禾听到隐隐的风声,从凉棚这边刮到那边。

"我喜欢沈承其,你应该能看出来。"其他人不在,辛丹变得直截了当。

顾禾倒没什么反应,只"嗯"了声。

"我没想到他会突然结婚。"

"我也没想到。"

辛丹喝了口酒,说:"我很羡慕你。"

"没必要。"顾禾实话实说。

辛丹冷笑一声:"那句话说得没错,果然被偏爱的都有恃无恐。"

"他不喜欢你,你就没必要在他身上浪费时间,如果他对你有意思,还可以努力一下。"

"你在给我上课吗?"

顾禾摇头:"没有,是劝诫。"劝别人,也劝自己。

辛丹斜睨她一眼:"你俩怎么开始的?讲讲。"

顾禾也学沈承其胡说八道:"他来我店里剪头发,我觉得他好帅,他觉得我漂亮,然后就谈了。"

"怎么比结婚听起来还不靠谱。"

顾禾撩了下头发,说:"确实扯淡……"

她抬手时,辛丹注意到她无名指上的钻戒,忽然抓住她的手,说:"戒指很漂亮,能摘下看看吗?"

顾禾摘下给辛丹。

辛丹借着光端详,说:"成色不错,得小几万吧。"

要是王小娴这么说,顾禾可能不信,但辛丹见的世面肯定多,所以这枚钻戒难道是真的?沈承其为什么要买真的?还骗她……

钻戒被顾禾拿回去戴上,她说:"不贵。"

辛丹捏着啤酒罐不吱声了,她很难过,非常难过。顾禾看出来了,后面两人一直各喝各的,谁也没说话。等买东西的人回来,院子又恢复热闹,一行人喝到快十二点才散。

结束后,顾禾帮着收拾了下桌子,回到房间刚打开门,就看见沈承其趴在地板上,像在做俯卧撑一样往床底瞧。

"干吗呢?"

沈承其支起身,双膝着地,说:"好像有蚊子。"

顾禾走近,说:"蚊子一般在墙上吧,怎么跑床底了?"

沈承其仰头看她:"好像飞进去了。"

两人姿势暧昧,一个跪着,一个站着……顾禾脸颊涌上一股热,把冲锋衣脱掉挂进衣柜,说:"睡觉吧,挺晚了。"

"嗯。"

沈承其双手叉腰,眉头紧皱,还止不住地往顾禾的床底瞄,看来今晚是睡不好了。

前一晚大家喝了酒,第二天全部睡到快中午才起。店里的活干得差不多了,今天可以自由活动,但梁暮和前台工作人员要对接开业这几天提前预订的顾客,没法陪大家出去玩。

顾禾起床没看见沈承其,收拾完下楼找了一圈也没有。院子一侧的开放式厨房里,王斌正拿着筷子瞎扒拉,冯平和吴玉虎一前一后地往桌上摆碗筷。

"嫂子起来啦,咱们马上开饭!王斌做葱油面,可香了!"

炸好的葱油刚出锅,香味从厨房飘到凉棚这边,为崭新的客栈增添了一些烟火气。

"看见沈承其了吗?"她问。

冯平皱了皱眉:"没看见啊,我还以为他没起呢。"

顾禾走出大门,发现角落里沈承其的车不见了。仔细想来,早上她好像听到过响动,当时太困了,还以为沈承其起来上厕所,也没在意,难道他一早就出去了?

正想着,胡同口开过来一辆车,是沈承其的车。顾禾一瞬欣喜,可这份欣喜非常短暂,随着车开近,她看见副驾上坐的人是辛丹,辛丹也看见了她,嘴角的笑貌似又咧开了一点。

顾禾转身关门,越过餐桌往楼上走。

"嫂子,不吃啊?"

顾禾回头冲王斌笑笑:"我不饿,你们吃吧。"说完上楼,对匆忙进院的沈承其全然不理。

王斌一眼看出来怎么回事,他趁辛丹回房间,小声问沈承其:"你俩干吗去了?"

沈承其知道顾禾看见了,有点郁闷,耷拉着脑袋,说:"没干什么,路上碰见,捎她一段。"

"鬼才信。"

沈承其抬头,狭长的眼睛看过去,王斌立马收声吃面。

身旁，冯平拿过沈承其面前的碗，问："吃多少？一碗？"

"不吃了。"他大步往楼上走。

冯平无奈地放下，说："这两口子，怎么回事？"

辛丹从房间出来，看见沈承其匆匆而过的身影，坐下问王斌："他不吃饭啊？"

"回屋哄老婆去了。"

辛丹冷漠一哼："沈承其要会哄人，也不至于现在才结婚。"

王斌笑笑："你还别说，他可会了呢。"

辛丹脸色骤变，拿起筷子在桌边猛戳两下。

楼上，顾禾正在化妆，唇釉涂了一半。沈承其推门进来，走到她身后，问："不吃饭啊？"

"不饿。"

"下午我带你出去玩。"

"我有事。"

顾禾对着小镜子涂得认真，一眼没回头看，说不上冷漠，也说不上正常，尺度恰好，搞得沈承其后面的话卡在喉咙，怎么也说不出口。

"晚上吃饭不用等我。"

顾禾挎起小包，戴上墨镜开门出去。"砰"的一声，关门声响彻整个客栈，把沈承其震得肩膀一耸。

顾禾本想重游布达拉宫，可这个季节不提前预约根本进不去，她决定去八廓街转转，如果买得到大昭寺、小昭寺的票就进去看一看，买不到就随便走了。

拉萨今天依旧晴朗，紫外线也强得可怕，顾禾从客栈一路走到八廓街，差不多走了快半个小时，她走得慢，并不累，只是有点热。

八廓街上人来人往，新奇的游客与悠闲的本地人相互交织，大昭寺前朝拜的人匍匐又站起，一遍遍重复，动作单调。

顾禾找了个背阴的墙根盘腿坐下，耳边刮过一阵清凉的风，她望向燃烧的香炉，心底有种热烈过后的空虚。

顺着缕缕青烟回看，今年这个美妙且与众不同的春夜里，她认识了沈承其，然后又不走寻常路地开启一段有名无实的婚姻，像冲浪一样充满刺激，只是每一次冲过浪尖后，又开始回落，打回原形。

撞到沈承其开车带辛丹一起回来的时候，他们没做什么亲密的动作，只是在一起就让顾禾感觉很难过了，她无法想象以后和沈承其"离婚"后会怎样。

原本是演戏,可演着演着却入戏了,想到这儿,顾禾笑自己定力太浅,是不是需要去寺里拜一拜。以前出去玩的时候,听别人讲过本命佛,还被告知她的是普贤菩萨,道场在峨眉山,现在去不了,以后找时间再去看看吧。

风向变换,烟香吹到跟前,顾禾深吸一口,心情莫名其妙地平静不少。

忽然身旁走过来一位奶奶模样的藏族女人,她向顾禾伸手,彩绳躺在斑驳的掌纹上,有一瞬,顾禾脑子里出现一幅画面,是来时在山坡上看到的五彩经幡。

她明白老奶奶什么意思,问过价格后随老奶奶拐进巷子,乖巧地坐到板凳上。

过了一会儿,彩色小辫子便完成了,顾禾对着老奶奶手里的镜子照了照,满意地付了钱,像完成入乡随俗的仪式一般,脚步轻快,径直朝大昭寺走去。

客栈院中,梁暮忙完,拿了两罐凉啤酒到长桌前,递给沈承其一罐,问他:"顾禾还没回来啊?"

"没。"沈承其拉开拉环,仰头喝了一口。

"说去哪儿了吗?"

"没。"

梁暮踢他一脚:"一问三不知啊你!"

沈承其一本正经:"真不知道。"

"惹人家生气了吧?"

"生什么气。"

梁暮瞥他:"我都听王斌说了,你开车载辛丹,被顾禾看见了。"

吃完葱油面,王斌他们仨和辛丹一起去逛街,客栈只剩下沈承其和梁暮,说话不用背人。

之前解释过一遍,沈承其懒得再解释,索性喝酒不说话。

梁暮:"辛丹跟我合伙做生意,事先没告诉你,别多想。"

"没事。"

"我怕你介意,以前那事高凯做得太绝。"

沈承其无奈地笑笑:"都过去八百年了,介意什么。"

"高凯后来一直没联系你吧?"

"没有。"

当初青旅的事闹得沸沸扬扬,一个圈子的朋友听说后全部和高凯断交,没再联系过，当然受害者沈承其也一样。

"唉，说来也怪辛丹，她喜欢你还跟高凯搞得不清不楚，不知道她心里怎么想的，拎不清。"

辛丹虽然对待感情如此态度，但她对朋友没得说，大度、善谈，朋友遍地都是，但大多是酒肉朋友，一起玩一起疯的那种，要说真正关系好，还得是梁暮他们几个。

梁暮盯着沈承其并不愉悦的脸，说："你待在店里干吗？也出去转转呗。"

"不去了，我怕顾禾回来找不到我。"

"那你去找她啊！"

"我在这儿等她。"

说完，沈承其仰头几大口喝掉剩下的啤酒，擦擦嘴角，冲梁暮笑。他不像上午那样心焦，反而一身轻松。

梁暮像看精神病一样，小口慢品，才不和他拼进度。

晚上九点，太阳落山了顾禾才回到客栈，她推门就见沈承其挡在面前，吓了一跳，连忙后退两步，说："你杵这儿干吗？吓死我了！"

"我听见狗叫，应该是你回来了。"

会不会说话？顾禾把手里的画框拿起来抱在怀里，越过他往房间走。沈承其跟在身后，问："买的什么？"

"唐卡。"

"我看看。"

"不给。"

走进房间，沈承其还是那句："我看看。这边卖唐卡画的店很多，有的工艺并不好。"

画框被顾禾放在桌上，没说给看还是不给。

沈承其自顾自拿出来，扫了一眼，问："多少钱？"

"四千。"

"贵了。"

顾禾把画抢回去，淡淡说："我喜欢，它就值这个价。"

把画放好，她钻进洗手间。

第二天忙完开业，所有人都累得不行，倒不是住客多，只是开业仪式搞得阵仗很大。原本梁暮想简单走个过场，可辛丹不同意，愣是搞了好多项目，当然钱也没少花。

傍晚，梁暮带着几个住客在凉棚下边聊天边喝茶，像拉萨很多客栈的气氛一样，五湖四海，广交好友。

　　顾禾原本独自待在房间，可沈承其进屋后，她却好像有意避之，起身去外面。

　　下楼梯时遇见辛丹，她一边打招呼，一边手里抛着什么。顾禾一晃眼，觉得眼熟，问："你手里拿的什么？"

　　"噢，石头。"

　　辛丹两指捏着，给顾禾看。是她在青海湖边捡到的，然后送给沈承其的那块。

　　"沈承其给你的吗？"顾禾问得直截了当。

　　"好看吧？"

　　顾禾笑笑："好看。"

　　辛丹愣了愣："你不介意吗？"

　　"那是你和他的事。"

　　嘴上这么说，顾禾心里已经憋不住咬牙切齿了。为什么？面对面时欣喜接受，转过身时赠予别人？

　　沈承其，不喜欢可以不要的。

第七章
北京

开业过后几人马上返程，路上顾禾话不多，但也没吝啬笑意。沈承其察觉到不对，但又不知道具体因为什么，还以为她累了，只能尽量不打扰。

再次返回德令哈，时间已经是晚上，开车的人还没喊累，坐车的人先瘫了。

顾禾打开卷帘门，冲沈承其挥挥手："我明天要睡一天，没事别叫我，有事也别叫。"

"好。"

原本只是开玩笑的一句话，没想到第二天沈承其跟消失了一样，顾禾几次出去，连他人影都没见着，更别提说话了，不过他那辆黄色越野车一直停在树下，没挪过位置。

白天一直阴天，闷闷的，晚上终于下起大雨，夹杂着雷声。顾禾原本约了王小娴和韩冬喝酒，可是雨太大了，不得已取消。

她从柜子里掏出一袋不知道什么时候买的方便面，也没看过没过期，烧水准备煮面。

看着锅里冒泡的清水，她想起刚认识沈承其没多久时，吃过一次他煮的面，很好吃。

睹"面"思人，沈承其的脸在眼前晃来晃去，怎么也无法消散，直到开水沸腾，有一滴溅到手背，这才拉回她的注意力。

顾禾撕开面袋和调料包，依次放入锅中，水花被压下，她找到手机，打开对话框，想跟沈承其说点什么，可打出的字又被删掉了。

"你吃饭了吗？"这几个字最后被空白取代。

关掉手机，顾禾三心二意地煮面。等面煮好，她端锅往碗里盛的时候，突然一个闷雷打下来,她吓得手一抖,面条撒到手上,烫到失语。

窗外,雨滴密集地拍打着窗户,连路边的树都看不清了,雷声是大雨的预兆,不知还会下多久。

顾禾打开水龙头,冰凉的水刺激着通红的手腕,疼痛没有消失,只是被短暂压下,冲了一会儿,她关掉水龙头,肉眼可见水泡拱上来,三个。她平时连感冒都很少,家里什么药也没有,上次被玻璃扎伤,换药的药箱早被郭琮还回去了。

药箱?顾禾眉毛一挑,拿过电话给沈承其拨过去,响了很久那头才接。

"你在家吗?"

"没有,出来吃饭。"

顾禾望向窗外大雨,说:"噢,你忙,挂了。"

"有事吗?"

盯着手腕的水泡,她强忍着:"没事。"

挂断电话,顾禾走到窗边,树下的车不见了,地面上全是水,坑洼处形成一个个小水池。

雨天适合睡觉,她看了眼时间,才九点,算了,睡觉吧,左右也没事做。收拾干净撒在地上的面条,拉上窗帘,顾禾忍着痛冲了个澡,打算明早再去药店买药。

雨声催眠,没一会儿她便困了。

回到德令哈的第二天,房东来到顾禾店里。

房东是位汉族阿姨,胖胖的,长得很有福相,和顾禾关系不错,平常她和家里人的头发都在顾禾店里剪,只是今天她来却不是理发。

顾禾直接带房东去二楼,等她俩上去,小马小声问郭琮:"我怎么听见一句到期转让呢?你听见没?"

郭琮狂点头,刚才还以为自己听错了:"禾姐啥意思?不想干啦?是不是怀孕了?"

小马拧着眉头:"不能吧?其哥这么有速度吗?"

在沙发坐了会儿,小马觉得不行,关系到自己的饭碗,还有他舍不得的老板娘,必须去隔壁打探一下虚实。

汽修店操作区有辆待修的车,被架得高高的,杨鹏和老王正在研究哪里出了问题,见小马过来,问:"不忙啊?"

"还行,其哥呢?"

杨鹏没等回答,沈承其走进来,问:"找我吗?"

"我们那屋房东来了。"

沈承其的脸色沉下,很明显,问:"来干吗?"

"不知道,我就听见几个字,说到期转让,寻思过来问问你,禾姐是不是不想干了?要回家相夫教子。"

杨鹏看向沈承其:"没听你说呢?这么突然,嫂子怀孕啦?"

"没有。"

沈承其回应完走到外面,埋头点了根烟。

小马和杨鹏被他搞得有点郁闷。旁边,老王看着沈承其的背影,沉沉说道:"这夫妻啊,不怕打架,就怕有事憋着,谁也不说。"

过来人的话,听的时候不以为然,过后总会深觉有理,只是当局者迷。

过了十多分钟,房东阿姨终于被顾禾送出理发店,等阿姨上车开走,顾禾转身看见沈承其。她没说话,等他先开口。

沈承其挠挠头,问:"中午想吃什么?"

现在才九点半……

"不饿。"

"你想想,一会儿告诉我,我带你出去吃。"

"再说吧。"

顾禾冷漠地走回理发店。她能感觉到沈承其想问房东的事,但他没问出口,因为他知道自己无权干涉她的去留。想到这儿,顾禾更觉得气不顺。

午饭顾禾没跟沈承其去吃,到晚上七点多他又来了,进屋看向郭琮和小马,问:"还没下班吗?"

郭琮指着墙上的时钟,说:"还有二十分钟。"

"下班吧,今天先到这儿。"

小马看出来沈承其找顾禾有事,拉着郭琮赶紧溜了。两人一走,理发店瞬间空荡不少。

"你坐下。"沈承其指着沙发。

顾禾没听,而是坐到她每天剪头发坐的高脚凳上,问:"找我有事吗?"

"你要走了吗?"

"谁跟你说的?"

"白天房东不是来了吗?"

"她顺路。"

顾禾说完,沈承其忽然蔫了,刚才让郭琮、小马早退的气势全然不在。

"你……我饿了。"沈承其摸摸肚子,朝楼上看。

"我这儿没吃的。"

视线落下来,沈承其眼里除了疲惫,貌似还有点憋屈,搞得顾禾不禁心头一软,可嘴上不想认。

沈承其看了镜子一眼,也不知道看什么,转身开门出去。

顾禾的冷漠让沈承其两天没有登门,直到她订了一张去北京的机票。

临出门前一天,顾禾对两位员工说,理发店暂停营业,给他俩带薪休假。小马心里忐忑,说顾禾有事可以随时走,店里他来照应,反正放假也没事。顾禾想想,随他去了。

在北京落地已经是晚上,顾禾在机场出口外站了好一会儿,望着看不到星星的夜空,还有地面急匆匆的人流,她忽然开始想念德令哈,还有那个在德令哈相识的男人。

从头到尾,沈承其一句喜欢没说,却将顾禾拉向他那边,以一种压倒性的力量,让她连反抗犹豫的时间都没有。

顾禾没经历过等一个人,也没追过别人,虽然三十岁,但初次尝试的新鲜感让她像是回到了少女时代,容易有期待,也容易受伤。

此刻远在西北的德令哈尚未天黑,沈承其买了一袋又大又红的苹果,走进理发店只看见小马一个人。

"顾禾呢?"

"啊?"小马一时有点失语,嘴唇颤了颤,对着沈承其瞪眼。

"顾禾呢?"沈承其放下苹果又问了一遍。

"禾姐去北京了,没告诉你吗?"

沈承其的失落和无措很明显地摆在脸上,小马本就怀疑两人是不是吵架了,现在他完全断定,要是没吵架不会是这种局面。

"什么时候?"

"早上。"

"说去几天了吗?"

小马摇头:"禾姐这两天心情不太好,你是不是惹她生气了?"

"苹果你吃,我先走了。"

门"砰"地关上,沈承其从窗前走过时,看到光秃秃的花坛,想起顾禾说过要种些花留给他。

老王已经下班了,杨鹏还有点活,想弄完再走,见沈承其耷拉着脑袋回来,问:"怎么这么快出来了?顾禾不在啊?"

"嗯。"

"出去找朋友喝酒啦？"

"去北京了。"

沈承其转身进屋，把杨鹏关在门外。杨鹏感觉有点不对，又不想烦他，忍着没问。

第二天一整天，沈承其都闷着头，话几乎没有。杨鹏实在憋不住，下班前去楼上找他。

屋里开着窗户，沈承其弓腰坐在长桌前，桌上有一个大碗，正冒着丝丝热气，而他双手垂在腿上，盯着碗里的东西，连筷子都没拿。

"整啥吃的了？"

思绪被杨鹏打断，沈承其抬头。

杨鹏一愣："哭了？眼睛咋这么红？"

他伸手过去，被沈承其一把拨开："哭什么……馄饨烫。"

信你个鬼！明明吃都没吃。

不过杨鹏也不确定，毕竟从没见沈承其哭过，从小到大，就连他妈当年离家出走也没有，而此刻他好像又被打回原形，变成许久前的状态，整个人像座被撞击的雕像，破碎的边角，无形的魂魄。

杨鹏从旁边拿了双一次性筷子递给他，说："想顾禾了吧？人家去北京看她弟，又不是不回来了，瞅你这没出息的样儿。"

"下班了赶紧回家。"沈承其掰开筷子，无情地逐客。

杨鹏有点心疼，想说点安慰的话，奈何兄弟之间实在说不出口，干脆走了，让他安静安静。

沈承其并不饿，也没食欲，他只是打开冰箱，看见了一袋袋冻好的馄饨，每袋二十个，不多不少，正好一顿的量，都是顾禾趁他不在弄的。除了馄饨，还有那枚钻戒，孤零零地躺在冰箱隔板边缘，寒气向外奔涌，将沈承其心底的热烈冰封。

如果放在正常夫妻之间，归还戒指意味着争吵，甚至决裂，可放在他俩之间，完全变了走向。

或许，顾禾在履行答应过的事情，而沈承其想要的却不止这些。

北京，首都机场。

顾禾在约好的出口等了几分钟后，看到有辆车开过来，和顾嘉发来的车牌号正对上。

车门打开，一个穿着西装的高个儿男人走过来，冲顾禾招招手："好久不见。"

这人是李开辉，顾嘉的老板，也是顾禾的朋友。本来顾嘉要来接，可临要离开公司时，被李开辉撞见，听说顾禾来，他主动把任务揽过去，改换顾嘉在公司给工作收尾。

在北京的时候，几个熟人偶尔一起聚聚，等顾禾去德令哈后，两人联系就不多了。李开辉看着没什么变化，还是那副标准的精英男形象，但从不端着，顾禾任何时候见他都干净利落，让人觉得舒服。

"顾嘉胆子见长，敢支使老板当司机。"

李开辉笑笑："那要看接谁。"他拿过顾禾的小行李箱，"你上车，我来放。"

"谢谢。"

关上车门，顾禾四处瞅瞅，问李开辉："换车啦？我记得你之前开宝马来着。"

她还坐过几次，今天李开辉开的是沃尔沃。

"嗯，换个大的，你这次回来能待多久？"

北京这边的朋友对她都用"回"，好像德令哈才是永远的远方。

李开辉手指点击着手机屏幕，余光却一直在旁边人的身上。

顾禾系上安全带，说："看看，几天吧。"

"好不容易回来，多待些日子，我给你当地陪。"

"李总，我也有个小店呢。"

李开辉一拍方向盘，笑着说："差点忘了，你是手艺人。"

这个称呼是李开辉知道顾禾开店后对她的调侃，至今顾禾还欠李开辉一次 VIP 理发服务。

车子开上主路，不急不缓，如李开辉的一贯风格，等红灯的时候，他递给顾禾一瓶水。

顾禾接过，发现瓶盖拧开了，礼貌地道谢："谢谢。"

李开辉笑着摇摇头："两年不见，跟我这么见外。"

"怕你给顾嘉穿小鞋。"

"放心，他每天都穿。"

"那应该习惯了。"顾嘉常被两人拉出来调侃，这次也不例外。

"你知道我没有给好友改备注的习惯。"李开辉突然没来由的一句话，让顾禾扭头看了他一眼。

"前段时间我想联系你，可是在微信列表里找了很多遍都没找到，那一天我很伤心。"

"我没删掉你。"

"我知道。"

这个话题短暂停留,李开辉问:"理发店生意怎么样?"

"还行,你呢?"

"顾嘉去年没少赚。"这话就代表公司也没少赚。

顾禾瞥了眼导航,问:"去哪儿啊?"

"回公司接上顾嘉,咱们去吃饭。"

顾禾按亮手机,本想看下时间,却被壁纸吸走全部注意力。这是夜晚的八音河,她去德令哈后,和丁丰源出去散步时拍下的一张照片,可现在看见这张照片,第一个想到的人却是沈承其。

关掉手机,顾禾望向窗外。往常这个时间,他或者在洗漱,或者已经洗完坐在窗口,熄灯也总比顾禾早。今天呢?也一样吗?

"顾禾。"

"嗯?"李开辉叫了她两声,第二声才有回应,明显走神了。

"想吃什么?"

"都行。"

"那老地方吧。"

所谓的老地方,是一家开在北京的重庆火锅,人气很旺,还好现在有点晚了,应该不用排队,而且离他们公司近。

等到顾禾确确实实地出现在顾嘉面前,他胆大包天地捏了捏顾禾的脸,问:"姐,你吃错药了?怎么主动来看我了?"

"想你就来了呗。"

顾嘉撇撇嘴:"我看你是手痒想揍我了吧?"

"顺便揍几下也不是不行。"

"姐夫呢?"顾嘉问。

"在家,没来。"

"吵架啦?"

"没有。"

顾禾回头张望,问:"你老板停车停半天了,怎么还没进屋?"

"你和辉哥都聊什么了?"顾嘉好奇又担忧。

"放心,没说你坏话。"

顾嘉担心的不是这个,但他又不能明说,从前是,现在也是。

之后两天，顾禾睡到自然醒后一个人出去闲逛，晚上如果顾嘉加班不太晚就一起吃饭，直到周六。放假的顾嘉一改平时的疲惫模样，早上七点爬起来给顾禾打电话约她吃早餐，简直和上学时一个德行，只要上学就赖床，只要放假就跟猴子成精了一样。

顾禾正沉浸在回笼觉里的时候被电话吵醒，顾嘉问她晚上想吃什么，顾禾一句没回把电话挂了。

顾嘉马上又发来语音信息："我和开辉打球呢，发你个位置，晚上去这儿吃，离你不远。"

顾禾以为就他俩，等到见面了，没想到顾嘉另一侧竟然还站着沈承其，不用躲不用藏，高个子往那儿一杵，显眼得很。这是顾禾第一次切身体会"结婚"带来的不利，沈承其想找到她实在太容易了。

可他为什么来北京，这是顾禾急于想知道的。

还没等顾禾发问，李开辉说："顾嘉给我介绍了，回头把礼金补上，要有下次，一定提前告诉我。"

办婚礼时，顾禾没请外地朋友，也没告知，前两天见面，李开辉只字未提，顾禾以为他不知道。

顾嘉干笑两声，拍了下沈承其的肩膀。他则一直看着顾禾，到嘴的话又咽回去。

李开辉回头指向身后的店，说："走吧，我请客。"

"这家好吃，咱俩好久没来了吧？"

李开辉带头往前走，但一步三回头。

顾禾："你怎么来了？"

沈承其的视线从前面移回来，说："想见你，就来了。"

旁边，顾嘉发出一声"咦"，调子拉长，跟烧水壶开了一样，他抱着肩膀去追李开辉。

顾禾知道这是沈承其罕见的玩笑话，顾嘉离开，他马上解释："一个朋友明天结婚。"

其实他本可以礼到人不到，但过来找顾禾总得有个理由，这个用来正好。

"前女友大喜吗？"顾禾故意嘴损。

"男的。"

顾禾心里稍微舒服点，说："怎么没提前跟我说呢？"

"你来北京不也没跟我说吗？"

虽然顾禾心里有气,但此刻她不占理。

"先吃饭吧。"

"嗯。"

到饭店门口只有百十来米,两人却走出了十里长街的感觉。

"朋友给你订酒店了吗?"

"我得跟你住一起。"

如果他不告诉顾嘉,完全可以把这次当作自由行程,但偏偏他说了。

顾禾才反应过来:"我给你在网上订。"

"自己来。"

沈承其掏出手机,让顾禾给他输入酒店名,刚好还有空房。

"住到哪天?"

"和你一样。"

这算聪明的方式,不用问,沈承其自然能知道顾禾回不回、什么时候回。顾禾感觉她被套路了,而且对方光明正大。

走进饭店,顾嘉和李开辉还没点菜,两人到对面空位坐下。顾禾刚要拿水,李开辉和沈承其同时伸过去,手指擦过,两人对视。顾嘉率先拿起茶壶,给四个杯子依次倒满。

李开辉说了声"谢谢",把菜单递到顾禾面前,问:"吃什么?你俩看看。"

沈承其侧目,随着顾禾翻页,那些色彩在眼里缤纷闪过,他记不住任何一页,满心都是顾禾垂下的手背紧挨着的裙摆,时而细腻,时而锋利。

顾禾点了两个菜,问沈承其:"你有想吃的吗?"

"你们点,我都行。"

菜单被顾禾还给李开辉,他叫来服务员,点完单后,说:"所有菜都不放香菜,别忘了。"

"好的。"服务员拿着菜单离开。

"沈承其是吧?"

沈承其放下茶杯,看向主动跟他搭话的李开辉:"对。"

"在哪儿上班?"

"做生意。"

李开辉坐直,问:"什么生意?"

"小生意。"

沈承其对李开辉完全没兴趣,回答得不咸不淡。顾禾赶忙接过话茬:"他在我旁边开汽修行。"

李开辉望向窗外，目光迷离，说："原来缘分是这么来的。"

沈承其盯着杯底舒展的茶叶，像在界定那算不算缘分的开始。

"你俩认识多久结婚的？"

顾禾下意识地看向沈承其，冲他挑了下眉。

"不记得了。"他说。

顾禾差点掉下凳子。

李开辉笑笑："不记得？这么不把我们顾禾当回事儿啊？"

桌下，顾嘉踢了李开辉一脚。

沈承其故作回想，说："大概一个多月。"

"这么快？闪婚啊？"

顾嘉又来一脚。

沈承其"嗯"了声，确实快，那个他开口问顾禾能不能结婚的黎明清晰如昨。

李开辉看向顾禾，说："你俩打算一直在德令哈吗？要不要来北京？我公司正好缺人。"

顾嘉"咝"的一声："辉哥，人家两个在德令哈过得特别好，你压榨我一个人就算了，还拖我姐下水。"

"你姐跟你能一样吗？"

李开辉又对沈承其说："德令哈又远又偏，经济发展也一般，你俩好好考虑一下我说的，正事。"

沈承其："问顾禾吧，我们家她说了算。"

正当顾禾犹豫着怎么回绝的时候，李开辉电话响了，他只讲了三两句便挂掉，起身抓走桌边的打火机和烟盒，说："客户那边有点急事，单我来买，顾禾，回头我找你。"

顾禾抬头，缓缓放下茶杯，以前李开辉从不这么不分场合地说话，难道故意在逗沈承其吗？

和顾禾不同，最后这句像野草种子，在无边大地四处飘散，在沈承其心里扎根。

两男争一女的场面并不少见，但其中一个是顾禾，顾嘉不可能旁观看热闹。他之所以安排李开辉和沈承其见面，其实是想让李开辉死心。李开辉喜欢顾禾，好几年了，算秘密，也不算，因为除了本人，只有顾嘉知道。虽然李开辉没跟任何人说过，甚至没表白，可当顾嘉介绍沈承其的时候，李开辉的反应足以说明一切。

"我以为她去德令哈是为了丁丰源。"

"确实。"

这是两人在见到顾禾前的唯一对话,另外,沈承其还给了李开辉一根烟。

顾嘉对李开辉很了解,他一向成熟稳重,所以公司才能一路走到今天,虽算不上什么富豪,但物质条件已经超乎大多数人,刚刚,他少有地有些慌乱,既想在沈承其面前表现他对顾禾的不同,又想克制自己的行为不要越界,结果就是他说出了那句暧昧的话:顾禾,回头我找你。

李开辉离开两分钟后,顾嘉收到一条信息:鞋被你踢坏了,一万五,赔。

顾嘉万念俱灰,说:"姐,姐夫,吃饭吧,今天我老板请客,敞开吃。"

他把第一道菜推到沈承其跟前,三分心虚,七分歉意。

"你也吃。"

沈承其说完这句,后面一直话不多,几个字几个字地往外蹦,搞得顾嘉心里的歉意又增加几分。不过看他最后吃了顾禾剩下的面,起码两口子之间应该没生气吧?

吃完饭,顾嘉打车回家,顾禾四下看看,对沈承其说:"这儿离酒店不远,骑车回去怎么样?"

路边一排排单车在路灯下闪着亮光,像在招揽生意,顾禾忍不住想光临一下。

"我不会骑。"

"什么?"顾禾以为自己听错了。

沈承其指着轮胎,说:"我不会骑,只会开。"

顾禾像看怪物一样盯着沈承其,说:"怎么能不会呢?上学时没学过吗?"

"没有,学校离家近,不需要骑车。"

顾禾白了他一眼,说:"我骑,你在后边跑吧,腿那么长,未必比我慢。"

石头转手相赠的仇一直憋在顾禾心里,她毫不犹豫地扫码开锁,朝酒店的方向骑去。

夜晚温度降了些,但还是热,骑起来有风就舒服很多,顾禾强忍着没往后看,她心想沈承其不会傻到跟着跑。

在这条笔直的长街上,路人看见一个男人追着一个骑单车的女人,速度不快,始终在她身后,不知到底想追上还是不想。

骑到一半,顾禾终于停下来,锁完车,转头见沈承其气喘吁吁地跑到跟前。和每次晨跑不同,这一次他带着追赶的目的。

"你真跑了？"

沈承其站定缓了缓，点头。

"是不是觉得我欺负你？"顾禾自己都觉得自己有点欺负人，但转念想到那块石头，她又心理平衡了。

"我不喜欢无声的惩罚和报复，如果我做错事，你可以明着来。"

沈承其忽然认真，顾禾有些无措。原本这次出来，她想趁机整理一下心情，或者试试看，拉开距离后会不会淡化对沈承其的心意，直到……完全没有心意。当沈承其出现在面前时，顾禾看着他熟悉的眉眼，还有在顾嘉面前需要伪装的关系，即矛盾又纠结，这一切都让她无法自持。

"你怎么不骑了？"沈承其问。

"怕你跟丢。"

"放心，多远我都能追上。"

夜风醉人，理智很难把控，顾禾想揭露这句暧昧话语背后的真实面目。

"沈承其，在青海湖我送你的石头呢？"

沈承其一下恍然大悟，周遭的夜色好像更暗了。

"对不起，在梁暮客栈掉了，我清楚地记得放枕头下面，不知道怎么就找不到了，我问过客栈的保洁阿姨，她也没看见。"

顾禾笑了声，很冷。

沈承其没有因为她的冷笑停下解释："后来我一早去拉萨河，想找个差不多的，没找到。"

"当然找不到。"顾禾觉得这么绕弯没意思，"你不是送给辛丹了吗？我看见石头在她那儿，她说你送的。"

沈承其盯着顾禾看了几秒，把她拉到一角，掏出电话拨号，听筒外放。那头很快接通，一声"喂"后，顾禾听出来是辛丹。

"我什么时候送过你石头？"沈承其直接进入正题。

"没有啊，什么石头？"

"我放枕头下面的石头是不是你拿的？"

那头忽然沉默。

"以后别做这种事，挂了。"

电话揣回去，沈承其一脸沉冤得雪的硬气，可顾禾并不买账，因为石头到底在辛丹那儿，当初相送的意义已经没有了。

"你这几天不理我，是因为这件事吗？"

顾禾眼神闪躲，望向被蚊虫萦绕的路灯，说："谁不理你……"

"你。"

"没有。"

"有。"

顾禾往前走,说不过就逃。只是没走出几步,就被沈承其拦下。

"干吗?"

沈承其从兜里掏出钻戒,没等问出口,后面一个路人走过来,不小心撞到他,钻戒从手中跌落,滚到路上。见一辆辆车飞驰而过,沈承其几大步跑过去,抓住空当,捡起戒指又跑回来。

"你干吗?撞到怎么办?"顾禾有点急了,冲他吼。

和她的冷脸相比,沈承其却笑了:"没事。"

他将手掌摊开,戒指躺在上面。他问:"为什么还我?"

吃饭的时候,顾禾看见他无名指还戴着婚戒,只是她的手上空空如也。

"太贵了。"

"我不是说了……"

"辛丹跟我说是真钻。"

许是沈承其的无辜和刚才毫不犹豫捡戒指的行为让顾禾心软了,她努力挤出一丝笑:"其实我挺知趣的,戒指还是留给你真正想给的人吧。"

沈承其看了她一眼,手指慢慢缩回,攥紧。

暴雨前的清风,汹涌前的安宁,这是沈承其从顾禾的笑意里体会到的所有。

回到酒店,沈承其独自到前台办理入住,顾禾在一旁的休息区等他,听不清他和前台说了什么,感觉比正常入住多啰唆了几句。见他转身过来,顾禾赶忙低头看手机。

"办好了,走吧。"沈承其站在顾禾身后,用手里的房卡轻轻拍了下她的头。

"几楼?"房卡递到顾禾手里,她看了下,"好巧,在我隔壁。"

当然不是巧合,刚才沈承其特意问了顾禾的房间号。

两人在客房门口分开,顾禾刷卡进屋,没等沈承其说话,门已经关上。

"明天你有事吗?要不要和我去参加婚礼?"这是他没说出口的话。

晚上十一点多,沈承其下楼买东西。刚走出酒店门口,看见一辆出租车停到边上,他眯眯眼,看见李开辉从车上下来。李开辉没穿西装,换了短袖和短裤,搞得沈承其一时没认出来。

"你还没睡?"

沈承其盯着李开辉的人字拖,步伐一下慢了,问:"找顾禾吗?"晚饭时,他留下的话一直在沈承其脑子里回转。

李开辉笑了声:"不找她,找你。"

"找我?"

沈承其猜不准他的来意,说:"我去买烟,等我一下。"

"我这儿有。"

沈承其像没听见一样,走向旁边便利店。李开辉瞥到他离开的身影,想喊没喊出声,无奈地跟过去。沈承其买完烟,李开辉随后买了几罐啤酒,拎到门口桌上。

"喝酒吗?"

沈承其分给李开辉一根烟,顺带接过啤酒,说:"找我什么事?"

打火机用完,他甩到对面。

李开辉瞥了一眼,抓过去把烟点着:"说来奇怪,我不讨厌你。"

"我什么也没做。"

"你娶了她。"

拉开拉环,沈承其有些无奈:"嗯,丁丰源也讨厌我。"

听到这个名字,李开辉"咕噜咕噜"连喝几口,抹了下嘴角,说:"我和他不一样。"

"对我来说一样。"

"那是你不了解我。"

"我也不是很想了解。"沈承其笑了声。从认识到现在,他第一次冲李开辉笑。

"德令哈有那么好吗?我没去过。"

"你没去过,所以不能质疑它的好。"

李开辉蹭蹭额头,聊了几句,他一直处于下风,看来得换个思路,要不然容易聊崩。

"以前顾禾在北京的时候,遇到什么事都是我和顾嘉帮她解决,虽说算不上大富大贵,日子过得倒无忧无虑。她这人遇事没主见,习惯性依赖别人,丁丰源就是逮着这个缺点,把人给哄过去。该说不说,丁丰源除了学习,其他时间全用来陪顾禾,这点我做不到。"

沈承其皱眉:"咱俩认识的是一个人吗?"

"怎么?"

"我认识的顾禾很有主见,她也不依赖谁。"

沈承其眼前闪过一些情景,刚认识的时候,经常看见顾禾独来独往,从他的视角看小小一只,扛箱子却伸手就来,把理发店也打理得井井有条,面对丁丰源的背叛,她甚至还给对方留了体面。

李开辉听完沈承其的话,沉默了好一会儿,说:"咱俩喝一杯吧。"

他举起啤酒,沈承其应声碰杯,酒花在空中激荡,不知道的还以为两人交情多深呢。

"对顾禾好点。"

"嗯。"

"别给我机会。"

"不会。"

简短的回答,确切的心意,李开辉收到了,说:"我能问个不太合适的问题吗?"

沈承其猜想可能和丁丰源有关,便说:"随便问,答不答在我。"

"顾禾是你从丁丰源手里抢过来的吗?"

"我看着一身匪气吗?"

李开辉故意打量他,说:"别说,还真有,上辈子你一定是个战场悍将。"

"丁丰源出轨在先。"

话落,沈承其听到啤酒罐被捏扁的声音,像要把夜幕生生撕开。他也曾有狠踹丁丰源的冲动,但每次他都忍住了,不是不敢,是不想给顾禾徒增烦忧。

李开辉把罐里的酒喝光了,说:"丁丰源要缠着顾禾,你告诉我,我来收拾他。"

"从北京飞德令哈的机票不便宜。"

"你报销。"

"可以。"

李开辉又启开一罐,说:"要是你欺负顾禾,打你的人也一定是我。"

"要是她欺负我呢?"

"清官难断家务事。"

说完,两人相视一笑,夜幕缓缓闭合。

周日,沈承其去参加婚礼,顾禾睡到快中午才起,收拾完后找顾嘉吃午饭,吃完跟他回去。

顾嘉在卧室打游戏，顾禾窝在沙发上看电影，一直待到傍晚。

原本她晚上已经有约，谁知顾嘉特别欠揍，说晚饭三人去吃小吊梨汤。顾禾让他俩吃，奈何顾嘉连拖带拽把她弄下楼。沈承其早就在楼下等着了，见姐弟俩"厮打"着走出单元门，赶忙过去拉架。

顾嘉见局面二比一，他占劣势，赶忙投降。顾禾悄悄甩开沈承其的胳膊，独自打头阵。

身后，沈承其盯着顾禾的背影愣神，她穿着包臀裙，抹胸吊带，十分清凉，也十分少见。

"说晚上要见个朋友，穿这么性感，谁知道见谁。"顾嘉嘟囔一句，并非故意说给沈承其听，因为他自己也好奇。

"男的女的？"

"不知道，没跟你说吗？"

沈承其摇头。

顾嘉掐着下巴仔细分析："没告诉你的话，八成是男的，不过辉哥出差了，肯定不是他。"

见沈承其脸色不对，顾嘉赶忙往回找补："逗你呢，我姐特别专一，以前和她前男友在一起的时候从不撩别人。"

沈承其的目光集中在顾禾晃动的鬓发上，他没见过阴雨天的海，但见过被雨滴拍打的纳木错，涌动的湖水和眼前画面如出一辙。

到饭店后，顾禾没让顾嘉点太多，说："我晚上约了朋友喝酒，她在律所工作，下班晚，一会儿吃完你俩先回去吧。"

朋友就是孟琳，她和丈夫在一个多月前终于结束在国外旅居的生活，回到了北京。

一别两年多，分开的情景还恍然在眼前，那天顾禾站在机场外，看着天上一架架飞机从头顶飞过，她没有很伤感，只是当夜晚来临，城市的人纷纷入睡之时，后知后觉的难过就像一块完整的蛋糕被挖了一勺，再也无法填满。

刚才的话是顾禾说给沈承其听的，他没回应，低头吃得很慢，好像没什么食欲。

顾嘉接话过去，"嗯"了一声。

半小时后，吃得差不多了，顾禾打算买完单去找孟琳，可走到吧台，收银员告知她有位先生买了。顾禾指着自己那桌，问收银员哪位买的，她说："帅的那个。"

明显是沈承其。

顾禾点点头，回去打了声招呼，背包走人。

顾嘉追着她背影喊了句："早点回来，别喝多了！"

周围吃饭的人齐刷刷看过来，顾嘉全然不管，继续吸溜他的梨汤。

从饭店坐地铁过去要半小时，要是打车就不一定了，顾禾当然会选择最经济又便捷的方式。

孟琳先到，正坐在酒吧门口的藤椅上等。顾禾看背影就知道是她，叫了声名字小跑过去。

许久不见的相拥比任何言语都直接，孟琳晒黑了不少，脸颊上长了两颗可爱的小雀斑，眼里还残留着旅者的风尘仆仆，但整个人气色看起来好很多，基本恢复正常了。

"怎么一点没变？不会老吗？"

"哪有……"

"自己来北京的？你老公呢？"

"他忙。"

如果这份婚姻名副其实，顾禾一定会把沈承其带来给孟琳认识，但现在显然没必要。

孟琳笑得意味深长："今天陪姐喝点儿。"

"怎么，出国两年酒量见长啊？"

顾禾跟孟琳手拉手走进酒吧。这家店她们以前常来，不吵，可以安静地喝酒聊聊天。她们先点了两杯度数不高的酒，孟琳当水一样喝了一大口，冰凉入喉，她看着顾禾，面露遗憾："我要是早点回来，就能参加你的婚礼了。"

丁丰源出轨的事，顾禾还没来得及告诉孟琳，两人有时差，空闲时间总碰不到一块儿，还是孟琳主动给顾禾留言问她婚礼什么时候办，她才告诉说办完了，只是没说过程。

"你们这次回来还走吗？我看你都重新上班了。"顾禾往别的地方聊，能扯多远扯多远。

"不走了，你呢？和你老公就在德令哈定居吗？"

顾禾白费力气，话题又不可避免转回来。

酒吧中央的舞台，一个歌手拿着吉他上去开始唱歌，清新的民谣，声音带着些许哀愁。年龄稍小一点时，顾禾很喜欢听民谣，现在什么都听，只不过歌都很老。

她盯着桌上的香薰蜡烛，火光摇曳，话到嘴边却怎么也开不了口。

"你打算瞒我到什么时候啊?"孟琳喝了口酒,"我都知道了,昨天我出差回来,开辉找我了。"

顾禾很意外,相当意外。

小食端上来,服务生短暂打断两人聊天。等服务生转身离开,孟琳继续说:"他跟我讲了你和丁丰源还有你的现任老公。丁丰源这个渣男!我都想打电话骂他,后来一想,算了,失去你他很可怜。"

既然孟琳知道了,顾禾觉得周身轻松,她旋转着酒杯,说:"时间不足以判断一个人,丁丰源说早就感觉我不爱他了,人心一旦出现空隙,就想赶紧弄点什么来填满,他找别人我不怪他,毕竟我对他没有感情在先。"

"开辉说你现任很帅。"

"他叫沈承其。"

"嗯?"孟琳把椅子往前挪了挪,"我也认识一个同名的。"

顾禾忽然想起沈承其之前说在儿童血液病房见过她的事,说不定也见过孟琳呢。

顾禾简短说了下,孟琳听完,非常确认地点点头:"是他!你们俩竟然……这是什么缘分啊!我跟你讲,他长得可帅了,那会儿病房的小朋友都特别喜欢他。"

不知为什么,越听别人说他好,顾禾越觉得难过,可能因为这么好的男人不属于她,所以失落是必然。

"不过他应该不认识我,病房里家属太多了。"

沈承其确实没提过孟琳的名字。

刚才提到丁丰源出轨时还一脸愤愤的孟琳,此时情绪完全转换,甚至有点跳跃:"你俩那方面是不是特别和谐?"

顾禾眼神闪躲,低头问:"为什么这么说?"

"感觉,他那身材和模样看起来很会。"

孟琳说得毫不遮掩,搞得顾禾战术性喝酒,很快一杯见底。孟琳招手又跟服务生要了两杯莫吉托。

"不逗你了,他对你怎么样?"

"挺好的。"

孟琳眼尖,刚见面时就注意过顾禾的手指,没戴钻戒,手腕和脖颈也光秃秃的,没有任何饰品,耳垂上倒有一对珍珠耳环,还是几年前她送给顾禾的生日礼物。

"沈承其之前不是在北京工作吗?你俩怎么在德令哈遇上了?"

"他是西北人，从北京回去后开了个汽修行，就在我旁边。"青旅直接略过，顾禾不想讲。

"啊，"孟琳秒懂，"近水楼台呗！"

顾禾笑笑，故事的开始的确是这样。她把空杯推出去，又拿过莫吉托，但是没喝，转手用叉子扎了块薯条塞进嘴里，油炸的香味，令人满足。

"买房了吗？"

"没有，我俩都住在店里，暂时用不着。"

孟琳点点头："也对，德令哈那边的房价应该涨幅不大，不像北京寸土寸金。"

在德令哈生活得久了，顾禾对这种残酷又平常的大城市生活已经没有实感，酒越喝越想念德令哈，想赶快回去。

"不聊他了，你和姐夫怎么样？"

"挺好的，宝贝走了两年多，我俩现在算平复过来了，以后也不打算要小孩儿了，两个人一起，平平安安把下半辈子过完吧。前几天我从朋友家抱了只金毛，刚满月，特别可爱。"

"嗯，金毛很乖，黏人。"

顾禾盯着莫吉托杯口的薄荷叶，眼泪在眼眶里转，为了不让孟琳看见，她转头看向舞台上的歌手，跟着一起哼曲。

"考不考虑回北京？你不在身边我太孤单了，一起喝酒的人不少，但能聊得来的没几个。"

顾禾转回来，说："不考虑。"

在北京上班的时候，每天疲于奔波，很忙，有时候晚上加班要到十点钟，她没想过任何改变和反抗，大家都这么生活的，直到她来到德令哈，直到……遇见沈承其。哪怕有天跟沈承其的虚假婚姻关系结束，顾禾也不想回北京，在这里她找不到归属感，不是北京不好，只是不适合她，而且……德令哈的夏天好不容易来了，她得回去。

孟琳："行吧，等我什么时候休假去德令哈找你玩。"

"好啊，包吃住，还能免费理发。"

孟琳抓抓自己齐耳的短发，说："那我得养长点，烫个和你一样的熟女大波浪，迷倒一个算一个。"

顾禾撑着下巴傻笑，好好的羊毛卷，怎么变成熟女大波浪了？

莫吉托喝完，孟琳还觉得不尽兴，最后又点了两杯马天尼，就着这杯烈酒，她说："开辉喜欢你，你知道吗？"

顾禾摇头："别逗了,他不是不婚主义吗?"

"那也不影响他喜欢你啊,都好几年了,要不是因为你和丁丰源感情不稳定,他也不会一直放心里。"

孟琳叹了口气："快四十岁一老板,事业有成,财富自由,为了你哭得像个泪人,你能想象那幅画面吗?"

所以,到底是顾禾太愚钝,还是李开辉善于隐藏呢?或者都不是。

"孟琳,你知道李开辉身上最明显的特质是什么吗?"

"什么?"

回想往日交集,顾禾说："骄傲。他希望的局面应该是我主动和丁丰源分手,然后对他示意好感,这样才能满足他高贵的自尊心,我没说他这样不好,只是……陈述事实。"

回味着酒的苦涩,顾禾觉得李开辉喜不喜欢她都不重要了,感动和动摇是两码事,她也一样爱而不得。

小聚到十一点才散,马天尼酒劲儿实在大,顾禾上出租车的时候,已经有点迷糊了。

下车被夜风一吹,酒精放肆在血液里奔腾,顾禾晃悠两下强行站直,走到门口台阶坐下,她掏出手机,给沈承其拨过去。

"喂,沈承其。"她的声音里带着含糊的醉意。

"嗯。"

"你在哪儿?"

"在酒店。"

如果此刻是清醒的,顾禾肯定不想麻烦他,但她现在并不清醒,理智被真情压制得无法翻身。

"你能不能下来接我一下?我在门口。"

"等我。"

电话挂掉,顾禾双腿并拢,把头埋进膝盖,心跳得厉害。酒精觉得它占了上风,实则情欲暗潮涌动。

很快,沈承其从酒店出来,脚上穿着一次性拖鞋。喝醉的顾禾完全不记仇了,冲沈承其笑着招招手。他过来蹲下,轻声问:"还能走吗?"

顾禾摇头,这时能走也要说不能。

沈承其稍稍直起腰,看向她的短裙,公主抱的话怕是要走光,他换了个姿势,将顾禾拦腰扛起。

顾禾本来就有点飘,此时只觉得整个人好像升天了一般,一阵眩晕后,她双腿打弯，膝盖跪在沈承其手臂上，她紧紧环住他的脖颈，闻到了沐浴露的香气。

经过酒店大堂时，前台和住客齐刷刷地看过来，沈承其只能无视，快步朝电梯走去。

门开了又关，空荡的电梯里只有他俩，顾禾趴在沈承其耳边，小声嘟囔："不好意思，我喝多了。"

"想谁了吗？喝这么多酒。"

"嗯，在想。"

"丁丰源吗？"

顾禾闭眼笑了声："不是，另外一个男人，你猜他是谁？"

沈承其看着电梯门上两人的影子，脑子里有什么轰然闪过，而下一秒，他好似身处春日暴雨的停歇期，被湿润的柔软浸满。

从躺在床上的那一刻起，顾禾的记忆开始出现断层，直到第二天早上醒来，被子下的人一丝不挂。

这画面毫不费力地将顾禾一秒唤醒，她睁眼看见沈承其从洗手间出来，只穿着一条内裤。一早看见这样的画面，一个字也不用再问了，而且这不是她的房间，昨晚发生什么，顾禾心里一清二楚。

沈承其正在擦头发，身上有水渍，应该刚洗过澡，毛巾盖在头上遮挡视线，他不知道顾禾已经醒了，走到窗前看了眼外面。

顾禾窝在被子里，空调呼呼吹着冷气，她感觉嗓子不太舒服，鼻子也不通气，不知是不是被空调吹的，随着身体微微一动，腰间传来一阵酸痒。闷了一会儿，实在透不过气，她掀开被子露头，叫了声沈承其的名字。

他回头，看了看顾禾，说："醒了？"

"几点了？"

"九点多。"

顾禾坐起来，被子包裹胸口，问："我衣服呢？"

"旁边。"

顾禾扭头，昨晚脱下的衣服板板正正地放在另一只枕头上。

"还睡吗？"沈承其问。

顾禾摇摇头。

"那你起来收拾一下，好了叫我，咱俩谈谈。"

谈什么？回顾昨夜，展望明天？

沈承其套上衣服开门出去，顾禾赶忙下床，小跑进洗手间。打开水龙头，她用凉水洗了把脸，看着镜子里有些陌生的面孔，她心脏狂跳。昨晚发生的事情，在凉水的刺激下呼啦啦从脑子里蹦出来，浮现在镜面上。

从洗手间出来，顾禾心情稍稍平复了些，可走到床边看到一地狼藉，冲击感实在太强，她又不淡定了，情绪似过山车一般直上直下。

她从没想过以这种方式和沈承其转换关系，感觉丧失了掌控权，让她心里很没底，不确定沈承其因为什么和她发生关系，如果只是一时冲动，那她输得岂不是有点惨？不，身心都交了，是相当惨。

穿好衣服回到隔壁，顾禾进屋就开始收拾，把昨晚脱下的内衣内裤洗干净，又简单擦了个脸，涂上唇釉，好让自己气色好一些，确认状态可以，她给沈承其发信息。

十分钟后，沈承其拎着麦当劳的早餐来了，本来顾禾不饿，奈何咖啡香气唤醒了胃。

早餐放到茶几上，她打开盖子喝了一口，奶球和糖都没加，苦得她眉头一皱，说："昨晚是我把你睡了吗？"

"某种角度，是。"

沈承其一脸认真，甚至有些严肃，但和最开始顾禾认识他时的冷淡又全然不同。

汉堡塞到顾禾手里，掌心瞬间热乎乎的。沈承其低头来回翻倒着烟盒，说："做之前我问你知不知道我是谁，你说了我名字。"

顾禾眨眨眼："像我能干出来的事儿。你想谈什么？说吧。"

"谈恋爱。"

顾禾有想过沈承其要撇清关系，但没想到是谈恋爱，她拽过沙发上的抱枕，问："确定咱俩睡了是吗？"

"你一直蹭我。"

顾禾赶忙捂住他的嘴，说："细节就不必说了。"

"后悔了？"

"没有。"

沉闷的声音从抱枕后面传来，沈承其伸手拿走，扔到一边："脏。"

少了抱枕遮掩，两人的目光直白对上。

"昨晚你问我是不是喜欢辛丹，我说从来没喜欢过，你问那喜欢谁，我说你。"

真这么问了？顾禾感觉耳朵像被一根火把烘烤，烧得慌。

沈承其后仰，枕着沙发靠背，说："你要是后悔，可以睡回来。"

"你想跟我假戏真做吗？"这句话既是问沈承其，也是问顾禾自己。

"有什么不行？"

"你又不爱我，何必呢。"

顾禾撕开奶球倒进杯里，乳白色与黑咖瞬间汇合，似雪山融水流过山坡，失去本体，以此昭示春天降临。想象的尽头，她笑自己还有心思开小差。

"我没说。"

"之前说过。"

"那你怎么知道我有没有撒谎？"

撒谎？让她迷路，令她绊倒，最后投降的人却是沈承其吗？

搅拌棒在空中静止，一滴奶洒到手指，顾禾下意识舔掉。画面和昨晚某一段很像，沈承其的喉结不禁上下动了动。

"你要单纯想负责大可不必，我不会缠着你。"

昨晚沈承其朝她要过房卡，顾禾迷迷糊糊没给，然后被沈承其抱去他房间，之后该发生的都发生了。更多细节被顾禾想起来，嘴里的汉堡有点噎。

沈承其脸上淡定，心里实则很慌，他弓起腰沉默半晌，说："想负责，也想谈恋爱，你决定好再回复我，不急。"

"认真的？"顾禾打开汉堡，咬了一大口，貌似是牛肉饼。

"其实我车技不错。"没来由的一句话，顾禾被他说得一头雾水。

"带你去看戴胜那天，我急刹车不是因为开得不好。"

沈承其看着顾禾的眼睛，说："因为我紧张。"

"为什么紧张？"

"以前我也不知道，后来知道了。"

那大概就是这份爱最开始萌动的地方，那时他还茫然不知，弄不清自己的真实心意。

"我考虑一下。"

顾禾并没有因为这些话马上答应，沈承其手里的烟盒被他捏扁。拨开纸袋，顾禾发现里面还有两个汉堡、小香肠、薯饼。

"怎么买这么多？"

"昨晚干了体力活，饿。"

耳朵的燥热传到脸颊，顾禾埋头吃不接话。

"你这边结束了吗？结束的话跟我回德令哈吧，我订票。"

这语气……不会以为睡了一次就能牵住她吧？顾禾斜睨他，沈承其正扒拉手机看机票。

"你先回。"

沈承其放下手机,说:"我等你。"

"没我你坐不了飞机吗?"

"嗯。"沈承其特别认真地点点头。

"今天不走。"顾禾说。

"要去哪儿玩吗?"正事谈完,沈承其也跟着一起吃。

"想去雍和宫拜拜。"

"求什么?"

"发财。"

"带我吗?"

顾禾笑了声:"你想求什么?"

"你说呢?"

"雍和宫不保姻缘。"

"举头三尺有神明,总有一个管事儿的。"

顾禾本想说"那你在酒店拜拜好了",可看着沈承其的脸,到嘴的话又憋了回去。

上午雍和宫预约满了,顾禾改了下午,进去后,她没烧香也没跪拜,而是在每一处殿里停停走走。

今天依然很热,太阳炙烤后的地面像个巨大烤盘,平等对待每一个猎物。顾禾没带皮筋,长发在这种天气简直受罪,她挽起头发,用手扇了几下,有凉风,但作用不大。

沈承其忽然朝人群走去,到两个学生模样的女孩儿面前停下,说了几句什么,等他再回来时,手里捏着一个粉色皮筋。

"要我帮你扎吗?"

"哪儿弄的?"顾禾有点想笑,皮筋不但是嫩粉色,上面还有个小熊挂件,特别可爱。

"朝那个女孩儿要的。"

"你怎么说的?人家就给你了。"顾禾有点好奇。

"那么说的呗。"

话不清楚必有猫腻。其实沈承其的原话是:"你好,请问有皮筋吗?天热,我女朋友想把头发扎上。"

"有。"其中一个女孩儿一点没犹豫,把手腕上的皮筋摘下来。

沈承其一看还挺新,有点不好意思:"要不我给你钱吧,像新买的。"

"没事没事,我包里还有呢。"

"谢谢。"

"不客气。"

过程平平无奇,只是那句"我女朋友",沈承其不好直接转述。

顾禾转过身,说:"给我扎上吧。"

"我……"

沈承其低头看看皮筋,又看着顾禾,只能硬着头皮上。虽然动作笨拙,好在有身高优势,等他好不容易给顾禾的头发束起马尾,手心又全是汗。

"你看看行吗?"

顾禾向后捋了下,转过身,刚要说"行",视线和那两个女孩儿碰上,她俩好像看半天了,跟顾禾不约而同地笑笑。陌生人给予的善良总是加倍的,帮助别人的感觉像在心里堆糖,甜而不腻。

绕到一处殿前,沈承其终于憋不住问顾禾:"不烧炷香吗?"

顾禾摇头:"我去过很多寺庙,但从来不烧香。"

"为什么?"

她笑笑,但笑容里夹着点苦涩,说:"感觉自己没那么虔诚,也没讨教过正确形式,怕对佛祖不敬,想求什么放心里好了。"

她说完拍拍心口,很轻,但郑重。

沈承其没说,他其实跟顾禾一样,仰头和她一起望着大殿匾额。

顾禾目光落在"雍和宫"三个字上面,说:"你说寺庙是不是有什么特殊磁场,每次我来这儿,不管遇见多少人,好像只有我一样。"

"你去过德令哈的阿力腾寺吗?"

顾禾摇头。

"等回德令哈带你去看看。"

这个想带她去这去那儿的男人,在刚刚过去的上午和她表白了,场景并不浪漫,只是在传达人生某个阶段的心意。只是无法确认,这份心意是否会长久。

从雍和宫出来,顾禾对沈承其说:"我们回德令哈吧,我想回去了。"

沈承其订的票是第二天出发,顾禾告诉完顾嘉没过一会儿,李开辉电话就打来了。

接电话的时候,顾禾正跟沈承其在商场吃饭,李开辉让顾禾在临走前把欠他的 VIP 服务兑现,还说如果沈承其没事可以一起来。

"你去吗?"顾禾盯着沈承其的脸,故意问他,看他什么反应。

"不去。"

"怎么了?"

沈承其放下筷子,说:"他跟丁丰源不一样,他不会欺负你。"

短短一次交集,顾禾不清楚他为什么这么笃定,像在为一位相识多年的老友打保票。

"好吧,我自己去。"

下午,顾禾打车到李开辉的公司,出电梯就看见李开辉已经在门口等着了。

"不忙啊?"顾禾问他。

"你好像总忘了我是老板。"老板可以来去自由,谁管得着?

"沈承其呢?"李开辉往电梯里瞧。

"他有事。"

顾禾笑笑,跟着李开辉往里走,经过员工区的时候,特意看了眼顾嘉,他正窝在椅子里写程序,眉头皱得像块在太阳底下晒了一周的抹布。顾禾没打扰他,走进李开辉办公室,四下环顾一圈,还是精致又简约的风格,以前她只在大厦楼下等过顾嘉,上楼还是头一次。

"你把我忽悠来,是不是让我为你全公司服务一遍啊?"

"我自己还等两年呢,哪轮得到他们?"

办公桌上有一套理发工具,看样子不像新的。顾禾走过去拿起来看了看,比她自己用的那套高级太多。

"在哪儿整的?"

"跟朋友借的。"

李开辉摘掉眼镜,拉过事先准备好的椅子,坐上去,说:"来吧,你来之前我简单洗了下头。"

顾禾看向脚下,说:"地毯用不用拿什么铺上,别弄脏了。"

"没事,回头让顾嘉收拾。"

门外办公区,顾嘉忽然打了两个喷嚏,吓得旁边同事水都洒了。

看来万事俱备,只差剪了,顾禾笑着拿出剪刀,扯开围布,像往常在店里服务顾客一样的流程。

李开辉的头发本就不长,很好剪,没过一会儿就剪完了。当围布撤去,他起身戴上眼镜,对着玻璃照了照,问顾禾:"帅吗?"

"挺帅的。"

"再帅也帅不过沈承其,是吧?"

顾禾没说话,握着手里的剪刀,以沉默代替回答。

"喝咖啡吗?我给你手冲一杯。"

"好。"

剪完头发,顾禾只坐了一杯咖啡的时间,天南海北,东拉西扯,但李开辉一次都没提过丁丰源,最大的蔑视莫非如此。

离开的时候,李开辉说:"你回德令哈,我就不送你了,什么时候再来北京,我请你俩吃饭。"

"嗯,再见。"

"再见。"

告别平平无奇,重逢没有期限。

第二天早上五点半,顾禾跟沈承其拿行李到大堂退房。

起得太早了,顾禾迷迷糊糊,眼睛都睁不开,她先退完站在一旁等,只听前台小姑娘对沈承其说:"先生,您的房间有物品消费,两个避孕套共计……"

顾禾瞪大眼睛,无比精神,转身拉着行李箱快步离开,走出店外。酒店怎么收费她不清楚,只知道前台在茶余饭后又有新的谈资了。

第八章 西宁

虽然才走了几天,顾禾却感觉走了几个月那么漫长,尤其是看到花坛里冒出的绿芽之后。

"嗯?谁种的?"

"我。"

顾禾回头看沈承其,有些惊讶:"你?"

她凑近,想看看是什么品种,只是太小了,看不出来。

"是格桑花。"沈承其提前揭晓答案。

"这花好活。"随处一撒就能长得茂盛。

路上折腾十几个小时,顾禾无心再疼爱绿叶,站起来打开卷帘门,说:"回去睡吧。"

沈承其不动,看她开门。顾禾感觉脖后一阵凉风,她夹在半开的门缝里,说:"你又没带钥匙吗?"

"带了。"

沈承其拖着沉重的身子,讨没趣一般回到汽修行,留下欲言又止的顾禾。

第二天一早,两家店因为老板归来热闹许多。小马见到顾禾,没来得及叙旧,而是给她讲了个八卦。中午顾禾被张叔叫去店里吃饺子,好久没吃了,不到十一点她就迫不及待过去。

和好的馅摆在桌上,张叔正在擀皮,张婶看见顾禾进来,喜笑颜开:"呀!禾禾来啦!承其呢?"

呃……忘了叫他一起。

身后门紧接着打开,沈承其进屋差点撞顾禾身上,下意识地抓住她的双臂,站定后,两人眼神都有点飘忽。顾禾现在一见到沈承其,就不可避免地想到在北京喝醉那晚犯下的风流，不是后悔，而是想再来……不止一次。

"我来包吧。"顾禾在水池洗了下手，到桌前帮忙。

"别沾手了，我俩包就行。"

"没事。"

张婶看向沈承其，说："你把围裙拿来，给禾禾扎上。"

沈承其听话照做，动作并不陌生，很久前在顾禾家，他已经做过一次了，只是两次心境不同。因为顾禾拒绝了他，"考虑"在沈承其这里约等于"拒绝"。

"承其会包饺子吗？"

听到张婶问，沈承其摇摇头。

"我教你。"顾禾拿过一片饺子皮递给沈承其，他的大手让饺子皮瞬间显得小了一圈。

随着顾禾的一步步示范，沈承其包出人生中第一个饺子，可以说非常难看了。有无天分一眼便知，顾禾手下没停，说："要不你去烧水吧。"

"行。"

张叔张婶盯着木板中央鼓着肚子、说不定什么时候会破开的饺子，实在没忍住笑。

"以前他爸做饭，后来阿姨做，这孩子估计连厨房都没进过。"

"学学就会了。"

嘴上这么说，顾禾却把沈承其支走了，因为他在身边实在影响她发挥。

没过一会儿，饺子包好，沈承其一直在厨房没出来，顾禾过去看，发现他正在打电话。

见顾禾过来，他指了下锅，出去时拍拍她肩膀，很轻。

谁的电话，聊得这么起劲？顾禾有点好奇。

关掉煤气，她打开上面橱柜找调料，平时张婶都放在伸手就能拿到的地方，只是找了一圈也没看见酱油。

"找什么？"沈承其打完电话回来，顺着顾禾的手往里看。

"酱油。"

"我来找。"

他身子前倾，后背贴上去，一阵温热传来，顾禾被夹在中间大气不敢出。

"在这儿。"依靠身高优势，沈承其把酱油瓶拿下来递给顾禾。

她赶紧溜出厨房，脸红得不行。

饺子煮好上桌，实在过于美味，顾禾自己就吃了一盘，吃完，她帮张

201

姊收拾完到窗下晒太阳。

"给。"沈承其递过来一根烟,坐下。

"我要戒烟。"

"你说过好几次了。"

顾禾说:"我不陪你,抽烟有意思吗?"

"没意思。"

期望出来的时候遇到她,幸运的话还能聊几句,这是沈承其意识到自己喜欢上顾禾的开始,在很多个乍暖还寒的春夜里,一次又一次。

顾禾直接上手从他裤兜里掏出打火机,说:"看来暂时还不能戒。"

沈承其看着裤子张开的口袋:"随你开心。"

这句话顾禾很受用,她回头看了眼花坛里的嫩叶,一夜间好像又长高不少。格桑花有着和野草一样旺盛的生命力,大概这就是顾禾喜欢它的原因。记得小时候每到立秋后霜降,其他绿叶都打蔫了,但只要太阳出来,花瓣上的冰霜融化,格桑花还能维持短暂绽放。

"晚上小娴和韩冬过来吃饭,你把杨鹏也叫上。"

沈承其眉头一皱,说:"都是你朋友,不叫他了吧。"

"我找他有事。"

"干吗?"

顾禾故作神秘:"不告诉你。"

既然不告诉,沈承其成全她卖的关子,没再问。

"杨鹏还喜欢那个结了婚的暗恋对象吗?"

"不告诉你。"沈承其以眼还眼。

顾禾冷脸吐了口烟雾,沈承其缴械投降:"他不是为了那个暗恋对象才单身到现在,就是没找到合适的。"

早说不就得了。

晚上收工,顾禾点了一堆外卖,她平时很少做饭,今天人多就更不会做了,点外卖省事。

打开餐盒,顾禾把其中一道菜放到边上,对沈承其说:"一会儿你坐这儿。"

"为什么?"

"你不是喜欢吃土豆吗?"

"你知道?"

"嗯。"

沈承其故意问的，为了满足他的小心思。

顾禾夹口米饭尝了尝，说："有点硬，你别吃了，一会儿我给你煮馄饨。"

"行。"

"你冰箱里还有吧？"

"没了。"

顾禾瞪眼："我给你包了好多呢。"

"吃完了。"

顾禾欲言又止，她想问馄饨是不是转手送人了，怎么消耗得这么快。

杨鹏开门就闻到饭菜香味，搓搓手，说："弄什么好吃的了？"

"订的外卖。"

杨鹏拍拍沈承其肩膀，说："这回好了，媳妇回来了有饭吃，要不顿顿吃馄饨，都不换样！"

顾禾粗略一算，顿顿吃的话确实能吃完。

"去洗手。"沈承其把杨鹏打发走，生怕他再说别的，比如被他撞见自己红了的双眼。

杨鹏这边刚进洗手间，王小娴和韩冬推门进来，手里拎着水果。

"禾禾，给你买的香蕉。"王小娴把塑料袋放到沙发上。

韩冬冲沈承其招手："好久不见，又帅了。"

沈承其笑笑，起来站在顾禾身边，跟着一起迎客。

杨鹏没顾上擦手，出来后盯着王小娴，只看不说话。倒是王小娴先跟他打招呼："杨鹏也在啊。"

"啊，来啦。"

顾禾的视线在两人之间来回流连，她之所以叫杨鹏过来，完全是因为上午小马给她讲的八卦。

在她去北京期间，王小娴前男友，也是月月的亲爸不知道哪根神经搭错，父爱觉醒，没通知王小娴就去学校看月月，被她撞见后，两人当街上演抢孩子，还好被路过的杨鹏撞见，把前男友赶跑。

如果只是这样，顾禾不会多想，好巧不巧地，杨鹏和王小娴一起带月月吃肯德基，又被下班回家的小马看见了，第二天到店里一问，杨鹏才说了在学校门口发生的事，而且怕王小娴前男友再来闹事，杨鹏连续几天帮王小娴接月月。

顾禾从王小娴的眼神里分辨不出她对杨鹏有没有意思，但杨鹏对王小娴肯定有，五大三粗一爷们儿，连正眼都不敢看，像个情窦初开的小男孩，羞涩得很，在这点上还得跟沈承其多学习。虽然他偶尔也会红耳朵，但有些事他切身实际地做了，只是顾禾后知后觉而已。

王小娴："禾禾，你去北京干吗了？"

"一个朋友从国外回来，好几年没见，聚聚。"

沈承其把筷子递给顾禾，她又小声给沈承其解释："那个去世的小朋友的妈妈。"

"噢。"

还真以为她跟男人喝酒去了，所以那晚沈承其心里多少有点不舒服，原来都是误会。

顾禾特意让杨鹏和王小娴挨着坐，沈承其好像也看出来了。

"有点挤，往这边点。"

沈承其下意识地将手伸向顾禾的腰，没等搂上又匆忙缩回手。顾禾浑然不知，连着凳子一起往旁边挪。

满桌美味，沈承其却一心消灭面前的土豆，其他几乎没动，而且只有他的主食是馄饨，其他人都是米饭。

"你这样该把他惯坏了。"

听杨鹏说，顾禾笑笑："你要吃吗？给你煮点儿？"

他疯狂摆手，说："不用，我无福消受。"

酝酿半天，杨鹏才颤颤巍巍地夹了一块肉，往王小娴碗里送的时候，被韩冬截和："谢谢啊。"

"谁给你了？"

"不是给我的吗？"

见王小娴看他，杨鹏又夹了块肉给顾禾，说："我只给美女夹菜。"

沈承其不能折杨鹏面子，随他去。顾禾也很配合，说声"谢谢"，一口吃掉。

快吃完的时候，沙发上的电话响了，几人面面相觑。

"谁的？"韩冬问。

"我的。"

沈承其起身过去，看了眼号码出去接，通话时间不长，接完没有马上进屋。顾禾时不时瞄他一眼，虽然只看到背影，但直觉告诉她，肯定发生什么事了。

回来时，沈承其明显情绪低落，几乎没怎么说话。

顾禾猜不到这通电话的内容，等吃完饭大家走了才问："怎么了？家里有事吗?"

沈承其关好门,坐到沙发上,说:"记不记得咱俩救鸟那次见到的民警?"

顾禾点点头。

"他查到一点有关我妈的线索,明早我得去派出所一趟。"

"他跟你说具体查到什么了吗?"

"没有,明天见面聊吧。"

沈承其面色冷峻,认识顾禾以后好长一段时间,他都心情不错,即便生意遇到什么事,也在可控范围内,不至于影响心情,但现在,他心口憋得慌。

"明天我陪你去吧。"

"没事,你忙店里。"

沈承其开始收拾桌子,顾禾要伸手,被他挡回去。

"你歇着,我来。"

"基本没剩,这点儿扔了吧。"

"土豆还有,我明天热热吃。"

顾禾一直觉得沈承其生活比较节俭,但只对自己这样,对别人很大方,尤其是对朋友,还有……她。想到这些,顾禾忽然有点后悔,这么晾着沈承其,到底是对是错。

收拾完,两人到外面透气,夏天的德令哈气温宜人,一点也不热。顾禾扒了根香蕉给沈承其,他不吃,顾禾一口咬掉半根。

"我喜欢吃这种没熟透、有点硬的香蕉。"

沈承其瞥了一眼,无法自控地想歪。

"以前没问你喜欢吃什么水果,只给你买苹果了。"

"苹果也好吃。"

顾禾知道为什么,张婶跟她讲过,沈承其他妈临走前,留给他的最后一样东西就是苹果。不一定经历多了才得以窥见真谛,普通人的情感总是平凡又直白,所以顾禾早就了然,其实在沈承其心里,苹果无比珍贵。

"明天过去,要是没有好消息也别难过,毕竟时间太长。"

"没事,我都习惯了。"

以往也有类似情况,空跑过几回,期待值一次次降低。其实沈承其想,就算有生之年见不到面,也希望他妈在某个地方平静生活,没病没灾,活着就好。

他仰头看着理发店的牌匾,问:"房租续了吗?"

"续了。"

"那你去北京是跟我赌气吧?"

"没有。"

沈承其笑了声:"以后我有做得不对的地方直接说,我这人有点笨,别自己生闷气。"

"你笨吗?"

"反正没你聪明。"

说得她好像情场老手一样。

香蕉吃完,顾禾拎着香蕉皮想找地方扔,沈承其接过去,走到街边扔进垃圾桶。

顾禾看着他走过去又走回来,虽然低头显得有点驼背,但还是很高,想起为了糊弄她妈两人合照那次,沈承其站得比较直,她才到他肩膀。不过这个角度,倒是很方便拥抱。

"笑什么?"

"啊?"

沈承其坐下,说:"我问你笑什么。"

顾禾别过脸去,看着夜色下的格桑花,忽然想到一句诗——幸遇三杯酒好,况逢一朵花新。

当周遭一切安静下来,这一刻她深切感受到一点,那个先迈出一步的人是沈承其,所以这份爱里,他更勇敢。

第二天,顾禾特意起得比往常早,但还是没早过沈承其,他甚至已经收拾好了,在窗外坐着。

外面阴天,灰沉沉的,街边的树叶向下耷拉,和某人一起低落。

顾禾怕沈承其着急,匆匆洗脸刷牙,没顾上化妆,戴了个帽子跟他出门。在派出所门口等了会儿,联系沈承其的老民警来上班,还没过门卫室,便被沈承其叫住。

"来这么早啊!"他说完看向顾禾,"小姑娘,我记得你,你和承其一起救过鸟。"

顾禾笑笑:"是我。"

"承其说他结婚了,是和你?"

"嗯。"

警察叔叔笑着点点头:"挺好,挺好。"

"我们在这儿说还是去哪儿?"沈承其有点急。

206

"进去吧。"毕竟也不算私事。

跟着老民警走进一个小会议室,他开门见山,直接说:"是这样,前段时间我们接到一起报案,本来是民事纠纷,但调解之后过错方不服,把对方以前犯的事儿爆出来,说这人曾在吉林白城行窃过,抢了农贸市场会计收上来的钱,大概两千,那会儿两千正经不少呢。他每晚固定去买点东西,结识了一些摊主,知道他们每月什么时候交租金,会有会计专门过来收。他抢的这个会计叫邓敏清,一开始他不确定,想了半天才想起来,说跟他家亲戚的名字就差一个字。我一听这名太熟悉了,拿你给我留的照片让他指认,他看了半天说有点像,毕竟时间比较久,记不准很正常。"

已经很久没有外人跟沈承其提过"邓敏清"这三个字,只有他保存的一份初中试卷上有他妈妈的签名,字和人一样漂亮。

"白城?我家。"顾禾小声问,"这位会计是谁?"

"我妈。"

顾禾觉得名字好像在哪儿听过,但一时想不起来了。

沈承其问老民警:"过错方的话可信吗?他怎么这么清楚?"

"哎,其实他也算半个同伙,当年他给人家放风来着。"

老民警起身去接水,边接边说:"因为是过去的案件,差不多十年前了,线索不多,要不是看你着急,我真不想把不确定的事告诉你。"

"农贸市场的地址有吗?"

"你确定要去吗?可能会白跑一趟啊。"

沈承其执意如此。

老民警接完水喝了一口,保温杯放下,从上衣里兜掏出一张字条,塞给沈承其。原来他早就准备好了,只等沈承其问。

顾禾凑过去看,上面写的地址离她家不算远,但她很久没在家里长待了,也不清楚具体情况。

从派出所出来,顾禾跟沈承其说:"我给我妈打个电话吧,问问那个市场还在不在。"

"先回去。"沈承其拉着顾禾的手腕往外走,"回头我自己联系。"

"你有她电话呀?"

"有。"

见顾禾压根儿不知道这事,沈承其松开手,说:"放心,我没告状。"

顾禾扭扭身子,说:"我又没犯错。"

"那就等你犯错。"

"对了，要问的话你怎么说？你家的事我没跟我妈细讲。"

"知道，我自己看着办。"

顾禾完全是站在沈承其的立场考虑，如果这回有眉目的话，肯定不可避免地要跟赵老师交代清楚。不过沈承其说他看着办，顾禾相信他能处理好。

时间还早，两人没着急回店，在外面慢悠悠吃了早饭才回。小马正在窗下看修马蹄子的视频，看得津津有味，全然没注意有人过来。

"顾禾在吗？"

这声音熟悉，小马抬头，脸上笑容倏地消失，说："不在。"

丁丰源不像之前那么态度不好，而是笑笑，耐心地问："干吗去了？"

"出门了。"

丁丰源坐到小马身边，说："那我等她。"作为前任，他现在的行为属于没有边界。

小马早上来一直没见到顾禾，老板娘想去哪儿去哪儿，他管不着，看好店就行了，但现在有点棘手。因为沈承其也不在，万一两人同去同回，说不定丁丰源又会气不打一处来。

关掉视频，小马问："你找禾姐啥事儿？"

"等她回来再说。"

小马瞥见他手里拎着一个小礼盒，捂得严实，里面装的什么不知道。丁丰源这次来不疯不闹，搞得小马都不好意思赶人，可他心里清楚，突然改变的背后必藏着猫腻，他可不相信丁丰源这么快转性。

"店里生意最近怎么样？"

"托您的福，还行。"

"顾禾跟沈承其感情怎么样？"

"那可好极了！"小马阴阳怪气有一套。

又坐了几分钟，上午第一位客人光临，小马拖到郭琮给客人洗完头才进屋去，至于丁丰源，随他吧，愿意等就等。

车开到汽修行门前停下，顾禾下车接过沈承其递来的防晒衣。

"中午想吃什么告诉我，我来点。"

沈承其说完，发现顾禾没反应，顺着她的视线看过去，发现坐在花坛旁的丁丰源。

怎么又来了？刚消停一段时间，顾禾以为这个人已经从她的世界彻底消失，没想到今天他又出现了。

刚要往前走，沈承其拉住她。

好像每次他都这样阻挡顾禾走向不该走向的人，虽然之前每一次，顾禾都没有给丁丰源丁点笑脸。

"没事，我问问他干什么，要不然他没完。"顾禾把自己的包递给沈承其，让他帮忙拿着，这个动作是想让他放心。

"去哪儿了？等你半天。"

丁丰源看着顾禾清秀的素颜，过往恋爱的片段像一把回旋刀，在分手几个月后终于深深扎进他的心口。

"找我吗？"

顾禾看见了他手里的礼品袋，红色的，正中间有个"囍"字，当下了然那是什么。

"嗯，这个给你。"

礼品袋递出去，顾禾没接，说："我不要。"

"你看都不看啊。"

许久没见，丁丰源消瘦了些，其他没什么变化，而且他见到自己和沈承其一起回来，也不像之前那么咄咄逼人。分手时顾禾尽最大力给了丁丰源体面，他也终于开始新的生活，这很好。

丁丰源从纸袋里抽出其中一张卡片，塞进顾禾手里，说："我和柴溪要结婚了，来给你送请帖，还准备了一份礼物。"

"恭喜，婚礼我就不去了。"

请柬在顾禾手里打横对折，好似加上一道封印。她转头，看见沈承其就站在汽修行门口，没看他们，但所有举动都在他视线范围之内。

顾禾忽然想起她烧丁丰源的东西那晚，沈承其也是同样的姿势，在她跌倒时的第一时间冲到跟前。

那晚的雪来自多年前的北京，最终落在了德令哈。

初恋的心动就像一剂强心针，让顾禾不远千里跟随丁丰源来到西北，而许久过后她才明白，两人在一起时，她始终沉浸的只是情窦初开的怦然和对初恋的执念，等到终于气尽的时候才开始学会爱，却仍然奋不顾身地扎进去，渴望沈承其的一切。

"顾禾，如果你现在对我说不要结婚，我肯定不结。"

顾禾的视线从沈承其身上转回来，说："我认识的丁丰源可从来不这么优柔寡断，你已经错一次了，别错第二次。"

丁丰源捏着被顾禾还回来的请柬，脸上的怒色慢慢回落，他现在最后

悔的事，就是答应顾禾开这个理发店。不开店就不会遇到沈承其，她也就不会突然闪婚，后知后觉的懊悔时不时跳出来折磨着他，达到顶点时，他去找过王小娴，忍过被骂的几分钟后，才终于得知顾禾去北京了。那时他想，顾禾是不是因为怀念两人在北京共度的日子才回去的，他靠着这份幻想来试探顾禾，只是结局让他大失所望。

"我以后不会再来了，祝你幸福。"

丁丰源把请柬团成团扔进垃圾桶，过马路走远。

杨鹏端着从后面面馆打包的牛肉面，蹲在沈承其脚边一个劲儿地吸溜，方圆二里地都能听到他的吃饭声。

"其哥，那小子走了。"

"嗯。"

"嫂子过来了，我先撤。"杨鹏小声说完，抱着面碗滚进屋里。

"他要结婚，来送请柬。"顾禾觉得她还是有必要跟沈承其解释一下。

"送请柬不是目的。"试探复合的可能性才是。

"随他吧，反正他说不会再来了。"

"这话听着耳熟。"沈承其神情凝重，貌似有些不悦。

顾禾倒是乐意见他这幅模样，笑着说："吃醋啊？"

沈承其斜睨一眼，转过去，说："没胃口。"

"我回去了。"

顾禾离开后，沈承其滑开手机，翻到前几天的通话记录，打过去。

赵老师刚买完菜回来，看见是沈承其的号码，赶忙接起："承其啊！"

"妈，说话方便吗？"

"方便，我刚买完菜回家。"

沈承其挠挠头，说："有个事儿想问一下，家附近是不是有个菜市场，以前是国营，现在是私人的。"

"有啊，怎么了？"

办婚礼之前，顾禾只跟赵老师说沈承其父母离婚了，他父亲再娶，这样彼此都省事。沈承其没打算隐瞒，但要找个合适的时机说才行。

"还能联系到当年的领导或者工作人员吗？我有点事想问问。"

"哎呀，这可难找。"

赵老师没问具体什么事，怕沈承其不好说，她说："我先帮你打听打听，有信儿的话告诉你。"

"谢谢妈。"

"这孩子，一家人说什么谢。"

沈承其弯弯嘴角，听到赵老师这么说，眉宇间反倒多了一丝阴郁。

"禾禾呢？"

"在店里。"

"有空回来玩，给你家里带好。"

"嗯，知道了，妈。"

挂断电话，沈承其听到楼下有人叫他。

王斌几人终于从西藏自驾回来了，跟着一起的还有辛丹。刚下车，王斌冲汽修行二楼高喊一句："沈老板，来生意了！"

窗户开着，沈承其听得很清楚，他走到窗边，冲王斌几人招手，同时也看到了辛丹，只是视线一掠而过。

顾禾听到说话声，向外看了一眼。

小马："禾姐，有个女的找其哥。"

郭琮："师父，没想到你是这种人。"

小马一愣："咋了？"

郭琮朝他后背拍了一巴掌，说："挑事呗，明明还有三个男的。"

小马撇撇嘴，扒在窗口继续观察"敌情"。

送走客人，顾禾打算冲杯咖啡提提神，忽然窗外一阵笑声转移她的注意力，热水洒到手上，烫得她连杯子一块儿扔了。"啪"的一声，无比清脆。

"怎么了？"小马和郭琮一齐围过来。

"烫到啦？我看看。"郭琮抓起顾禾的手呼呼吹气。

"得用凉水冲。"

"把窗户关上。"

顾禾冷着脸招呼小马，他不明所以，却乖乖照做。

世界瞬间安静了。只是窗户刚关上，风铃又响了，沈承其进屋见几个人围在一起，面面相觑。

小马大喊："其哥，禾姐烫伤了！你快看！"

顾禾缩回去，说："没事。"只是有点红。

沈承其二话没说，拉着顾禾走到水盆前，打开冷水，缓慢冲洗。

"有点凉，忍一下。"

顾禾没吱声，沈承其撩着水流往烫红的地方洒，问她："疼不疼？"

"不疼。"

小马跟郭琮收拾碎掉的玻璃碴，怕扎到客人，他还撅着屁股趴到地上，把沙发底搜了一遍。

"行了。"刚冲了没几下,顾禾缩回手。

"有点红,可能会起水泡。"

"你来干吗?不陪朋友吗?"

"没……"

其实来之前,沈承其摸不准顾禾看没看见王斌他们,就算没看见人也听得到声音,本来因为石头的事,顾禾跟他有气,才刚哄好,辛丹又出现,他心里七上八下,急着过来看看。

"中午一起吃饭吧,你想吃什么?"

"你应该问他们,不应该问我。"

顾禾拿毛巾把手擦干,顺手糊沈承其脸上,他拿下来,莫名地笑了。

"给我妈打电话了吗?"

"打了。"

顾禾刚想问,察觉小马他俩在,把沈承其扯到楼上。

"怎么说的?"关上卧室门,顾禾迫不及待发问。

"我没细聊,先让阿姨帮忙打听一下,看还能不能找到当年认识我妈的领导,或者其他人。"

"啊。"

顾禾还想说什么,沈承其又问:"跟我去吃饭吗?"

"不去,没食欲。"

顾禾意有所指,沈承其听出来了,抬手摸摸她的羊毛卷,说:"辛丹说要跟你道歉。"

顾禾躲开,说:"我才不需要。"

"大人不记小人过。"

"很遗憾,我还没长大。"

他抚摸羊毛卷的手向下,照着顾禾脖颈捏了捏,说:"那我给你带外卖。"

顾禾觉得"进攻"得差不多了,冲手背吹了吹,说:"下去吧。"

楼梯响起错落的脚步声,台阶还没走完,她看见辛丹进来,拉开红色冲锋衣拉链,顺手脱掉扔到沙发上。

"你们老板娘呢?"辛丹问小马。

"找我吗?"顾禾从最后一级台阶下来,突然刹住脚,沈承其措手不及,慌忙中搂住她肩膀才站稳。

"我想剪头,你有时间吗?"

顾禾假装无视肩膀上的手,冲郭琮抬抬下巴。

"姐,这边来,先洗洗头。"

辛丹转身指着沈承其,说:"听说你是会员,一会儿刷你的卡。"

郭琮礼貌地提醒:"女士,我们店是实名制会员,不能乱刷别人的卡。"

"规章制度"很有针对性嘛。

沈承其一声不吭地回隔壁去,顾禾则坐在沙发上等辛丹洗完。

他刚走,王斌又来了,不过只有王斌自己,跟顾禾打过招呼后,坐到她旁边,有一句没一句地跟小马还有郭琮聊天。

气氛诡异,顾禾感觉他目的不单纯。

"想怎么剪?"等辛丹洗完,顾禾把围布围到辛丹身上,椅子往下调了一格。

"剪剪发尾,再把发根垫一下,新长出的头发软趴趴的。"

"好。"

见没有其他事,小马招呼郭琮出去,但王斌依然没动地方,屁股黏到沙发上了一样。

他俩出门看见沈承其和另外两个朋友坐在汽修行门口聊天。冯平上身冲锋衣,下身却穿了个大短裤,顶着高强紫外线在揪腿毛,冷不丁一下手重了,疼得龇牙咧嘴。

小马看他挠,自己的腿也有点刺痒。

郭琮学顾禾盘腿坐,小马则蹲在花坛边上,她偷偷朝那伙人瞄了一眼,说:"你让我出来干吗?那女的一看就'茶里茶气'的。"

小马警告似的"嘬"了一声,瞪她:"小点声儿,祖宗!"

郭琮虽不服,但还是把音量放低:"其哥干吗带这种朋友过来啊,明知道禾姐会不高兴。"

"人家自己来的,其哥也不能往外赶,再说她没说啥呀,朋友之间借卡不常事吗?你还那么撑人家。"

郭琮特别无语:"当初我还觉得渣男能跟禾姐结婚呢,到头来还不是出轨了,这种事宁可错杀一百,不能放过一个。"

"行了,消停点吧,其哥心里有数。"

两人谁也不服谁,掰扯半天后索性换个话题。

辛丹的头发弄了三个小时才结束,顾禾都快累瘫了。

王斌则一直坐到沈承其叫他吃饭才走,顾禾一开始不清楚他的来意,后来才明白他是来"救场"的,但凡辛丹聊到沈承其,话题都会被王斌带走,怕她说什么不该说的惹到顾禾，毕竟在梁暮客栈的时候，王斌见识过了。

"多少钱？"辛丹站起来抻个懒腰，边打哈欠边问。

"不用了，沈承其请客。"

"哎，我逗你呢，干吗刷他卡，我自己又不是没钱。"

顾禾点点头："一共五百八，给五百就行了。"

辛丹扫码付完钱，从包里掏出一样东西，放到吧台上，说："之前的事对不起，石头我还回来了，其实……刚知道沈承其结婚的时候，我心里挺不甘的，大概是嫉妒你吧，不好意思，一把年纪才开窍。"

"被哪位街头大师点化了吗？"

辛丹笑笑："把拉萨的寺庙走了一遍，看开了。"

顾禾送辛丹到门口，辛丹又转过来，说："还有。"

"嗯？"

"我从拉萨的'天上邮局'给你寄了张明信片，估计过两天能到。"

"明信片？"好久远的物件。

"算赔礼了。"

门关上，阻挡了顾禾的欲言又止。回屋拿起那块石头，抚摸着上面的纹路，顾禾实在不清楚沈承其对辛丹说了什么，能让她放下身段道歉。若是什么也没说，又有点解释不通。

下午，几人临走前隔窗跟顾禾打了招呼，还买了水果，她隐约听到王斌跟沈承其说什么时候出发联系他，不知道又要去哪儿。

一周后，也就是月底，郭琼离开了理发店。顾禾为这位学成返乡的小徒弟送行，带上小马，三人一起吃了顿大餐。

郭琼要在老家开理发店，顾禾和小马各送她一把剪刀。小姑娘哭得不行，说舍不得顾禾，无奈家里催促好几次，说门市都找好了，舍不得也没办法。

郭琼一走，店里冷清不少，顾禾怕小马孤单，跟他说有中意的学徒可以再招一个。小马罕见地没有顺从她的意思，说店里能忙过来，学徒工资再低也是一份支出，他可以多干点。

突然这么懂事，倒搞得顾禾有点不适应。

这几天远在白城的赵老师四处托人打听，但没什么收获。顾禾给她打电话闲聊家常时，赵老师自己提了这事儿，有点自责，说沈承其第一次开口找她办事，还没办好。顾禾安慰她说间隔时间太久，打听不到很正常。

过了一周最忙的周末，闭店后，顾禾打算洗完澡直接睡觉，刚换上睡衣要进洗手间的时候,电话响了。

"帮我开下门。"沈承其说。

他不是第一次闭店后过来,顾禾却还是有些手忙脚乱。她把衣服换回来,虽然睡过一次,但不代表两人之间没有界限。

开门的人熟练,进来的人更熟练。

沈承其带了几盒蓝莓过来,放到收银台上,说:"我明天要去一趟白城,王斌开车带我去。"

"有线索了吗?"

"没有,我想过去看看,实在找不到再回来。"

"去几天?"

"不一定,你要是想我……"

"谁想你。"

沈承其脸上失落明显,但他什么也做不了,说:"你要想回家可以跟我一起。"

"不回了,店里走不开。"

郭琮不在,她和小马比平时忙。顾禾转过身,打开蓝莓盒子,没顾上洗直接塞进嘴里一颗,味道酸涩,有一点甜。

"等到了,我和王斌找时间买点东西去看看阿姨。"这是正常礼节,应该的。

"花多少钱跟我说,我给你。"

沈承其怎么可能要她的钱,只说:"早点睡,我回去了。"

"回来,坐下。"

"嗯?"沈承其一脚跨出去又跨回来。

"头发长了,给你剪剪。"

门开了又关,洒进来一束月光,清冷明亮。热水器常年插着,水龙头打开,水花在顾禾试温的掌心由凉变热,之后淋到沈承其头上,水花四溅,濡湿了他的睫毛和眼睛。

"凉吗?"

"不凉。"

"烫吗?"

"不烫。"

初识的一幕再次上演,关系却今非昔比。

顾禾低头,发尾时不时撩过沈承其的脸,有点痒,他索性闭上眼睛,

暗地享受这个过程。

可没过两秒,顾禾察觉到了,她关上水龙头,把头发扎上,继续给他洗。

面前忽然一片空荡,沈承其睁开眼睛,看见扎起头发的顾禾,而她的发绳还是之前在北京雍和宫的时候,沈承其帮她"化缘"来的那个。虽然顾禾不是可爱型,但这个头绳却和她意外适配。

洗完头,沈承其坐到椅子上,顾禾往下调了调。

"回头你把上次回家住的酒店名字发我,我这次还住那儿。"

顾禾擦他头发,说:"我给你订吧,你和王斌是住标间还是大床?"

沈承其猛地回头看她,说:"当然是标间。"

顾禾笑得不怀好意:"这回给你剪完,你留长一点吧。"

"怎么了?"

顾禾随意地抓着他的头发,说:"你留寸头看起来坏坏的。"准确地说是有点痞。

沈承其郑重声明:"我是好人。"

"是,是,这位好人请你坐直,我要开始剪了。"

第二天早上醒来,顾禾没看见沈承其,她几次到门口,只看见杨鹏和老王从隔壁进进出出忙碌的身影。某个人才刚离开德令哈,她就感觉到一股苦涩的孤寂,大片的空落涌进心里。

两天后的下午,她接到一个电话,是邮政的快递员打来的,说有一张她的明信片,问方不方便签收。顾禾想起来是辛丹从拉萨寄来的明信片,她和快递员说方便,不到半小时就送上门了。

隔着窗户,快递员递过来,正面朝上,画面是布达拉宫。明信片背面除地址外,只写着一句话:祝快乐、平安。

简短五字,对有些人来说是生活常态,对有些人却是奢求。

顾禾盯着明信片,猛地想起来,许久前跟沈承其一起回白城老家,在抽屉里看到的信件。

邓敏清……原来这个名字之所以熟悉,是她真切见到过。

放下明信片,顾禾赶忙给赵老师拨过去。

晚上七点,沈承其到白城后第二次去顾禾家。赵老师接到顾禾电话后,一直在家里等着,脸色凝重。

"妈。"

"来啦!进屋。"赵老师笑盈盈地把沈承其迎进来,"吃饭了吗?"

"吃了。"沈承其把水果放到鞋柜旁,换鞋。

"前天来不是刚买过吗?再来别买了啊。"

"顾禾说你喜欢吃梨。"

沈承其迫不及待地想知道与赵老师相识的人到底是不是他妈,可再心急也不能鲁莽。

进屋坐到沙发上,沈承其已不像第一次来那么拘谨。赵老师沏了壶茶,对沈承其说:"禾禾给我打电话,提到邓敏清这个人,问我认不认识。我确实认识一个同名的人,不过你要想从我这儿打听她的事,必须先告诉我你为什么找她、和她什么关系。"

来之前,顾禾希望这件事由沈承其来说,她在电话里没跟赵老师细讲,至于说深说浅,全让沈承其自己决定。

"邓敏清……是我妈。"

沈承其选择和盘托出,以他的感觉,赵老师像在保护他妈的行踪,如果只说是亲戚的话,赵老师可能不会透露。

赵老师盯着沈承其的脸,好半天讲不出话。

缓了缓,她叹口气,说:"怪不得我第一次见你总觉得你哪里眼熟,这么一看你和年轻时的敏清有几分相像。"

"我妈她现在在哪儿?"

"她走了这么多年,没想到你还在找她。"

沈承其低头看着杯子里的茶,不用喝,味道也是苦涩的。

赵老师将杯子里的茶一饮而尽,润润嗓子,说:"我从当年认识敏清开始讲吧,那是十七……十八年前,差不多,我跟禾禾她爸买了一个小公寓,租给别人住,敏清是第一个租客,每个月交房租都准时准点,从不拖欠,屋子收拾得很干净。慢慢熟悉了我才知道,她在一家农贸市场做财务,她平时话不多,很少提自己的事,大概过了两三年,她出了点事,当月收上来的租金被人抢了,她也因为这个事儿被领导开除,之后她离开了白城。最开始走的一年完全没有消息,第二年才开始联系我,虽然那时候有电话,但她每次都给我写信,寄件地址写的是山西五台山。"

"五台山?"沈承其隐隐猜到什么。

"嗯,她出家了。"

出家,远离世俗,留一方净土给自己,能做出这种决定的人要么无欲无求,要么绝望至极。

沈承其想过很多种可能,甚至死亡也在预想之中,就是没想到他妈会

选择这种方式度过自己的后半生。

"我知道她老家在吉林，多年前曾到西北参与援建什么项目，有过家庭，后来因为一些变故，她变成孤零零的一个人，至于过程她没说过，我想，她可能有什么难言之隐吧。"

讲到这儿，赵老师回屋从抽屉里拿出几封信，递给沈承其，说："我和敏清这些年一直有信件往来，不多，一年几封，其他的都被我放起来了。"

沈承其摩挲着信封上娟秀的笔迹，眼睛发酸。

"禾禾早知道你的事，但你没跟她讲过敏清的名字，你们结婚前来家里那次，她就见过这些信，还多亏她了。"

赵老师之所以这么说，是让沈承其在心里记顾禾的情，即便是夫妻，即便不必把谢常挂嘴边，也要彼此交换义气和恩情。

"对不起，妈，之前没告诉你。"

赵老师拍拍沈承其的肩膀，说："道什么歉，你又没错，再说这些年，你和你爸一定过得很辛苦，没人照顾。"

其实生活并不辛苦，只是很多时候，他会思念不知身在何方的母亲，思念才是最苦的。

"我妈她……我怎么才能见到她？"

"跟你说实话，我不确定敏清想不想见你，如果你要她的地址，我需要征求她的同意，我不能因为你跟禾禾的关系而不顾敏清的感受。"

赵老师知道沈承其是个很宽容的孩子，他明白个中道理。

"怎么联系？只能写信吗？"

赵老师点点头："我不确定她多久能回信。"

"没事，我可以等。"

赵老师一脸心疼地看着沈承其，说："我给你做点饭吧，你肯定没吃东西。"

被戳穿了，沈承其还是拒绝："不用了妈，我不饿。"

"听禾禾说你喜欢吃她包的馄饨，她和馅还是跟我学的呢，家里有现成的，我给你煮点儿。"赵老师不顾沈承其后面要说什么，起身去厨房。

沈承其赶忙掏出手机给王斌发信息"我被留下吃饭了，你自己解决"，信息打完还没发出去，赵老师站在厨房门口，问："你那个朋友呢？吃饭了吗？叫他一起过来吃呗，馄饨好多呢。"

沈承其犹豫的时候，听到赵老师又说："你叫他来吧，我多煮点儿。"

那条信息被沈承其删掉，改成：来吃饭。

王斌秒回：好嘞！

赵老师做饭的时候，沈承其一直在顾禾屋里待着，书架上有她之前看过的书，还有一些小说集，这些东西覆盖她从小到大的成长痕迹，而沈承其还没带顾禾看过他的。

其实沈承其以前的东西不多，随用随扔，他不太在乎这些，为数不多的物品还是阿姨背着他偷偷保存的。他从北京回到德令哈之后，有次收拾房间发现一个箱子，里面有他得过的奖状，还有大学毕业证书。

如果能重新来过，他说不定不会扔掉那些记忆；如果能重新来过，他不会让母亲在那个下雨的晚上无声离开。可惜没有如果。

王斌到的时候，进屋看见沈承其正躺在床上，手里拿着一张纸。

"看啥呢？"

"顾禾的奖状。"

"呀！我看看。"王斌从沈承其手里抢走，"顾禾小朋友，哈哈哈哈哈哈！小学时候的啊，留多少年了？"

"别弄坏了。"

年头有点久，纸都薄了，沈承其生怕王斌喷上口水，赶忙收走放回原处。

馄饨煮好，沈承其和王斌面对面坐着吃，赵老师在客厅看电视剧，声音放得很小，刚好能听到。快吃完的时候有人敲门，沈承其放下筷子去开，来客一男一女，看起来像母子，他都不认识。

"妈，有客人。"

赵老师应声过来，看见门口站着的人，"哎呀"一下。

"赵姨。"

"瑞辰！啥时候回来的？"

"今天。"

赵老师指着沈承其，对两人说："这是禾禾对象。"

"承其，这是妈以前的同事，你叫刘姨就行，这是她儿子，禾禾发小王瑞辰。"

"刘姨。"沈承其先跟长辈打完招呼，冲王瑞辰点点头。

"禾禾对象啊？这下见到真人了。"

德令哈山高路远，顾家办事的时候，顾禾沈承其都没回，赵老师不让他俩折腾，只给亲戚看了两人合照，今天见到真人，也算弥补了那天喜宴上没见到新郎的遗憾。

"你好。"王瑞辰边换鞋边说，"你俩结婚的时候我在国外回不来，没参加上。"

沈承其笑笑:"没事。"

母子俩应该和赵老师交情很深,像顾禾回来一样熟悉,进屋后,王瑞辰把拎的纸袋放在茶几上,自己捞了个苹果吃。

"赵姨,我妈说你最近眼睛不舒服,我从国外给你买了鱼油,吃完跟我说,我再给你寄。"

赵老师不好意思:"这孩子,每次回来都给我带东西。"

刘姨拉着赵老师的胳膊,小声说:"禾禾对象长得挺不错呀!小伙子很端正!"

听到自家女婿被夸,赵老师笑得合不拢嘴:"禾禾眼光好。"

王瑞辰边吃苹果边偷看沈承其,扫了几眼后,问赵老师:"禾禾没回来啊?"

"没有,承其和朋友过来办点事。"

说到朋友,几人齐齐望向端碗站在餐桌旁,嘴里塞满馄饨发愣的王斌。

"阿姨好。"王斌含混不清地打招呼,刘姨笑笑让他接着吃。

沈承其坐在沙发一头,听两位客人和赵老师唠家常,讲的多数是顾禾跟王瑞辰两人小时候的趣事,还有他在国外的生活。王瑞辰大学毕业后出国读研、读博,之后做牙医,很赚钱,而且单身。刘姨毫不掩饰地夸赞自己的儿子,这些成功的背后无疑都是她教育的结果。

"承其做什么的?"刘姨问。

之前也有亲戚问过,为了省事,赵老师统一说是做买卖。

"我开了一家汽修行。"

"自己当老板挺好,不像我家瑞辰,学了一身本事回来当牙医多好,非得在外边飘着,要是过几年再给我领一个洋媳妇儿回来,我跟人家语言不通,都说不上话。"

话落,沈承其笑笑,他知道这种场合该接些什么,但赵老师及时挡在他面前,说:"瑞辰多有出息,从小到大没让人操心过,多好。"

"小子多淘气,还是禾禾最乖。"

乖?赵老师和沈承其嘴上笑着,心里都不认同。

等王斌吃完,他跟沈承其又坐了几分钟,离开的时候,刘姨和王瑞辰还没走。

回到酒店,洗漱完刚躺下,沈承其电话响了,看到来电显示,他腾地坐起来。

"喂，我好像打错了。"电话那头，顾禾撒着拙劣的谎。

"那你要打给谁？"

"就那谁。"

沈承其笑了声，很轻，但顾禾听到了。

"晚上吃什么了？"

沈承其看着王斌，说："妈煮的馄饨，一共五十个，王斌吃了三十五个……"

"你把电话给王斌。"

沈承其递给他，说："顾禾找你。"

王斌正在抠耳朵，一脸蒙地接过去："喂，嫂子，其哥一直跟我在一起，一路都没和女的说话。"

"听说你吃了三十五个馄饨。"

"啊……"

"看着沈承其，让他多吃点儿。"

王斌小跟班一样点点头，说："我知道，我知道，您费心。"他将电话还给沈承其，"你媳妇儿让我看着你多吃点饭。"

沈承其的嘴角毫不掩饰地弯了弯，王斌一副受不了的表情，五官挤到一起，说："看你那没出息的样儿。"

电话没挂，沈承其听到那头又传来声音："我妈都跟我说了。"

赵老师在得知沈承其他家的真实情况后，对顾禾说："你要对承其好点儿，这么多年他妈不在身边，这孩子说不定吃了多少苦呢。"

世界上很多孩子没有经历过苦难，某种程度上是有父母挡在他们面前，相对地，也有很多孩子无任何遮挡，拿不出哪怕一小块盾牌。

"等消息吧，别急。"

"嗯。"

沈承其情绪低落，但接到顾禾电话心里开心，他把晚上家里来的人、聊了什么，跟顾禾大概说了说。

顾禾笑了声："洋媳妇儿？王瑞辰不喜欢女的，一直没跟家里坦白，还好我六岁的时候就及时不喜欢他了。"

"为什么不喜欢？"

"因为我又看上给我买糖葫芦的小男生了。"

他连糖葫芦都不如……沈承其垂头丧气。

两天后，沈承其跟王斌终于回到德令哈，开了一路车，两人都很累，王斌今晚要在汽修行睡，还说明早谁要敢叫他就毙了谁。

八月末的德令哈，傍晚已有丝丝凉意，沈承其下车，把钥匙扔给王斌，裹紧外套往隔壁走。

"晚上轻点折腾啊，我可不想敲墙。"

沈承其回了一句沉闷的"滚"。

虽然早已过了闭店时间，但理发店的卷帘门没有放下。沈承其悄悄开门，用手擎着，尽量不弄出声响。

顾禾正躺在沙发上，身体蜷缩，肚子上盖着一个薄毯。这条毯子沈承其之前见过，他第一次留宿的时候就有，搭在楼上沙发一角，类似藏式的图案，很漂亮。

走近，沈承其蹲下身子，双手抱膝，静静看着顾禾熟睡的模样。她面色平和，不知有没有做梦。沈承其很少有这样的机会，以前只是偷偷地看，好不容易逮到一次机会，他想让时间慢一点，哪怕一点。

不到一分钟，顾禾眉头皱了皱，缓缓睁眼，沈承其的脸庞由模糊变清晰。墙上的时钟匀速行走，但在对视的一瞬，一只神来之手拨慢了指针。

"咚咚"的心跳声在彼此呼吸间传递，想念在无形中化为有形。沈承其情不自禁地伸手轻抚顾禾的头发，一如既往的顺滑，像很久之前的某个夜晚，和雪花一起偷偷溜进他的无人之境。

"回来了。"顾禾先回过神。

沈承其站起来："嗯。"

顾禾知道他大约几点到家，特意等着，因为她猜想王斌可能会在汽修行睡。

沈承其从门口挂钩上拿下钥匙，锁门关窗，完事儿跟顾禾上楼。

"你在床上睡吧。"

顾禾从柜子里又拿出一床被子，其实她早就准备好了，只是特意藏起来，放在柜子下方，方便随手拿到。反正该做的、不该做的都做了，名义上的夫妻，一夜情的经历，让这段关系可近可远。

洗漱完关灯上床，顾禾背对沈承其躺着，问："我妈联系阿姨了吗？"

"嗯，写了信，寄出去了。"

沈承其声音疲惫，顾禾"嗯"了声，没再问别的。

"睡吧。"

"嗯。"

222

沈承其翻了个身,说:"你明天有事吗?"

"干吗?"

"陪我回家一趟。"

"好。"

确实该过去看看了,间隔时间有点久。

正当顾禾酝酿睡意的时候,枕头下传来"嗡嗡"的振动声。谁大半夜打给她?顾禾的第一反应,或者唯一能猜到的人只有顾嘉,手机掏出来,还真是。

又是视频通话,顾禾把摄像头关掉,说:"大半夜不睡觉干吗?"

"姐,才十点,我刚下班。"顾嘉的作息就是这样,熬夜晚起。

"丁丰源后来没再烦你吧?"

顾禾调小音量,说:"没有。"

"他是真欠揍,揍一次就长记性了。"

"谁打他了?"顾禾第一反应是沈承其。

"辉哥呗,你和姐夫从北京回去没几天,他就去了一次德令哈,把丁丰源打了一顿,告诉他如果再缠着你,就把他废了,打完直接回北京,没去见你。他不让我跟你说,我想想吧,还是得告诉你。"

顾嘉知道沈承其去了白城,但不知道他今天回来,所以才无所顾忌地说出这些。

顾禾起身下床,坐到沙发上,她不确定刚才顾嘉的话沈承其有没有听清。

"有时候我觉得我老板挺酷一人,是吧?"

"嗯,挺酷的。"

不远千里来到德令哈,只为给顾禾出气,她打心里感谢,但除了感谢,其余的她给不了。

"不过,丁丰源没还手,一下都没还,说欠你的,让李开辉一次打个够。"

"回去早点睡吧,明天再说。"

"我在楼下吃碗粉,你先睡吧姐,今天跟你说的事儿,别让辉哥和姐夫知道啊。"

"嗯。"

关掉电话,顾禾回床上躺下,她想跟沈承其说点什么,可脑子里刮起风暴,也没组织好语言,最后只剩下一室沉默。

窗外,路边树干的影子照在二楼墙壁上,像一张张贴纸,为今夜留下痕迹。

周一店里不忙，顾禾跟沈承其买了点水果去他家。路上他一如往常，顾禾猜测昨晚顾嘉说的话他应该没听清，或者即便听清了，也不想表现出什么，他这人，有时候很难猜透。

走到楼下，沈承其忽然停住脚，说："我爸要问生孩子的事儿，我来解决，你不用回应。"

顾禾好奇心上来，问他："你想怎么解决？"

"有病，生不了。"

顾禾的视线往下，沈承其揪住她的下巴往上抬，说："谁都能怀疑，你不能。"

那晚的经历，就算顾禾记不清细节也能记住大概。

她忍着笑："要是让你去治病呢？"

"治呗，什么时候治好再说。"

"行，你看着办。"

沈承其果然料得很准，他爸在餐桌上还真提了这茬，沈承其早有准备，对答如流。他爸没说什么，倒是阿姨一脸忧心地看了看两个孩子，叹了口气。

吃完饭，沈承其下楼买烟，阿姨在厨房洗碗，顾禾在她旁边洗水果。沈承其他爸不知什么时候过来，站在厨房门口，叫了声"顾禾"的名字。

"爸。"

"你来。"

顾禾随他到沙发旁坐下。

"承其说的是真的吗？"

顾禾不忍心欺骗老人家，但又不能把沈承其搭进去，含糊地"嗯"了声。

"爸不知道你喜不喜欢小孩儿，要是你觉得和承其两个人过无所谓，我和你阿姨不干涉，如果你想要，回头我劝劝他，这件事你一点错没有，沈家不能亏欠你，好聚好散吧，趁年轻，你再找个好人家。"

不管心里是不是这么想，沈承其他爸的话让顾禾觉得很窝心，之前一直劝沈承其结婚，可真结了婚又碰上这事儿，他爸好像突然看开了。没有谁的家庭能一帆风顺，一件件的求而不得，在使掉浑身解数求得的时候才发现，这些远不是终点，也没有终点。因为世俗的闲言碎语和比较永远不会因为时代的更迭而消失。

临走之前，顾禾到沈承其房间坐了会儿，他翻出高中和大学毕业照给顾禾看，模样没什么变化，冷着一张脸，好像学校欠了他八百吊钱没还。

"你那时候多高啊？每张都站最后一排。"

"比现在矮一点吧。"

"也比现在瘦。"

"嗯。"

照片塞进盒子，又被沈承其放回衣柜最上方，他的青春短暂展开，又快速收场，在他的描述中没有任何色彩。或许，邓敏清的离开让他整个学生时期都过得很阴暗。但没有共同经历，不能盲目劝人想开，所以顾禾知道后，没怎么安慰他。对有的人来说，无视也是另一种安慰。

今天回家，沈承其没跟他爸提过有关去白城寻找他妈的只言片语，这个名字仿佛一个禁词。之前邓宜兴时不时来闹，自从沈承其去药房找过他之后，这个人没再来过沈家。他说到做到，彻底划清界限，某种意义上，是沈承其结婚的消息终止了这场闹剧。

亲戚关系是把双刃剑，能加剧矛盾也能调和矛盾，更多时候是一种捆绑，在捆绑中生成爱与恨，生活才不至于一潭死水。

傍晚，顾禾打了点水浇花，种得有点晚了，也不知道能不能活到花开。不过高海拔植物早已练就了在短暂的夏季里疯长，顾禾觉得她应该抱有希望。

到了晚饭时间，沈承其买了四份面、两个凉拌菜，还有个鸡腿，在桌上依次摆开，可吃饭的人除他外，一个人影没出现。

杨鹏在外面修车，小马在剪头发，顾禾在浇花，各有所忙。

"吃饭。"沈承其在门口喊了声，没人回应。

"一、二……"

杨鹏在听到"一"的时候拔腿往屋里跑，顾禾第二，最后是小马。

面碗打开，一次性筷子掰开，小马和杨鹏同时望向鸡腿，充满食欲的色泽让人不禁流口水。

"我的。"两人异口同声。

杨鹏拍了两下额头，说："我今天特别累，修了好几辆车，为老板鞠躬尽瘁。"

"我今天剪了一地头发，脖子都累酸了，为老板娘肝脑涂地。"

你有理，我有理，命中都缺鸡腿。

沈承其戴上一次性手套，将鸡腿撕开一条条，如数放在顾禾面前。

杨鹏拿筷子敲敲碗边，质问道："不是说公平竞争吗？"

"谁说了?"沈承其低头吃面。

见鸡腿无望,小马喝了口面汤,说:"一点竞技精神没有,下回我可不参加了。"

比赛结束,还依然把他视为对手的杨鹏哈哈一笑:"谁求你参加了?你现在写封弃权书,以后绝不参战。"

顾禾把肉丝挨个往他们碗里夹了一筷子,说:"闭嘴,吃饭。"

利益均匀分配,终于结束这场打闹。

沈承其刚吃完,听到电话响了,杨鹏从吧台拿过来递给他。

"喂,开辉。"

听到名字,顾禾愣住了,难不成是她认识的李开辉?

"什么时候?多少人?"

"行,你定好回头给我发信息,我看着安排。"

"好了,拜拜。"

沈承其放下电话,顾禾问他:"李开辉吗?"

"嗯,他要带员工来青海团建,想让我给他们当领队。"

"给钱吗?"

"我没问。"

"必须要。"顾禾一脸无情,"你什么价啊?"

她这一问直接把小马和杨鹏问愣了。

沈承其反问她:"你觉得我应该什么价?"

"李老板有钱,看他们具体想走哪条线,没有不要钱的说法,只有要多要少的说法。"

杨鹏看着顾禾,说:"全天下的老板娘都像你这么黑吗?"

"和小娴有进展吗?最近。"

杨鹏的脸黑里透红,支支吾吾:"说什么呢,我俩是很纯洁的男女关系。"

小马撂筷子,听不下去:"我说实在不行的话,你问问其哥是怎么追上禾姐的,取取经。"

沈承其没给任何回应,他倚着沙发望向棚顶,苦涩由心到眼。

顾禾意识到最近烟瘾有点严重,是被小马唠叨之后。

"禾姐,有心事啊?"

顾禾不答反问:"怎么了?"

"以前你一天五根烟,从北京回来之后一天差不多八根,发生啥事了?"

大城市让人这么惆怅吗？"

"说明我长大了。"

玩笑话搪塞过去之后，顾禾开始反思，她知道自己的心结在哪儿，却迟迟犹豫不决。对于沈承其的表白，她没有第一时间同意，过后想找个时机回应，奈何他再没提过。至于犹豫的原因，她不是怀疑沈承其的真心，而是不确定再谈一次恋爱，会不会同样以遗憾收场。

真矫情啊，每一次她都笑自己。

最近两天，顾禾尤其话少。沈承其忙得不行，连跟她吃饭的时间都没有，早出晚归帮财大气粗的李老板做旅游线路，采买装备还有规划吃喝。

顾嘉在确定行程之后，给顾禾打电话说了要过来玩的事，不过他们不到德令哈，在西宁集合，沈承其要去西宁接大部队。

"顾禾？"

晌午刚过，杨鹏从窗户探头，说："其哥回来了。"

他有时候直呼顾禾名字，有时候叫嫂子，全凭心情。

"知道了。"

正在剪发的顾禾脱下围裙，把客人转给小马。

明天沈承其要走，所以她特意跟杨鹏说，如果沈承其今天回来，第一时间告诉她。其实见他也没什么事，但就是想见。

汽修行二楼，顾禾推门进屋，看到一截腰身。床边，沈承其把刚要脱掉的衣服拉下去，冲顾禾笑笑："你怎么来了？"

"没事，溜达。"

现在就算沈承其什么也不穿地站在面前，她也不会像之前那么慌张。

顾禾走过去，把怀里抱的纸盒递给沈承其，说："给你买了一套床单。"

"你要跟我住吗？"

满脸倦色还会开玩笑，顾禾甩给他，顺便踢了一脚。鞋面与裤子轻擦而过，不是教训，是想换种方式亲昵。

沈承其接过纸盒，说："回头我洗洗换上。"

"算了，还是我给你洗吧，你那破洗衣机。"

"抽空买个新的。"

"就用我的吧，别浪费钱。"

"好。"

纸盒打开，沈承其摩挲着布料，浅蓝色，很光滑，问她："贵吗？"

"不贵。"

纸盒放在床头柜上,沈承其坐到顾禾旁边,脖子晃了两下,直挺挺倒下去,闭眼。

"什么时候去西宁?"

"明早。"

沈承其忽然想到什么,又坐起来,说:"你要不要跟我去?"

顾禾摇头:"我还得赚钱呢,你帮我看着点顾嘉,他一天没正形。"

"他不听我的。"

"传我口谕。"

沈承其弯弯嘴角,被顾禾逗笑。

"氧气罐买了吗?"

"买了。"

顾禾回身手撑床单,自上而下看着他,说:"你会高反吗?"

"不会。"毕竟起点高,从小就在海拔两千多米的地方生活。

"你怎么去西宁?"

沈承其缓缓睁眼,说:"开车。"

顾禾感觉自己好像吵到他了,于是说:"你休息吧,我回去了。"

她转身过去,还没站起来,手腕被攥住。

"嗯?"

"再待会儿。"

"我看你好累。"

"嗯,累。"

沈承其用仅剩不多的力气将顾禾扯过去,她的身子倒在他的胸口,却似雪花落在山坡一样轻盈。

"一分钟。"一分钟就满足了。

在北京表白的时候,沈承其没料到顾禾会拒绝,那些暧昧过的痕迹如巴掌印甩到他脸上,刺痛着每一处神经,他想逃离,却又舍不得离开她视线之外。

肩膀上的手将顾禾沉沉压住,眨眼时,睫毛刮过他的衣襟,发出"唰唰"的声音,为心动鼓掌,为情意嘶鸣。

沈承其这一走就走了差不多四天,虽然顾禾每天都接到沈承其打的电话,但看不见人,导致她心情一般,给客人剪头发的时候也没笑模样。小马让她出去转转,说再这么下去人就废了。顾禾想骂他但没说出口,毕竟店里只剩这么一个能干活的好人。

晚上，顾嘉和李开辉轮番给顾禾打电话，说他们玩完了，明天回西宁，想让顾禾过去聚聚。顾禾象征性推让一次，假装自己不爱动弹，耐不住两人软磨硬泡，李开辉甚至使出金钱诱惑，顾禾"迫于"无奈终于答应。

这边电话刚挂，沈承其的语音信息立马发来："我给你买票。"

"我自己买吧。"

"我买，挑一个我们赶到西宁的时间，到时候去车站接你。"

"好。"

发完信息，顾禾跟回光返照了一样，扫完地又拖地，顺带把脏毛巾洗了。

小马双腿离地坐在沙发上，像看神经病一样看着自己的老板娘将地板擦到反光。

第二天中午一点多，顾禾在西宁站下车，她随身只背了一个背包，还没装满，因为明天顾嘉他们返程后，她和沈承其也要开车回德令哈，待半天加一晚用不了多少东西。

火车站出站口，顾嘉见顾禾出来，第一个冲上去，特别夸张地抱起她转了一圈，把她转得头晕眼花，落地后身子晃悠两下，被沈承其和李开辉一左一右伸手扶住。

李开辉识相撒先开手，跟顾嘉说："工资扣五百。"

其他人一通哄笑，看来顾嘉被扣工资是常规操作。

这些同事加起来差不多十几个，统一站到李开辉身后，盯着顾禾这张新鲜面孔。她笑着摆摆手，打完招呼后小声问沈承其："你们中午吃饭了吗？"

"没吃，现在去，吃完回酒店休息。"

"我想吃羊肠面。"

"嗯，一会儿看看饭店里有没有。"

沈承其穿冲锋衣戴墨镜的模样帅出了新高度，顾禾借着跟他说话的机会，忍不住偷看好几眼。

"怎么了？"

"嗯？"顾禾没想到墨镜后的眼睛也在看她，防不胜防，"没事。"

"走吧，别在这儿堵着了。"顾嘉招呼大家各上各车，往事先订好的饭店开。

顾禾跟在沈承其身后，刚要上他车的副驾驶，抬头发现副驾已经有人了，一个女孩儿坐在那儿，头伸出来对沈承其说："其哥，走啊！"

一般这种连续几天的自驾游，每个人的座位从第一天就固定了，也就是说这几天沈承其的副驾驶都是她。不自禁涌出的醋意让顾禾毫不犹豫地转身去找顾嘉,沈承其上车才发现顾禾没跟来,赶忙下车去找。

"扯我干吗?坐哪儿不一样。"

顾禾被顾嘉连拉带拽,扯到沈承其那辆车前,他拉开副驾驶说:"小梅,你坐我的车,让我姐和姐夫坐。"

顾禾假意摆手,说:"没事,你坐,我上顾嘉那辆就行。"

叫"小梅"的姑娘下车后说:"姐,不好意思,我不知道其哥是你对象。"说完跟顾嘉灰溜溜地走了。

到饭店路程很短,顾禾一直摆弄手机,一句话没跟沈承其说。虽然只是很小的事,但她心里还是横生一股火,可她不会发也不能发,只能憋在心里生闷气。

饭店包厢,十几个人围坐在一起,这次小姑娘很识相地远离沈承其和顾禾,跟自己同事坐在一起。

菜由沈承其负责点,点完他跟在服务员身后出去。没听到羊肠面,顾禾有点失落,她右手边坐着李开辉,沈承其前脚刚走,他后脚拍拍手,说:"给大家介绍一下,这位是我朋友顾禾,你们叫她禾禾就行。"

小梅小声告诉旁边人:"沈承其是她男朋友。"

"啊?怎么没人说啊?你路上还说他帅要追人家!"

"嘘!"

介绍完,顾禾跟李开辉边喝茶边聊天,饭店免费赠送的茶水,没什么茶味。

"玩得怎么样,这几天?"

"特别好,总窝在城里,出来散散心很解压。"

"你们都去哪儿了?"

"盐湖、水上雅丹、西王母瑶池,还有三江源那边,从格尔木去的。"

李开辉说完摘下眼镜,掏出眼镜布擦了擦,又说:"我挺喜欢水上雅丹的,壮观,等再有时间去你们德令哈转转。"

打丁丰源的事不适合在今天这种场合提,顾禾顺着他的话,说:"好啊,这边离西藏近,等你下次来可以去拉萨。"

"嗯,承其跟我说了,明年吧,明年夏天我自己过来好好玩一个月。"

顾嘉正混在几个女孩儿堆里聊天,聊得那叫热火朝天。顾禾余光瞥到,问李开辉:"顾嘉在公司有喜欢的女孩儿吗?"

"没有,公司内部不允许谈恋爱。"

"为什么？"

"影响工作。"

果然李老板能赚钱不是瞎扯的……

过了十多分钟，沈承其才从外面回来，他把手里的餐盒放到顾禾面前，说："这家没有羊肠面，我去外面给你买的。"

顾禾听到这句话，气消了一半，撇掉正和她说话的李开辉，打开塑料袋，闻到一股久违的香气。

李开辉聊天的热情突然被拦断，脸上略有不快，但也只是一闪而过罢了。这些年创业摸爬滚打，早练就了喜怒不形于色，在知道顾禾结婚之后，他也劝自己放下，还和沈承其开诚布公谈了一次，可不自禁的情愫还是涌上来。其实他和沈承其在一起的时候还好，像朋友一样聊天喝酒，这几天玩得很尽兴，但顾禾一出现，问题就来了。

李开辉朝服务员要了一瓶矿泉水，咕咚咚干了半瓶，才让情绪缓解一些。

而顾禾一心盯着面碗，想吃又不好意思在没上菜之前吃独食，双手交叉搭在腿上，像个拘谨的小孩子。

"饿了先吃吧。"沈承其说，"一会儿该凉了。"

"嗯。"只需要一个人发话，不管是谁，都能给她找到充足理由。

这时服务员端着菜陆续摆上桌，李开辉招呼大家吃，顾禾动筷的时机也刚刚好。

刚吃了两口，沈承其问："好吃吗？"

"好吃。"

"给我吃一口。"

"不给。"

顾禾头也不抬。

看来确实不高兴了，吃醋代表在意，这么一想，沈承其转瞬觉得心情不错，一扫旅途疲惫。

"给我一口呗。"

顾嘉端着饭碗坐到沈承其旁边，隔着他朝顾禾要面。

沈承其身子后仰，给顾嘉腾地方。顾禾挑了一筷子，抖了又抖，最后只剩下一根。

顾嘉想哭的心都有了，沈承其安慰他："我一根都没有。"

比较之后的满足被放大好几倍，顾嘉吃完还故意舔舔嘴角，意犹未尽。

桌上的菜顾禾几乎没怎么动，其他人都吃得挺乐呵。沈承其吃完借着

231

去洗手间把账结了,被李开辉发现后,执意要把钱给他。

"说好了回来请你们吃饭。"沈承其冲李开辉挑挑眉,"公司人都在呢,别客气。"

李开辉这才把手机收回去。

下午自由活动,同事们到酒店办完入住后,三三两两地组团玩去了。李开辉给顾禾打电话的时候,沈承其正在旁边床上睡觉。

"出去喝杯咖啡啊?"

"走着。"

一个回合结束通话,顾禾挎上小包蹑手蹑脚地下床,刚走到床尾,听到一声:"干吗去?"

"啊?"抬起的脚跟落回来,顾禾说,"我跟开辉出去喝咖啡,你去吗?"

"不去了。"沈承其转过身,将头埋进被子里。等门关上,他缓缓掀开被子,睡意全无。

半小时后,顾嘉睡眼惺忪来敲房门。

"姐夫。"

"进屋。"

"他俩喝咖啡去了,我也想喝,走啊?"

顾禾问沈承其去不去的时候,他直接拒绝了,现在顾嘉又来,沈承其犹豫着用什么理由才能看起来自然一点,顾嘉再次催促:"换鞋,我等你啊。"

"行。"

沈承其回屋换好鞋,又洗了把脸,匆匆下楼。

海湖新区一商场内,点完咖啡,李开辉选了靠窗的两人位,顾禾却招呼他坐到旁边的四人位上。

"德令哈有这种商场吗?"李开辉把小票随手甩到桌上。

"没有。"

"那你周末有什么消遣?"

顾禾笑了:"我没有周末。"周末对她来说是工作日,也是理发店最忙的时候。

李开辉这才反应过来:"对不起,忘了。"

"我很少逛街,没意思。"

"那么爱喝咖啡,在德令哈是不是很无聊?"

在李开辉的潜意识里,德令哈和小县城没什么区别,更何况他前段时间去过一次,更觉得和北京没法比。

"我自己在家手冲，比外面卖的好喝。"

"沈承其爱喝吗？"

"他还行。"

沈承其平时喝矿泉水居多，连饮料都很少碰，有时候干活累了，他会买饮料给杨鹏还有老王，自己喝凉白开。

"丁丰源的事，谢谢你。"

顾禾用咖啡代酒，跟李开辉碰杯。他短暂地愣了愣，猜到是顾嘉说的。

"我就是看不惯他欺负你，德令哈那么小，低头不见抬头见，所以我才劝你俩来北京。"

"李老板，我和沈承其是普通人。"

财产加起来在北京连买个厕所都不够，就算不买房，生活成本也高，她现在过得很好，为什么要降低幸福感？

李开辉知道顾禾什么意思，他喝了口咖啡，说："听说丁丰源结婚了，跟那个'三姐'。"

"三姐？"顾禾被他逗笑，"是吧，他还给我送请柬，被我扔了。"

"这么贱吗？"

"是啊。"顾禾吃软不吃硬，丁丰源越这么刺激她，她越不买账。

"我发现沈承其会的技能不少。"

"嗯？"话题有点跳跃。

李开辉伸出手指，一根一根数，说："野外生存技能，还会修车，哄女孩儿开心。"

顾禾瞪着他，李开辉马上解释："我的意思是他长得帅，我们公司的小姑娘都乐意跟他玩。"

"我也喜欢看帅哥，人之本性，很正常。"

面前的咖啡喝了一半，顾嘉从顾禾身后窜出来，企图吓她一跳，可顾禾早从玻璃窗看见顾嘉的影子，毫不意外。再说是她给顾嘉发信息让他来，顺便把沈承其带上。

"来啦？喝什么？"李开辉问顾嘉。

"冰美式，我姐夫去点了。"

顾禾坐的位置正好能看见吧台，沈承其正在跟店员点单，付完钱到一旁等，双手背后捏着手机。突然，他转过头，顾禾马上拿起咖啡喝，把吸管咬出一道牙印。

沈承其看见有人在看他，不过是李开辉，各自点了下头，又转回去。

等咖啡做好，顾嘉跳跃几步到吧台端回来，跟沈承其一人一杯。

不加奶的冰美式颜色很好看，顾禾点的是摩卡，她拿起沈承其那杯喝了一口，又苦又冰，眉头皱起。

"不好喝吗？"

沈承其看着纸质吸管上留下的口红印，也喝了一口。

顾禾解释："没有，有点冰。"

顾嘉像模像样地品鉴："不如咱公司楼下那家好喝，你尝尝。"

他拿起杯子，吸管冲向李开辉，明摆着学对面那对秀恩爱。

李开辉嫌弃地白他一眼，说："又想扣工资啊？"

"这年头拍马屁还能招人烦，唉，有些老板赚点钱就飘了。"

李开辉张嘴要喝，吓得顾嘉飞快地撤回去，还拿纸巾擦了下吸管，欠揍得很。

"明天你们几点的飞机？"顾禾问。

李开辉回她："中午的，直飞，两个小时就到了。"

"挺快。"

"嗯。"

沈承其在一旁静静喝咖啡，身子向右栽着，他没穿冲锋衣，只穿了一件短袖，下午阳光照在他身上，双手交叉的影子落到胸前，懒散随意。

"承其，晚饭不用管了，我让他们随便吃。"

"行，你俩想吃什么？"

李开辉和顾嘉面面相觑，共同看向沈承其，说："你定吧。"

"那听顾禾的。"

重任落肩，顾禾有点犯愁，她哪知道西宁什么好吃，最后还得问沈承其。

商场里人不多，咖啡店人更少，他们前后的桌子都空着，聊得毫无顾忌。顾嘉更是久违地撒欢，聊着聊着直接上手，搂住顾禾的肩膀，像小时候一样黏人又欠揍，要让外人看了，还以为顾嘉是她男朋友。

咖啡喝完，顾禾朝沈承其要烟，李开辉也要了一根，三人去外面抽。顾嘉见状，索性结束咖啡局，跟出去凑热闹。

商场门外的垃圾桶旁，几人围成一堆，顾嘉站在最边上，正好烟吹不到的位置，猴精猴精的。

"姐，我买了块玉，好看不？"顾嘉从衣领掏出来一根黑绳，下面系着一块玉佛。

顾禾捏着瞅了瞅，说："挺好。"

234

"还有我。"

李开辉也掏出一块差不多的,比顾嘉那块大,甚至有点夸张。他说:"我听朋友说格尔木的玉不错,让承其带我们买了几块。"

顾禾看向沈承其,调侃:"你业务板块这么丰富啊?"

"姐夫不也买了吗?"

沈承其手指向顾禾,说:"给你姐的,在酒店呢。"

还有礼物?真能憋,到现在都没提。

顾禾抿着嘴唇,尽量不让自己笑得明显。

顾嘉把玉佛塞回去,说:"我姐不有吗?还是我奶传给她的,整个老顾家就她自己有,偏心!"

顾禾那串被她放起来了,平时干活毛手毛脚,怕万一磕坏了,没法向九泉之下的奶奶交代。

"咱们抓娃娃去啊?"顾嘉提议完,三个人齐整整地盯着他。

"咋的?不会抓啊?简单,没啥技术含量。"

一句话激起胜负欲,李开辉的眼镜闪着寒光,说:"我什么段位你不知道吗?"

"知道,你不会。"

"我有这个。"李开辉指指脑袋。

北京来的二位带头往商场里走,顾禾跟沈承其只好跟过去。她从包里掏出一个小铁盒,打开倒出两片海盐柠檬糖,递给沈承其,问他:"你会抓吗?"

他捏了一片扔进嘴里,柠檬的香气蔓延开来。

"你想要吗?"

"我问你呢?"

"你要是想要,我就会。"

抓娃娃的游乐厅在四楼,沈承其跟吧台收银员买了一百块钱的游戏币,分给几个人,顾禾分得最多。

"我不会。"她想还给沈承其一些。

"就当玩了。"

几人在娃娃机前排排站好,李开辉和顾嘉满脸严肃,明显奔着比赛去的,玩得小心翼翼,生怕第一个娃娃就栽了,但……栽是必然的。

沈承其站在顾禾身后,一步步指导她:"往左一点,对。没事,重来。"

他很有耐心,没夹住也不抱怨。只是游戏币即将耗尽,还一个都没夹住,顾禾的耐心也随之耗尽。

"咱俩一起抓吧。"

顾禾将最后两个游戏币塞进去,抓住摇杆,紧张得手心冒汗,满脑子都在想,万一沈承其没有伸过手来,她该如何收场?

忽然手背一阵温热,沈承其俯身,从顾禾右侧肩膀探出头来,抓着她的手操作摇杆。

旁边,李开辉看着这两人紧贴一起的模样,缓缓松开摇杆,将剩下的游戏币全给了顾嘉。

"抓那只兔子吗?"顾禾说完转头,唇从沈承其脸颊滑过。

"抓猪。"

"我喜欢兔子。"沈承其的属相也是兔。

"猪好抓。"

顾禾选择相信沈承其,大手包裹小手,屏住呼吸,几番操作后,终于让粉色小猪成功掉入洞中。

"抓到了!"

顾禾兴奋得跳起来,隔壁闻声投来羡慕的目光。

顾嘉盯着顾禾怀里的小猪,持怀疑态度:"抓着了?是不是作弊了?"

"你俩一只没抓到吗?"这是来自胜利者压倒性的蔑视,顾禾还特意用关心的语气。

顾嘉企图拿概率化解失败的尴尬,说:"你俩游戏币多,抓的次数多自然就抓到了!"

沈承其笑笑,什么也没说,跟抓到娃娃比起来,过程对他才重要。

走出游戏厅,李开辉看着顾禾怀里抱的猪,说:"我记得你从来不喜欢这些幼稚的东西。"

"岁数大了,审美有所调整,改天我还想染个芭比粉。"

李开辉笑笑:"你可别把沈承其吓着。"

"你会吓着吗?"顾禾问沈承其。

"你猜。"

"……"

玩偶猪在顾禾怀里抱了一路,回酒店躺到床上,她还拿它当枕头。沈承其站在床边,叉腰看着顾禾。

"回去洗洗再抱吧。"

"沈承其。"

"啊？"

顾禾伸手，说："我的礼物呢？"

既然买了，还不快点拿出来？

沈承其从双肩包里翻出一个小盒子，扔到顾禾枕边。包得里三层外三层，顾禾好不容易打开，看见一个玉佛，她拿出来，对着窗户晃悠。

"想戴就戴，不想戴就放家里。"

"这么漂亮肯定要戴。"

顾禾起身把它套脖子上，玉和肌肤接触，有点凉。

"谢了，我先睡会儿。"

那杯咖啡对她没什么用，到酒店立马犯困。

沈承其扯过被子给顾禾盖上，躺回他自己的床，没过一会儿，两人都睡着了。

考虑这几天每天都吃牛羊肉，离开西宁前最后一顿晚饭，李开辉说想吃点清淡的。顾禾最后选来选去，决定吃火锅，不想吃牛羊就涮蔬菜和海鲜。

火锅店照样是沈承其选的，各点各自喜欢吃的菜，点完去打蘸料，顾嘉和李开辉先去，打完回来替顾禾、沈承其他俩。

工作日的火锅店人不多，等顾禾弄完，回身发现沈承其的碗里还是空的，他看着对面的男人，那男的也在看他。那男人长得清瘦，戴着一副窄框眼镜，个子一米七左右，但比一米六四的顾禾显矮。

"认识啊？"顾禾仰头问沈承其。

那男人的视线移到她身上，说："听说你结婚了，这位是……"

"我老婆。"沈承其不止一次跟别人这样介绍过顾禾，可第一次和这一次对她来说心境不同。

那男人又问："你来西宁玩吗？"

"有事。"

沈承其说完，低头随便打了两样蘸料，揽着顾禾肩膀回到座位。

如果没猜错的话，这个男人就是坑了沈承其很多钱，最后还全身而退的高凯。猜是这么猜，可顾禾没问沈承其，他见到这人后没什么好脸色，大概率是了。

快吃完的时候，沈承其要去结账，李开辉说什么也不让，他把沈承其推给顾禾，跑去收银台，不过很快又折回来，说："服务员说有人把单买了，谁买的？"

237

几人面面相觑。

沈承其想了想,说:"可能是刚才碰到的熟人,接着吃吧。"

"我想吃面条。"顾禾嘟囔一句。

沈承其回身叫来服务员:"加一份手切面。"

"我吃几根,剩下你们吃。"

"捡小狗剩。"顾嘉说完就被揍了,不过是李开辉揍的,他俩挨着坐。

顾嘉捂着脑袋向沈承其求救:"姐夫,他打我。"

"我下手比他重。"

李开辉捏捏拳头,说:"那可不一定。"

沈承其放下筷子:"要试试吗?"

想到出去玩的路上,沈承其一手一个二十六寸的行李箱,李开辉摆摆手,说:"吃饭吃饭。"

饭局结束,开车回到酒店,顾禾让李开辉跟顾嘉先上楼,她说吃多了,要和沈承其散散步。

"太晚了,你俩出门不安全,要不我也去吧?"

李开辉脚刚刚迈出去,被顾嘉拽走,说:"睡觉吧,老板,明天还得赶飞机呢!"

深夜的西宁,气温比白天低很多,不过出门前,顾禾跟沈承其都带了一个薄外套,正好穿上。

"往哪边走?"他问。

"都行,在附近随便走走吧。"

"那个人是高凯。"沈承其主动告诉她。

"我就是吃撑了,没想问……"呼吸着西宁市区的清澈晚风,顾禾边走边甩袖子。

"是我想跟你说。"

"骗了你那么多钱,请你吃顿饭算什么?"

沈承其转到顾禾面前停下,帮她把拉链拉上去,说:"高凯看见我挺惊讶的,应该没想到会遇见吧。"

"跟他一起吃饭那女的你认识吗?"

"不认识。"

"看着像女朋友。"

沈承其笑了声:"怎么看的?"

顾禾回想:"高凯一直给她夹菜,还给她擦嘴,肯定是女朋友。"

说完脸上一股热,沈承其也给她做过同样的事情,而且不止一次,这么看来刚才他的笑另有意味。

"你俩多久没见了?"

"不到一年。"

"见你对他来说是煎熬。"

"不一定,他内心强大,或许没把我当回事儿。"

做假账的时候,隔几天见一次沈承其,他都跟没事人一样,由此可见心态稳定。

舒畅的夜晚,顾禾不想让这个人影响沈承其的心情,她岔开话题:"这几天那小姑娘都坐你副驾驶吗?"

沈承其的喉咙上下动了动,承认:"嗯。"

"玩得挺开心呗?"

"我没玩。"他紧张得声音有点跑调。

顾禾问完不吱声了,沉默像把刀子反复折磨着沈承其。最后他终于憋不住,解释说:"李开辉的同事,我不能赶人家,对吧?"

"对。"

顾禾阴阳怪气。

第二天送机,沈承其把王斌他们叫来,除了沈承其的车,其他车都是租的,得有人开回去才行。

顾嘉可能没太睡醒,没有像往常一样拉着顾禾生离死别,而是跟沈承其聊得热乎,被大家催着过安检才依依不舍地告别。

除了他,还有一位大家不敢催的,那就是李开辉。顾禾被他拉到机场外吸烟处,说抽完这根就进去。

"你今年过年不能回老家了吧?"

"嗯,应该在德令哈过年。"

"以后有时间去北京,看看我和顾嘉这两个孤寡老人,我给你报销往返机票。"

"好。"

"要是沈承其对你不好,跟我说,我替你收拾他。"

"他对我挺好的。"

"我说以后。"

以后……顾禾手指旋转一圈捏成拳头,说:"他要是对我不好,我亲手了结他。"

李开辉可不信,说:"拉倒吧啊!丁丰源都出轨了,你也没把他怎么样。"

分手后,顾禾一次都不想聊这个人,也不是不能聊,只是不想让一些关在角落生灰的记忆跑出来干扰心情。她抢过李开辉的烟,狠撑几下掐灭,说:"走吧,大家等你呢。"

李开辉嘴里的烟雾还没吐完,被顾禾一把拽进值机大厅。

"李老板跟嫂子关系那么铁啊?结婚的时候怎么没来呢?"

沈承其顺着王斌的目光看向窗外,他随口编了个理由:"开公司的,比较忙。"

"你给他们当领队,收钱了吧?"

"收了。"

李开辉很大方,刨除所有费用,给了沈承其一万,他本想收一千意思一下得了,没想到给钱时,在身旁的顾禾直接替他收下,还不忘跟李老板道谢,欢迎他下次再来。

从机场回到市区,把车归还之后,顾禾以为可以往德令哈开了,谁知沈承其又绕回酒店,告诉她今天走不了。

"高凯约我晚上吃饭。"

"约你?"

"嗯。"

沈承其也猜不出高凯葫芦里卖的什么药,但不管怎样,都别想再从他这里弄走一分钱。

"跟你商量件事。"

顾禾眼睛转了一圈,说:"干吗?你不许再被他骗了。"

沈承其笑笑:"我能不能把钱都转给你?"

"怕到时候心软再借他钱是不是?"

"嗯。"沈承其清楚自己性格里有软弱的部分,提前预防。

"你不怕我卷钱跑路吗?"顾禾假装冷脸吓唬他。

"卷就卷呗,都给你。"

顾禾转头,躲避沈承其的目光。把钱都给她,胆子真不小。

"还有别的办法,我帮你把支付密码改了,先不告诉你,回头再说。"

"那你岂不是放弃一次携款潜逃的机会?"

"放长线钓大鱼。"

沈承其背后一阵发凉。他打开手机银行，让顾禾输入新密码，说："我晚上不会回来太晚，你要是不饿可以等我，我再带你出去吃，要是饿，我让王斌带你去。"

"我自己可以，别麻烦人家了。"

"王斌他们仨晚上在酒吧有演出，想去看吗？"

顾禾来了兴趣。讲真的，她很喜欢听王斌唱歌，甚至还想再听一遍《阿楚姑娘》。

"好啊，你告诉我地址就行，别让他们帮我买酒，我想安安静静听歌。"

沈承其盯着她，说："别喝多了。"

顾禾心虚："我不喝酒，喝水。"

沈承其哼了声，顾禾照着他的脸掐了一把，掐完直接下车。

沈承其摸了摸自己这几天被晒黑的脸，趴在车窗上说："房间我没退，直接上去吧。"

顾禾走得头也不回。

晚上六点，沈承其准时到达约饭地点，高凯挑的地方是以前他们仨弄青旅时常吃的馆子，环境一般，但味道不错。

高凯比沈承其晚到两分钟，进屋就说："不好意思，堵车。"

沈承其看见他从出租车上下来，但他原来有自己的车，当初开青旅的时候几个人合伙买的，名字写的高凯，为了方便接客用。青旅出兑后，这辆车谁也没提怎么处理，如果没卖的话，应该还在他那儿。

"吃什么？老三样？"

"行。"

隔着档口窗户，高凯跟老板点完菜，沈承其问他："找我什么事？"

"我还以为你最后能跟辛丹结婚呢。"

果不其然，话题开篇在意料之中。

"好久之前我问她什么时候回国，她说准备回了，因为要回来找你，等她回来才知道你结婚了。"

"如果你找我是为给辛丹鸣不平，这顿饭没必要吃。"

沈承其起身，被高凯按下，他说："你先坐。"

服务员把高凯点的酒放到桌上，他启开要给沈承其倒。沈承其拿手盖住杯口，说："我开车了。"

高凯转手给自己满上，说："我的道歉和感谢你都没接受过。"

为贪了青旅的钱而道歉，为沈承其没有起诉他而感谢，这两者沈承其一次都没有回应过。

　　"做错事就要接受惩罚，你没把我怎么样，老天爷却没放过我。"

　　沈承其终于肯抬头直视高凯。

　　"我应该活不了多久了，这次在西宁碰到你我很开心，不管你怎么骂我，在我心里你依然是我朋友，是我这些年一直嫉妒羡慕又无法企及的人。"

　　"什么病？"

　　"肝癌晚期。"

　　怪不得昨晚在火锅店见到他时脸色不太好。

　　第一道凉菜端上来，高凯把筷子递给沈承其，说："尝尝味道变没变。"

　　沈承其夹了一口，只尝到苦涩。

　　"我没什么朋友，等我死了，你要有时间就去墓地看看我，别告诉辛丹了，平时我不主动联系她，她都想不起我。"

　　很难想象一个活生生的人再过段时间可能会从这个世界消失，尤其还相识多年，彼此有过很多回忆，无论好的还是坏的。

　　"治不了吗？"

　　高凯摇摇头："我这辈子只做错了一件事，没想到现世报说来就来。昨天跟我在一起的人是我女朋友，得病之前处的，我提分手她没同意，说会陪我走到最后。唉，我这个坏人何德何能。"

　　他把盘子往沈承其面前推，说："你再陪我吃顿饭吧，放心，这个病不传染。"

　　"嗯。"筷子在餐盘四周转了一圈，夹空了。

　　沈承其不想在这种时刻再去审判高凯做过的错事，毕竟他曾经做出过原谅的选择，不后悔。

　　"你妈知道吗？"

　　"她去世了。"

　　没想到，高凯家还有变故。

　　"在老家死的，车祸，年纪大了耳朵不好使，走路也慢，晚上走夜路没来得及躲闪，人没了。"

　　听高凯说完这些，沈承完全没胃口吃菜。高凯因为身体不舒服，也吃得不多，独自喝了一瓶啤酒，前后半小时的时间结束了这顿饭。

　　"我送你吧，你住哪儿？"

　　"不用，我打车。"

沈承其没再坚持，看了他一眼，开车走了。等车子驶离，高凯对着车尾深深弯下腰。

顾禾正在酒店床上翻外卖的时候，沈承其的电话打过来。

"吃饭了吗？"

"没有。"

"下楼。"

"好。"

顾禾本想随便吃点东西，稍晚点再去酒吧听歌，虽然饿了，但她迟迟没决定吃什么。

也许他会早点回来呢？这个想法才是拖延的关键。

关门下楼，顾禾几乎一路小跑到酒店停车场。沈承其正趴着方向盘往一侧看，背对顾禾的方向，副驾驶那侧门开着，她刚上车，沈承其坐直，刚要启动车子又忽然停下。

"穿这么少不冷吗？"

衬衫里面是一件吊带，胸口若隐若现，下身短裤，两条白腻的腿裸露在外，而且衬衫薄透，像纱一样。

"不冷。"

"一会儿把我衣服给你。"

顾禾抿抿嘴，心想要不是沈承其的裤子给她穿尺寸不合适，说不定他都想脱下来给她。

"想吃什么？"

"寿司。"

沈承其余光瞥向旁边，说："寿司我不知道，你查查哪家好吃，导航过去。"

他见后面没有车，直接停下，等顾禾找。

"这家吧。"调出导航，顾禾把手机放到支架上，沈承其缩小地图看了眼，大致知道了位置。

"你对西宁的路是不是很熟？"

"还行，也有很多没去过的地方。"

"你俩吃什么了？结束这么快。"

"高凯生病了，估计活不了多久了。"

原来这顿饭的用意，是一个没什么活头的人在行使忏悔。

"什么病？"

"肝癌晚期。"

顾禾张张嘴，一时哑然。虽然她偶尔也会用别人的不幸来安慰自己，不过那都是在北京的时候，到德令哈之后，她一次也没这么想过。

"有人给你打电话。"沈承其本想看导航，没想到看见了来电显示。

"谁？"

顾禾歪头，看见李开辉的名字，她直接滑开，点免提。

旁边，沈承其气定神闲地开车。

"喂，禾禾，我到家了。"

"怎么这么晚？顾嘉早就到了。"

"我回公司取电脑，才回来，你呢？回德令哈了吗？"

"没有，我和沈承其还在西宁。"

"啊，你俩在一起吗？"

顾禾"嗯"了声。

"我没事，就告诉你一声我到了，先这样，拜拜。"

"拜拜。"

李开辉后面应该还有话，听见沈承其的名字后，他直接收尾。

画面切回导航，沈承其才转过来，说："怎么你身边的男人都对我这么不友好？"

"你自己分析。"

沈承其浅浅踩了下刹车，在红灯亮起的一刻停下。

吃完饭，八点多，顾禾跟沈承其来到一家位于海湖新区的民谣酒吧，名字叫"山海"。

地方不大，装修得很特别，门口小花园里悬挂着一个秋千，用废旧轮胎做的，顾禾怎么看都感觉像出自沈承其的手笔。粗糙中掺杂细腻，偶尔还能挖掘到一丝浪漫。

来的路上，沈承其给顾禾介绍说这家酒吧是辛丹叔叔家一个堂哥开的，他们之前在西宁的时候偶尔过来玩，也会介绍给青旅里有需要的客人。王斌他们仨是这里的驻唱歌手，没别的事基本每晚都在，除了唱歌也客串服务生什么的。

"辛丹在吗？"

沈承其摇摇头："不知道，没联系。"

其实在不在顾禾都无所谓，她只是喜欢这么逗沈承其，看他的反应，有点急，还有点可爱。

不知是不是女人第六感作祟，顾禾总感觉会在酒吧碰见辛丹，结果还真奔她所想去了。

辛丹像事先知道顾禾跟沈承其要来,在酒吧门口站着,见车开过来,第一时间上前迎接。

"你们俩来啦!好久不见。"

辛丹今天穿得很性感,她个子本就比顾禾高,又穿了高跟鞋,搞得顾禾感觉面前站了两个巨人,看谁都得抬头才行。

"顾禾,我给你寄的明信片收到了吗?"

"收到了。"

多亏那张明信片,让顾禾想起了沈承其妈妈寄给赵老师的信。

她四处张望,问:"王斌他们呢?"

"在后台,还没上场,我带你俩过去。"

辛丹在前面带路,超短裙扭来扭去,像走模特步一样。平心而论,她身材真不错,平胸穿衣更显高级。

沈承其把车钥匙递给顾禾,说:"放你包里。"

"沉。"

"我帮你背。"

"不要,你背不好看。"

很难想象一米八几大高个的男人挎上她的小包是什么样的画面……顾禾敞开包口,沈承其把钥匙扔里面。

走进酒吧,顺着一条笔直的通道往里走,冷调的灯光略显昏暗,搞得顾禾有点恍惚。沈承其把她揽到中间,说:"你看着点脚下。"

"为了省电吗?怎么这么黑?"

"不是,为了装腔。"

前面,辛丹听见了,回过头说:"幸亏我哥不在,要不然肯定被你噎死。"

舞台右侧一扇小门内,王斌、冯平还有吴玉虎正坐在沙发上吃盒饭,桌面散落着外卖的一次性餐具包装。旁边,两个小姑娘正在化妆,一个描眉,一个涂唇彩。

辛丹大步流星推开门,把身后人请进来。大家见面招招手,已经很熟了,没那么多客套话。化妆的姑娘像有点畏惧辛丹,看见她点点头,然后转过去接着化,但明显后背微躬,大气不敢出的样子。

"禾禾,你是不是给我捧场来了?"王斌手攥拳头当麦克风比比画画。

"嗯,你好好唱。"

"必须的!"

顾禾还想说什么,被沈承其掐着脖子往外带,回头留话:"我们去卡台坐。"

屋里确实没什么地方。

辛丹跟在他俩身后,顾禾本想甩开沈承其的手,可余光瞥到辛丹,她瞬间改主意了,恰好沈承其也没拿走,就这么搭着,各怀心思一直走到辛丹指定的卡台。

"坐这儿吧,喝什么?"

一位穿着白衬衫的服务生过来,把一本酒水单放在辛丹面前,叫了声"丹姐"。

酒水单被她转手拿给顾禾,说:"喜欢什么点什么,我请客。"

"不用,沈承其买单。"顾禾看也没看,又还给辛丹,"我要一杯莫吉托,给他来杯柠檬水,都少放冰。"

辛丹看向沈承其,面露疑问:"你不喝吗?"

"我开车了。"

"那怎么了?叫代驾啊!门口好几个代驾在那儿等着呢,今天全靠你创收了。"

沈承其刚要拒绝,辛丹跟服务生点了三杯酒,数顾禾那杯莫吉托度数最低。顾禾暗暗告诉自己只喝一杯,要不然回酒店非得再次擦枪走火不可。

不到十分钟,客人快要坐满的时候,王斌他们仨上台了,第一首唱的是许巍的《今夜》。这里的调性就是民谣酒吧,没有那些乱七八糟让人脑仁疼的嗨曲,适合小聚聊天。

辛丹坐在顾禾身边,找她聊天:"你平时用什么护肤品,皮肤这么好?"

"都是便宜货。"

"我用两千多的眼霜都没见眼纹变淡,还是得做医美,你做过吗?"

顾禾咬着吸管,摇摇头:"没有。"

辛丹看向沈承其,问:"你最近忙什么呢?有点晒黑了。"

"她朋友公司团建,我带队。"

"又干回老本行了。"

"嗯。"

沈承其和辛丹说话的时候,语气没什么起伏,像飞机在天上拉直线,以前总让辛丹觉得很恼火,不过最近有所缓解,因为顾禾的存在让她看开许多。

"承其,好久没来了!"

不知从哪儿冒出来一个长得很壮的男人，一屁股坐到沈承其身旁，把他挤得往顾禾那边挪挪，两人紧挨上。

"勇哥。"

"这位是你媳妇吧？"

"嗯。"沈承其给顾禾介绍，原来他是酒吧老板。

"勇哥。"

顾禾跟他打招呼。勇哥笑笑，转而拍了下沈承其肩膀，说："正好你来了，帮我看看我那屋空调，不好用呢。"

沈承其二话不说站起来，勇哥又对顾禾说："弟妹你先坐，承其借我用一会儿。"

顾禾知道沈承其技能多，平时总修修补补，没想到在酒吧还能接到业务。

"你要和我去吗？"沈承其满脸写着"不放心"三个字。

"你去吧。"顾禾才不想当跟屁虫。

台上，王斌唱完两首歌便下去休息，背景音切换成一首不知名的纯音乐。顾禾身边少了沈承其，剩下她和辛丹两个人，气氛有点尴尬。

"你知道我为什么喜欢沈承其吗？"

辛丹突然把话题聊深，顾禾觉得更尴尬："你我之间不是善缘，我也不是很想知道。"

人性复杂，就算不同的人去喜欢同一个人，喜欢的理由也可能完全不同，所以顾禾只能这么回答。

辛丹自说自话："虽然长得帅的男人很多，但沈承其除了帅还很善良。上高中的时候，高凯家条件不好，有一次没钱吃饭，是沈承其给他刷的饭卡，后来还经常给他买吃的和文具。高凯也对沈承其很好，只要听说谁在背后议论沈承其的父母，高凯就会跳出来制止，为此还打过几架，那时全学校都知道他俩关系铁。"

看来曾经情分不浅，才是沈承其没有追究的原因。高凯生病的事，顾禾不清楚辛丹是否知情，听她那语气，应该不知道。

"我那时跟个假小子一样，头发比沈承其长不了多少，经常在他俩屁股后面跟着，不过沈承其一直都不爱带我玩，要不是高凯，他肯定直接赶我走。青旅出事后，我把高凯骂了一顿，可怜之人必有可恨之处，没想到沈承其说不追究了，我也不差那点钱，这件事就这么了结了，这些他都跟你说过吧？"

"说过。"

顾禾从包里拿出烟，点了一根，辛丹不抽。

"你抽烟蛮酷的。"

"嗯？"顾禾不知道酷在哪儿。

辛丹把烟灰缸拿到她面前。

"谢谢。"

"要不要我给你讲讲沈承其上学时的桃花运？"

"好啊。"

辛丹见顾禾这么淡定，有点意外："不吃醋吗？"

顾禾一脸茫然："为什么要吃醋？"

"要我当年喜欢沈承其那劲儿，肯定把你大卸八块。"

顾禾笑了声："感谢你不杀之恩。"

辛丹喝了口酒，接着说："高中的时候，只要有女生关注沈承其，我都会跟她打架，还被全校通报记大过。闹得最严重的一次，沈承其来找我，希望我以后少管他的事，你猜我当时怎么说的？"

顾禾也好奇："说什么？"

"我说，我要不管，你已经处过八百个对象了，然后沈承其说他哪个都不喜欢，当时那臭屁的劲儿，让我特想削他。"

听着别人讲自己心上人的事，那是她没有与之共度的过去，这种过程美妙又神奇。顾禾笑出声："嗯，他有时候是挺臭屁的。"

"是吧？不是我一个人这么觉得。"辛丹跷着二郎腿，望向酒吧棚顶的灯光，变换的色彩像她那一闪而过的青春，缤纷又短暂。

"上大学之后异地，见面很少，大三上学期有一天，我去他学校找他，看见他跟女朋友在一起，当时我杀了两人的心都有。"

辛丹讲到这里，看了眼顾禾，她目光迷离，但很冷静。

"他初恋我见过一次，长得算不上漂亮，但很有气质，性格也不错。后来他俩分手，我们都在猜沈承其以后会娶一个什么样的女人当老婆，然后你就出现了。"

喜欢一个不喜欢自己的人，就像在荒野迷路，越着急越糊涂，越摸不着方向，这是辛丹在遇见顾禾后才想明白的事。

故事讲到这里，顾禾的烟也燃到了尽头。

王斌几人又上场了，这次唱的是《野花》，许久之前，她和沈承其第一次一起吃饭，面馆里放的也是这一首。

"让我渴望的坚强的你呀，经常出现在夜里。我无法抗拒，我无法将你挥去。"

顾禾很少不留间隙地一次抽两根烟,现在,此时此刻,她在抽第二根。

"知道沈承其谈恋爱后,我伤心好几天,在宿舍又哭又号,之后我就出国了,等我再回来,是因为知道他和初恋分手。具体为什么分手不清楚,反正他先提的,然后那几年一直空窗,跟我们忙青旅,忙酒吧,经常开车出去,一走就是好几天,回来接上下一波客人,再接着走,忙得一点私人时间没有。我那会儿想让高凯带队,可是沈承其主动要求他来,说出去辛苦,让高凯主内他主外。"

顾禾从一堆话里摘出一个重点:"忙酒吧?"

辛丹拍拍沙发,说:"这儿,沈承其有三分之一股份。"

顾禾看着她,眨眨眼。

辛丹立马捂嘴,说:"他没跟你说过吗?"

顾禾淡淡回道:"提过一嘴。"

事实上,沈承其一个字都没透露过,但顾禾没有别的想法,毕竟是他的钱,他想怎么投资是他自己的事。

"啊。"辛丹提起的心慢慢回落,"还以为说漏了呢,吓死我,酒吧名字也是沈承其取的,山海,好听吧?"

"好听。"

从山海中来,到山海中去,像某个人,也像某些人。

"喝酒。"

辛丹那杯一口气干到底,叫来服务生又点了两杯。

这次见面,顾禾感觉辛丹比上一次还要友好,或许,她选择这样做是不想失去沈承其这个朋友,所以即便忍着情绪跟顾禾好好相处,也比被沈承其冷落要强。

等酒端上来,顾禾接过刚要喝,头顶忽然伸过一只大手,将杯子拿过去,仰头一饮而尽。

灯光透过玻璃杯,传到顾禾眼里,她感到一瞬醉生梦死的眩晕。

"辛丹,她喝多了容易耍酒疯。"沈承其绕了一圈坐到沙发上。

顾禾回过神,瞪他:"那你呢?"

辛丹碰碰顾禾,说:"我还没见沈承其喝多过,他很有酒量,你也没见过吧?"

"没有,他在家不怎么喝酒。空调修好了吗?"顾禾见沈承其手上有水,从包里掏出一张纸巾塞给他,纸巾沾水瞬间浸软,塌下去。

249

"修好了。"

"这么快?"

"小毛病。"

顾禾笑了声,把沈承其笑得直发毛。刚才那杯不知道是什么的酒有点猛,酒劲上来,他向后倚着沙发靠背,闭眼。

《野花》唱完,王斌到台下坐。沈承其问冯平和吴玉虎呢,他说:"追小姑娘去了。"

辛丹故意问他:"你怎么不去?"

"狼多肉少,再说我不还得陪你们喝酒嘛。"

"你看我们仨谁用你陪?"

王斌左右看看,软骨头一样躺在沈承其肩膀上,搂住他的腰,说:"陪其哥。"

"滚。"

低沉的一声,王斌一下弹起来,汗毛直立。

顾禾的酒被沈承其喝了,辛丹又要了三杯,还有一些小食。王斌吃得狼吞虎咽,生生把小资情调吃成了地摊烧烤,看来唱歌很耗体力。

顾禾跟辛丹说喝完这杯不要了,她跟沈承其明天还要回德令哈,不能喝太多。

"多待两天呗,我带你在西宁玩玩。"

"不了,店里还有事。"

小马虽说很能干,但顾禾也不能总当甩手掌柜。

快喝完的时候,她借着上厕所想去买单,没想到被辛丹发现,把她拽回去,说:"挂沈承其账上,股东每人每年有一张五千的充值卡,随便喝。"

这么了解,顾禾猜想辛丹也是酒吧合伙人之一。

从洗手间回到卡座,顾禾见沈承其弓着腰,正和王斌聊天,手中酒杯擎在半空,说完话喝了口酒。和朋友在一起的时候,他身上有种松弛感,这种松弛在跟顾禾单独相处的时候若隐若现,具体情况因聊天话题而异。

同一个位置,沈承其抢了顾禾的酒,而她则拍拍他的肩膀,说:"我们回去吧?"

沈承其转头回答:"嗯。"

辛丹和王斌要待到后半夜,顾禾熬不了,她拿过包拎上,几人你一句我一句告别,一直送到门外,沈承其说了三遍"回去吧"才进屋。

他随手招来一位代驾,顾禾报了地址,问完价格觉得可以,把车钥匙递过去。只是沈承其没坐副驾驶，顾禾关上车门发现沈承其坐在她身旁，倚着靠背，看司机摆弄他的车，半分目光不分给她。

离开酒吧，刚开出一个道口，顾禾只觉腿上一沉，低头，沈承其栽倒在她腿上。

一句话没说，躺得干脆。

不是挺有酒量吗？顾禾伸手去探他鼻息，感到一股温热吹过指尖。

窗外，路灯一道道闪过，西宁城逐渐向寂静靠拢，顾禾不是第一次看到这座城市夜晚的样子，可今晚别有意味。

沈承其闭着眼，好像睡着了，顾禾右手无处安放，干脆搭他肩上。

晚风拂面，顾禾从沈承其宽阔的肩膀吸取到一股无形力量，好像前方的路在眼中也变成无尽坦途。

"女士，目的地到了。"

看到酒店牌匾，顾禾刚要叫沈承其，谁知他一下坐起来，揉揉眼睛，开门下车。

付完钱，代驾离开，顾禾见沈承其脸不红身子不晃，挺着笔直的腰杆跟没事人一样往酒店走，她严重怀疑他在车上是装醉，又不好意思戳穿他。

直到经过酒店前台，沈承其停下，给自己开了一间房。这会儿又清醒了？

第九章
阿力腾寺

第二天一早,两人早饭吃得晚,餐厅十点截止,两人九点四十多才去,吃完到附近加油站把车加满油,往德令哈方向开。

以防沈承其开车犯困,顾禾买了两杯美式还有两瓶红牛,结果他还一点没喝,顾禾先喝光一杯美式,变得倍精神。她这人有个癖好,喜欢在西北公路坐车,哪怕几个小时也不会觉得累或者无聊,尤其是坐沈承其开的车。而且他有句话说得很对,他车技确实好。

"困吗?"顾禾象征性慰问。

"不困。"沈承其说完打方向盘,突然靠应急车道停下来。

"怎么了?"顾禾一头雾水。

"坐着,等我。"

沈承其开门下车,顾禾顺着他的背影看到前面也有一辆车,警示牌三脚架放在车尾,一个戴着帽子的女人正蹲着往车底看。

沈承其走过去,说了两句什么。女人指着车,看样子应该哪里坏了,但她不知道原因,或者知道也不会修。

沈承其很快折回来,顾禾摇下车窗,问:"怎么了?"

"坏了,我帮她看看。"

打开后备箱,沈承其拿出一个小匣子,里面装的都是工具。顾禾拿过他落在座椅上的帽子下车。

"戴上,晒。"

帽子扣到沈承其头上,顾禾看向旁边这位路人,说:"你自己出来的吗?"

问完两人都愣住了,因为她不是萍水相逢的路人,而是柴溪。即便她全副武装,可顾禾一辈子都忘不掉这张脸。

沈承其打开发动机盖，趴着往里瞅了瞅，说："小毛病，一边等会儿吧。"

他没认出柴溪很正常，就算认出来，以他那个性格估计也会帮忙。

顾禾走到一旁，倚着栏杆，视线向下，盯着路面上零星的小石子，她并不想跟柴溪有什么交集，但直接走掉又有点不放心沈承其。

"禾禾。"

柴溪跟过来，顾禾一时语塞，没回应。

她又问："你们也去西宁了吗？"

"嗯。"

"我的车坏了。"

"噢。"

沈承其一心扑在车上，没听清两人说什么，还以为是路人之间打招呼，直到看见顾禾冷脸。她对毫不相干的陌生人不会这么冷漠，所以情况不对。

"修车这位是你老公吧？好帅。"

"谢谢。"

揭穿丁丰源和她背地里的那点事儿之后，顾禾并没有删除柴溪的联系方式，柴溪也一次没有联系过顾禾，两人像从没认识过一样，要不是今天在高速上"偶遇"，以后肯定属于相忘于江湖的关系。

柴溪见顾禾实在不想搭理她，干脆不说话了，双手插兜，和她一起看沈承其修车。

过了十分钟，沈承其启动车子试了试，绕过车头走过来，说："修好了，可以走了。"

"谢谢，太感谢了。"

"没事。"

沈承其将顾禾牵走，先一步离开，车速很快，很快便将柴溪的车甩得老远。

"是她吗？"

"谁？"顾禾故意跟沈承其卖关子。

"你前男友的现任。"

"是。"

沈承其咬咬牙，问："我是不是多管闲事了？"

"没有。"顾禾怕他有负担，"你那么善良，就算是丁丰源的车坏在路上你也会帮忙修。"

"不会。"他答得干脆，没有犹豫，这会儿倒分得清了。

"真的？"

沈承其没回答，气氛忽然凝固，顾禾猝不及防。

过了许久，顾禾听沈承其说："晚上吃馄饨吧。"

"嗯，冰箱里有。"

后面将近一个半小时的路程，沈承其再没说过一句话。

下午，刚驶进德令哈市区，天空开始下起小雨。沈承其打开雨刷，成为打破无声氛围的唯一响动。

车开到理发店雨还没停，顾禾从后座拿下双肩包，快步走到门口时，忽然刹住脚，说："沈承其，你看花骨朵，快开了吧。"

他转头瞥了一眼，"嗯"了声，匆匆走进汽修行，留下一团比雨还冷的空气。

顾禾以为沈承其埋怨自己不该对伤害过她的人施以援手，而沈承其心里真正想的却完全相左。

晚饭前，顾禾给赵老师打电话，问寄给沈承其妈妈的信有没有回复。赵老师说哪里那么快，现在很少有人写信了，能不能寄到全靠缘分，等有消息会第一时间联系。

煮完馄饨，顾禾给沈承其发信息让他来吃，人倒是来了，但情绪还是不高。

"小马呢？"

"我让他今天早点回去了。"

每次顾禾出远门再回来，都会给小马短暂放个假，哪怕早下班几个小时。

"筷子。"

沈承其接过，坐到对面，说："你从回来一直没出去吗？"

"没有，怎么了？"

"那女的跟到我店里了。"

才坐下的顾禾倏地站起来，桌角摩擦地面，"吱嘎"一声，磨得人耳朵生疼。

"她找你干吗？"

"给车保养。"

顾禾一脸不悦，感觉柴溪动机不纯，怀疑地问："她不会看上你了吧？"

沈承其挑挑眉，说："她只是顺便讲了一些你、她，还有丁丰源你们仨之间的事，你有兴趣听吗？"

"没有。"

无非是些陈芝麻烂谷子，还有她和丁丰源有多幸福之类的，顾禾实在没兴趣，她坐下，低头吃馄饨。

沈承其像没听见一样自说自话："他俩没结婚，丁丰源调到海东去了。"

"别说了。"

筷子在碗里搅了搅，沈承其问："你是不是还忘不了他？"

"你看我像吗？"

从回德令哈的路上遇到柴溪之后，沈承其的情绪一直不对，顾禾没想到这种不对的情绪会一直持续到现在，随时会喷涌而出，达到顶端。

"我们从北京回来一段时间了。"

顾禾等着他往下说。

"你不想和我在一起，当然可能跟丁丰源没关系，放心，就算你不喜欢我，我们也能维持原定好的婚姻关系，说到做到，绝不反悔，所以你不用有负担，人前装一装，人后该怎样怎样吧。"

沈承其说完摔门离去，他没有表现出愤怒，而是满心的无力。身影从窗前经过，侧面薄薄的一片，将黄昏余晖拦断。

他说这句话的时候是否难过？顾禾不确定，她只知道自己很难过，好像在马上要看到曙光来临时，一座大山轰然挡在面前。

留下这句话后，沈承其再没有私下找过顾禾，这一周她过得无比清净，中午时候沈承其会买好饭过来跟她一起吃，不会提前问她想吃什么，但买的都是她爱吃的，吃完说回店里忙，真忙假忙不可知。

每次顾禾往汽修行看的时候，沈承其都在修车。老板把活抢了，偶尔杨鹏会闲着，他过来找小马唠嗑，嘟囔说沈承其可能良心发现，知道他和老王前段时间太累了，最近抢着干活。

"巧了，我家老板娘也是。"

两人哈哈一笑，当玩笑过去了。

入秋后气温逐渐下降，格桑花开了几天便有点打蔫，顾禾忧愁花期，也忧愁她自己。

因为她想错了，沈承其根本不是因为柴溪，如果因为她，顶多过一晚就好了。而这次时间拉得太长，因为沈承其误会了顾禾的心意，以为她心里还没有彻底放下丁丰源，所以才一直没有给他答复，殊不知那段在分手前就结束的情感，根本无法左右顾禾一分一毫，她现在满心都是另外一个男人。

今天沈承其不在，杨鹏说他露营去了。小马问顾禾怎么没跟着去，杨鹏替她回答："顾禾跟小娴约好了，明天去她家吃饭。"

"嗯？"小马跟顾禾都看着杨鹏。

"怎么了？"他一头雾水。

顾禾笑了声："小娴是你叫的吗？"

"我俩刚好，还没来得及跟你们说。"

"大哥，你蜗牛速度啊？过这么长时间了，我还以为你俩没戏了呢。"

杨鹏不好意思，老脸一红，说："那不得慢慢来嘛，着啥急。"

小马感慨左右邻居只剩他还单身，让杨鹏帮忙问问王小娴，有没有小妹妹介绍给他。顾禾在一旁无心听他俩乱侃，看着沈承其的微信头像，上次聊天还是十天前。

一段话删了又打，打了又删，最后顾禾一个符号都没发出去。

晚上关店，她从柜子里翻出一瓶白葡萄酒，坐在窗前慢慢喝。她只穿了一件薄衫，有点冷，但无所谓，因为她满脑子都不可自控地回想沈承其的身影，或修车，或抽烟，或发呆……

十点多，一瓶白葡喝得精光，顾禾才进屋去，也没上楼，在一楼沙发上躺了会儿就睡着了。梦到下了一整晚的雪，她走在冰天雪地里，很冷，直到把她冻醒，才发现原来梦里梦外都冷，她将一件披肩裹在身上，比被子薄。

她起身看了眼时间，才七点半，外面灰蒙蒙的，是阴天。她倒了杯热水，忍着烫喝完，并没有好转，这才意识到她可能发烧了。

开店时间到，小马进屋没看见顾禾，他拎着一袋豆浆还有两个包子送上楼，听到顾禾在卧室里咳嗽。

"禾姐，你感冒啦？"

"嗯。"

听这鼻塞的声音，症状应该不轻。

顾禾下床，把门打开一道缝隙，说："你去帮我买一盒退热贴。"

"发烧啊？家里还有其他感冒药吗？"

"有。"

"行，我现在去。"

小马放下豆浆和包子往楼下跑。

顾禾整个上午都没下楼，烧一直不退，她怀疑昨晚在外面喝酒着凉了，幸好来剪头的人不多，小马自己能忙过来。

中午，小马给她买了白粥，顾禾吃不下，又不好驳他好意，当着面喝了几口，等小马下楼，她立马放下勺子，拧着眉头又躺回床上。

傍晚下班前，听着楼上一阵阵咳嗽，小马给沈承其发信息，问他在哪儿。

沈承其只说在外面，小马感觉他应该不知道顾禾生病，想了想，发了条语音说："禾姐感冒了，一直断断续续发烧，她跟你说没？"

信息发完，沈承其没回，小马这边特意晚下班一会儿，直到快九点，顾禾赶了他两次才走，还被他唠叨。

"其哥刚走你就发烧，相思病来得太快了吧？"

一天只喝了几口粥，顾禾虚得不行，等小马走了，她想直接关店睡觉，卷帘门落到一半，忽然哗啦一阵响，刚上台阶的顾禾回头，看见沈承其弯着腰从门下钻进来。

嗯？出现幻觉了？

眼见着沈承其走过来，他隔着退热贴摸摸她的额头，问："多少度？"

"……"

"这么烫。"

沈承其以为她烧傻了，照着她的脸掐了一下。

"你怎么回来了？"

"小马说你发烧。"

"没事。"顾禾说完一阵眩晕，要不是被沈承其抱住，非摔倒不可。

"我带你去医院。"

听到"医院"两个字，顾禾吓得连忙摇头："没事，就是一天没吃东西，我上去喝点粥。"

话刚落地，她又有点晕，只是这一次因为被沈承其突然抱起来，毫无准备。

一路抱到卧室床上，沈承其放下她，说："你躺会儿，我来煮。"

顾禾裹着被子，看沈承其轻车熟路地洗米开火，忽然觉得没那么难受了。

沈承其把米下锅，搅了两下，进卧室把顾禾额头上的退热贴摘掉，换了一块新的，又让她夹上温度计，想看看高烧多少度。

"现在是九点，十点钟还不退你必须跟我去医院。"

他一副不容回绝的语气，顾禾点点头，说："你从哪儿回来？"

"冷湖。"

"跑那么远呢？"

"嗯。"

接到小马信息后,他一刻没停,几乎踩着超速线直接开回德令哈。

"一个人啊?"

"不然呢?"

顾禾咬咬嘴唇,像一拳打在棉花上一般无力。

"温度计拿出来。"

顾禾侧身,掏出温度计,没等看清,被沈承其拿过去,转了半圈,说:"三十八度二。"

他走去洗手间,把毛巾浸了凉水,拧干,给顾禾擦手。

"我自己来吧。"顾禾往后撤,又被沈承其扯过去,擦完手背擦胳膊,擦脖颈时他单膝跪在床边,撩起顾禾头发,擦得仔细。顾禾感到一阵阵凉风,好像小时候吃的薄荷味跳跳糖,那"哒哒哒"的声音,好似在传达某种信号。

不知是不是太久没有亲密接触,搞得她有点欲求不满,沈承其的气息将她整个包裹起来,她笑自己这时候还有心情想乱七八糟的东西。

"行了。"顾禾怕自己忍不住,忽然扯走毛巾。

"嗯,我去弄粥,有事叫我。"

沈承其脱掉外套搭在椅子上,走去厨房。

看着他站在橱柜前的背影,顾禾忽然觉得这次感冒有点值。烧就烧吧,挺好,烧不傻就行。

等粥煮好,沈承其端过来,发现顾禾身子贴着床边,团成团,好像小猫,如果一不留神翻身,肯定会掉下去。

睡着了?

"顾禾。"沈承其轻轻叫了声。

"嗯。"沙哑的声音,顾禾身子微动,"我还以为你以后都不理我了。"她借着烧得迷糊的脑子,说了憋在心里好久的话。

沈承其把粥放到床头,坐到一旁椅子上,说:"我没不理你。"

在他看来,即便没有交集的时候,他心里一直有这个人在,想念,也是一种交集。

顾禾这边没动静了,呼吸声逐渐沉重。

看着她的脸,沈承其心里好似重复了一万次叹息,他起身小心地把顾禾抱到床中间,盖上被子。

顾禾睡了没一会儿,十多分钟后咳醒,沈承其闻声放下手机,跪在床边凑过去。他伸手摸了摸,好像没那么烫了,问她:"喝粥吗?"

"嗯,先给我杯水。"

258

沈承其从水壶倒了满满一杯水给她，顾禾全喝了，喝完又要粥。

沈承其看她大口喝粥的模样这才安心，说："凉了吧？"

"不凉，你晚上吃了吗？"

"没吃。"

顾禾挖了一大勺，递到沈承其嘴边，他往后躲，说："我不饿。"

"啊，忘了，别传染给你。"

"不是……"沈承其摸摸额头，无力解释。

"我能吃点咸菜吗？"

"咳嗽不能吃。"

"那我能……"

"你不能。"

顾禾委屈巴巴，继续咽白粥。

"今晚先这么吃吧，明天早上我出去买点青菜放粥里。"

"嗯，你回去睡觉吧，开一路车累了。"

"我今晚睡这儿。"

顾禾咬着勺子看他。

第二天早上，顾禾醒来，看见沈承其坐在地上，头枕着床边，双眼紧闭。

不会吧？一晚上都这么睡的？昨晚顾禾吃了药，迷迷糊糊睡着了，她还特意给沈承其留了地方，以为他会像往常一样睡过来。

她揉揉眼睛，爬过去靠近，盯着沈承其的脸，心头顿感暖烘烘的。只是还没看上一分钟，他一阵蹙眉，要醒不醒的模样，顾禾正要后退时，他微微睁眼，和她四目相对。

离得太近了，顾禾感觉自己好像个偷窥狂，企图行不法之事。

沈承其睁眼第一件事是伸手，在顾禾额头摸了摸，说："好像不烧了。"

他挣扎着站起来，晃晃胳膊，有点麻。昨晚睡得断断续续，醒过好几次，每醒一次都要摸一下顾禾的额头，跟魔怔了一样，怕她烧成傻子。

看了眼时间，还早，沈承其准备回去补个觉，说："你再睡会儿，早饭我让杨鹏买过来。"

顾禾"喀喀"两声："不用了。"

"等着吧，我过来跟你一起吃。"

掐指一算，沈承其陪她吃饭的次数，比她来德令哈的这两年跟丁丰源一起吃的次数还多。

这个曾经不喜欢跟外人一起吃饭的男人，为她打破了常规，而她也已经习惯并喜欢这种陪伴。最初的爱意就如此汹涌，顾禾不敢往后想，如果沈承其突然从身边消失，要怎么做才能忘记他。

听见楼下开门的声音，顾禾拉开窗帘往下看，沈承其边走边揉腰，看来很不舒服。

那么一个大个子在地板上睡了一宿，顾禾于心不忍，想做点什么安慰一下，可她感冒还没好利索，眼下先养好病再说。

只见沈承其打开车后备箱，往下搬露营装备，帐篷、睡袋，还有个看起来很沉的箱子。

一个人出去的时候，他很享受那种在无边旷野中的孤独，顾禾时不时回想跟沈承其在冷湖露营的情景，不管面前是白天还是黑夜，他眼中都飘荡着淡然和平静。小半人生度过后，留在他身上的，也是顾禾一直渴望的东西。

很久没睡过回笼觉了，虽然睡得时间不长，但质量很高。蒙胧间，顾禾听到有人喊她下去吃饭。

她离开舒服的被窝，下床去洗手间。

楼下，杨鹏支开桌子，把买的一堆早餐铺在桌上，沈承其后脚进来的时候，顾禾刚好下楼，她裹着睡衣，嘴里叼着牙刷，因为感冒，整个人看起来没什么精神。

杨鹏分好筷子，打开食品袋，刚要坐下吃，被沈承其揪起来，拣了几样塞给他，说："回去吃。"

"为啥？"

"顾禾感冒了，别传染给你。"

杨鹏扭头看向顾禾，她连忙会意，用手捂住满是牙膏沫的嘴。

"你们两口子天天一起睡，你又跟我在一起干活，左右躲不过去，嫌我当电灯泡就直说呗。"杨鹏咬口包子，狠瞪了他们俩一眼，嘟嘟囔囔地走了。

刷完牙，顾禾坐过来。

"量体温了吗？"

"量了，三十六度七。"

"你把这个吃了。"沈承其把粥放她面前。

"再把这个吃了。"又一个茶叶蛋拿过来。

"吃不了。"顾禾胃口不佳。

"吃不了也得吃，要不等下吃药胃不舒服。"

"你有点霸道。"

"谁？"

"你。"

沈承其冷笑一声："我要是霸道，为什么不直接拉你去登记？"

顾禾斜睨他，这小子有些时候特别勇猛，平时都憋着不说，一旦被刺激就……

"一、二、三……"顾禾数包子，"五个，你吃四个，我吃一个。"

"你吃两个。"

"我吃半个，你吃四个半。"

从昨晚回来到现在，一直板着脸的沈承其终于被顾禾逗笑，他偏过头去，不想被顾禾看见。

看见他笑，顾禾好像轻松了一点，她舀了一勺滚烫的粥，呼呼吹气。

沈承其先吃完，拿纸巾擦擦嘴，问顾禾："我银行卡密码多少？"

"要用钱啊？"

"嗯。"

顾禾没追问他干什么，说："118118。"

"这么简单？"

"怕忘。"

顾禾自己的密码因为记不住，总是反复修改，所以沈承其的密码她没敢弄复杂。

"半小时后把药吃了，我一会儿出门去取货，你要不舒服随时给我打电话。"

"嗯，你先忙。"

顾禾低头，一勺勺往嘴里送粥，每一勺都是假动作，根本没吃着几粒米。

沈承其看她，说："短期内你不用再订外卖了。"

"嗯？"

"这碗粥你能吃到明年。"

"……"

感冒这两天，因为咳嗽，顾禾一直戴口罩干活。小马让她休息，她说多赚点钱，好给小马涨工资，小马听完恨不得去门外揽客。

沈承其连续几天都过来睡沙发，顾禾赶他走，却推不动，虽然她根本没用力。

晚上收工，顾禾啃着沈承其给她买的梨，窝在沙发上看电影。沈承其

261

跟朋友吃饭去了,此时此刻这排门市房只有她自己,倒落个清净。

看到搞笑片段,顾禾忍不住笑出声,忽然门打开,有人探进来,问:"还能剪头吗?"

糟糕,看电影看得入迷,忘锁门了。

顾禾刚要回绝,发现进来的人竟然是柴溪,嘴角的笑一瞬收回去。

她穿着一身粉色低胸吊带裙,白色针织外搭,脚踩高跟鞋,至少六七厘米。白天上班不可能这么穿,所以特意倒饬成这样要干吗?大晚上的,也是有点吓人。柴溪的肤色不适合穿这么艳的颜色,平时她的穿着中规中矩,冷不丁换个风格,很突兀。

"闭店了。"顾禾咬了口梨。

柴溪下意识地摸摸脖颈,说:"我都来了,你就帮我剪呗,附近没有开门的理发店了。"

墙上时钟指向九点半,确实有点晚。

"你要不怕我把你剪成秃子就来。"

柴溪笑了笑:"坏了口碑对你有什么好处,别告诉我你明天就卷铺盖不干了?"

她进屋四下瞅瞅,问:"你老公呢?"

"不在。"

顾禾把没吃完的梨放到收银台上,拿面巾纸包好,打算剪完接着吃。

柴溪今晚突然造访,来者不善,必有猫腻,所以她得防备。

顾禾在柴溪面前磨剪子,一刀一刀,声声刺耳,柴溪身体往后倾斜,尽最大力拉开距离,说:"不用先洗吗?"

"我不负责洗头,要么你自己洗?"

"行。"

柴溪竟然真的自己洗去了,但和理发店的专业服务比,她洗得相当敷衍,连泡沫都没冲干净。

顾禾才懒得管她,用吹风机随便吹了吹,问:"想怎么剪?"

"修下发尾吧,我想养长。"

"养长为什么要剪?"

"注定会分手为什么要谈恋爱?"

顾禾并不生气,柴溪在用长矛戳自己的盾,她不在乎就成,只是她走人之前,顾禾都不想跟她再说一个字。

修发尾很快,十多分钟就剪完了。总的来说,顾禾没有因为前仇旧恨打击报复，正常发挥。不过柴溪的心思好像不在头发上，一直往门口偷瞄。

"前几天我去隔壁保养车了。"

顾禾不吱声。

"你老公技术相当好，活干得利索，那个腰身和肌肉……啧啧。"

顾禾有种不祥的预感。

"我说你怎么和丁丰源分得那么干脆呢，原来下家这么帅。"

放下的剪刀又拿起来，顾禾冷眼看她。

"被我说中了？这么看咱俩半斤八两。"

"五十。"

"嗯？"

顾禾指着收款码，说："五十，付完赶紧走，我要闭店了。"

柴溪站起来，不紧不慢，拿毛刷刷走脸上的发楂，说："剪个发尾这么贵，不怕顾客投诉啊？"

"随便。"

柴溪了解顾禾，她很少发火，店里偶尔碰到难缠的客人，她始终保持温柔礼貌，但不代表她没脾气。

扫完码付钱，柴溪说："今天没看到帅哥，改天我再来。"

顾禾无奈地笑了声："你为什么要一而再地抢我男朋友？"

"谁让你挑男人的眼光这么好呢，而且，一个比一个好。"

什么时候眼光好也是一种错误了？顾禾警告她："以后你来理发修车随时欢迎，动别的心思不行。"

"那我要是动呢？"

"你可以试试。"

柴溪第一次见顾禾这个表情，她往后退了一步，说："我和丁丰源在一起的时候，怎么没听你放狠话？"

顾禾笑笑："因为我不喜欢他了，那是我让给你的，明白吗？"

她喜欢沈承其，所以别人不能来抢，也抢不走。

门关上，顾禾往窗外看，一辆车开到汽修行门前，柴溪踩着高跟鞋跑过去。沈承其下车撞见柴溪，两人说了什么顾禾听不到，但沈承其的表情她看见了。

他在笑！

见他朝理发店这边走，顾禾赶忙找钥匙关卷帘门，沈承其忽然改走为跑，但还是晚了一步。

他手掌拍门，说："是我。"

顾禾朝门口瞪了一眼。

"顾禾？"

"睡了！"

烦躁的语气，沈承其听出来了，他立马意识到什么，解释道："她说她来给你道歉。"

"那你干吗冲她笑？"

"我那是冷笑，姐姐。"

"我不是你姐。"

门外，沈承其舔舔嘴角，有点无奈。他把手里拿的塑料袋放下，给顾禾发语音信息："给你买的银耳羹，放门口了，记得吃。"

顾禾上楼才看见沈承其发的信息，虽然心软，可面子上过不去，等了好半天才小心翼翼地把门打开一小道缝隙，拿回银耳羹。

卷帘门重新落到地面，花坛边上，沈承其弹了下烟灰，转身落了一背清冷的月光。

看见装咖啡豆的罐子见底的时候，顾禾倒抽一口冷气，这段时间她都忙什么了？竟然忘记补货。虽然发现后马上下单，但德令哈路途遥远，买什么都比内陆平原要慢个至少一两天。

今天没有手磨咖啡喝，顾禾打车去商场咖啡店买，正好还要去超市买点水果和其他吃的。

出门前，小马说："禾姐，帮我带一盒巧克力。"

"好，给你买两盒。"

"嘻嘻。"小马喜欢吃甜食，尤爱巧克力。

"你自己去吗？我看其哥在店里呢。"

"他忙，我自己去就行。"

刚要走，赵老师打来视频，顾禾以为是沈承其他妈有了消息，赶忙去楼上接。

"喂，妈。"

"禾禾，你俩在一起吗？"

"谁？"

"承其啊，上次他来家里，洗衣机有点毛病，他给修好了，谁知道这孩子又给我买了个新的，挺贵的吧？"

顾禾根本不知道这件事，难道那天要用钱是买洗衣机？

赵老师把摄影头转到另一侧，说："看，安装好了，怎么样？好看吧？"

"好看，用了吗？"

"测试了一下，功能挺多的，一会儿我把被罩拆下来洗洗。"

"嗯，家里再有什么不好用的你跟我说，我给你换新的。"

"别花钱了，等承其回来替我谢谢他。"

挂断视频，顾禾看向窗外，想了想，她下楼去隔壁。

杨鹏和老王正在修车，沈承其呢？顾禾走进旁边那屋，也没看见人。

"沈承其！"

"嗯？"

沈承其忽然从吧台里面站起来，把顾禾吓一跳。

"大哥你干吗？"

"啊，不想当姐姐，想当妹妹？"

顾禾长出口气，问："你给我妈买洗衣机了是吗？"

她平时给家里买得最多的就是食品,各种养生的,电器这些反而没在意,以为赵老师不会接受现在这些新鲜产品，没想到她上手很快。

"嗯，家里那个经常坏，不好用。"

"多少钱？"

"没多少钱。"

顾禾往门口瞟了一眼，走近，趴在吧台上小声说："你要不告诉我,那我直接上网搜了。"

"非要跟我这么客气？"

"不是……"

沈承其走出吧台，说："请我喝咖啡吧。"

"你不是不怎么喜欢喝嘛。"

他自上而下俯视，隔了两秒，说："喜欢。"

这两个字让顾禾产生错觉，她愣在原地，好似灵魂出窍一般。

"你要出门吗？"沈承其向后看顾禾的小包。从认识到现在，除了双肩书包，她外出只背这一个包，沈承其没见过其他的。

"嗯，咖啡豆没有了，出去买杯咖啡喝。"

"我开车带你去吧。"

"你不忙……"

"不忙。"

· 265 ·

沈承其拿上手机和车钥匙,说:"走,你请客。"

买多少杯咖啡才能还清洗衣机的钱?又欠债……怎么总欠他?

顾禾抓抓头发,跟在他身后。

以往无数个当"小跟班"的片刻,她最喜欢在拉萨的那晚,转身时两人背后是一座雪山,黄昏余晖洒在上面,金灿耀眼。

在西藏,每一座山都有故事,每一座山都有信徒。

顾禾小半辈子平平淡淡,没什么信仰,但她喜欢听别人讲他们的信仰,比如雪山,比如湖泊,比如爱人。

开到咖啡店,顾禾点了一份冰美式,一份热美式。冰的给沈承其,热的给自己,因为她在生理期,虽然基本结束了,但沈承其不让她碰凉的。搞不清楚他怎么知道的,反正他提醒她时很确定。

找位置坐下,顾禾不抱希望地喝了一口,用东北话形容就是"温突突"的,她眉头一皱,说:"不如上次在西宁商场里买的那个好喝。"

"差不多吧。"

冰美式的口感多数比热的好,沈承其无法体会顾禾那杯有多像刷锅水。

咖啡放下,他接了个电话,一两句讲完挂断,拍拍顾禾肩膀,说:"我去挪下车。"

"嗯。"

顾禾盯着他出门走远,偷偷拿过冰美式,深吸两口,又放回原位,生怕一会儿沈承其回来发现。不过被发现的概率很大,因为吸管上面粘了口红印。

大意了……

"要不要尝尝我这杯?"一个男生端着杯子走过来,坐到沈承其的位置。

顾禾只对咖啡感兴趣,问:"你这杯叫什么?"

"酥油冰博客 dirty。"

"酥油还能做咖啡吗?"顾禾这才正眼看他,是个很嫩的小男生,具体年龄不知道,说是大学生也不为过。

"当然,你尝尝,很好喝。"

"不了,谢谢。"

小男生看着顾禾,问:"姐姐你不是本地人吧?游客吗?"

顾禾逗他玩:"你觉得呢?"

"看着不像,你很白,很漂亮。"

顾禾接着喝自己的热美式,旁边的男生欲言又止:"能加个微信吗?"

"不能。"沈承其从门外跑进屋,站在男生身后,双手插兜,眼里全是敌意。

"啊……不好意思。"

小男生端着咖啡走了,躲到离他俩很远的位置。

沈承其坐下,顾禾问:"挪好啦?"

"不会赶人吗?"

"那多没礼貌,我正想婉拒你就回来了。"

沈承其拿起咖啡刚要喝,精准发现一道红色,唇印和某人一模一样。

"是不是偷喝我咖啡了?"

顾禾心虚地否认:"没有啊。"

"难不成是刚才那男生喝的吗?"

"可能,他长得帅,我没注意。"

沈承其轻笑一声,顾禾不擅长撒谎,每次说口不对心的话,那个逗号一样简单的眼睛便左右晃动,无法集中。

"你着急回吗?"顾禾问。

"想去哪儿?"他总是能预判她的下一步,这份了解像一把双刃剑,大多时候对顾禾来说很省事。

"想去走走,又不知道去哪儿。"

"你该晒晒太阳了。"沈承其咬着吸管仰头看向窗外,"可惜是阴天。"

"有什么推荐吗?"顾禾撑着下巴看他。

"想不想去寺庙?附近有个阿力腾寺。"

沈承其推荐的时候带着点私心,其实是他想去寺庙走走。

"好啊。"顾禾拿上咖啡起身,拍拍他后背,"今天正好不晒,走吧。"

虽然不晒,顾禾还是戴了帽子,本来是沈承其的,被她抢过来了。

咖啡店角落,服务员走到刚才搭话的小男生跟前,说:"告诉你行不通,你还非得去,差点挨揍吧。"

"你也没说她有男朋友啊,还长得那么帅,搞得我很被动。"

"行,这杯我请你。"

阿力腾寺距离咖啡馆一点七公里,说近不近,说远不远,顾禾问沈承其要不要走着去,沈承其说开车,怕下雨。开出一条街,顾禾望着挡风玻璃上的雨滴,庆幸听了沈承其的话。

"你去过这个寺吗?"

"应该去过，太久了，不记得。"

"要门票吗？"

"好像不要。"

看来间隔时间确实有点久。

途中路过一所学校，顾禾问沈承其："你大学之前都在德令哈上的吗？"

"嗯。"

"学习好不好？"

"凑合，你呢？"

"我也凑合。"

其实顾禾学习还不错，但丁丰源想让她跟自己一起考研的时候，她没同意，毕业后直接找工作上班。只能说选择不同，各有各的精彩。

车很快开到阿力腾寺，雨也停了，沈承其找地方停车，外面车辆没几台，里面游客应该不多。

"咖啡。"顾禾帮他从车上拿下来。

"那边是入口。"

顾禾跟着他，刚走出没几步，雨突然又下起来，急促地向地面拍打。两人手里的咖啡都没剩多少，沈承其拿走顾禾那杯，一起扔进旁边垃圾桶，拉她往前跑。如果是第一次来德令哈，这么跑肯定不行，谁让顾禾已经混成半个本地人了呢。被风吹眯的眼睛，紧扣的双手，还有翘起的嘴角，每个部分都在证明她有多开心。

很快，两人跑到入口处，到檐下避雨，因为跑太急，有点气喘吁吁。

"淋湿了吧？"

沈承其要把他防雨的外套脱给顾禾，这才发现两人的手还握在一起。

顾禾匆忙撤回，说："没事，没淋到多少。"

听着雨声，在屋檐下躲了一会儿，顾禾伸手试探，问："停了吧？"

沈承其重复她的动作，说："停了，走吗？"

"好。"

下雨的时候周遭安静，只有雨滴拍打建筑物的声音，等到雨停，人们不知从哪儿涌出来，继续前行的脚步。

沿着入口往里走，寺庙各个角落已经有叶子黄了，三两僧人从落叶上踩过，不太清脆的碎裂声像在告诉诸神，又一个季节开始轮替。沈承其看着僧人匆匆的身影，心有所想，也许这些年他妈也过着相似的生活，青灯古佛，梵钟鸣音，身后无一牵挂，也不想成为谁的牵挂。

"这里面有年纪大的僧人吗？"顾禾问的时候，脑子里不禁浮现出邓敏清的名字。

"不知道，应该有吧。"

"等我老了也想出家。"

沈承其低头不语，他想象不到变成老人的顾禾会是什么样子，也无法预见那时她的身边是否有他。

转念一想，顾禾说："能不能活到老还不一定呢。"

"当然，你能活到一百岁。"

顾禾仰头看着沈承其的侧脸，很奇怪，有的人不相信自己后半辈子会过得平安如意，却无比坚定地相信所爱之人可以一生顺遂。

走到一处香炉前，顾禾问沈承其："德令哈这边有没有结婚之后，女方要在男方家过年的习俗啊？"

"有倒是有，不过你可以回老家陪阿姨还有顾嘉。"

"这边过年的时候热闹吗？"

沈承其别过头去，说："还行吧，我这两年都没在家过。"

顾禾放缓脚步，问："那你在哪儿？"

"在西宁的青旅，吃泡面看春晚。"

那段忙得马不停蹄的日子，沈承其很少回忆，可能每天事情太多，反而想不起什么重点。过年的时候，辛丹和高凯各自跟家里人团聚，他借口说店里有住客，走不开，然后一个人过完除夕，在爆竹声声中迎来新年的第一个旅客。

"今年我陪你回家过吧。"顾禾说。

怕沈承其拒绝，顾禾又补充一句："德令哈离我家远，我不想来回折腾，等春节过后暖和一点我再回家。"

"真的？"

"嗯。"

沈承其心里默默数着时间，离过年还有好几个月，离他俩的生日也还有点远。

走上台阶，站在一处殿前，顾禾忽然指向远方，说："沈承其，你看，彩虹！"

沈承其顺着她的手指望过去，一道弧形的彩虹从这端拉到那端，不知跨越了多少公里。

"很久没看到彩虹了，好漂亮。"上次见还是刚认识沈承其没多久，他用水管冲洗玻璃时的人造彩虹。

"嗯，漂亮。"

顾禾看着彩虹，沈承其看着她。忽然，顾禾转过来，和沈承其笔直的目光撞上。

"沈承其。"

"嗯？"

"我的戒指呢？"

顾禾举起左手，无名指动了动。

这句话并不是字面意思，沈承其很清楚，他看着顾禾的眼睛，郑重地问："这里是寺庙。"

"我知道。"

"答应了不能反悔。"

"不是你说举头三尺有神明吗？背叛的人下地狱好了。"

用轻描淡写的语气说最狠的话，一如顾禾的风格，当初对待丁丰源出轨，她也如此，不同的是对面人的反应。

沈承其听完，又转回头继续看着彩虹，说："我说得不对，你可以反悔，如果你反悔，我可能会恨你，但你也会自由。"

会恨你，然后放了你，这是沈承其的方式。

"你怎么不问我，为什么这么久才给你答案？"

"我想知道，但我更不想变成你眼中不识趣的人。"

"我怕你一时兴起，我不想……不想再被背叛，第二次。"

顾禾说完，主动牵他的手，摸到一阵湿热，问他："出这么多汗，紧张啊？"

"刚才淋的雨。"沈承其松开她，在衣角蹭了蹭，又重新抓住。

顾禾继续逗他："不是谈过恋爱吗？搞得跟没过女人一样。"

"谈过，没追过。"

所以某种意义上，顾禾拥有了沈承其的第一次。

顾禾望着彩虹尾巴，淡淡地说："我有一堆小毛病，我怕你对我失望。"

沈承其低头，说："说不定你会对我先失望，我这个人很无趣。"

"那你喜欢我什么？"

"最开始对你有好感，是因为张叔说你经常过去帮忙，我觉得你很善良。"

"善良会招人喜欢吗？"

"不一定，但很可贵。"

顾禾找碴儿:"如果我不善良,你就不喜欢我了呗?"

"你要想当坏人只能下辈子。"

"过来。"

"嗯?"

顾禾踮脚,仰头靠近他,说:"我要是在这儿亲你,是不是对佛祖不敬?"

"佛祖管不来那么多凡间事。"

沈承其捧着顾禾的脸,俯身在她唇上啄了一下,混合着雨水和咖啡的香气,还有丝丝清凉。

幸运一见的彩虹在转瞬间消失殆尽,只剩远山默默伫立。其实本以为这世上有很多无穷无尽的东西,细算下来并没有多少,比如人所能付诸的爱。曾经沈承其想,如果有生之年他还能拥有爱一个人的权利,必将厚意款待。

此时,便是属于他的盛宴。

第十章
五台山

从阿力腾寺回去,几乎下了一路雨,雨刮器左右摇摆,忙得晕头转向。

顾禾摸着左手无名指的钻戒,满脑子都是刚才沈承其给她戴上时的情景,原来戒指一直被他放在车里,用原来的盒子装着。粗糙的指肚滑过顾禾的无名指,转瞬的事,却好像奔走了万里那么长。

晚上闭店后,顾禾到隔壁门前晃了一圈,没看见沈承其,她又回去了,像往常一样用电脑查今天店内流水,打算查完再锁门,只是看到一半,沈承其开门进来,手里拎着充电线、剃须刀,还有一件短袖。

"去找我了吗?"

"嗯?"他看见了?

沈承其掏出手机,说:"我看监控了。"

什么毛病……

顾禾目光锁定他手里的东西,问:"干吗?"

"睡觉。"

顾禾一脸问号。

沈承其看也不看她,说:"你的床垫舒服。"

这理由简直无瑕,顾禾本来还想怎么把他骗过来睡,可想破脑袋都没想到的理由,被沈承其轻描淡写地讲出口,她指指楼梯,说:"你先上去,我马上。"

"嗯。"

沈承其上楼放完东西又下来,熟练地关窗锁门,街道往来的声音被阻拦在窗外,理发店内一片安静。

关掉电脑,顾禾随手把灯也关了,周围忽然一片漆黑,她下意识地捏

· 272 ·

住沈承其的胳膊,说:"你没开二楼灯啊?"

"没。"

沈承其打开手机,两人借着昏暗的光亮往楼上走,台阶好像比以往长了一倍。

"你盖这个。"

顾禾钻进柜子,给沈承其拿出一床新被子,这是去年秋天买的,收到后她只盖过一次。

沈承其拉开被子举过头顶,被中间一朵硕大的百合图案吸引。顾禾玩心上来,矮下身悄悄绕到他身后。

被子放下,沈承其明显一愣:"顾禾。"

没人应。他爬到床边往下看,也没有,人呢?等再转回来,发现顾禾正站在他身后,咬着手指笑得灿烂。

"你怎么在那儿?"

"我一直在这儿。"

沈承其还真有一瞬间怀疑了:"没动过吗?"

"没有。"

见顾禾憋不住乐,沈承其这才发觉自己被骗,一把拽过她扔到床上。

忽然面对面,还离得这么近,顾禾有点慌。酒壮厌人胆,今晚没喝酒。

"我去洗澡。"

洗手间的门被沈承其关上,顾禾深吸一口气。

不到十分钟,沈承其洗完出来,顾禾只觉身子一沉,她转头,和沈承其鼻尖对鼻尖。

沐浴露虽然是她的,但从沈承其身上散发出来有种别样的味道,勾引着顾禾往前凑,火热地贴合。那件酒红色睡裙才穿上便被扯掉扔到一旁,床头灯散发的暧昧光线像助兴的音符,等到关键环节,顾禾从床头柜翻出一个避孕套给沈承其,谁知他瞥了一眼,直接扔了。

一局结束,顾禾喘息着找他秋后算账:"为什么扔了?"

沈承其翻身下床,说:"你前任的东西,我不想用。"

顾禾一下恍然,原来是因为这个。她趴在枕头上笑,晃晃腿,脚尖蹭到沈承其的胳膊。

"明天你自己去买。"

"嗯。"

"你一般用哪个牌子?"

"小姑娘哪那么多问题。"

他把手指擦干,纸巾扔进垃圾桶,关灯上床。

周六,王小娴带月月来店里涮火锅,杨鹏全程带孩子玩,还给她演示修车技能。月月一脸崇拜地说:"叔叔你好厉害!"

杨鹏笑得满脸褶子,潜藏的父爱升华出来,整条街都能看到他的慈祥。

离吃饭还早,王小娴让顾禾帮她修修头发,说长长了,得剪剪。小马想伸手,奈何有其他顾客来。

"你俩处得怎么样?"顾禾边剪边跟王小娴聊。

"挺好啊。"

顾禾本来以为一个汽车修理工和一名教师会聊不到一块儿去,没想到两人意外合拍,杨鹏为人幽默,恰好王小娴又很喜欢幽默的人,经常被杨鹏逗得哈哈笑,开心才是最重要的。

"沈承其看着不像幽默的人,你和他在一起不会闷吗?"

"不闷。"偶尔沈承其也会开玩笑,话说回来,就算没有幽默,还可以看他那张脸。

"韩冬呢?最近这么消停?"

王小娴笑出声,顾禾差点剪歪。

"相亲去了,他爸他妈两边亲戚轮番介绍,说明年必须结婚,不结不行。"

"下死命令啊?"

"可不。"

王小娴从镜子里看到外面有车开过来,说:"你老公回来了。"

虽然顾禾早已习惯跟沈承其在人前伪装亲密,可到现在也还没习惯"老公"这个词。

顾禾转头,看见沈承其从车上下来,手里大包小包,杨鹏拉着月月过去接。进到理发店,沈承其冲王小娴点点头,几大步跨上楼梯。

"沈承其多高啊?"王小娴的视线从沈承其那两条长腿撤回来,问顾禾。

"不知道。"心里想着他之前好像说过自己一米八七。

王小娴瞪眼扭头,被顾禾把头强制转过去,说:"坐好。"

"你咋能不知道呢?"

"反正一米八以上吧。"

"我看他都快一米九了好吗?杨鹏被他显得特别矮。"

顾禾表面上剪得很专心,实则脑子里想的是她和沈承其躺在床上,明

· 274 ·

明头在同一个位置，脚的距离相差甚远。刚在一起睡的时候，顾禾经常一条腿架在他身上，他也不会甩开，只是早上醒来就变成沈承其抱着她了。

"丁丰源最近没来烦你吧？"

"没了，柴溪倒是找过我两次。"

柴溪？这个在"东窗事发"后就没听顾禾提起过的人，怎么突然冒出来了？

"不要脸，想干吗？"

顾禾这才告诉王小娴："他俩没结婚，丁丰源调走了，柴溪估计……八成……差不多看上沈承其了吧。"

王小娴脱口想骂人，奈何老师的身份和修养让她把脏话生生憋回去。

"柴溪是不是有病？怎么追着一只羊薅羊毛呢？你放心，她要敢勾引沈承其，我和杨鹏饶不了她。"

顾禾手里的剪刀"喀嚓"一声，说："没事，我自己能了断。"

了断和解决可不是一个级别的词，王小娴吓得把她剪刀合上。

沈承其放好东西下楼来，说："我买了个饮水机，一会儿过来弄，先放着。"

"嗯。"顾禾看他一眼便匆匆低下头，生怕又被王小娴调侃。

她自己平时在楼上喝水都用热水壶直接烧，没别的毛病，就是需要等，上次感冒沈承其给她烧水的时候下单了一个，过后才告诉她，只不过是预售款，这不，才到货。

"沈承其老实吗？"

顾禾有点想歪，问："哪方面？"

"你说呢？"

"老实。"

"要在几年前我肯定找个帅的，现在我只想找个对月月好的。"

"我看杨鹏和月月玩得挺好。"

王小娴笑笑："不行，他太惯着孩子了，要什么给买什么，没有原则。"

听着像抱怨，实则还有满足的成分在。

剪完头发，大家都聚过来开始涮火锅，杨鹏一直给王小娴夹肉，小马看不过去了，说："老杨你收一收，孩子在呢。"

"月月不爱吃羊肉，我让其哥给她买虾了。"

得，对牛弹琴。

小马狠劲皱眉，发现沈承其虽然吃得静悄悄，可顾禾碗里的肉一点不少，相比之下还是他的段位高。

"月月,你说小马哥能找到女朋友吗?"

月月的小嘴正忙着吃虾,根本没空理他。

小马耐着性子,等月月嚼得差不多了,才回他两个字:"不能。"

"为什么呀?"

"你的头发不好看。"

"那谁的好看?"

月月在几位大人中扫了一圈,小手指过去,说:"他。"

顾禾问沈承其:"你是不是偷偷给月月买玩具了?"

他摇摇头:"没有。"

王小娴给月月擦嘴,说:"我女儿审美很正常,跟贿赂没关系,是吧?"

"嗯!"月月冲沈承其眉开眼笑,小虎牙可爱得很。

吃完饭,沈承其开车分别送王小娴母女和杨鹏回去,小马还是骑他的破车,说不定几点才能晃悠到家。

沈承其送了一圈人,回来已经快九点了,顾禾正坐在窗下等他。

锁好车,沈承其坐过来,捏捏她脖子,问:"不冷吗?"

顾禾偏头,蹭了下他手腕,说:"不冷,都送到家啦?"

"嗯,月月哭了。"

"怎么了?"

顾禾问的时候有点担忧,听沈承其说完原因又笑了。

他说:"月月想让杨鹏今晚睡她家,可能当着我的面,王小娴没好意思,从杨鹏怀里把孩子抱走,月月哭得厉害,楼道灯都震亮了。"

顾禾说:"太可爱了吧。"

"嗯。"

话说完,沈承其把车钥匙塞进顾禾手里,起身往街边走。

她抻长脖子,喊道:"干吗去?"

"买点东西。"

顾禾眼睁睁看着沈承其穿过街,走进对面药店。

之前买的那盒避孕套已经用完了。

九月底,赵老师打来电话,说邓敏清终于给她回信,信的内容大意为,她不能下山,但沈承其可以去见她,但不要带不相干的人,还留了一个日期和地址,指定他这一天过去。地址是五台山,文殊菩萨的道场。

沈承其看完,闷头不语。

这一天他想过无数次，可真当它来临的时候，却感到一股悲凉和茫然。命运有很多不可攀爬之山，越过每一座都需要勇气，眼下在他面前就有一座。

"我给你买票吧，看看怎么走。"顾禾捏着信纸说。

"你能陪我一起去吗？"

"阿姨说不让你带不相干的人。"

沈承其苦笑："她指的是我爸，再说你也不是不相干的人。"

分开这么多年，儿子依然可以从母亲的文字里窥探她的本意。

"行，我陪你去，但没经过她同意，我不能贸然见她，不礼貌。"

"嗯。"

怕沈承其多想，顾禾把手机收起来，摸摸他的头。

约定见面的时间在十一长假之后，快了。数一数，沈承其的店已经开了半年，他俩认识的时间也一样，半年匆匆而过，顾禾却感觉好似过了十年那么长。

等待出发的日子里，沈承其去了一次西宁，说酒吧那边搞周年庆活动，顺便对下账。

在他去的第二天晚上，辛丹给顾禾发来一张照片，一身白衬衫加西裤的沈承其站在酒吧一角，肩上搭着西服外套，正和辛丹堂哥聊着什么，酒吧灯光打在他身上，有点像老板下了班直接去娱乐场所。

"帅吧。"辛丹说。

"还行。"顾禾口不对心。不过这身西服真是值，什么场合都能客串。

除西宁外，沈承其其余时间一直待在德令哈，白天在汽修行忙，晚上在理发店忙。

去五台山见邓敏清的事情，沈承其不让顾禾跟赵老师告诉任何人，最怕传到他爸耳朵里，阻拦他们见面。可怕什么来什么，事情虽然没被透露，却被耽误了。

临出发前一天下午，沈承其他爸因病入院，虽然还是老毛病，但身边离不开人照顾，没办法，顾禾只能将机票退掉。

医院走廊，顾禾赶到的时候，沈承其不在病房，她放下水果，跟沈承其他爸还有阿姨聊了几句，去楼道找他。

那扇又厚又重的门打开，"吱嘎"一声，沈承其闻声回过头，问："你怎么来了？"他努力挤出一丝笑。

"来看看叔叔，你吃饭了吗？"

"吃了。"

不用问也知道是骗人。顾禾走过去弯腰，说："真的假的？"

发尾扫过沈承其的脸，他这才说实话："没有。"

"我给你做了点儿，想吃吗？"

顾禾从身后拿出手提袋，放到他怀里。

温热通过饭盒传给沈承其，他打开尝了一口，皱皱眉："我爸吃过了，你没给他俩吧？"

"没有，怕做得不好吃，先拿你试试水。"

"嗯，这么考虑是对的。"

顾禾的自信心遭到打击，走到下一级台阶坐下，说："有那么难吃吗？"

"还……行。"

沈承其暗想，人要是只专注一件事，多半能干好，所以顾禾能把馄饨包得那么好吃，而其他的……不过沈承其并没有因为味道不好撂筷子，继续大口吃，不知道的还以为很美味呢。

"别吃了，我带你出去吃吧。"

顾禾伸手要抢，沈承其往一边躲，说："能吃，别浪费。"

"我怕毒死你。"

"毒死我好继承我那两个员工吗？"

想到杨鹏，顾禾忙摆手："您还是自己留着吧。"

沈承其很快把一盒饭加一盒菜吃光，空饭盒放回袋子。顾禾抱着膝盖问他："叔叔要住几天？"

"以往差不多四天，有时候一周。"

顾禾听他讲过，沈叔叔是退休干部，医药费多数能报销，但住院哪有好受的，这也是沈承其不能离开青海的原因，方便随时照顾。父子关系从邓敏清离家那年开始逐渐疏远，直到沈承其大三的时候才慢慢缓和，因为家里那位阿姨给他讲过一件事。

她说邓敏清离开后，学校开始传闲言碎语，导致沈承其经常遭受个别同学的议论，每每听到有人说，他都装没听见，不是不在乎，而是心思深，不愿与人提及。

某个阶段忽然没人再说了，因为沈承其他爸在家长会的时候，跟其他家长请求，说不奢望班里每个孩子都对沈承其友好，但希望可以给沈承其多一些包容和空间，不要因为父母的错给孩子增加负担，未来还有很长的路要走，不能耽误他，如果不行，只能让他转学。

或许沈承其他爸态度诚恳，自那以后，还真没有同学再议论他家里的事了。

"走吧。"沈承其起身，然后拉起顾禾，"回去打个照面，我送你回去。"

"嗯。"

之前看望沈承其他爸，是不得不走的过场和作为契约婚姻要履行的义务，现在则是作为正牌女友从心底想做的事。

这次见面失约，沈承其跟赵老师解释了一下，希望再约个时间。这一来二去，再得到消息差不多已经十一月，邓敏清说冬天五台山路滑，经常大雪封山，把见面时间推到了明年。

德令哈的冬天虽然没东北那么干冷，但温度也不高，第一场雪下完后，气温骤降，顾禾不再把毛巾晾在窗外，而是直接烘干，省事儿。

刚开始供暖第一天，顾禾出去跟沈承其吃个饭的工夫，暖气片突然漏水，她回来看见水从沙发底下往外流，还带着铁锈的颜色，赶忙让小马去隔壁找外援。

很快，沈承其拎着扳手过来，轻而易举地挪开沙发，没几分钟便修好了。小马忙着给顾客洗头发，帮不上忙也用不着帮，但他致力于拍马屁，见沈承其把水擦干，沙发挪回去，说："其哥，这条街没你得散。"

"手怎么了？"

顾禾拽过沈承其的右手，发现虎口处裂了一道口子。

"天冷，可能在外面修车冻着了。"

顾禾找出护手霜，拧开盖子刚要给他抹，沈承其把手背在身后，说："太香了。"

听见顾禾"啐"的一声，他这才不情不愿地伸过去，看顾禾在他手上均匀涂抹，重点是裂口的地方。

"疼吗？"

"不疼，小伤。"

顾禾一直感觉沈承其对疼痛的感知力不强，小来小去的伤都不当回事儿。

抹完，沈承其抬手闻了闻，又凑在顾禾耳边使劲嗅了两下。

"干吗？小狗一样。"

"和你身上的味道差不多。"

"不是差不多，是一样，我每天都擦这个。"

沈承其笑笑，手指伸展两下，说："小时候冬天跟杨鹏出去玩，手也

279

经常冻坏，我妈给我抹那种贝壳形状的手霜，特别油，每次擦完都被杨鹏嫌弃。"

顾禾脑子里有画面了，说："我小时候也擦过，还挺好用的。"

"商量个事儿啊，你俩秀恩爱能不能背着点我呢？"小马拇指和食指捏在一起，"稍微考虑一下我的感受。"

没人理他。

"禾姐，给我擦点。"小马坐着带滑轮的凳子滑到两人跟前，找存在感。

顾禾拧开盖子刚要涂，沈承其看向小马，他"嘿嘿"一笑，露出八颗牙，说："我自己来。"

沈承其捏了捏手里的扳手，手背青筋暴出，说："我先回去忙了，有事叫我。"

他前脚刚走，小马假装擦擦额头冷汗："老杨说得没错，其哥用眼睛就会骂人。"

"他逗你玩呢。"

"可怕，其哥要伸一脚，能把我踹出二里地。"

"……"

第二天，顾禾去商场买了好几管没什么味道的护手霜，给了杨鹏，让他们仨记得没事抹一抹，省得手冻裂。

小马在店里十指不沾阳春水，不用擦，平时除了剪发，其余活很少用到他，因为这个店刚开的时候，全靠小马的手艺在撑，连顾禾好多技术都是跟他学的，所以对他一直很照顾。

第一场霜冻之前，天气异常温和，有点像回光返照。

顾禾在外面放风的时候夜观天象，决定趁夜把格桑花的种子收集完，准备明年春天接着种。事实上她的决策非常精准，因为第二天早上就下了一场霜冻，虽然对种子影响不大，但父母从小给她灌输的思想，霜冻前要完成收获才行。

临近圣诞节，德令哈这个西北小城也有了一些节日气氛，只不过不像北京那么夸张。顾禾从不过洋节，所以圣诞对她来说只是一个普通的周末，倒是王小娴喜欢参与，提前让杨鹏申请假期，要过二人世界。

圣诞节当天，小马送给顾禾一个苹果，还是彩色纸包装的，上面是心形图案，特别夸张。

顾禾上次在这种节日收到苹果还是上高中的时候，小女生喜欢这些，男生女生之间送来送去的，到最后每个人桌子里都堆了好多苹果。送满三次之后，青春被迫画上休止符，他们这些学生也被动变成了父母口中需要懂事的大人。

"你想要什么？"顾禾问小马，"送你一天假期吧，你可以跟朋友出去玩。"

"我不去，我一个单身狗，去哪儿都受伤。"

好像在店里待着也不能幸免于难吧？

下午，杨鹏休假跟王小娴约会去了，有活忙不过来的话，沈承其顶上。

小马坐在暖气旁，一边吃着冰棍儿，一边向外张望。

"禾姐。"

"嗯？"

"大事不妙。"

顾禾见他坐得比谁都稳，根本不好奇他看见什么。

"柴溪怎么又来了？三天两头到其哥那儿修车，车都快拆成拖拉机了吧？啧啧啧！还给其哥递水。"

要是丁丰源，小马还可以正面迎击，柴溪一个女的，他不好意思出手。

"有钱干吗不赚。"

沈承其跟顾禾讲过柴溪去他那儿修车的事，顾禾让他正常接待，别打折就行了。

顾禾的回答让小马目瞪口呆："你不介意吗？"

"沈承其有分寸。"不管对谁都是。

或许柴溪是想试探顾禾到底能把她怎么样吧，第二天，顾禾让她看到了结果。一张贴在车窗上的照片，让柴溪震惊又后怕，自此再也没有出现在顾禾门前那条街。照片里的人是柴溪和丁丰源……这次是贴在柴溪车上，下次贴哪儿就不一定了。所以顾禾不是没有武器，只是懒得出手而已。

月底，两人生日，沈承其说凑一凑，在顾禾生日那天一起过。早上煮了鸡蛋，晚上吃了一个小蛋糕，没多余的仪式，却觉得很好。

顾禾给沈承其买了一部新手机，他原来那部在修车的时候屏幕被压裂了，一直对付着用，每次开屏，顾禾看到那张满是裂纹的合照就觉得别扭，趁着他生日赶紧换掉。

跟顾禾的礼物相比，沈承其送的比较朴实无华，他给顾禾二楼的房间重新装修了一遍，刷了墙，换了地板和窗户，全部亲自上阵，赶在生日这天全部弄好了。

坐在焕然一新的房间里,吹完生日蜡烛,顾禾有种愿望一定会实现的错觉。

过了十二月,顾禾一直担心的事并没有发生,根本没人问她和沈承其登没登记,或许大家心里默认两人早已是名正言顺的夫妻关系,没人闲到揪着那张证不放。这样也好,省得费口舌解释。

冬至之后,整个城市自动进入一种冬眠状态,德令哈的一切也慢下来,像一座陈年老钟。

天气冷,顾禾整天窝在店里,走过最远的路就是和沈承其到附近公园转转,不过沈承其有一点让她很佩服,不管多冷,他早上六点雷打不动地出去跑步,基本没间断过。

一开始他起床,顾禾还会醒,时间长了,有时候他回来准备好早饭,顾禾才迷迷糊糊醒来,要命的是沈承其还给她拿热毛巾擦脸,顾禾感觉这种衣来伸手饭来张口的日子有点飘,直到一切成为习惯,她才欣然接受。

冬季寒冷漫长,好在生活不那么乏味,几家店的人际关系融洽,生意一直稳定,只是对沈承其来说,还有一件未确定的事一直梗在心里,不知道确切的消息何时会来。

春暖花开的时候,一封封面上写着寄件地址是五台山的信,由吉林白城发出,用快递以最快速度送到沈承其手里,是邓敏清的亲笔。

开头写着"承其",字迹陌生又熟悉,信很短,但该交代的都交代了。

看着信封上的地址,顾禾回想很多年前去五台山,还是上大学的时候跟室友几人一起去的,其他三位都求了姻缘,只有顾禾在五爷庙求财,结果财没求到,她却成了宿舍里第一个谈恋爱的人。

上天在冥冥之中自有安排,顾禾这么安慰自己。

看完信,顾禾还给沈承其,说:"这次一定可以见到。"

"其实我都不知道见到我妈该说什么,她还在家的时候,我俩说话也不多,我在学校从不惹事,老师也没找过家长。"

"等见了自然有话聊。"

很多事没法预想,因为预想的意义不大。

四月中旬,顾禾陪沈承其从德令哈一路自驾到山西,他俩提前出发好几天,所以不急着赶路,走走停停,在约定时间前一天抵达山西忻州。从忻州去五台山就很近了,一百多公里,可以当天来回。

顾禾给沈承其买了一套运动服,他喜欢穿这种休闲的,精准好选,一身黑色穿他身上，顾禾不禁想起在冷湖那次，他也是这样一身黑。

"我随便溜达溜达，你自己过去吧。"

"嗯。"

顾禾给他把衣服拉链拉上，有些欲言又止。

她无法想象沈承其和他妈见面会是什么场景，但以她对沈承其的了解，他一定会说自己过得很好，那些少年时期的伤痛，会在轻描淡写中一笑而过，就像从没有发生一样。站在同为子女的角度，顾禾理解沈承其，但又怕好不容易得来的见面最后不欢而散。

沈承其知道顾禾有话，勉强笑了笑："你放心，我知道该说什么。"

"嗯，去吧，我等你。"

果然，最后他还是选择了放下，善良的人不是不介意冷漠和无情，只是他们比别人更懂得释怀。

沈承其走出两步又走回来，说："你别乱走，我怕出来找不到你。"

"丢不了，我就在附近。"

"嗯。"

等沈承其终于走远，顾禾朝四周看了一圈，朝左前方走去。

四月的五台山还有点冷，游客不多，向阳处的角落里有绿草冒出头来，成为今年的第一抹春意。顾禾走走停停，对风景提不起什么兴趣，最后在一处红墙边坐下，望着远山发呆。

蓝天、白云、红墙、泥土，还有一个并不孤单的人影。

相比阿力腾寺的悠远、悲凉，还有沉静，五台山旺盛的香火给了这群寺院另一番热闹景象，只是相比后者，顾禾更喜欢阿力腾寺。

喜恶全凭私心，德令哈的一切便是她的私心。

寺院门口，沈承其远远就看见一位尼姑模样的女人站在那儿，手里拈着一串佛珠，他快走几步过去，一时有些认不出眼前人是不是曾经照片里的母亲。

邓敏清则一脸淡然地看着沈承其笑笑："长高了，样子没变。"

年迈的声音已不似当年，但她笑起来的模样，让沈承其一下子便确认她就是邓敏清。

酝酿半天，沈承其才叫出一声："妈……"

"我不方便带你进寺，你随我在附近走走吧。"

"好。"

邓敏清手里的佛珠捻动不停，步履倒是很慢。

"我以为你和你父亲早已开始了全新的生活,没想到这么多年你还在找我,赵姐联系我的时候我很恍惚。"

"一开始那几年我和我爸都找过,后来只剩我自己找了。"

沈承其说这话是什么意思,邓敏清很清楚。

"我走的时候你已经是大孩子了,放学回家知道自己弄饭吃,会自己洗衣服叠被子。"

想必就是到了这个阶段,邓敏清觉得她终于可以放心离开。

"听赵姐说你成家了,跟她女儿。"

沈承其眼前闪现顾禾的脸,点头:"嗯,成了,她叫顾禾。"

"赵姐人很善良,想必她女儿也不会错。"

"顾禾很好。"

"承其,你来找我,是不是想要一个真相?"

"我知道。"

时隔多年,沈承其不想以一个孩子的立场去批判大人在情感上的所作所为,他也没有权利批判。

"很多父母不仅在别人面前伪装,就算面对自己的亲生骨肉也会在意颜面,所以,你不必责怪你父亲。"

责怪?沈承其知道的版本应该是他妈有错在先。原本不想提及陈年旧事,可沈承其忍不住发问:"当年的事,有什么隐情吗?"

"都过去了,你不必知道,你父亲也已一把年纪,好好对他。"

上坡路上,邓敏清走得更慢了,沈承其再次放缓脚步,虽然他妈看着气色不错,但终归也是六十多岁的老人。

"妈,你有回去过吗?"

"回过,去你学校看过你,后来出家,我再也没有离开过五台山一步。"

听到她说回去过,沈承其所有的心结全部释怀了。

"你身体怎么样?"

"有一些老毛病,没大碍。"

"去医院看过吗?"

"没有,风湿病,贴膏药就行了。"

沈承其张张嘴,欲言又止,虽然是母子,说到底还是有些生分在。

这条路走到岔口,邓敏清带沈承其顺着原路往回走。

"我离开德令哈之后去了吉林白城,我小时候在那儿长大,虽然没待多久,但有很多感情。在白城我找了一份财务工作,干了两年出了那事,你知道,出事后我把自己关在家里想了两天,后来把工作辞了,来了五台山。"

寥寥几句,讲完了邓敏清与家人分开后的大部分经历,她没有刻意诉苦,也没有埋怨任何人,平静得像在述说别人的故事。

"我没有对你尽到全部抚养义务,你也不必赡养我,我在这儿挺好的,不必记挂,如果你还想来看我,在我死前,我们可以每年这个时间见一次,你要是不想见就不必来了,随你本心。"

分开之前,这是沈承其听邓敏清说的最后一段话。

一小时后,顾禾电话响了,沈承其问她在哪儿,要来找她。

"你原地别动,我马上回去。"

放下电话,顾禾一路小跑回之前分开的地方。

"这么快见完了?没留你吃饭吗?"

沈承其笑笑:"我没去寺里,不方便,在外面随便走走。"

他的情绪明显比来时好了很多,应该聊得顺利。

"阿姨怎么样?还好吗?"

"嗯,她说我个头长高了,样子没变,还说以后一年可以见一次。"

"那太好了。"

顾禾想问沈承其有没有介绍自己,但не好意思。

"我妈知道我成家,跟你,可能你妈写信说了。"

顾禾咬着嘴唇,低头:"噢。"

她不想被沈承其看见她笑,转过身去指着车,说:"我们去别的寺庙转转吧,好不容易来一趟。"

"嗯,这次想求什么?"在北京去雍和宫的时候,沈承其也同样问过她。

"什么也不求。"

"那岂不是白来了?"

顾禾开车门,说:"那就象征性求点财吧。"

上车,沈承其系安全带,说:"貌似不太真诚。"

"以往我真诚的时候也没灵验。"

"怎么听着像记仇?"

"不敢不敢。"顾禾双手合十,"小的造次了,见谅。"

沈承其被她逗笑,打方向盘往外开。

在德令哈跑步的时候都没觉得累,回到平原,爬上菩萨顶的一百零八级台阶,顾禾累得气喘吁吁,沈承其则站在"灵峰胜境"四个大字下面,刚才冲她伸手,助她爬完最后两级。

"你怎么不喘?"

"我爬得慢。"

顾禾想揍他,看来回去真得跟沈承其一起好好锻炼身体了。

一路走到大白塔下,沈承其忽然说:"以后每年来看我妈,你能陪我来吗?"

"能,如果我们没有分开的话。"

顾禾想表达的意思是她会每年陪他来,可沈承其听完明显有些失落,低头沉默了会儿,他看向白塔,闻着寺院里燃香的味道,在心里喃喃道:"我希望当死神临门的那天,最后能让我想起的,是与你并排坐在窗下的那个春夜。"

似无比虔诚的发愿。

见到邓敏清之后,沈承其忽然觉得,命运对他不错,那座曾认为不可翻越的大山,他登顶了。而所谓爱一个人,是当你没遇到她时,每个明天都可能是终点,遇到她之后,前方忽然大路坦途,你一改从前,想去更远的地方看一看。

从忻州开回德令哈后,沈承其连睡了十几个小时,期间顾禾、杨鹏还有小马分别上楼探望,最后三人站在床边,看着沈承其窝在淡紫色被子里浑然不知的睡颜,小声议论。

"其哥还有气儿吗?"小马要伸手去探,被顾禾一把揪回来。

"顾禾,你把他怎么了?"

"我啥也没干。"

杨鹏摸着下巴分析:"上次他睡这么久还是高考完第二天,我去他家找他,好不容易才把他拽下床。"

小马指向沈承其的脸,说:"你发现没?其哥自从结婚之后好像白了不少。"

杨鹏"喊"的一声:"整天守家里待着,也不怎么往外跑了,能不白吗?再说他底子本来就不黑,不像我。"

顾禾见沈承其微微蹙眉,招呼几人赶紧撤。

下午,阳光隐匿进云层,沈承其终于睡醒了,趿拉着拖鞋下来,顾禾的名字被他从二楼喊到一楼。

"哎呀!行了行了,你叫魂呢。其哥,禾姐去隔壁串门了。"

"嗯？"沈承其蒙眬的睡眼终于睁开。

"张叔那屋。"

"噢。"

沈承其走到饮水机旁接了杯水，一口气喝到底后，到洗手间洗脸。

小马正站在镜子前，扒拉自己那几根黄毛，自从郭琮给他染发后，长出的黑色部分他不时拿染发膏补个发根，时间一长审美疲劳，又懒得弄，他今天痛下决心想全部染黑，以后低调做人。

沈承其从洗手间出来，小马招呼他："其哥，你给我染头呗！"

"我？"

"怎么，不敢啊？没事，特别简单。"

沈承其拿下毛巾，说："回头让顾禾给你染吧，我没弄过。"

小马看着沈承其只穿一件短袖便开门出去，他光看着都不禁冷得一哆嗦。

几分钟后，顾禾跟沈承其一起回来，她手里捏着一个小塑料袋，像钟摆一样摇来摇去。

"现在能种吗？"沈承其问。

"差不多。"

小马凑过去问："什么呀？"

"张婶给的种子，她说这个花好看。"

"我看其哥挺喜欢花的，去年的格桑不是他为你种的吗？"

沈承其摸摸后脑勺，上楼去了。

"结了婚的两口子，怎么还害羞呢。"

小马看向顾禾，说："杨鹏说你们刚结婚那会儿，其哥有事没事总盯着咱家门口，提起你名字的语气都和别人不一样，怎么热恋期还没过呢？"

刚结婚那会儿……顾禾嘴角翘起，感觉丝丝的甜意在嘴角蔓延开来。喜欢一个人，会本能跟随，像猎犬追逐狐狸的气息，她也曾一样。

沈承其上楼接到一个电话，是赵老师打来的，两人聊了能有十多分钟，顾禾一直在楼下忙，没听到这通电话内容。

挂断后，沈承其塌着肩膀站在窗前，望向窗外被大风吹摆的树枝，眼里好似泪光闪动，可最终没有掉下来。

五一之后，找了个晴好天气，顾禾跟沈承其再次前往冷湖，而这一次与寻找无关，只是单纯想出去露营，沈承其提出来，让顾禾选地方。

287

"我还想再看一次冷湖的星空。"她说。

于是两人一拍即合。

这次出门带的东西很全,都是沈承其平时用的,他还给顾禾准备了一样礼物,没提前说,被他藏在后备箱里。

冷湖小镇和去年来时没什么变化,这个月份游客也不多,驶过镇子时,顾禾看见之前去过的小卖部和面馆还在营业,里面有人进出。他俩带的食物和水都充足,所以不用在小镇停留,直接往石油基地遗址那边开。

路上,顾禾问了沈承其一个让他难以回答的问题:"这边真有外星人吗?"

沈承其搭着方向盘,好半天才笑出声:"那你觉得世上有神仙吗?"

这个问题与"你相信光吗?"相差无几。

顾禾郑重地回答:"有啊,没有神仙我那些愿望许给谁的?"

"你相信有就有。"

她趴在车窗上,想象怎样的外来文明会到达地球,可想到最后全是电影大片的脑补,所谓的外来文明只不过是人类自己创造的。

抵达石油基地后,沈承其把车停在一处墙根下,顾禾看着眼熟,问:"上次也停在这儿对吧?"

"对。"

"记性这么好?"

"还行。"

"那李开辉问咱俩谈多久,你怎么说不记得?"

沈承其笔直地看着顾禾,似笑不笑,她才反应过来那时确实也没谈。

"先把东西拿下来吧。"顾禾掰开沈承其的手,抢走车钥匙,整个人差点钻进后备箱,像极了高原上打洞的地鼠。

傍晚,风小下来,帐篷也搭好了,顾禾跟沈承其吃完煮方便面,同披一条毛毯,坐在帐篷前聊天。

太阳西沉,地平线上几层颜色相交,深蓝、浅蓝,最后到昏黄,层层晕染开来。

"顾禾。"

"嗯。"

"你妈跟你说了吗?我妈的事……"

"什么?"

沈承其看顾禾反应应该不知道,他说:"咱俩刚从五台山回来的时候,阿姨给我打过电话，原来她什么都知道，只是一开始没告诉我。"

沈承其低头说："我妈离家之后，很多人在背后议论，说我妈因为外遇被我爸抓到才不得已走的，我舅总去我家闹，说他姐不是那样的人，让我爸拿出证据还他姐清白，这些你应该都知道。"

"嗯。"顾禾点点头。

偷情对那个年代的人来说，就像一块羞耻布，怎么也扯不掉。

"我去五台山找我妈的时候，我妈让我别责怪我爸，说他年纪大了，好好对他，阿姨给我打电话，我才知道我妈什么意思。"

赵老师的原话是："我和敏清熟了之后，她开始慢慢跟我讲起一些事，她离家出走是因为丈夫生性多疑，总怀疑她跟同事不清不楚，她解释过，可丈夫一直不信，她又想用孩子、用家庭的温暖感动他，结果丈夫不但没有停止，反而变本加厉，向外散播她和男同事有私情，敏清是绝望了，才离开那个家。

"至于为什么不带你走，是因为你爸虽然不相信你妈，但他对你真的疼爱，这个儿子敏清肯定带不走，即便偷偷离开了，你爸找遍天涯海角也会把你要回去，反过来，敏清自己走就走了，你爸做做样子，不会拼尽全力找她。

"出家是敏清想清楚之后做的选择，我们都该尊重她，至于你爸，就像敏清说的，都过去了，他一把年纪再被揭穿这些，只会加重身体病痛，于你们家、你和顾禾的生活没有任何益处，妈希望你放下，毕竟敏清也放下了。"

沈承其讲完这些，顾禾问他："你怎么想？跟你爸摊开说了吗？"

"没有，就当不知道吧。"

有句老话说得好，人生一世，难得糊涂。

从前沈承其活得太认真，非要找到他妈，非要一个答案，现在都知道了，反而没有想象中的轻松。

顾禾敲了下他手背，说："小时候我爸妈吵架，顾嘉吓得躲屋里不敢出来，你知道我怎么做的吗？"

沈承其的第一反应，是猜想她会做出什么样的非常人举动。

"我把他们的结婚证找出来，让他们离婚。"

顾禾笑了声："之后我爸妈再没吵过，起码当着我和顾嘉的面没有。其实普通家庭难免都有磕碰，日子就是这样啊，过得都差不多，你家可能跟多数家庭不太一样，但不代表你是另类，你有你自己的路，能不能顺遂

· 289 ·

到老我不知道,起码不会重复别人的人生。"

沈承其起身,拍拍顾禾肩膀,说:"煮咖啡吧。"

"我正想说呢。"

默契说来就来,顾禾从脚边箱子里掏出磨好的咖啡,沈承其烧水。

等到太阳完全沉下地平线,两杯热气腾腾的咖啡便煮好了。

顾禾喝着咖啡望向头顶,启明星闪亮着,一眼便能捕捉到,有一瞬间,她好像懂了沈承其为什么总来露营,待在这无人之地。

"你喜欢德令哈吗?"

沈承其突然这么问,把顾禾问住了。

她握着热乎的杯子,视线落在漆黑的地面上,说:"我一开始来是因为丁丰源,我没有走是因为你,你要非问我喜不喜欢这座城市,我只能说,我更喜欢这里的人。"

这句话从沈承其心里过了一遍,他舔舔嘴角,笑着看向远方。

顾禾从没直接说过喜欢他,沈承其把这句当成了告白。

入夜,旷野一片孤寂,只剩偶尔一阵风从基地的破壁残垣穿过,有节奏地拍打着帐篷。

看时间差不多了,沈承其让顾禾穿好衣服,带她去外面。

顾禾一头雾水:"现在看银河还早吧?还没出来呢。"

沈承其没回答,而是打开后备箱,掀开角落里遮挡的帆布,搬下来一个贴着彩色包装的东西,带顾禾往远处走。

"什么呀?"

顾禾凑近,才发现是烟花,问他:"什么时候买的?"

"前两天。"

"现在放吗?"

"嗯。"

顾禾回想小时候过年,跟顾嘉一起到楼下放鞭炮的情景,那时城市还没有禁放烟花爆竹,小孩子都很期待过年,除了新衣服和好吃的,还有各种花式小鞭炮。她爸早早给姐弟俩买好,不用分,顾禾手里的总比顾嘉多,一是她爸偏心,二是顾嘉实在胆小,不太敢放,每次都要顾禾手把手教。

撕开外面一层纸,露出引线,沈承其把打火机给顾禾,说:"你来点?"

"好啊。"

顾禾摆摆手,让沈承其靠后,他象征性后退一步,双手插兜,看顾禾半蹲下,小心地往前凑。

打火机的火苗对准引线，点燃后，顾禾下意识撤走，被沈承其拦住肩膀，让她转身看向急速上升的烟花。待升到最高处，火花散开，在两人眼里映出花朵般绚烂的形状。

　　"好好看。"

　　顾禾开心得直跺脚。

　　变成大人后再看烟花，跟小时候的心境完全不同，相比孩提时的无忧无虑，属于大人的烟花像是一味治愈的药，虽然短暂，仍可抚平一些情绪褶皱。

　　头顶密布的星光，脚下是无人问津的沙石，随着烟花绽放，照尽荒凉。

　　沈承其搭在顾禾肩膀上的手拿下来，走到她身后，将她整个人环抱住，风声小了，呼吸近了。

　　待到烟花还未完全消散的时候，顾禾随沈承其转过身，看向北方。

　　一年四季，斗转星移，好似过了千重山，万重浪。

　　而唯一永恒的，是眼前这金色的世界，耀眼的春夜。

—正文完—

出版番外
阿勒泰

初春，沙尘暴忽然而至，整个德令哈到处灰蒙蒙的，还好今年不严重，只持续了两天，两天过后天空放晴，湛蓝的颜色好似沙尘从未来过。

看外面天气转好，顾禾才放沈承其出门，迎面却撞见灰头土脸的杨鹏。今天洗车的人特别多，他都快累吐了。

看着沈承其近一年日渐回浅的肤色，杨鹏恶狠狠地瞪了一眼，说："沈老板清闲啊？"

沈承其自知理亏："过几天给你和老王放假。"

杨鹏眼睛一瞬放亮，问："带薪吗？"

"当然。"

杨鹏身上的怨气顿时消散于无形。

关门回来，沈承其撞上顾禾笔直的目光，不明所以："怎么了？"

"我也要带薪休假。"

沈承其知道怎么哄她："想出去玩吗？"

听到这句话，顾禾眼里的光亮跟杨鹏相比不遑多让，问他："去哪儿？"

"嗯……阿勒泰怎么样？"

沈承其故意迟疑，像在仔细考虑刚才给的建议。顾禾没他走的地方多，说："我去过喀什，在南疆，阿勒泰有什么？"

国内这个季节，除了南方，有些地方应该还在被冰雪覆盖。

顾禾的故乡在东北，冰与雪早已看惯，冷冽的黑土养育了一批性格倔强的人，疲于生计，四处散落。

沈承其关上门，回屋坐到沙发上，说："阿勒泰在北疆，别人过春天，咱俩往回走走，再去看一眼冬天，那儿还能滑雪。"

称不上浪漫的理由，顾禾却很动心，虽然不久前她刚和沈承其出去露营过，但依然阻挡不了她想要远行的念头。

"我不会滑雪，你会吗？"

顾禾只在小时候和顾嘉在河上玩过爬犁，每次都骗顾嘉拉她。

"会，不过滑得一般。"

"那你教我。"

"好。"

镜子前，小马正在修理剪刀，此刻怨气达到顶峰，说："又走啊？要是国家对新婚夫妇出个旅游景点免费的政策，你俩一年得有三百六十天不着家。"

沈承其笑笑，习惯性地转动无名指的婚戒。顾禾则冲小马"抹脖"，吓得他赶紧改口："多出去走走挺好，看一看大好河山。"

震慑完毕，顾禾却没和沈承其继续往下说，她考虑小马总是一个人，打工的生活虽然算不上枯燥无聊，但毕竟不自由，所以她也想给小马放个带薪假，和杨鹏有福同享。

晚上闭店后，顾禾跟沈承其窝在沙发上看电影，几年前的了，名字叫《在西伯利亚森林中》，讲的是对自由渴望的男主角，独自一人在贝加尔湖冰封湖畔的小屋定居，过了六个月的隐居生活。

顾禾一会儿枕在沈承其肩膀上，一会儿换个姿势躺他腿上，反正不管怎么折腾，沈承其都任她，情绪稳定一如往常。

电影结尾，随着字幕缓慢滚动，顾禾脑海里不断重演男主角在暴风雪的夜晚，孤独地待在木屋的画面，风声猛烈，像把锋利的刀子，可他的眼中没有畏惧，也没有烦躁。

顾禾从果篮里拿了个橙子开始剥，第一下抠得有点狠，果汁迸溅，她缓缓转头，看见沈承其在蹭鼻尖。

顾禾大笑："不好意思，伤及无辜了。"

嘴上这么说，可她又故技重施，只不过这次被沈承其轻巧躲开。

他斜睨顾禾，随时准备收拾她。顾禾识时务地赶忙跳起，快速剥好橙子，把第一块喂给沈承其。见成功讲和，她又坐回去，问："怎么去阿勒泰？开车吗？"

"嗯，开车方便。"

"咱俩可以换着开。"

沈承其嚼着橙子，对顾禾的车技持保留态度："阿勒泰很大，我带你去的地方叫禾木,是阿勒泰地区的一个村子。"

"禾木?"

"对,顾禾的禾。"

顾禾嘴角弯弯,喜悦在眼底融化晕染,说:"咱俩走之前,再回你家看看吧。"

说完她像没骨头一样栽倒,肆意地跷着二郎腿。

"去不去都行。"

沈承其一开始找到他妈那段时间,不像之前那么频繁地回家看他爸。有些事需要自我开解,慢慢走出来就好了,过得越久越不宜深究。原生家庭是远比其他关系都要复杂的情感,出生自带羁绊,或复杂,或棘手,所以美满这个词才常被人拿来用作祝福。

字幕走完,沈承其关掉投影仪,低头捏顾禾脸蛋上的肉,说:"好像胖了点。"

"所以再吃饭你别总让我吃这吃那。"

"该吃还得吃。"

剩下几块橙子被顾禾如数塞给沈承其,她拿手机搜索阿勒泰,功课说做就做。

把店里收拾收拾,安排好一些事,四天后,两人准备启程。

从德令哈开车到阿勒泰,如果连续开的话要二十几个小时,为安全起见,顾禾打算中途休整一晚,反正不急。

一早出发,穿过青海和甘肃境内,晚上九点,已经在新疆地界了。

再往前开五公里就是哈密,也是今晚歇脚的地方,透过满是水汽的车窗,顾禾看见一个亮着零星灯光的村子,随着晃动的车身往后飞驰。

顾禾不知道村庄的名字,但她喜欢这种不经意的相逢,有时候陌生也会带来亲切,像前世记忆重启的感觉,很神奇。

抵达酒店,办完入住已经接近十点,开了十几个小时的车,两人都很累,没胃口吃晚饭,洗漱完就休息了。

第二天一早,闹钟把两人一起叫醒,沈承其先去洗漱,又到酒店楼下带了早餐回来,才叫顾禾起床。

吃完饭,两人马不停蹄地出发,顾禾在德令哈买了一箱咖啡,昨天喝了四瓶,足够提神醒脑,只是沈承其喝得少。

又开了十几个小时,终于抵达阿勒泰地区的禾木村,三月初的禾木到处白雪茫茫，银装素裹，即便在夜晚，也能感受到风雪的震慑。

沈承其在这边有个朋友，叫"阿祁"，喜欢玩户外运动，每年冬天他都会来禾木滑雪。

通过电话后，阿祁早早在村口等着，看见沈承其的车，他不停挥手，就差站在路中央拦道了。

沈承其从车上下来，阿祁给他一个特别实在的拥抱，说："欢迎来到新疆阿勒泰。"

他和沈承其差不多高，留着齐肩长发，笑起来很有朝气。

"顾禾是吧？总听承其提起你，叫我阿祁就行。"

顾禾搓搓手，说："阿祁，你好。"

"先上车吧，我带你俩去住的地方。"

"走。"沈承其带顾禾又回到车上，跟在阿祁后面驶进村庄。禾木村的房子多是木头建成的，上面落着厚实的雪，像奶油蛋糕一样。

办好入住，顾禾先到房间，沈承其留在前屋，和阿祁聊了好半天才回来。

"累了吧？"

他进屋单膝跪在床上，摸着顾禾的头发，像撸猫一样，让她舒服得不愿睁眼。

"嗯。"

"起来把衣服脱了再睡。"

顾禾扭扭屁股，没动，沈承其只好帮她脱。

"你怎么在这儿也有朋友？"

顾禾含混不清的话把沈承其逗笑，他说："阿祁是西宁人，只不过常年不着家，喜欢到处爬山滑雪，反正只要在户外，让他做什么都行。"

"他笑起来挺好看的。"

沈承其捏她下巴，说："少看没用的。"

衣服脱完，两人简单洗漱，上床关灯。

黑暗中，隐隐能听到风声，顾禾钻到沈承其怀里，他说："明早你要是能起来，我带你去山顶看日出。"

"我要是起不来，你扛也要把我扛过去。"

沈承其笑了声，胸腔震动。顾禾听着他的呼吸，一瞬堕入睡梦。

本以为赶路太累，第二天铁定睡得昏天暗地，可顾禾早早就醒了，外面还是黑漆漆的，她一动，沈承其也跟着睁眼，看了下时间，他问："去吗？"

"当然。"

"多穿点,冷。"

顾禾爬起来上厕所,光溜溜的小细腿倒腾得很快,沈承其转眼便看不到她。

收拾完出门,阿祁正在路边做伸展运动,比中学生动作还标准。听见身后鞋子踩雪的声音,他收手,转过来笑笑:"睡得好吗?"

"挺好的。"

沈承其走过去,阿祁搭着他肩膀,看向顾禾,说:"咱们先爬到山顶,回来再吃早饭。"

"好,不饿。"

从禾木桥出发,爬了大概四十分钟,呼吸让帽子和衣领都结了冰霜,前来看日出的人不少,三三两两地聚在一起,有人在拍照,有人在摆弄无人机,周围还有几只可爱的狗狗。

顾禾被眼前景色吸引,透过雾气往远处看,禾木村尽收眼底,白桦林下有几个木屋亮起了灯,星星点点,漂亮到让人失语,顾禾不禁想起路上阿祁说的,这里是神的自留地。

等待日出需要时间和耐心,阿祁一直给他俩讲阿勒泰好玩的地方,以及有什么好吃的,俨然一个资深导游的模样。

好不容易等到日出,因为实在太冷,沈承其怕顾禾受不住,草草拍了几张照片收场,三人到旁边木屋点了三杯热咖啡。

沈承其坐下摘掉皮手套,顺手递给顾禾,被她塞进随身背的小包里。

两人在一场表面为婚姻的织网下享受着恋爱滋味,一些看似平常的动作,都有怦然到习惯的过程,虽然有些顾禾已经习惯了,但尚有一些怦然仍在继续,越稀少,越珍贵。

从零下三十度的室外回到屋里,喝上一杯咖啡实在舒畅,顾禾从没觉得咖啡如此好喝过。

"你俩结婚的时候我在冰岛,没赶上婚礼。"

阿祁很是遗憾,说完攥住沈承其手腕,说:"哎呀!婚戒还戴着呢,五星好评。"

"一边去。"沈承其收手,低头喝了口咖啡。

阿祁又问顾禾:"你做什么工作?"

"开理发店。"

"太巧了!我头发正好长了,给我剪剪呗。"

旁边,沈承其插一句:"一千。"

阿祁没反应过来:"什么一千?"

"收费。"

阿祁撇撇嘴,看向顾禾,说:"从昨晚开始咱俩也是朋友了,以后来阿勒泰直接找我,别带他,漫天要价,黑心老板。"

顾禾:"好啊。"

沈承其感觉有点噎。

说说笑笑,喝完咖啡,三人徒步下山。吃完早饭后,阿祁回去补觉,顾禾又跟着沈承其出门,去附近走走。

村子旁边有个山坡,几个游客坐在轮胎上往下滑,不时发出尖叫声,看来玩得很尽兴。

两人吭哧吭哧爬上山坡,脚下的雪被踩得嘎吱响,天寒地冻间,声音却很治愈。一阵寒风吹来,顾禾打了个冷战,不过这种程度对她一个东北人来说,还可以承受。

山坡上有很多白桦树,顾禾只在课本里见过图片,后来听朴树唱过同名的歌,很好听,如今切实地见到,与世无争的宁静感扑面而来。

"冷不冷?"

沈承其摘掉手套给顾禾捂脸,温热传过来,顾禾笑笑,嘴里呼出白气,说:"不冷,你快戴上。"

沈承其莫名地笑了声。

顾禾后知后觉,想起出发前一晚两人做睡前运动时,她也说了这一句。

"想什么呢!"顾禾照着沈承其屁股拍了一下,虽然不算重,在空旷的林中还是发出一股沉闷的声响。身后有游客循着声音转过头来看,顾禾赶忙拉沈承其继续往上面走。

越是旷野之地,冷得越磅礴,这是顾禾来到阿勒泰之后最大的感受。走在林中,数不清的白桦树像蜡烛一样插在厚实的白雪黑土之上,天地间的颜色简单纯粹,每一下的呼吸新鲜通透,如果此行只能看到这一段景色,也算没白来。

"西北树太少了。"白桦林望不到尽头,沈承其有点感慨。

"地理环境不一样,树少正常,再说西北这些年一直在植树治沙,比以前好多了。"

两人沿着积雪木栈道往前走了半天,来到一处观景台,上面有几位游客正站在围栏旁往远处望,下面河流蜿蜒,伸向未知远方。

顾禾跺跺脚上的雪,拉着沈承其往没人的地方走。太阳照耀,空气中

好似有很多冰晶在飞舞，竟然是传说中的钻石尘，简直可遇不可求。

"顾禾。"

"嗯？"

"喜欢这里吗？"

"喜欢。"顾禾的回答很真心。

"回去把证领了吧。"

这话有点突然，想想又在意料之中，顾禾拉住沈承其手腕，说："我得查查万年历，看哪天是黄道吉日。"

沈承其被她一本正经的模样逗笑："好，你掐指算算。"

虽然答应得痛快，但顾禾却不留情地拆穿："你带我来禾木，是不是为了这个？"

"也想带你散散心。"求婚是顺便的事……

"我就知道。"

沈承其望向远处的禾木河，说："本来上次带你露营放烟花的时候，就想提来着。"

"那你怎么没说？"

"看你玩得开心，怕你不答应，影响心情。"

"我这么喜欢你，还不明显吗？"

沈承其一下愣住，刚刚，好像有人在耳边为他念了一句冬日诗。而念诗的人此刻正平静地望着远方的山峦，借此暗暗平复再次怦然的心动。

有人想要天长地久的爱意，有人想要绵绵无期的柔情，好像望不到尽头才是最大的希冀，可是顾禾只想过好当下，不管此刻在冰天雪地的阿勒泰，还是远在西北的德令哈，有沈承其在身边，当下便是最好的时刻。

—全文完—